红色冠县

冠县关心下一代工作委员会
冠县革命老区建设促进会　编

中国文史出版社

《红色冠县》编纂委员会

主　　任　韩宗宝

副 主 任　郭建军　米肇伟　苏法旺　赵　平

委　　员　(按姓氏笔画为序)

王成广　王振乾　石　芳　刘怀臣

孙长军　杨保洲　郝建钦　宋占广

宋增益　陈洪智　姚玉芝　崔建台

主　　编　米肇伟

执行主编　崔建台

编　　审　宋增益

编　　辑　梁明玉　任广民　曹西芹　李贵才

张　锐　陈广泽　朱月平　刘瑞凯

冠县革命老区村示意图

图例

- ◎ 乡（镇、街道）驻地
- ★ 革命老区村
- 重点革命老区村
- 省界
- 县（市）界
- 乡（镇 街道）界
- 铁路及车站
- 高速公路
- 主要公路
- 一般公路
- 河流
- 运河

前　言

冠县革命老区，是一片血火铸就的红色热土。革命战争年代，中国共产党带领广大人民群众进行了一场场波澜壮阔的斗争，书写了一部部可歌可泣的光辉历史。土地革命时期，党的星火光耀全县城乡，先后建立了30多个党支部，发展了近百名党员，为开展艰苦卓绝的革命斗争奠定了坚实基础。七七事变后，冠县是冀鲁豫革命根据地的重要组成部分，鲁西特委、鲁西北地委、冀鲁豫七地委、冀南一地委、鲁西区党委在这里建立，成为长时间领导黄河以北、津浦线以西、京汉线以东广大区域军民对敌斗争的省、地首脑中枢之地，被誉为“鲁西小延安”“冀鲁豫小苏维埃”。在党的抗日救国旗帜下，全县2万多人参加八路军，5万多名民兵自卫队员参加保家卫国的抗日斗争。在这片英雄的土地上，将星云集，群英荟萃，刘伯承、邓小平等无产阶级革命家运筹帷幄、纵横捭阖，见证了他们文韬武略、叱咤风云的开国英姿；涌现出赵健民、徐运北等一大批卓有影响与威望的高级领导干部，成为领导新中国建设的栋梁之材。解放战争时期，全县人民舍家纾难踊跃支前，人、财、物倾其所有，一批批冠县儿女踊跃参军，民夫担架，车轮滚滚，浩浩荡荡奔向黎明前大决战的最前方，呈现出一幅人民战争的壮丽图景。为支援全国的解放和建设，冠县成建制地组织干部两批北上、四批南下，加之部队随时抽调到地方的人员，冠县籍干部遍布全国各地，因此又被誉为“革命干部的母县”。

红色冠县

在日军侵占冠县期间，冠县人民蒙受了巨大磨难，做出巨大牺牲，损失粮食、牲畜、房屋、农具不计其数，直接死难2万多人，间接伤亡7万多人，“血水井”等诸多惨案就是日本帝国主义欠下的一笔笔无可偿还的血债！

风起云涌的百年革命历程，是冠县人民饱含信仰和忠诚、奋斗和贡献、鲜血和生命的故事凝成的。这些革命故事，绘制了当年党同人民群众鱼水情深、生死相依，人民军队机智勇敢、顽强奋战，老区人民爱党爱军、全力支援的动人场景。在中国革命的征途上，有过多少惊心动魄的伟大时刻；在腥风血雨的岁月里，有过不计其数的英雄楷模。他们犹如璀璨的星斗，闪烁在历史的长河中；他们就像划破阴霾的闪电，光芒四射定格在历史的天空中；他们的名字已化作人民英雄纪念碑的雄文，他们的身影已经镶嵌在新中国旗帜的金星之上。

近年来，全县人民认真贯彻落实习近平总书记“把红色资源利用好，把红色传统发扬好，把红色基因传承好”的指示精神，着力打造红色冠县这一亮丽文化宣传教育品牌，收到显著成效。

为此，冠县关心下一代工作委员会、冠县革命老区建设促进会聚焦“红色冠县，绿色发展”特质，选取革命斗争历史题材，把史料性、故事性、趣味性、可读性融为一体，经过较为缜密的搜集、整理、筛选、加工、提炼，编纂了《红色冠县》一书。在此殷切期望，通过该书的出版发行，能够进一步启迪教育广大党员干部和青少年继承发扬党的光荣传统，不忘初心，牢记使命，汲取继续前进的智慧和力量，夺取新时代中国特色社会主义伟大胜利。

编　者

2024年9月

目　录

信仰如山

——赵健民早期革命活动

人生启程

少年时代的赵健民，在赵梁堂村读了几年私塾，1929 年考入冠县一高（第一高级小学）。通过进步师生的读书活动，他阅读了梁启超的《新民丛报》、左联的《拓荒者》、李达的《现代社会学》等进步书刊。有关共产党的议论，在冠县城里也时有所闻，特别是“朱、毛”领导红军打土豪、分田地，为穷人谋利益，使他十分倾慕和向往。又听说临清学潮轰轰烈烈，兴许共产党发动。为了找党，遂于 1931 年秋考入临清六县联立师范，但还是未能如愿。九一八事变后，得知共产党在各省都有分支机构，济南的抗日反蒋活动就是共产党领导的。于是，他在临清读书不足一年，便于 1932 年夏辍学考入济南省立第一乡村

在一乡师读书时的赵健民

师范（一乡师）。

乡师举行演讲竞赛，赵健民获得第一名。他演讲的题目是“乡村教育与中华民族的解放”，提出“作为炎黄子孙，中华民族不能在我们这一代亡了国。乡师学生应利用乡村教育进行广泛深入的宣传动员，唤起民众以血肉之躯捍卫我们的祖国”。强烈的忧国忧民意识即刻引起党组织密切关注，乡师党支部指示姚仲明（一乡师共产党员）抓紧对其进行发展工作，成熟后立即吸收。

1932 年 11 月的一天下午，姚仲明告诉他，要他马上到校外的菜园子里，市委领导人宋天民和他谈话。宋天民是济南高中学生，同他谈了形势，谈了党的性质、任务和纪律，“共产党员必须遵守七条：一、信仰马列主义；二、决心为无产阶级革命牺牲；三、努力做党的工作；四、严守党的秘密，有关党的事情，对父母、妻子、兄弟姐妹都不能讲；五、实行批评和自我批评；六、实行民主集中制；七、按时交纳党费，根据收入多少，学生每月 1 分、2 分，收入多的 1 块、2 块不等。”虽然没有什么仪式，也没有履行什么手续，只是经过姚仲明介绍，宋天民谈话，赵健民从此成为一名共产党员，但他感到自己处在有生以来最为荣幸的时刻。几年来为之追寻奋斗的理想和梦寐以求的目标今天成为现实，怎不令他心潮翻滚，热泪盈眶！他感到身心完全偎依在党的怀抱之中。他紧握拳头暗自发誓：“我以生命保证，一定做到组织要求的一切，接受党的任何考验！”

找到共产党，加入党组织，赵健民的精神面貌发生了根本变化。过去以求学为主，现在要以革命活动为主；过去苦苦追求和探索真理，现在已经在真理的旗帜下开始了为共产主义事业而从事的工作和斗争；过去梦寐以求地寻找党组织，现在要积极地发展党的组织，壮大党的力量。他觉得此时全身心注入了新的血液，获得了新的生命，启始了为党为人民终身奋斗的职业革命的人生之旅。

砥柱中流

入党后，中国革命的形势正在转向低潮。1933 年 2 月 27 日，团省委书记陈衡舟叛变，团省委、团济南市委机关一起被破坏，随后中共山东省委机关和省委训练班及济南市基层党、团组织也被破坏。为重建乡师党支部，组织安排赵健民任书记，并为济南北区巡视员，负责省立一乡师、省立第一师范分校、新城兵工厂、鲁丰纱厂等处党的工作。1933 年 7 月 3 日，省委组织部长宋鸣时叛变，省委书记、中共北方代表、团省委书记等相继被捕，这是 1929 年以来山东省委遭到的第十次大破坏，中共山东省委和团省委机关完全瘫痪，全省大部分市、县党组织解体，300 多名党员、团员和积极分子被追捕或杀害。山东各地党组织不仅失去了统一领导，而且与党中央的联系也完全中断。在济南，幸存下来的共产党员、共青团员，面对国民党反动派的血腥镇压，发生了重大分化，有的叛变，有的消沉，有的与组织脱离关系。但这时，一乡师共产党员赵健民、姚仲明、王文轩挺身而出，自觉、勇敢地承担起党支部的领导工作。在党最危难的时候，在形势最险恶的紧要关头，明知山有虎，偏向虎山行，更凸显出赵健民这班年轻共产党人忠贞不渝的坚定信念和无所畏惧的勇敢担当。

市委领导人宋天民和赵健民一起在乡师隐蔽起来，白天不好露面，黄昏后化装到城内探听消息。过了一段时间，一直没找到党组织。大街上警车嘶鸣，押解着一批批刚刚抓来的共产党人，威慑着街道两旁的人群。敌人气焰甚嚣尘上，声言这次一网打尽山东的共产党。特务出没往返，四处搜查，常以搜寻共产党嫌疑之由肆意砸门、撬锁、抄家、抓人。乡师也来了一些不三不四的家伙，盘查盯梢，鬼鬼祟祟。他们同蒋介石的总“围剿”方针遥相呼应，白色恐怖笼罩乡师，笼罩泉城，笼罩山东。

时至1933年8月，情势愈加危急，他们很难在乡师再待下去。宋天民决计回牟平老家，通过胶东党组织寻找中央北方局的关系，并将济南所有党团关系交给赵健民，包括高中、一师、兵工厂、工业试验所等一些单位的支部和人员。赵健民掏出小记事本，将这些人的姓名、联系地址及工作情况，一一做了暗记。宋天民还把油印机交给他，殷切地说："这些关系是全市党团组织的基本力量，这台油印机是市委开展活动的主要工具，就全托付给你了。"赵健民凝重地望着自己的上级，坚定地表示："放心吧，只要我在，就有这些关系在，就有油印机在！"

宋天民回去没有路费，两人合计了半天也没想出门路来。赵健民又将自己的两床棉被抱到裕鲁当铺当了5块钱。棉被是娘和奶奶专为他来济南上学精心缝制的，每当把它盖在身上，娘和奶奶黑天半夜纺花织布的情景就浮现眼前，所以他格外爱惜，用得也非常仔细，虽然过了两个学期，那里那表仍和新的一样。现在，为了同志，为了战友，为了党的事业，这棉被也派上了用场。

他到黄台车站去送宋天民，两人的心情一样沉重。宋天民是大他几岁的兄长，是早他几年入党的同志，是直接培养、发展和领导他开展工作与斗争的上级，半年多的接触中，政治上的影响，思想上的熏陶，工作方式方法的研讨，宋天民曾给过他多少有益的启示啊！此刻，为了找党他要远离自己而去，赵健民想到过去生死患难风雨同舟的日日夜夜，想到以后独立工作将要遇到的艰难险阻，不禁怅然若失。

白色恐怖之下，赵健民带领一乡师党支部，根据山东党组织面临的恶劣情况，冷静分析了接连失败的教训，确定了新的斗争任务和策略：第一，积极、慎重地恢复党组织，发展党组织；第二，根据客观形势，独立自主、稳扎稳打地开展对敌斗争；第三，千方百计寻找上级党组织，尽快与党中央取得联系。

从 1933 年下半年到 1935 年间，一乡师党支部在校内共发展了 20 多名党员。随着校内党组织的壮大，乡师党支部以学校本身和新城兵工厂为基地，在全市恢复、发展党组织。赵健民在省立高中发展徐运北、林浩入党；在育英中学为李秀海恢复党的组织关系，发展王志鼎入党。这些共产党员又在各自的学校里发展党员，组建党支部。到 1934 年 4 月，济南全市已有一乡师、新城兵工厂、省立济南高中等 9 个党支部，70 余名党员。

为了适应对敌斗争需要，加强统一领导，赵健民提议成立全市统一的党的领导机构。1934 年 5 月初，乡师支部书记赵健民、支部委员王文轩、新城兵工厂支部委员陈太平，聚在济南市北郊五柳闸举行会议，决定组建中共济南市委，赵健民任书记，王文轩任宣传部长，陈太平任组织部长，从而济南市又有了统一的党的领导机构。赵健民把宋天民留下的油印机搬出来，选定了两个秘密印刷点，一是一乡师进步教师、教务主任田佩之的房子，一是陈太平的父亲在新城兵工厂的办公室。油印机重又工作起来，党的宣传品又与党员、群众见面了。

在恢复、发展济南党组织的同时，乡师支部和济南市委致力于山东全省恢复、发展党组织工作。1934 年春节（1934 年 2 月），赵健民回到家乡冠县，发展了原一高同学、济南惠商职业学校的学生孙洪，原一高同学、寿张省立八乡师学生冯干才、沙延孝，冠县师范讲习所学生钱洪勋（钱泊生）入党。从此，冠县境内开始了有组织有领导的共产党的正式活动。

1934 年 6 月，赵建民赶赴寿张省立八乡师，介绍王福昌、冯子华入党，成立了八乡师党支部。这一年，鲁西地区党组织得到较快发展。到年底，东阿县、八乡师、聊城的省立第三师范、阳谷安乐镇都建立了党组织，冠县、临清、莘县也都有了零星党员，整个鲁西建立地区一级党的领导机构就提上了日程。1935 年春节（1935 年 2 月），赵健民主持成立了中共鲁西特别委员会（鲁西特委），将鲁西地区分散的党组织汇成一股强劲的洪流。

除了在济南市、鲁西恢复发展党组织，赵健民还先后赴鲁西南、鲁北、鲁东恢复与当地党组织的联系。特别是地处鲁中山区的莱芜县，大革命时期就建立了党组织，后来力量比较大，已有上百名共产党员。1934 年暑假，赵健民赶到莱芜与县委书记刘仲莹取得联系。到 1935 年秋，山东全省各地与济南市委有联系的党员、团员 500 多名，还有中华民族解放先锋队一些党的外围组织。1935 年初冬，赵健民第二次赶往莱芜，与刘仲莹、黄仲华商定，建立一个全省性党的领导机关——中共山东省临时工作委员会（省临时工委），刘仲莹任书记，赵健民任组织部长，鹿省三任宣传部长，黄仲华任农民部长，于一川、陈太平为委员。由于刘仲莹在济南被捕过，加之他缺乏活动经费，无法在济南开展工作，又决定由赵健民代理临时工委书记，主持工委日常工作。

就这样，在长期失去上级组织的情况下，赵健民领导一乡师支部、济南市委、省临时工委，独立坚持了 3 年之久的艰苦卓绝的斗争，先后开展了反会考运动、声援一二·九爱国运动等一系列革命工作，担负起领导全省抗日救亡的重责，使全省人民了解到共产党的主张，看到了光明，充满了希望。

重建省委

在独立恢复、发展党的组织，坚持对敌斗争的同时，赵健民一刻也没有停止过寻找党的上级。实际工作中，遇到一些重大问题，有关理论问题、政策问题，不了解上级指示，如何处理没有把握。例如，中央红军长征后，国民党宣传“红军成了流寇，共产党失败了”，“失败的原因是没有城市，乡村战不过城市”，对此他们进行反驳，说长征是“战略转移，根本不是失败”，但总感觉没有更多的事实、没有更充分的理论根据。又如，关于武装斗争问题，他们认识到，在一定条件下，应组织暴动，进行游击战争，创建新苏区，但对于具体怎样搞，缺少经验。再如，对于失去党中央领导这一点，一些老党员还知道独立开展工作，一些条件基本成熟又迫切要求参加党的培养对象，听说与中央没有关系，就不参加了。对于这样的问题，他们处理起来感到非常棘手。

还有经费问题，也成为开展工作、进行对敌斗争的一大困难。这时，地处黄河故道的鲁西小村赵梁堂那个柴门小院依然永无休止地纺车嗡嗡、织机咔咔，母亲和奶奶依然含辛茹苦、从不停歇地劳作，依然不分昼夜地纺花织布做针线，换些钱来只知道供养花销越来越多的孩子上学“交朋友”，但她们怎么会知道，向来对老人百依百顺的孩子怎么能告诉她们，这些微薄的血汗钱都用在开展党的事业上了，这对正处于水深火热中的山东党组织进行恢复发展工作、开展卓有成效的对敌斗争，当是何等珍贵的资助啊！

长夜漫漫，黑云压城，这班年轻的共产党人，犹如失去母亲的婴儿、离群的长天孤雁，深深体会到黑暗困境中摸索前行的艰难滋味，更加百倍努力地寻找上级党组织。从 1933 年下半年到 1935 年底，中共一乡师党支部、中共济南市委、中共鲁西特委、中共莱芜县委、中共山东临时工委，多次派人去北平、上海等地寻找上级党组织。刘仲莹两次赴上海，鹿省三一次赴上海，徐运北一次去北平一次去曹县，赵健民委托田佩之老师一次去北平，自己先后去胶东、鲁北、鲁南，两次去泰安，但都没有找到党的上级关系。泰山脚下，八月十五的夜晚，一轮明月高悬，赵健民只身踱步在冯玉祥兴办的武训学校的院子里，心潮起伏，思绪万千：在这万家团圆的时刻，母亲和奶奶一定还在老枣树下，盘膝在蒲团上，摇动着纺车，盼望着孩儿的归来。同样，久久找不到上级组织的山东党，就像失去母亲的孩子嗷嗷待哺，经受着孤苦伶仃的痛苦熬煎。

1935 年，一乡师党支部发展了一位来自鲁西濮县的郭崇豪同学，说他的家乡有党的组织。赵健民随即让他回去了解濮县党组织是否与河北方面党组织有联系。果然，濮县党组织与河北省党组织有联系，赵健民敏锐地意识到这是一条极为重要的线索。

初秋时节，蒙蒙细雨笼罩鲁西大地，赵健民不顾雨水浸泡，脚蹬田佩之老师的破旧自行车，昼夜兼程，直奔濮县古云集，见到濮县县委书记王士希和直南特委巡视员刘晏春。三人商定，刘晏春负责立即将赵健民要求上级派人到山东恢复党的关系的意图反映上去，商定了书信联系的暗语："上级党组织"的暗语是"老掌柜"，濮县即"西屋"，党的工作即"生意"。

1935 年冬季的一天，郭崇豪收到濮县寄来的一封信，"老掌柜已到西屋，请速来洽谈一笔生意。"赵健民看后，喜出望外，次日一大早二番登程再赴濮县。行驶在坑坑洼洼、颠簸不平的黄河大堤上，赵健民蹬着那辆破旧自行车一路疾奔，一般小商小贩赶路速度很快，但都被他一个个远远地落在后面。

赶到濮县古云集正西 3 里的徐庄小学，赵健民见到县委书记王士希，夜晚随他在一户农民家见到了中共河北省委代表兼直南特委书记、直鲁豫特委书记黎玉，两人滚烫的双手历史性地紧紧地握在一起。整整 3 年的血雨腥风，千万里的辗转寻觅，丈量了这班血气方刚的共产党人忠贞不渝、锲而不舍的脚步，记录了山东党组织在黑云压城中发展前进无坚不摧的光辉历程。

赵健民向黎玉详细汇报了山东党组织连续遭受 10 次大破坏的情况，独立恢复、发展党组织，建立中共济南市委、鲁西特委和山东临时工委的情况，根据客观实际独立开展稳扎稳打的对敌斗争的情况，在全省以至全国范围内寻找上级党组织的情况，并且写成书面报告。

黎玉对山东党组织的恢复和发展表示极度肯定和赞扬，很快将赵健民的报告和要求转给河北省委。河北省委和北方局是一个机构两块牌子，1936 年 2、3 月间，刘少奇受中央委派到达天津，主持北方局工作。4 月，北方局任命黎玉为山东省委书记，重建山东省委。下旬，黎玉从河北磁县出发，直奔济南。

1982 年 6 月，赵健民（右）、黎玉（中）、林浩（左）在北京合影

1936 年 5 月 1 日，济南四里山上，松柏葱茏，山花烂漫，黎玉、赵健民、林浩集聚一起，黎玉宣布正式成立中共山东省委，黎玉任书记，赵健民任组织部长兼济南市委书记，林浩任宣传部长。至此，与上级党失去联系长达 3 年之久的山东党组织，终于与党中央恢复了关系。赵健民及其全体处在白色恐怖中的 500 多名优秀共产党员，犹如长期流离失所的孤儿，重又回到母亲的怀抱。

省委重建后，赵健民立即起草了中共山东省委《为抗日救国，反对华北五省“自治”宣言》。《宣言》散发后，全省上下反响强烈。随着党组织的宣传和发动，济南市和全省的抗日救亡组织、各界救国会迅速发展，中华民族解放先锋队遍布全省城乡，党组织点燃的星星之火骤然间形成燎原之势。

从1933年6、7月中共山东省委遭受第十次大破坏起，到1936年5月重建山东省委，在持续3年革命形势几近冰点的岁月中，以赵健民为代表的共产党人，砥柱中流，力挽狂澜，在失去上级党组织的困境中，满怀对党的无限忠诚，对革命事业的坚定信念，从血火浇铸的历史进程中吸取经验教训，独立开展党的工作，披荆斩棘，英勇前行。据不完全计算，仅赵健民一人，蹬着那辆破旧自行车，行程就达17000里。他们不仅恢复、建立了遍布山东全省的党组织，还独立进行了以抗日救亡为中心的革命工作，而且历经千辛万苦与中央北方局接上了关系。他们所做的一切，为即将到来的全民族抗战奠定了坚实基础，这一段非凡岁月也为中共山东历史增添了光辉一页。

钢筋铁骨

1936年9月，由于叛徒出卖，赵健民被捕，被架上囚车，押至特务队审讯室。军法处立即围上一群刽子手，有的手提三根竹子拧成的抄子，有的扛着杠子，摔在地上咣当咣当乱响。

敌人问他省委的人在哪里，北方局的人在哪里，山东共产党领导下面的关系都是谁，赵健民一口咬定不知道。特务们一拥而上，剥光他的上衣，扯开他的双臂，抡起抄子，朝他的背部、肋间狠命地抽打。锥心刺骨的疼痛直往心里钻，脸上不由得渗出一颗颗豆大的汗珠。敌人满怀信心地等待着他的回答，共产党也是肉长的，其中不就是有人在这里被撬开嘴巴，出卖了组织，出卖了良心吗？一阵毒打跟着一阵逼问，问不出来再打，一直抽了三百多下，光抡抄子的人就轮过两三遍了。他的背上和两肋皮肉模糊，血汗混合在一起往下淌……赵健民一声不吭。

当上特务队长的大叛徒宋鸣时狂吼：“拿杠子来，往死里压！”刽子手一拥而上将赵健民摁下跪倒在地，碗口粗的木杠压在腿上，开始一边踩上两个人，后来逐渐增加上人，全屋的人都踩了上去，一起用力往下压。反复折磨，压昏了，再用冷水灌醒。听说抓来一个能“吃刑”的共产党，两个女特务特意跑来看，一进屋，也被派上用场，踩上杠端。赵健民紧咬牙关，汗水湿遍全身。

叛徒头子宋鸣时声嘶力竭地叫嚷：“给他换个口味！我就不信他这个块头不是肉长的，撬不开他的嘴巴，老子就不是干这个的！”众特务将其仰身捆绑在长凳上，向鼻孔灌凉水，又灌辣椒水。折磨半天，一无所获，宋鸣时气急败坏地叫喊：“上老虎凳，给他上老虎凳！”特务们遂将他仰身捆绑在长凳上，再往脚下逐次加砖。他们把赵健民撕碎、嚼烂的信件，模模糊糊地粘在一起，逼问上面的内容是什么，赵健民摇头不知。脚下加砖第二块、第三块。“省委的人在哪里？”“不知道。”“共产党北方局来的人在哪里？”“不知道。”脚下的砖加到第四块。一股股酸痛从下肢传遍全身，接着又是剧痛，仿佛听得见筋骨断裂的声响，连心都被揪了出来。后来，他什么也不知道了。醒来的时候，敌人正往他头上泼凉水，已经是下午5点多钟。这样，从9点开始，十几个刽子手对他摧残了大半天，无数次昏厥，醒来全身动弹不得。敌人企图从他口中挖出共产党的重要情报，结果枉费心机。共产党人的坚强意志和铮铮铁骨，经得起敌人兽行般的折磨，对同志、对战友、对党的事业赤胆忠诚，使国民党反动派的各种残酷刑罚全部失去效用。赵健民被凶手们抬上人力车，拉到军法处拘留所。中间一里的路程，人力车过去，大街上留下一串殷红的血迹。

三天后，特务队进行第二次审讯，又是一场惊心动魄的较量——上午8时，特务们用人力车把赵健民解押到刑讯室，出出进进十六七人，还有几个女特务。凶手们把赵健民推到特务头子面前，宋鸣时恶狠狠地说：“年纪轻轻的，够硬的啊！你知道这伙人是吃哪碗饭的？这是捕共队！你别执迷不悟，你应该考虑想死还是想活，要为你的青春和前途着想。”“是死是活，谁不在想？像你这样出卖良心，活着也是行尸走肉。我的前途当然考虑，可你们的下场也该想到了。”

宋鸣时一拍桌子，喝道：“你要做共产党的烈士吗？好，成全你！”见赵健民耷拉着眼皮不予理会，又说：“你别妄想啦，我有办法在你未断绝呼吸之前，让你把所有的关系给我交出来。最低限度，也得把一乡师、兵工厂的关系交出来。不信，今天的口味更‘鲜’啦!”“你们的话，只能吓唬怕死的、出卖灵魂的软骨头。对一个立志为正义事业而奋斗的人来说，命都豁出去了，还怕你们严刑逼供？”他轻蔑地扫了宋鸣时一眼，“你想想，有哪个真正的共产党向敌人供出自己的组织和同志？除非像你这伙丧失人格、没有骨头的跳梁小丑。”

宋鸣时那张黑脸顿时涨紫，又把桌子一拍，声嘶力竭地号叫：“拉过去，给他换换口味!”凶手们挟住赵健民的双臂，将其拉至隔壁的刑讯室。室内乌烟瘴气，一盆炭火烧得通红，盆内插着几支烙铁，飞溅出点点火星。小个子特务忽然抽起烙铁，猛地刺向赵健民胸部，顿时全屋充满焦灼的皮肉味。“豺狼！畜生……”喊声未尽，便长时间昏厥过去……次日醒来，他已躺在军法处拘留所大通铺的乱草堆中。

父子“同堂”

下午2点，执法队用绳索将几十名犯人连成一长串，押往国民党省政府所在地——珍珠泉。院内岗哨林立，戒备森严，南端停放着两辆大卡车，判了死刑的，便立即用它押往纬八路刑场，人们都叫它鬼门八号。穿过一道过厅式的大房子办公室，往北是一条走廊。押解人员令犯人在走廊南头西侧排队候审。赵健民观望四周，走廊北头是一座宫殿式的大瓦房，门口悬挂着一块木牌，上写“主席办公室”。办公室前，摆放着一张八仙桌，再往前，肃立着两行七八十名披挂武装的士兵，一派威风凛凛、杀气腾腾的场面。这就是韩复榘①以言代法，包揽民刑诉讼，对全省人犯以及无辜百姓任意生杀予夺的地方。

这里最初曾是明代德王府，深宅大院，溪流淙淙，清代设为巡抚衙门。赵健民永远不会忘记，民国初立之年，就是在这里，他的父亲赵寿卿，因为反对昏暗官府，被山东巡抚周自奇无视正义，颠倒黑白，送上断头台；不会忘记，他的父亲大堂之上不畏强暴，据理力争，成为有口皆碑的秦琼式的好汉义士，表现了那种历史条件下民族英雄的气节，留下了人世间难以泯灭的追求与思考。而今，他所面临的又是同样的命运、同样的场景，历史重复着父辈的脚印，巧合着为光明而拼搏、为正义而抗争的人生，该有多么深邃的意味啊！正是应验了父亲大堂之上“二十年后还是一条好汉”的临终豪言，血气方刚的赵健民，感到自己真的成为一条汉子的时候，面对不平的人生，同样没有半点怯懦和退缩，而是决心不辱父辈遗志，义无反顾地走出一条属于自己，不，完全属于党的命运之路。因为自从党的血液融入他的躯体，他便对未来充满了无比向上的力量，意识到

韩复榘“主席办公室”

---

① 韩复榘（1890 年 1 月 25 日—1938 年 1 月 24 日），河北省霸州人。曾投身冯玉祥军中，为冯亲信之一，且屡升至师长。1927 年其部编入国民革命军序列，1930 年 9 月任山东省政府主席，捕杀大批共产党人。全面抗战爆发后，态度消极，在济南弃城南逃。1938 年 1 月 24 日以违反命令擅自撤退为由被蒋介石枪决。

个人的一言一行都与党的事业紧紧关联在一起。因此，当重温历史之时，在父子“同堂”、两代命运绝妙巧合之地，赵健民已不再是那种朴素意义上的刚正侠义的英雄好汉，而是充满着为共产主义崇高理想的奋斗与献身的精神。

下午3点，从正面宫殿式的瓦房内走出几个衣冠楚楚的人来，后面那个秃头、留八字胡、穿灰军装的就是韩复榘。他在八仙桌正面落座，左右人等肃然而立，场上顿时鸦雀无声。军法处长史景洲面东而站，军法官袁道田面西而站，没有开场的那些程式套路，审断就开始了。

第一个被叫上去的是贪污犯毕华侨，同案有3人。因为是老案子，他们刚上前站定，军法官袁道田案情没念，韩复榘右手向左一挥，说了声“押下去”，就不再问了。

第二个传上堂的，是一个30多岁的犯人。袁道田念案：“牟平县报告他是共产党，本人声明已经脱离关系了。”韩复榘即刻宣布：“脱离了就好，叫他写个宣言自首吧。”

接着，夏津县的8个民团团丁传上来，都穿着蓝军服。袁道田念：“张有才告这8个人通匪，经查属实。请主席公断。”人们都知道，韩复榘主政山东，最受治理的一是土匪，一是鸦片。果然，韩复榘立愣起两眼，对面前的8个团丁扫视了一下，右手向前方一摆，从口中迸出一个字，“毙!”话音刚落，执法队呼啦围了上来，不由分说，拉下大堂。8名团丁大喊，“冤枉，张有才坏良心啊!”喊叫声不绝于耳，一直押到走廊南头大办公室以外推上鬼门八号。

这时，一个五六十岁、嘴角上翘八字胡、穿着一身体面衣服的犯人，传在桌前站定，此人是寿张县的村长，乡间富户。还有3名原告，军法官袁道田念：“×××等告乡长利用村民财产，打拼锅（利用民财吃喝），从中贪污，经查未有实据，乡长也不承认。”韩复榘说被告：“乡长有公事聚餐，可以炒鸡子、烙饼，怎么能打拼锅，多花村民的钱呢?”乡长毕恭毕敬地回话韩复榘：“报告主席，打拼锅是开会定的，告我的他们几个也跟着吃了，并且还没多花钱，这有账可查，更没有贪污。”3名原告与他争辩起来。韩复榘看了看乡长，扭过头来又看了看原告，笑眯眯地说：“我看乡长这老头儿两撇胡儿挺不错嘛！不要打官司了，我给你们5块钱，到外边一块儿吃顿饭，讲讲和，回去吧。”乡长遂说：“谢谢主席，我有钱，怎么能花主席您的钱呢?我有，我有。”韩复榘也高兴了，说：“你们下小饭馆就行了，可不要去鲁东大饭庄，大馆子要多花钱的，免得吃了喝了又告到这儿来。”被告、原告皆大欢喜，都说谢谢主席，就下了堂。候审的众犯人紧张的气氛立刻松弛了许多。大家相互投递着眼色，意思是，今天算赶上好运了，看主席脸上的气色呗!

随后，传上一个胶东某县姓宋的，胖乎乎的身子将那件杭纺绸褂撑得鼓鼓囊囊，在监房里就不承认是共产党，很像个乡间大户或商人大贾的子弟。同监时，赵健民也没和他说过话。袁道田念：“此人××县人，×××等告他是共产党，他本人不承认，说是参加过读书会。”被告声音颤抖地哭诉，“主席啊，我可从来没有参加过共产党。”韩复榘说：“哭什么，没参加就没参加呗。你也写个宣言自首好啦。”又了结一案。

随着军法官的传唤，犯人中走出一个40多岁的胖子，少了一条腿，拄着双拐，“咯吱咯吱”地来到堂前，是残废军人。袁道田看了状纸，大声念：“×××贩白面（毒品）7元，被侦获查破。”念到这里，又把声音放低了些，目光凝视着韩复榘，说：“此人原先在西北军做过连长。”韩复榘立愣着眼，盯住拐子看了片刻，右手向外一摆，说：“毙!”拐子破口大骂：“韩老儿，老子跟冯长官多年，少了一条腿，连这个面子都不看……”下一句还没骂出口，执法队就上来了，有的用军棍打他的头，有的掩他的嘴，连拖带拉地弄上八号车。当着这么多犯人和执法队的面，韩复榘遭此痛骂，是从未有过的。他气得面色蜡黄，两撇胡撅得老高，下巴不停地颤抖。候审的犯人们面面相觑，惊慌失措地悄声议论："哎呀，主席发火啦。"下一个该传到谁，大家都捏着一把汗，唯恐灾祸降临到自己头上。

恰在这时，袁道田喊："赵健民！"场上的人那种非同寻常的目光全部集中在赵健民身上，等待着韩复榘对这个高个子年轻人可能非同寻常的发落。重犯中被枪毙的 8 个团丁，贩卖白面的拐子，都是由两个执法队员一左一右拧着胳膊，听得韩复榘一声"毙"，就拉出去了。当叫到赵健民的名字时，两名执法队员同样立即靠了上来，做好抓他臂膀的架势。赵健民不慌不忙地走出犯人队列。该怎样应付这种场面？他心里掂量着。他故意放慢脚步，在离八仙桌不远的正前方站定，观察着韩复榘的神情变化。

"这个人叫赵健民，一乡师学生。"袁道田盯了他一眼，又把脸转向韩复榘，故意提高嗓门，"他是山东共产党的首要分子，乡师、兵工厂的组织都归他领导。并且，多次去莱芜活动。捕共队抓到他，他一直没有吐露共产党的真情。"说到这里，袁道田的语气更加严厉起来，"捕共队宋队长呈请主席处决他！"旋即，两名执法队员挟住他的两臂，单等韩复榘那张抽烟过多又加之被拐子骂了一通而越发青黄紫皂的双唇迸出一个"毙"字，就往外拉。

赵健民意识到，情势已到了最严峻的关头，也是党考验自己生死攸关的时刻。如果韩复榘一挥右手，他就高呼口号"打倒日本帝国主义！打倒国民党反动派！中国共产党万岁！"如果……他边观察韩复榘的举动，边揣摩怎样对付眼前的审判。韩复榘立愣起眼，朝他连着瞪了两次，说："你是个学生，不好好念书，为什么参加共产党？""为了抗日救国。"他见韩复榘情态没有大起大落的变化，接着说："主席明白，日本人占领东北、热河是不会满足的，还会进一步占领整个中国。

中国人打内战，只会加速自己的灭亡。共产党主张一致抗日，这是救国救民的光明道路。我们学生同情它的主张，所以参加它。全省人民都知道，主席也不愿当亡国奴嘛，为什么拿我们问罪？”

韩复榘说：“你为什么到莱芜？是不是那里有山，又要闹什么暴动？闹暴动我可不答应。”赵健民沉着地回答：“莱芜有我的同学，我们是对老百姓做些抗日救国的宣传活动，目的是唤起民众，准备抗日，国内的各军各界各党各派团结起来，一起对付日本帝国主义。现在一切军队都是抗日力量的一部分，再打内战，不论胜负属于谁，都是国防力量的损失，在山东也同样都是你的力量的损失。你说是不是，主席？”

韩复榘立愣的眼睛放平了下来，“嘿，你个小年轻的，对我做起宣传来啦。”显然，周围的人单等着韩复榘挥右手说“毙”的紧张气氛一下子缓和了许多。站在审判桌西侧的大胖子军法处长史景洲插嘴说：“这个人硬得很，特务队抓他的时候，他把共产党的宣传品都吃了。”

大家听了这话，又看韩复榘。只见韩复榘又立愣起眼来，向赵健民看了一阵。但是没有说“毙”，也没挥右手，只是说：“年纪轻轻的，算你有种。我看，先押回去吧。”遂命执法队，“把他送法院，送法院。”就这样，一场剑拔弩张的过堂，竟出人意料地结束了。

带赵健民退堂的那名执法队员，边走边说：“兄弟，好险啊。来到这个地方，还能叮当一番，真行啊！你们共产党有孬种的，也有好样的。别的人主席一立愣眼就完了，而对你立愣了三四次，也没毙，你命真大。主席一生戎马，喜怒无常，今儿个你这真正有种的反倒沾了大光啦。”赵健民坦然地说：“我是准备等他挥右手的，结果没挥。”看来，共产党抗日救国的主张，一定会得到全国人民拥护的。他心里清楚，韩复榘没有对他挥右手的原因就在于此。

1937 年 10 月，日本侵略军沿津浦铁路向南进犯，德州、平原相继失守，先头部队已到禹城，济南岌岌可危。山东国民党大小官员惶惶不可终日，纷纷准备携眷南逃。在这种形势下，党中央派来的代表张经武与韩复榘谈判，达成释放政治犯的协议。于是，山东高等法院以“停止羁押”的名义，将其释放出狱。

在以后旷日持久的戎马生涯中，赵健民从一名普通游击队员到赵三营营长、鲁西军分区司令员，冀鲁豫军区司令员，身经百战，出生入死，直至淮海战役，数度立功，受到总前委刘、邓、陈、粟、谭（震林）特示嘉奖。

1949 年初，冀鲁豫军区部队编为第二野战军五兵团十七军，赵健民担任政委兼军长。4 月 20 日，和百万雄师一道，十七军在蒋介石长江防线的安庆发起攻击，突破长江天险，彻底粉碎了国民党反动派妄图长期固守江南的迷梦。这支全是由冀鲁豫子弟组成的人民军队，作为进军江南的主攻部队之一，紧随刘、邓首长，以雷霆万钧之势，挥师江南，横扫顽敌，经历大小百余次战役战斗，将江西、广西、湖南、贵州、云南、四川等地的人民从水深火热中解放出来。正是这支所向无敌的军队，作为中国人民解放军的一支劲旅，用他们的英雄魂魄和血肉之躯，筑就了中华人民共和国诞生的历史丰碑。

（赵健民口述　宋增益撰写）

码上观看快板书《赵健民密会老掌柜》

烽火青春

——徐运北革命生涯撷萃

投身学生运动

1930年，16岁的徐运北从聊城省立二中转学到济南正谊中学，次年考入济南高中（济高）。九一八事变爆发，日本帝国主义侵占东北三省，三千万同胞陷于法西斯铁蹄之下。国难当头，蒋介石采取不抵抗政策，实行“攘外必先安内”的反动方针，大肆捕杀共产党人和进步人士，“围剿”共产党领导的江西中央革命根据地。日寇的侵略行径和蒋介石的倒行逆施激起全国人民的无比愤慨，大中城市学生纷纷走出校门游行集会，呼吁抗日救国，迅速掀起抗日反蒋怒潮。此刻，徐运北带领本班同学积极参加了学校开展的南京请愿斗争。在济南高中请愿斗争的影响下，全市中

在济南高中读书时的徐运北

小学生迅速行动起来，形成一股强劲的革命洪流。随着请愿斗争的深入开展，徐运北和同学们一起勇敢地走上津浦铁路，进行卧轨请愿，将这场斗争推向高潮。继而，徐运北作为济南学生代表，奔赴南京参加向国民政府请愿的活动，在全国产生重要影响。

1932 年，国民党南京政府颁布《中小学学生毕业会考暂行规程》，决定中等学校应届毕业生集中会考，目的在于强迫学生埋头读书，不问政治，安分守己，从而扼杀学生自由，压制阻止学生参加抗日救亡运动。会考章程颁布后，山东以济南高中为发起地，全省学校罢课斗争一哄而起。教育厅长何思源带领省政府手枪旅包围了济南高中，全市各校遂派代表到省政府交涉、请愿，徐运北作为本校代表位列其中。政府当局迫于社会舆论压力，作出部分让步，降低了考题难度，使绝大多数应届毕业生顺利通过会考。这场全省性反会考斗争虽然没有完全取得胜利，但通过实际斗争锻炼了广大青年学生，不少人后来成为革命事业的骨干力量。

1933 年春，山东党组织遭到 1929 年以来的第十次大破坏，省委领导同志、济南高中学生孙善帅被捕牺牲。该校党员王石钧、马云祥等，带领的闹学潮、反会考、卧轨请愿，徐运北都是在他们的影响下踊跃参加的，尽管当时还不知道他们都是共产党员。敌人搜捕时，身处危急时刻的王石钧急需逃脱，徐运北冒着同样被捕的险情，从学校后门搭着人梯把他送出墙外，转移到泰安农村。

1933 年暑假后，徐运北通过育英中学同乡学生王以龙，认识了堂邑的李秀海，又经李秀海介绍，认识了一乡师的同乡赵健民，这时赵健民是乡师支部书记、济南市委书记。徐运北经常接触的还有林一山、苏长宗，通过苏长宗介绍，认识了姚仲明，他们都是东阿县人，鲁西的老乡。他知道济南高中党员还有林浩、梁仞千，但党员之间不得随意发生横的关系。

1934 年 1 月，经过半年多接触了解，赵健民发展徐运北入党。那是一天的黄昏，他和赵健民并肩漫步在校外的田间小路上，寒风嗖嗖地刮着，时而听到附近村庄的犬吠声，此时此地显得格外僻静。徐运北紧走几步，站立到赵健民面前，开诚布公而又十分郑重地提出："健民哥，我要入党。"赵健民紧紧握住他的手说："好，组织接受你，我已经考察好久了。今后咱们就是同志关系了，同志胜过父母兄弟，叫一声'同志'，要比任何关系都亲密。"顿然间，徐运北周身热血沸腾，虽然寒风凛冽，但他仿佛置身于温暖的阳春之中，因为他的人生之旅从此启始了新的征程。

赵健民向他介绍了目前山东党所面临的险恶形势，当即布置了两项任务，一是千方百计寻找失散的党的关系，二是积极而又慎重地发展党的组织。于是，根据赵健民要求，他很快联系到济南育英中学的李荫隆、李延贵、尹延禄、王若杰，正谊中学的冉昭肃、孙洪，济南一中的曹志真，济南一师的袁复荣、王鹤峰。一个月后过春节，他回到鲁西又联系到聊城省立第三师范的党员王晋亭、郭庆云、宋宝印。

成立鲁西特委

1935 年农历正月初三，是鲁西乡间走亲串友的旺日。一条条蚰蜒般的黄土道上，尽是南来北往的行人。挎篮子的，背包袱的，各自携带过节礼品，怀着新春伊始的良好祝愿，相互拜年致意。这天，在家度寒假的赵健民，带领钱洪勋，和阳谷的申云浦约好，以拜年的名义，来到居住堂邑县城的徐运北家中。前来拜年的还有寿张八乡师党支部书记段延明，聊城师范党支部书记王晋亭以及钱潔东。徐运北的父亲，人称徐二先生，知书达理，为人忠厚，尤其对儿子的一班朋友更是关心备至，以礼相待，置备了一桌丰盛酒席，频频举杯，接受孩子们的敬意和新春佳节的美好祝愿。然而，老人哪里会知道，儿子他们怎么会告诉他，就是在这次传统习俗的礼仪交往中，竟成立了中共鲁西特别委员会（鲁西特委）。原来，赵健民和徐运北寒假前在济南就已初步商定了这一方案。因为，鲁西党团员已有百人之多，十几个县建立了基层组织，有的还建立了工委或县委，所以决定成立一个地区性的党的领导机构。酒足饭饱之后，老人知趣地离席，以让孩子们无拘无束地开怀畅谈。如是，在赵健民主持下，中共鲁西特委成立，徐运北任书记，钱洪勋任组织部长，申云浦任宣传部长。从此，整个鲁西党的建设有了统一领导，党的工作有了统一部署，党员行动有了统一步调。

1935 年春，根据赵健民安排，徐运北返回济南，在小北门内借了朋友的一间小南屋，一方面继续建立党员联系，另一方面寻找上级关系。得知济南一中的曹志真已在北京做事，徐运北筹措了一些路费立即赶去，按照门牌号码找到他的住处，一问房东，说他已经被捕，只好无果而归。又到曹县去找王石钧，通过他再找上级关系。几经周折在一个偏僻的农村小学找到王石钧，虽然条件非常简陋，王石钧仍然默默地发展了七八个党员，但他也不知道要找的上级关系在哪里。回来赵健民告诉他，可与《新亚日报》建立关系，编辑一个副刊发表文章和信息。该报有几个进步文化青年，还有两个女的，据说后台就是山东著名教育家、一乡师进步校长鞠思敏。徐运北立即行动，找到关系，办了副刊《晨钟》，向《新亚日报》争取了半个版面，每周一期，约稿多是一乡师等一些学校的学生，报方送给几十份报纸权作稿酬。在险恶环境中，作为一隅难得的宣传阵地，《晨钟》连续举办了一段时间，成为山东党组织十分难得的喉舌，在艰难环境中发挥了一些特殊作用。后被当局查封，涉及人员受到追查。

1935 年秋后，徐运北从事党的活动处境日益恶劣，在济南实在难以安身，赵健民便安排他回鲁西家乡开展工作。于是，徐运北通过表兄、校长念丙臣，在柳林武训小学当教员，以此为掩护从事党的工作。这里是堂邑、冠县、馆陶、临清四县交界，相对临清党的基础比较薄弱，因此他把主要精力放在临清方面。1936 年，集中发展了临清一带的党组织，建立读书会，开展抗日救亡活动。其中发展了临清西南关崇贤义塾小学的李奎元、黑若仙、严竹林，从北平来的高校学生丁浩川，还有黑伯里、郭少英、张警民等，从此建立起中共临清特别支部。临清有一家报刊，即《临清快报》，徐运北布置，由李奎元通过同学、亲戚关系，在该报办了几个副刊，起到一些宣传作用。其间，国民党特务到武训小学抓捕徐运北，学校教员赵荫亭及时将他藏在自己家中掩护起来，幸免于难。赵荫亭是柳林西街人，大户人家，富庶家庭，开明士绅，思想进步，后为堂邑县参议员。

七七事变后，鲁西特委坚定不移地执行党的统战政策，同山东第六区（聊城）国民党专员、抗日将领范筑先①精诚团结，密切合作，形成牢不可破的抗日民族统一战线。其一，以第六区政训处作为党的公开办事机构，从而摆脱了党组织在鲁西地区长期地下活动的状态。其二，以政训处名义将省委派来的 240 名共产党员、民先队员、平津流亡大学生派往各县，分别成立政训办事处，领导开展抗日救国运动。其三，建立和发展共产党直接领导的抗日武装。徐运北与平津流亡学生、堂邑凤凰集的解彭年一起，一面通过公开合法的方式向同情抗日的国民党县政府索要枪支，一面发动共产党员、青年学生、进步人士组织抗日武装，建立了堂邑抗日游击队。后以此为基础，合并冠县、寿张、

---

① 范筑先（1881 年 12 月 12 日—1938 年 11 月 15 日），河北省馆陶县人。爱国将领，民族英雄。早年从军到北洋陆军，历任营长、团长、旅长等职。1931 年回山东，先后任沂水县、临沂县县长。1936 年任山东省第六区行政督察专员、保安司令兼聊城县县长。1938 年 11 月在聊城率部抗击日军，11 月 15 日城陷殉国。

阳谷等县党组织掌握的武装队伍，扩充为山东第六区抗日游击司令部第十支队。其四，建立了30多个县的抗日政权，县长大部分由共产党员担任。其五，帮助范筑先建立抗日队伍，促使和帮助范筑先第六区抗日游击司令部发展到35个支队、3路民军，共计6万余人。其六，成立农会等各抗日团体，发动全民抗战，特别是冠县的农民运动轰轰烈烈，势如破竹，代表了冀鲁豫民众抗日救国的方向。其七，加强党的建设，大力发展党员。经过1938年“红五月”“纪念七七事变一周年”“九月冲锋”3次集中大发展，鲁西地区党员由1300人猛增到3500多人。

1938年11月15日，日寇进攻聊城，聊城失守，范筑先殉国，给鲁西北抗日斗争造成极大损失，致使这块开辟较早的抗日根据地出现箭在弦上的严峻局面。范筑先35个支队及3路民军（地方武装）成分十分复杂，除少数共产党领导的几个支队真正抗日外，大部分是由土匪、民团、会道门、国民党散兵游勇等乌合之众组成的，不少人本来就是投机抗日，此刻局势一变他们或哗变或投敌很快溃散。范筑先的参谋长王金祥则利用国民党山东省主席沈鸿烈委任其第六区专员、保安司令的名义，收容范筑先旧部多个支队，编为国民党第六、第八、第九保安旅，盘踞在聊城西南部地区，誓与抗日军民为敌；第三支队司令齐子修乘机收容第十九、第二十九等支队，编为国民党第七、第十一保安旅，占据聊城北部地区自图发展；号称万人之众的民军一路王来贤部逃到卫河以西，以求一逞；吴连杰部则投靠了国民党第四区（临清）专员袁聘之。至此，时驻冠县的十支队与王金祥、齐子修形成三足鼎立之势。继而，国民党顽固派部署吴连杰由临清往南，齐子修从清平、博平往西，王来贤从馆陶县东目寨往东，王金祥集中主力往北，力图一举消灭共产党创建和领导的十支队。

1938年11月19日，针对这一险峻形势，鲁西特委召开紧急会议。参加会议的有省委代表张霖之、省委特派员朱则民、鲁西特委书记徐运北、十支队司令张维翰以及齐燕铭等。会议分析了聊城失陷后的险恶局面，研究制定了继续坚持鲁西敌后抗战的方针。会议认为，鲁西的抗战形势已到了最危险的时候，共产党人必须义不容辞地担负起领导抗战的历史重任，领导权绝不能落到国民党顽固派手中。为此，会议决定由张维翰接过范筑先的职权，代理山东省第六区专员和鲁西北抗日游击司令部总司令，统一领导鲁西地区的抗日斗争，并立即以其名义发布公告，安定民心。

中共鲁西北地委旧址

12 月 7 日，鲁西特委再度召开紧急军事会议。参加会议的张霖之、徐运北、王幼平、袁仲贤、赵伊坪、齐燕铭、张维翰、王化云等，均为鲁西地区的党、政、军要员。会上，有的同志认为形势危急，部队对抗日游击战争经验不足，为保存主力，应把十支队拉到大峰山，依靠山区坚持泰西抗日根据地进行斗争。张霖之、徐运北、张维翰等则认为，鲁西地方党在冠县、馆陶县、邱县有卫河天险，便于同敌人周旋，又背靠八路军主力部队，遇有紧急情况可随时取得支援，并有广大群众的支持，是能够继续坚持的。经过讨论研究，最后决定十支队继续留在冠、馆、邱一带，在鲁西特委的领导下，坚持鲁西平原游击战争。从此，中国共产党在鲁西地区进入了独立自主的抗日游击战争新阶段。

在鲁西区党委

聊城失陷于日敌之后，中共中央北方局根据敌后抗战的需要，决定在津浦铁路以西的山东地区建立省级架构的中共鲁西区委员会，领导50多个县党的工作。1939年1月，鲁西区党委在馆陶县城（今冠县北馆陶镇）成立，张霖之任区党委书记，组织部长赵镈，宣传部长朱则民（后为张承先）、副部长万里，秘书长赵伊平，民运部长徐运北，统战部长段君毅，军事部长杨勇。

徐运北领导民运工作期间，建立了中华民族解放先锋队鲁西总部，下设组织、政治、青年、妇女、儿童5个分部，各县建立分队部。成立冀鲁青年记者服务团，冠县、莘县、茌平、濮县等20多县成立服务团支部。建立鲁西各抗日群众团体，主要有鲁西北妇女抗日救国会、鲁西北职工抗日救国会、运东抗日救国联合会、运东农民抗日救国会、运东青年抗日救国会、运东妇女抗日救国会、运东文化抗日救国会，各会恢复建立健全了相应的基层组织。

在实际工作中，全区开展了群众性“抗不交”运动，对日伪不缴钱、不缴粮、不缴柴草，不出民夫。实行“合理负担”，对土地赋税实行差异化管理，土地多的多负担，少的少负担，人均1亩地免征，人均1—3亩地每亩征收粮食1—2斤，人均3—5亩地每亩征收2—3斤，人均10亩以上每亩征收10斤，照此办法每年共征收粮食100万斤，解决了鲁西地区困难条件下的军政之需。开展借粮运动，开地富之仓，借所余之粮，救贫民之急，1939年共借粮300万斤，打击了封建势力，鼓舞了抗战斗志。肥城县青年救国会工作积极努力，1.2万名青年被组织起来，成为山东青年工作模范县，中共山东分局发出“学习肥城县，培养青年干部20万”的号召。

1939年春，八路军一一五师政委罗荣桓率部到鲁西的泰西地区开展工作，杨勇率主力一部到郓城、梁山一带活动，鲁西区党委即往泰西与一一五师会合，决定由徐运北代表区党委去郓城地区配合部队开展地方工作。到达郓城后，徐运北遂与郓城中心县委的领导同志一起，配合主力部队打击日本侵略者，扩大地方武装，建立抗日政权，同时发展党员，建立党的组织，在郓城、寿张、菏泽、鄄城、巨野、梁山一带，以郓城中心县委为基础，建立了鲁西区党委第七地委。

1939年10月15日，区党委召开地委组织部长会议，传达中共中央指示精神，研究区党委组织的巩固与发展问题，并确定徐运北、王枫、崔健、梁仞仟为出席中共七大代表。

千里送阿胶

1939年初冬时节，区党委接上级通知，党的第七次全国代表大会将要在延安召开。区党委全体人员紧锣密鼓地筹集资料，汇总全区抗日斗争的情况，准备向党中央、毛主席汇报。同时大家考虑到，为了表达对党中央、毛主席的敬意，应该送点什么礼品。鲁西有名的土特产不少，有博平熏枣、肥城大蜜桃、堂邑雪花梨等，但是战争环境下这些东西很难携带。思来想去，还是传统特产阿胶好。

阿胶盛产于鲁西东阿县，主要原料是黑色毛驴驴皮，水源取自本县阿井，经煎煮后浓缩炮制而成，堪为史上选用的“圣药”贡品。《本草纲目》记载，阿胶具有治疗肌肉萎缩无力、眩晕心悸、失眠心烦、燥热咳嗽、咯血、吐血、尿血、便血、产后出血、贫血等功效。作为名贵中药材，既是中药又可入食，用之则可体验到古阿胶三千年的深邃内涵，感受中医药文化的博大精深。为此，区党委立即安排当地党组织，搞到 5 斤阿胶，1 斤 1 包用土纸包好，表面贴有一层红纸。

11 月 14 日午后，徐运北从聊城城南朱老庄出发，踏上奔赴延安的西行之路。次日上午，到达冠县城西南部的鲁西北地委驻地。在冠县、大名、馆陶三县交界之地，他和冀南、豫北、鲁西北地级以上干部，参加了邓小平召开的秤钩湾（今属冠县东古城镇）会议。11 月 15 日这一天，正是日寇侵占聊城一周年，回想起来感慨万千。一年前，由于党组织坚定地执行了党中央的统一战线方针，与范筑先将军结为牢不可破的抗日同盟，创建了鲁西抗日根据地，就连山东的国民党反动派都号叫，“山东红了半个天”。范筑先殉国后，党组织砥柱中流，高举抗日救国旗帜，力挽狂澜，将鲁西抗日中心从聊城转移到冠、馆、邱一带，在八路军鼎力支持下，迅速站稳脚跟，党政军群各项工作重又打开局面。

正是这一天，八路军一二九师政委邓小平由冀南到达鲁西，在冠县、馆陶、大名三县交界的秤钩湾召开筑先纵队和先遣纵队营以上干部会议，对鲁西区党委的工作作了重要指示。会上，邓小平传达了中共六届六中全会精神，作了关于坚持敌后抗日斗争和整顿军纪的报告。他在报告中分析了全国的抗日形势，号召军民打持久战，巩固扩大统一战线，争取更多人加入抗日行列，增强夺取抗战胜利的信心。要通过统一战线长期合作来支持长期战争，但在统一战线中要坚持独立自主原则，不能再犯我党历史上只讲联合不讲斗争的迁就主义错误。要依靠群众，立足农村，放手发动群众，最广泛地组织人民战争，巩固冀南，恢复鲁西抗日局面。听了邓小平讲话，徐运北进一步明确了方向，增添了无穷力量。

西行途中，他让交通员到农村集市买了几尺土布，请房东大娘把阿胶包严缝好，和他仅有的一床薄被、两件衣服一块儿装在马袋里，放在他所骑乘的马背上，紧随邓小平的掩护部队，夜间从临明关附近穿过日军平汉封锁线，到达太行山。

行军路上，阿胶放在他身下的马袋里，宿营时放在他睡觉的枕头旁，随手都能摸到。过封锁线时，他一手紧握马缰，一手摸着阿胶，心中只有一个念头，我在阿胶在。常言说，千里送鹅毛，礼轻情意重，这可是鲁西人民对共产党、毛主席发自心底的深情厚谊啊！

1940 年夏初，百团大战即将开始，他们从太行山向晋察冀转移，在娘子关附近穿越正太铁路。日寇封锁严密，战斗十分激烈，掩护部队也有一些伤亡。在敌人的炮火声中，进入晋察冀边区的平山县，他骑着马，一直摸着阿胶的手已经麻木了。

经过长途跋涉，冲破敌人的重重封锁，历经整整一年时间，1940 年 10 月到达革命圣地延安，暂住在和中央机关杨家岭只有一河之隔的马列学院后山窑洞。到达延安的第二天早饭后，徐运北便急忙抱着阿胶送到杨家岭，亲手交给中央秘书处，说明是鲁西区党委和鲁西人民对党中央、毛主席表达的一份深情厚谊。过了几天，毛主席、陈云、张闻天、李富春、王首道亲切接见了他们，并同山东的七大代表在中央机关食堂吃饭，同大家亲切交谈。徐运北见到毛主席和其他中央领导同志，心情特别激动，心想自己总算没有辜负鲁西区党委和鲁西人民的重托，圆满完成了给毛主席、党中央送阿胶的光荣任务。

在延安的日子

由于战争岁月，七大延期召开，徐运北暂被安排到中央政策研究室工作。1942 年 1 月，调至中央党校一部任党支部书记。延安时期，中央党校是专门培养党的中高级干部的学校，1942 年 2 月 1 日至 1946 年春，毛泽东主席担任中央党校校长，更是不同寻常，他的这项任职是和延安整风运动紧紧联系在一起的。1942 年 2 月，徐运北聆听了毛泽东《整顿党的作风》的报告。毛泽东十分风趣地说：这些作风不正，并不像冬天刮的北风那样，满天都是。主观主义、宗派主义、党八股，现在已不是占统治地位的作风了。这不过是一种逆风、一股歪风，是从防空洞里跑出来的。由于参加整风的干部、学员都有挖窑洞、挖防空洞的经历和体验，因此，听到“从防空洞里跑出来的”，不由得哄堂大笑。

为了给学员创造更好的学习环境，活跃师生的精神文化生活，中央党校修建了一座占地 1200 平方米、可容千余人的大礼堂。将要竣工时，人们左看右看，虽然建筑宏伟、宽敞，可总显得少点什么。有人提议在正面挂个题词什么的。一说题词，大家就很自然地想到范文澜先生。但范老试着写了几条，连自己也不满意，于是提议去找毛泽东。毛泽东欣然命笔，“实事求是”四个雄健潇洒的大字跃然笔端。题词后，中央秘书处立即找来能工巧匠，选了四块方方正正的石料，将麻纸铺在方石上，照笔画开凿，字形不差分毫。“实事求是”的石刻镶嵌于正门后，犹如画龙点睛，使这座宏伟建筑更加熠熠生辉，作为中央党校的校训，给人耳目一新的感觉。不仅因为针对当时存在于党内的脱离实际、崇尚空谈的教条主义，更重要的是毛泽东赋予“实事求是”全新的科学含义。从此，这一题词就成了党校学员直至今天全党学习研究马列主义的座右铭。

在中央党校，徐运北系统学习了毛泽东《改造我们的学习》等整风文件。杨家岭时期是毛泽东理论创作的巅峰，仅就后来的《毛泽东选集》1—4 卷，延安时期所作占到总量一半以上，其中出自杨家岭窑洞的则有 40 篇。因此，“延安的窑洞有马列主义”，这话千真万确。

徐运北得知，毛泽东写文章是非常辛苦的。延安地区没有电，夜间毛泽东写文章时点两根蜡烛照明，烛光昏暗而又跳动，很影响视力，容易使眼睛疲劳。毛泽东写累了，就揉揉酸胀的双眼，再继续写，一夜之后，他的脸上沾了一层烟尘。毛泽东写文章用的是毛笔，书写前打好腹稿，然后挥笔而就，疾书成文，一气呵成。写东西时，桌上一般不放书籍和报纸，不参照别人的东西。他埋头书写很长一段时间后，往往要停下笔来休息片刻，或者点燃一支烟，或者站起来，到外面的空场上走一走。如果他表情是平静的，面带微笑，和秘书或公务员唠几句嗑，那就说明他已经完成一部分文稿了。毛泽东写好的文章，有的进行反复修改后，让秘书送给中央首长传阅，有关军事方面的文章都要送给朱德看，政治方面的文章送给王稼祥看，认真听取他们的意见。经过反复讨论后，把大家的意见集中起来，最后他再斟酌修改。

在杨家岭的窑洞里，毛泽东撰写了《〈共产党人〉发刊词》《中国革命和中国共产党》《新民主主义论》等著作，从而构筑了新民主主义的全新理论体系。可以毫不夸张地说，就是这一篇篇在毛泽东案头那盏彻夜不熄的烛光下凝结着无穷智慧的理论巨著，照亮了中国革命的航向，使中国革命的巨轮，绕激流，过险滩，千回百转，终于驶向胜利的彼岸。

1942 年 4 月，中国共产党开始了历史上第一次大规模的整风运动。因为遵义会议以来，党的工作取得令人瞩目的成就，但是党内还存在着严重的学风、党风、文风不正的问题。全党 90 万党员大多出身农民和小资产阶级，有的组织上入党思想上没有完全入党，党内“左”倾机会主义影响和危害还未来得及彻底清算，宗派主义、主观主义、党八股仍在影响干扰着正确路线的贯彻执行。通过深入学习，徐运北多次参加高级别干部会议讨论，有时还担任记录，他的思想认识、政治觉悟、理论水平迅速提高。1943 年转入审干后，他所负责的党支部，认真学习领会贯彻执行毛泽东等领导同志的指示，做了大量深入细致的工作，为一批高级干部弄清了历史问题，后来在甄别定案阶段，实事求是地为一些战功卓著的老领导、老同志甄别平反落实政策，自己同时也受到深刻的获益终身的路线斗争教育。

1945 年初，世界反法西斯战争行将结束，中国人民的抗日战争也处在胜利前夜。为了尽快打败日本侵略者，争取新民主主义革命胜利和建设新中国，中国共产党于 4 月 23 日至 6 月 11 日在延安杨家岭中央大礼堂召开了第七次全国代表大会。出席大会的代表 755 名，其中正式代表 547 名，候补代表 208 名，代表全国 121 万党员。至此，六大已过 17 年，七大代表徐运北也在延安学习工作等待了整整 5 年。

中共七大会场

七大以“团结和胜利”为主题，彰显了党的力量之根。经过延安整风，清算了自党成立以来的“左”倾和右倾错误，破除了对共产国际的迷信，在马克思主义中国化征途上，奠定了全党空前统一空前团结的政治与思想基石。七大会场，悬挂着陕甘宁边区政府等赠送的大幅挂旗——“在毛泽东指引下，向着胜利，向着全国人民的彻底解放前进！”主席台对面大门上方悬挂着横幅——“九十三万大军跟随前进！”

开幕式上，毛泽东以《两个中国之命运》为题，慷慨陈词，给中国人民指引了一条光明的道路，宣布这个大会是一个打败日本侵略者、建设新中国的大会，是一个团结全中国人民、团结全世界人民、争取最后胜利的大会。

大会确立了毛泽东思想在全党的指导地位，促使全党紧紧团结在毛泽东的旗帜下。选举毛泽东为中央书记处书记、中央委员会主席和中央政治局主席，实质上完全形成了以毛泽东为核心的具有崇高威信的、能够团结全党的坚强的“久经考验的政治家集团”。

会上，毛泽东把愚公移山精神与抗日战争胜利后中国共产党率领中国人民搬掉压在中华民族头上的帝国主义、封建主义这两座“大山”的根本任务联系在一起。徐运北曾 3 次亲耳聆听毛泽东用通俗语言讲述这个动人肺腑的寓言故事。第一次是 1945 年 4 月 24 日，在七大作口头政治报告时，毛泽东讲到对于国民党进攻实行自卫与反击的话题，引用的就是愚公移山的寓言。毛泽东告诉大家，中国革命道路是艰难的，在占据绝对优势的国民党军队进攻面前，我们具有坚韧不拔、百折不挠的意志力和顽强作战、所向无敌的人民军队，一定会取得最终的胜利。第二次是 5 月 31 日，毛泽东在会上讲话：“同志们！我多次讲愚公移山的故事，就是要大家学习愚公的精神，我们要把中国反革命的山挖掉！把日本帝国主义这个山挖掉！”第三次是在 6 月 11 日的闭幕式上，毛泽东意味深长地、详细而生动地讲述了愚公移山的故事，并赋予了这个寓言故事以全新的思想内涵和时代精神，提出“下定决心，不怕牺牲，排除万难，去争取胜利”的奋斗宣言。从此，包括徐运北在内，愚公移山精神成为中国共产党团结带领全国人民克服一切困难险阻、战胜一切顽敌强敌，最后走向胜利的强大精神动力。

七大在党的历史上具有十分重要的里程碑意义，标志着中国共产党在政治上思想上组织上走向成熟。大会之后，经过延安时期的教育和熏陶，长时间近距离接受领袖的指引与教诲，马克思主义理论与革命斗争实践密切结合的淬火加钢，同样愈加成熟起来的徐运北，犹如扬鬃奋蹄的烈马，身负党和人民的重托，奔赴硝烟弥漫、刀光剑影的冀鲁豫战场。

（徐运北口述　宋增益撰写）

一高的学生运动

我是1932年考入冠县一高十一级读书的。那时，冠县人口近20万，仅有3所高小，学生人数不足千人。一高设在县城东门附近，原为清朝考取秀才的初试考棚。整个建筑比较考究：坐北朝南对开的红漆大门；青砖铺成的近百米长、一丈多宽的甬道，直通大礼堂；东西两排厢房，东厢房设有4个教室，西厢房是学生宿舍。学校有1名校长、1名训育主任、十几名教员，他们和学生都在校吃住。

因为住校，每天除上课时间，再用一两个小时就能完成老师布置的所有作业，其余时间大家常一起闲谈。从闲谈中，我认识了比我高两届的九级同学冯干才。他待人处事既严肃稳重，又平易近人，他不仅每次考试在班里是第一名，而且对社会上的事情知道得格外多，在学校很有名气。我从他那里听到了许多听所未听、闻所未闻的事，有些话深深地打动了我的心。1932年学校放寒假前夕，冯干才来到我宿舍，同我和我的一个本家哥哥于树菖说："经过咱们较长时间的交往、了解，知道你们很想多读一些书，多懂得一些国内外大事。如果你们愿意的话，欢迎你们参加我们的读书会，读书学习。"从此，我们就参加了读书会。在读书会里，先后读到了保定书局出版的《少年漂泊者》《纪念碑》《鸭绿江》等许多进步书籍和报刊，从而大大开阔了我们的眼界和胸怀。

"千里来做官，为了吃和穿，有权就有钱"，这是旧中国一些人所信奉的宗旨。为此，国民党内部争权夺势的斗争一分一秒也未停息过。冠县的国民党分为东北派、东南派、西南派和西北派四大派别。东北派掌握党权，东南派掌握教育权，西南派掌握财权，西北派是地方实力派。冠县一高，是全县的最高学府，各派都向这里伸手，企图为己控制。1933 年春节刚过，一高校长、东北派张少尼被撤职，换上原训育主任、东南派李子西，并从禹城县调来一个名叫王梦更外号“王二穷腚”的人当训育主任。张少尼对这一人事变动感到十分窝囊，便怀恨在心，伺机报复。

被排挤撤职后始终住在县党部的张少尼，正苦于没有办法报复，恰好上年从一高毕业又考入寿张八乡师的冯干才，利用学校放寒假时间，回到母校开展工作。张少尼听说冯干才来到学校，又深知他在学生中的威信，就将冯干才接到县党部，以贵宾佳客相待，并毫不隐讳地说：“李子西把我从学校里挤出来，停职待命，他当了校长，可他对办学根本没有什么经验，让这样的人当校长实在太不像话了。你是我的老学生啦，在同学中熟人多，不能眼看着我摔这个跟头而丢脸现眼不管，千万帮我想想办法，整他李子西个底朝上，弄他个公鸡脸，给我出这口气。出了事我给你兜着。”

张少尼想利用冯干才在学生中的威信，发动在校学生反对李子西，来为他出气。冯干才识破张少尼的这一企图并从中看到他们之间的斗争实质，便决定利用他们之间狗咬狗的矛盾，发动和掀起学生运动，揭露国民党内部贪污腐化、争权夺利、欺压百姓的丑恶行径。冯干才不仅答应了张少尼的要求，而且还积极组织、发动和领导这一运动的开展。

寒假过后，在开学典礼的那天早晨，学校正在集合队伍，十级学生郭思高（郭策）、徐成林、冯义仁三人，点燃了挂在礼堂西南角处一棵大槐树上的千头十响一扑腾的鞭炮。学生和教职员工闻声立即围拢过来。有的人高喊："有啥喜事啦，放这么多鞭炮？""庆贺新校长上任和学校开学。"

冠县一高旧址一角

李子西、王梦更见此情景，感到这种事前不请示、不汇报，搞突然袭击的庆贺，实质是对新校长的不尊重和讽刺，因而恼羞成怒。他们也清楚地意识到，这种举动不是出自学生本身，背后一定有人指使，并联想到这个人可能就是张少尼。为了对付张少尼的进攻，他们就抓住学生放鞭炮这件事大做文章，并通过对学生的处理来回击张少尼。

当李子西、王梦更在现场追查时，徐成林、郭策（郭思高）、冯义仁三人承认是他们点燃的鞭炮，并完全是出于对新校长上任的庆贺，不承认有其他动机，根本没有违反校规。于是你一句我一句地起哄起来。我们围观的同学加劲地给他们三人助喊，弄得李子西、王梦更丑态百出，十分狼狈，深感下不来台。

过了三四天，在西厢房学生宿舍北头墙壁上贴出一张布告，内容是：

查郭思高、冯义仁、徐成林三名学生受坏人挑唆，不守校规，借开学典礼之机，擅自点燃鞭炮，影响开会，实属不稳分子，故给予开除学籍处分，以儆效尤。

切切

此布

校长李子西

中华民国二十二年×月×日

郭策等三人被开除以后，即到县党部找到张少尼。张少尼对一高发生的一切已有所闻，感到给自己出了气，心中十分痛快。为了进一步操纵学生，搞垮李子西，他不仅收留了郭策三人，还把他们藏在县党部，然后利用学生“失踪”这一撒手锏整治李子西。同时，通知三名学生家长向校方要人，学校一时找不到人。张少尼又鼓动学生家长向县教育局告发：孩子犯了啥罪，被开除了不说，还弄得活不见人，死不见尸，是死是活我们都不知道，这到底是为了啥？

事情轰动开以后，为了使斗争深入广泛地发展，在学生家长向学校要人和向县教育局告发的同时，冯干才又发动校内学生举行罢课声援。冯干才夜间深入校内，首先找十级的学生骨干，研究斗争的办法和策略。同学们都行动起来，选出学生代表找李子西讲理，“放鞭炮是庆贺你荣升校长，这是我们十级学生的共同心愿，是大伙推选他们3个人具体干的。你们这样处理，是不公平的。别说没有什么违反校规的地方，就算是违反了校规，也不是他们3个人的问题，我们全体同学都有责任，如果学校要处理的话，应该处理我们十级全体学生”。接着，又向校长提出如下要求：

一、撤销校方布告，想办法尽快找到郭思高、冯义仁、徐成林三名同学，并通知他们回校复课。

二、如果学校不同意，我们全体同学去教育局，要求上级重新处理。

三、从今日起，我们全体同学停课三天，等候学校的答复，待他们三人回校后一起复课。

三天过后，学校仍未答复，却采取了严密监视十级学生行动的措施，不准他们请假外出，特别是不准集体外出，以此来防止学生到外边闹事。

为了冲破学校的严密封锁，在各个方面的支持下，经过秘密串联，夜晚大家统一行动，跳过学校围墙，到尹成玉饭庄集合。第二天，全体同学到县教育局请愿。

李子西的家住在城内十字街北，路东是个繁华的地方。为了扩大影响，把李子西搞垮、搞臭，有的学生还引人注目地扛着自己糊的灵幡，手拿哭丧棒，来到李子西家，给他的父亲送信、“报丧”，说：“李子西升校长后发疯了。我们三名同学庆祝你儿子高升，放了一挂鞭炮。他有恩不报，反把这三名学生开除了，现在活不见人，死不见尸，不知你儿子李子西把人弄到哪里去了。你这个当父亲的，应该严加管教你的儿子，让他赶快把我们的三名同学找回来，我们好一起回校念书，不然我们谁也不敢回校了。”

李子西的家被搅闹得十分不安，他的父亲很生气，只好答应学生把李子西找回家，狠狠地痛骂一顿，让他赶快把 3 名学生找回来。

十级学生轰轰烈烈地行动起来后，十级同学徐成林又找我和于树菖，说：“你们再发动一下十一级的学生，来声援我们的斗争。”

我们立即找了四五名十一级的学生，商量怎样声援的问题。一致认为李子西、王梦更这两个人心毒手狠，这么点小事就开除三名学生，企图镇住我们。现在咱们要声援十级同学，和他们联合起来，回击李子西，给他个眼色看看，彻底斗垮他。要不然，将来咱们也没好。

我们商量好后，又经过分头串联，十一级的同学也举行了罢课。学校当局发现后，更加惊慌失措。为了不让事态进一步扩大，尽快平息这股斗争的浪潮，王梦更把十一级的班长于树菖叫到他的办公室，说："十级的事与你们十一级无关，你们为什么也跟着乱闹？今天找你来，是叫你把十一级的学生都找回来上课。"于树菖说："你们无故开除学生，弄得大家全都无心思上学。同学们都说别上课了，等学校把事情处理完再说。大家都不上教室来，我有什么办法？"王梦更气呼呼地说："限你两天之内，把十一级学生全部给我找回来上课，要不你等着瞧！"

"我没干犯法的事，等着瞧啥？你无故害人，大家气不过才罢课，这与我有什么关系？要找人你自己去找。"王梦更拿起戒尺逼向于树菖，于树菖抡起一条凳子，相互对峙地吵骂起来。这时，我和十几名同学站在训育主任室门外大声助威地喊着，"树菖哥和他拼！"

于龙（左）在抗战时期

对峙中，于树菖向王梦更提出，"要我们复课，必须首先宣布布告作废，把徐成林、郭策、冯义仁找回来。要不，没门！"双方争吵了半个多小时，但没有动起手来。经过几个星期的罢课，再加上社会各界舆论的压力，学校接受了我们提出的条件，学潮才平息下来，学生恢复了上课。

学生运动取得了胜利，但同学们对李子西、王梦更的仇恨并没有消除，认为他俩坏出了脓，总想找机会再向他们出气。李子西、王梦更这两个国民党右派分子，对于失败也不甘心，在暗地里策划着更大的阴谋活动，妄图狠狠地惩治一下学生，来挽回一些自己丢尽的面子。于是，双方仍然剑拔弩张，处在一触即发之势。

学校复课后，在操场上、墙壁上、过厅的布告栏内等处，不断出现“打倒李太子”“王二穷腚滚回去”的传单、标语。有的学生还用锥子把王梦更放在厕所的尿壶锥了几个眼。夜间，王梦更往尿壶里小便，尿全都漏在他床上的那条苏联毛毯上，搞得他十分恼火。晚上学生点名时，王梦更说：“是谁干的缺德的事，把我的尿壶底锥了眼。我豺狼虎豹都见过，还怕你们这些花脸狗熊！”

王梦更侮骂学生，大家点名解散时喊了起来：“豺狼虎豹我们也见过，就是没见过王二穷腚尿炕。”然后一哄而散。

事过不久的一天早晨，我起床去操场，在我们宿舍西圈门栏下，捡到一颗鸭嘴形的压簧手榴弹。刚捡到手，别的同学就说：“要小心，这种手榴弹危险，快交给校部去吧。”我把手榴弹交给王梦更时，他接在手里，脸上现出惊讶的神色，说：“哎呀，这东西能炸死人，你在哪里捡来的？快放在我这里吧。”后来听说在我捡到手榴弹的同时，别的同学也捡到一封署名“第二暗杀团”的恐吓信，信中声称，手榴弹是送给李子西的。谁知这全是李子西、王梦更设置的圈套。

李子西、王梦更设置“手榴弹”“第二暗杀团”的圈套，足以构成开除大批学生的理由。学生们的“恶作剧”也整得这两个家伙哭笑不得，使得他们急不可待地要把“捣乱”学生清除出校，以压下学生中掀起的对抗风潮。

3月的一个星期一，学校召开纪念周大会，把十级、十一级学生全部集合在大礼堂里。学校院内的各个角落、礼堂大门的两侧全都布满了警察。开会前，学校教师中的国民党分子，带着警察搜查了学生宿舍。

会议由王梦更主持。前边坐有县警察局长和教育局长。李子西宣布："现有共党分子混入学校，领头闹事，并运进武器，进行恐吓。经查明，吕淦泉、郭思高、于树森（于龙）、于树菖、徐成林、王志浩、许梦侠、张树桐……17人即为不法分子。"

李子西念到一个人的名字，立即有两名警察走过去，把念到名字的学生押回宿舍拿了行李、书包等个人物品，送出校门。校门外停放着5辆马车，马车旁站有警察。他们按照被开除的17名学生的家所在的不同方向，分别押上马车，每辆车上有两名武装警察押送。和我被押在同一车的有徐成林、于树菖。

李子西接受了上次的教训，他叫警察先把被开除学生送交给本村村长，由村长办理一个"今收到学生×××"并签上村长姓名的收条。这样一来，李子西就不会再承担活不见人、死不见尸的责任，消除了后顾之忧。我们这17名同学，也就被称为拿了收条的学生。就这样，1933年春天第一高小的学生运动，最后以我们17人被开除而平息下来。

（选自《血火春秋》　作者：于龙）

穷人娃走上革命路

萌发革命思想

1914年8月，我出生于冠县许辛村极端贫苦之家。七八岁在本村小学读书，初次见到孙中山的挂像。教员郭芳臣和他的同学、朋友们一起，积极宣传“雪国耻”，揭露日本帝国主义制造的“五卅”惨案的暴行。冠县一度成立了农民协会，宣传并实行放脚、剪发，组织游行、演说，都在唱“打倒列强，打倒列强！除军阀，除军阀”的歌曲。那时不知道是否有共产党在其中活动。时隔不久，随着蒋介石反共反人民的倒行逆施和推行投降帝国主义的卖国政策，这些活动就不见了。在冠县当政的国民党，为了争夺势力，分为城南、城东北两大派，他们明争暗斗，还到国民党省党部打官司。他们同地方封建势力相互勾结，秉承南京政府的旨意，不再提反帝、反封建了。

王维群

我在初小读书时，上层统治者经常更换，社会秩序混乱。不是土匪抢劫，就是“官兵”拉夫、抢东西，这种税，那种捐，民不聊生。我们王辛村紧邻辛集那条北到柳林、西南到县城以及大名的大道，经常过兵，他们见什么拿什么，张口就骂，抬手就打。人们夜间还要防匪，真是天无宁日。韩复榘任山东主席后，上层统治更加严密，“清乡”“剿匪”经常牵连一些无辜百姓。区、乡、保甲的摊派和勒索有增无减，衙役下乡催粮逼款，群众不请客，不给买路钱，就送不走“瘟神”。地主对农民剥削照旧，地租倒“二八”、倒“三七”分成。几口之家租种地主的土地，农忙时全家下地干活，农闲时在地主家打零工，一年的收入仍不能维持生活。一个壮劳力长工，每年工价二三十元，只能顾得个人吃饭，并没有多余能力养家。我村是个盐碱地多而没有地主的小村子，贫苦农民少数壮劳力在外地当长工或做佃户，多数农忙时在家种地兼做手工业或小生意，农闲时出外打短工“混吃的”，或长期走京（北京）、下卫（天津），到大城市卖苦力谋生。年景不好时，到“口外”（内蒙古）、关东逃荒。我家人多地少，父亲就带领我母亲、弟弟、妹妹，到堂邑县柳林一带地主家做佃户。“二八”分成，一家人的生活怎么也顾不上，后来全家逃荒东北，母亲和一个小妹妹有病无钱医治死在那里。

九一八事变后，日本占领东北三省。蒋介石采取不抵抗政策，宣扬“攘外必先安内”。各大、中城市革命青年纷纷起来表示反对。他们请愿、罢课、游行的消息传到冠县知识界和学生中，同样引起对南京政府的极大不满。在济南、聊城等地上学的学生，回来也传播了不少反对蒋介石的消息，使我们受到很大鼓舞。

1931 年秋，我在城内高小读书。赵健民比我高一级，是积极活动分子。我和同班的沙延孝、朱冠富，还有低一年级的许梦侠、冯干才、王志浩、于少畲等一些同学，以赵健民为首进行活动，如上街宣传抵制日货、雪国耻，到城内南街民众教育馆看书报、探消息。冯干才、朱冠富、沙延孝和我等人，常在沙延孝、朱冠富家里开会，讨论看什么书、国民党不能救中国、要找共产党等问题。我们阅读了《少年漂泊者》《彷徨》《呐喊》等作品。学校多数教员同情我们，而校长张衍孔（张少尼，国民党县党部负责人之一）、训育主任李子西（国民党员）则不支持我们。

在外地上学的同学和朋友，不断向我们传播城市民众抗日救国的消息以及共产党的主张。在报纸上，我们看到苏区反“围剿”斗争的情况，看到党在苏区的具体政策和方针。从社会上某些人士中，也可以了解到一些，如我村王金堂，家系贫农，从小外出，后当了国民党兵，在江西“剿共”被俘，由红军发给路费回家。他就宣传红军好，优待俘虏，大讲“朱”“毛”如何英明、伟大，红军作战如何英勇、神奇；讲打土豪、分田地、除恶霸，群众拥护，都跟“朱”“毛”走。我知道朱德、毛泽东的英名，知道共产党及其领导的红军的具体政策，就是从这时开始的。

党的早期活动

赵健民高小毕业后，考入临清六县联立师范。他上这个学校，一是为了继续求学，二是为了到那里找党的关系，这也是我们的希望。以后朱冠富也考入了这个学校（因闹学潮被开除），他 1932 年冬回来，带了一些宣传品和党的文件，我们看后如获至宝。赵健民放假回来说，没有找到党。

钱立勋在济南一乡师上学回来，传播了不少抗日救亡的消息，说他们学校有共产党，我们听了都喜出望外。1932 年，赵健民、冯干才、沙延孝和我去考济南一乡师，结果赵健民考上了，我们三人都没有考上。回来后，沙延孝考入寿张八乡师，我考入县立师范讲习所。冯干才在城东北张家庄教书。我考入的这个学校新成立，各方面还未就绪，书刊很少，我又与过去经常在一起的人分散了，感到消息闭塞，思想苦闷，不想在这个学校再待下去。1933 年夏，我和冯干才等人商量去考寿张八乡师，结果我们两人都考取了。1933 年听冯干才讲，赵健民在学校找到了党，但党组织又遭到破坏，省委组织部长、省团委书记被捕叛变，一些支部也遭到破坏，许多同志被捕，赵健民失掉了关系。但他一面为了恢复山东党同上级党的关系四处奔走，一面积极地和下边联系，坚持工作。寿张八乡师主要是冯干才同赵健民联系，赵健民几次去寿张。1935 年冬初，他在寿张乡师北边的大堤上开会，参加会议的冯干才回来后很兴奋地对我说："健民来了，找到了党的关系。吃过晚饭，在宿舍里咱们几个开一个党的会。"我听了十分高兴，感到自此以后可以直接得到党的指示，听到党的消息了。晚上，到会的有沙延孝、段延铭（段缄三、肖鸣），后王福昌等同志也去了。冯干才讲了他同赵健民见面的情况，说："健民在冀南、濮县找到了党的关系，上级可能很快来人。"并讲了东北义勇军的斗争，苏区反"围剿"的胜利等。我们听了都很高兴，会议立即研究如何开展学校党的工作，确定要继续宣传和团结群众，广交朋友，发展读书会。从此，大家在校内和校外的活动更积极了，开会谈读书心得，写信与校外的同学、朋友联系也更多了。

我和干才从高小认识后，就经常在一起。我们两家也相距不远，寒暑假多半一起活动，相处亲密。接触中，他曾多次向我讲过"在党"（入党）的问题，即党员要相信马克思列宁主义，党实行民主集中制，要严守秘密，"在党"的事对任何人都不能说，就是家里的亲人也不能说，党员要不怕牺牲，听从指挥，要交纳党费，如果没有钱，交一两个铜板也可以。这些我都同意，也能办到。我多次表示，要求加入共产党。我也曾问他，"'在党'的问题，只是我们几个人说了算不算数?"他也未能解答。就是这次赵健民来后，开了党的正式会议，冯干才正式介绍我入了党。

1935年，因家庭负担重，我被迫退学。我在外地上学，多靠同学、朋友帮助，如延孝、干才、少畲等人帮助我路费、学费、书费等。在这个学校，虽然每个学生每月有5元的助学金作为伙食和零用，但其他费用家庭仍负担不起，感到长期依靠别人帮助也不是办法，家庭还希望我回家种地或做点别的事，以得一些收入补助家庭。上学不上学我曾反复考虑，也同干才、延孝多次商量，他们都很同情我。此事也在党的会议上讨论过，同意我退学。至于回家如何联系，我同干才、延孝都商量过。

回家后，由于干才的帮助，我在他原来教书的张家庄小学任教。1936年夏初，冯干才带领鲁西特委书记刘晏春（刘耀先、徐升亭）来冠县，到我教书的地方，住在王村于龙家。一天下午，在王村西头一棵大树下开会，冯干才、于树菖、于龙和我都参加了。晏春指定我和于树菖、于龙三人成立支部，我任支部书记。晏春讲了党的方针、政策和红军长征的情况，介绍了冀南党组织带领抢粮吃大户的经验。晏春很有实际斗争经验，经他一讲，我们感到有了革命信心和工作办法。

1936年，健民从冠县回济南时，到我们支部开了一次会，介绍了很多消息，鼓励我们积极干。随后他去济南，不久就被捕了。接着，寿张八乡师支部也遭到破坏，支部书记王福昌等几位同志被捕，冯干才跳墙逃出学校，住在我教书的地方躲避。

建立县委

1936年初秋的一天下午，刘晏春、范明生（刘仲莹）到我教书的地方，名义上都是八乡师的同学，在许辛村小学召开会议。冯干才、任玉民和我都参加了。晏春、老范传达了省委指示，成立冠县工作委员会，由我任书记，任玉民任组织委员，冯子华任宣传委员。下设若干支部，暂不设立区委。冯子华没有到会，他以后来找我，在许辛村见了面，我向他传达了会议的决议。会后，陆续成立若干支部。城内以师范讲习所许梦侠为首建立一个支部，城南街由钱泊生负责，沙晓鲁等人成立一个支部，城东三里庄成立一个支部，朱月桐任书记。以上支部由冯干才组织成立。城北街和朱冠富教书的地方，由朱冠富负责成立一个支部。我负责组织郭芳臣、王登明等成立一个支部，我兼任支部书记。全县共有六七个支部。

中共冠县县委旧址（贾镇许辛村）

关于如何开展工作，我们也进行了认真研究。根据上级指示精神，确定大力宣传党的抗日民族统一战线政策，揭露日本帝国主义的侵华罪行和灭亡中国的野心，反对南京政府不抗日而打内战以及何应钦亲日投降派的阴谋。在小学教员中提倡关心时事，学习进步理论和革命思想，组织读书会、互助会等，相互帮助，从中发现积极分子并吸收入党。党的工作和群众工作适当分开，选择在群众中有影响的党员或积极分子，在公开场合多活动。老范又介绍了大城市搞学生运动，组织群众游行、罢课、贴标语等方面的经验，也介绍了组织农民暴动如坡里暴动、高唐暴动的经验。

1936年秋末冬初，晏春和老范从济南回来，开始在许辛村而后在兰沃乡农学校开会，根据上级指示精神，解决了不少问题，有力地促进了冠县党的工作。确定把县工委改为县委，下设区委。会后相继建立了几个区委。城东北以许辛村为主建立了一个区委，许乃昌任书记，钱文奎、卞其昌为委员，以后又增加了李一香。城里和三里庄成立了一个区委，朱月桐任书记，许梦侠、朱冠富、梁秀杰参加，城附近梁秀杰领导的一个支部归这个区委领导，由冯干才去组织。城东南由钱洪勋负责，包括城内南街的一个支部，成立一个区委。其他有支部的地方，暂不成立区委，以后逐步解决。

1937年春，刘晏春、老范二人来冠县，在许辛村和兰沃开了几次小会，主要研究了如下几个问题：首先，在许辛村一次会议上，他们传达了省委指示，将冠县县委改为中心县委。因与冯子华距离太远，决定郭芳臣任县委宣传委员；莘县成立一个特区，冯子华兼任书记，归冠县县委领导；南馆陶成立一个特区，一时没有负责人，未能很快成立；堂邑成立一个特区，于少畲任书记，不久改为县工委。

其次，刘、范二人在会议上具体传达了党的抗日民族统一战线政策，介绍了陕北红军及其东征的胜利，学习了胡服（刘少奇）关于肃清立三路线残余的文章。还让我们看了河北省党的刊物《火线》，我们看后受到很大教育，连夜复写，迅速在党内传阅。

对于工作问题，进行了比较具体的研究。他们这次来冠县，一再强调要深入工农群众，建立基层武装，组织互助会，宣传减租减息，准备游击战争。谈到游击战争，大家都想到过去晏春经常讲的冀南抢粮吃大户的经验，饶有兴趣，认为采取夜聚明散的办法，开始少数人活动，力量大了再公开活动，利用有青纱帐的事件和反动统治者之间的矛盾及其控制薄弱的地方，打土豪夺政权是可以办到的，这种办法比暴动的办法好。当然，我们不搞土匪那一套，我们有党的领导，有具体的政策，发动和依靠群众，反对少数恶霸地主，实行减租减息，为贫苦群众服务，会得到广大群众的拥护，也一定能够胜利。郭芳臣、王登明都是积极分子，他们到处活动，组织人员，搞枪支，很有成绩，以致后来党提出搞抗日武装时，他们积极组织了游击队，是与这一思想分不开的，可惜没有巩固和更大的发展。

最后，冠县党组织经过较长时间的准备和一段时间的具体工作，到抗日战争爆发时，政治上、思想上已有很大提高，对党的基本理论和政策，有了比较正确的了解，特别对于武装斗争有了一定准备，为开展抗日救国奠定了基础。在组织上有了一批骨干，基层组织也有了大发展，如东北区谈二寨、相里、李辛村、张货营、司庞庄、王羡、韩路、石家寨、田村、邓官屯、辛集、邢柳邵、大柳邵、贾镇等村庄，都建立了新的支部或工作关系。在建立的新支部和发展的新党员中，虽然有的人不久就牺牲了，有的中途不干了，但他们不论在当时，还是在以后的抗日战争中都起过重要作用。到七七事变，全县已有十七八个支部，四五十名党员。

奔赴延安

1937 年 6、7 月间，老范来冠县，传达了省委指示，要组织干部去延安学习。参加研究的有徐运北、王晋亭及其爱人、申云浦、赵凤生、钱泊生和我，还有馆陶的一位同志，决定我和钱泊生、王晋亭及其爱人先去延安，以后再组织第二批。

接着，我同老范去济南见到黎玉，在大明湖边向黎玉汇报了工作。黎玉做了不少指示，并嘱咐了去延安要注意的问题。我带回两封介绍信，一封是公开的到西安找朋友，另一封是用药水写的秘密信。我回来不久，王晋亭到冠县找我和老范，说他去不成了。1937 年秋有大水，又恰遇我祖父去世，一时我没走成。8 月底 9 月初，我同钱泊生一起离开冠县。我的路费多由朋友、同志帮助。我原来教书的房东邱学会，卖了他的自行车，给了我 18 元钱，解决了大问题。我走时决定由郭芳臣代理县委书记。我们蹚着水，到了邯郸以南的磁县马头镇，买票上了火车，经郑州来到西安三原镇八路军办事处。交了介绍信，又经办事处介绍，我们二人同湖北去延安的两位同志一起，步行到了延安。经中央组织部介绍，我们二人去桥儿沟中央党校学习。学习不久，我被调到第一中队任队长。1938 年春末，我调任中共中央总务处科长，后任处长。1941 年 2 月，被调中央高级党校一部学习。

（选自《血火春秋》　作者：王维群）

建党八乡师

1931年，省立第八乡村师范（八乡师）建于聊城地区的寿张县东关，我是二级一班的学生。学校负责人是号称鲁西三只虎的校长王冠英，教务主任高步青，训育主任名字记不清了，据传是山东省教育厅长何思源的亲信。他们都是国民党员，按国民党反动意志，对学校实行法西斯统治。发现进步同学，训育主任就个别训斥，每周星期一第一节课照例将全校学生集中起来，宣传埋头读书，不准谈抗日救国。学制四年，四期同时在校。每年招生一期，两个班，80多人，每次报名投考的就有几千人。报考的都是高小毕业生，多是家庭比较贫寒、无力考中学的人。由于国民党政治腐败，屈膝投降，激起革命学生抗日反蒋怒潮。再者国民党拉帮结派，任人唯亲，多数学生毕业即失业，对人生是个很大威胁。这为我党宣传马列主义革命道理，团结青年走向革命道路，发展党的组织，创造了良好条件。

我生长在莘县农村一个贫苦家庭，叔伯弟兄共9人。在祖母的宠爱支持下，只供我一个人考学，1933年暑假考入八乡师。考学不容易，入校更是大难关。第一次学费20多块现大洋，我家借的高利贷，确实含泪离家入校。开始时埋头读书，后在抗日反蒋怒潮和毕业即失业的舆论中，思想发生变化。半年后，我和本班共产党员冯干才结为亲密战友，他给我进步书刊看，如《帝国主义论》《大众哲学》《八月乡村》等。他给我谈革命道理，讲十月革命和红军的故事，使我逐步懂得了劳苦大众要翻身，只有抗日反蒋，推翻国民党反动统治，才能得到解放。因此，我提出要找共产党，要加入共产党。

想着共产党，盼望加入共产党。1934 年 6 月的一个星期六夜里，干才告诉我，上级党来人吸收我入党了。我听到这个消息后，心情激动，一夜难眠。星期天下午，干才带我到寿张城内东街一个小饭铺的内间，早有一个高个青年学生面带笑容地等着我们。干才介绍说，这是党派来的赵同志（后来才知道是赵健民）。他伸出双手热情而低声地说："欢迎你，同志！"我兴奋地含着热泪和他握手。干才看着这时没别人，立即掏出用红纸剪好的我党党旗，贴在室内墙上。健民同志说，入党宣誓开始。我庄严地面对党旗，立正、举手，干才举手领读一句，我跟着宣誓一句："我志愿加入中国共产党，全心全意为劳苦大众服务，为共产主义事业奋斗终身。积极为党工作，严守党的秘密，遵守党的纪律。永不叛党。"宣誓后，健民同志又握着我的双手说："我和干才同志是你的介绍人，从今天起你就是党员了，你和干才同志一起过组织生活。"声音虽小，但真诚亲切。字字拨动我的心弦，给我无穷的力量。真是生我者爹娘，给我生命活力的是党。这幸福时刻我终生难忘，入党的宣誓是我一生革命的指南。

在一个新建学校中，我党的中心任务是：团结革命学生，揭露国民党反革命骗局。宣传马列主义革命道理，慎重选择和培养入党对象，积极发展党的组织。

发展党员的方法：在团结革命同学的基础上，慎重选择入党对象，允许结交革命朋友，介绍革命书刊，宣传革命道理，单线联系，逐步培养为共产党员。因此，每逢星期天，寿张城外的田野和黄河大堤上，是我们为党工作和召开党的会议的好地方。八乡师党组织发展很快，我们二级一班开始只有我和干才两个人，1934 年暑假后是干才、路绍禹和我三个人，党支部书记王福昌和我们一起过组织生活，是四个人。

到1936年这个班又有了王宪五、司银章、张道昌，还有张雨林、吕月真是培养对象。全校共有8个班，在党支部领导下，有6个班建立了党小组，尽管党的纪律不准各小组发生横的关系，但党员心里都有数，这时已有20多名了。

山东省立寿张简易乡村师范学校全体职教员暨第二级毕业学生合影

上级党对八乡师建党工作很关心，抓得很紧，不断派人来指导工作。特别提出，要党员利用放暑假的好机会，向各地做发展工作。在1935年暑假，我们以莘县同学会名义，向临清十一中、武训中学、兖州四乡师等同学发出邀请，利用暑假在莘县城内组织起莘县旅外同学读书会，以读书会共同学习进步的名义，团结革命同学，建立革命感情。这一年选择的培养对象，有临清十一中的武雷岳、陈广德、郭学章和我校贾路峰、宋书简等同志。1936年放暑假前，党交给我们的任务是到东阿县督促党的发展工作。从我家到东阿200多里，正是暑天，我独自骑自行车赶到东阿住在路绍禹同志家，在东阿县城参加读书会。绍禹同志不仅在青年学生中选择了入党对象，在农村雇工中也选择了发展对象。这时，我们满腔热情地只知道为党工作，什么困难都不怕。我从东阿回家时，两个眼睛都肿起来了。我们在八乡师建党，经过两年多的努力，在冠县、阳谷、莘县、东阿、鄄城、临清等县都发展了党的组织。

1936年暑假后，我们回到学校。10月初的一个夜晚，正在教室自习，寿张县的反动当局对学校实行了武装包围，从教室里把王福昌抓走。当夜，冯干才逃出学校。训育主任和训育员一夜查寝室数次。我和绍禹商量，形势不对，赶快离开学校，往陕北去。回家后，家庭既怕，又不给路费。我去东阿找绍禹，他已离家不知去向。我回家后借了一张别人的文凭，改名换姓到冠县考了短期小学教员。特委派刘晏春跟我接关系，把我介绍给冠县县委，参加县委的工作，县委有许梦侠、王宪五、沙延孝等。后来听冠县县委说，王福昌在寿张被敌人捕去，原因是省委给王福昌的电报被敌人查住了，其实电报就是暗示他立刻转移，过后王福昌见无动静再没躲避。王福昌由寿张押到济南监狱，我党曾派党员张道昌以王福昌亲兄弟名义探望，知道王福昌在监狱中受尽敌人各种酷刑，他同敌人英勇斗争，丝毫没有泄露党的秘密，表现了无产阶级的硬骨头和大无畏的英雄气概，最后被折磨死在监狱中。真不愧是我党的优秀党员，每每想起王福昌，我的心情都很悲痛。他虽然被敌残害与我们早别了，但他的革命精神永垂不朽。我们党有今天，祖国有今天，是这些无数革命烈士用鲜血换来的。我们活着的人，要继承革命先烈遗志，踏着烈士的血迹奋勇前进。

（选自《光岳春秋》　作者：冯子华）

鱼水情深

北馆陶镇大郭庄位于镇驻地正东 3 公里处的黄河故道腹地。关于大郭庄保护无产阶级革命家宋任穷、王宏坤二位首长的夫人钟月林、冯明英同志的故事，在当地有口皆碑。

1942 年 8 月，由于日寇的大规模“扫荡”，冀南抗日根据地进入最艰难时期。八路军和党政机关日夜转战，很难找到一个安全的地方。时任冀南军区政委的宋任穷夫人钟月林、冀南军区副司令员王宏坤的夫人冯明英，都身怀六甲，因为部队经常转移，她们无法随军行动。冀南区党委决定把她们暂时转移到农村，待孩子出生后再返回部队，并决定把掩护任务交给中共馆陶县委。

当时的馆陶县（县城为今冠县北馆陶镇），绝大部分是敌占区，根据地被压缩到一个很小的范围，而敌人对根据地的袭击、抢劫和“扫荡”，几乎没有间断过。如何确保二位首长夫人的安全，区党委和冀南军区敌工部的同志进行了认真研究和缜密安排，决定充分利用敌人的灯下黑，把她们安排在敌人“眼皮子底下”。敌工部副部长孙建功的学生肖永茂曾担任过馆陶县四区、八区区委书记，在当地有不少敌伪统战关系和堡垒户，于是就把任务交给了他。肖永茂提出大郭庄的郭绍周、郭绍庭兄弟两个是合适的人选，并详细介绍了郭氏兄弟的情况：二人出生于地主家庭，自幼读书，都有较高的文化程度，虽然思想不够先进，但是能辨别是非曲直，为人比较坦诚、正直。郭绍周任馆陶县伪政府秘书，深得伪县长吴作修信任，人称“二县长”。郭绍庭与伪警备司令王来贤是儿女亲家，在县城任王来贤油行经理。肖永茂发现他们虽然置身于敌伪行列，但并无恶行，且有些同情革命军民，就经常找机会接近他们，做思想工作。郭氏兄弟暗地里为民族解放事业做了一些贡献，曾经多次为我军提供日伪军兵力部署、武器装备、“扫荡”路线等重要情报。经长期观察考验，和肖已经成为多年朋友，或者说郭氏兄弟已成为抗日政府的可靠内线。

冀南区党委根据肖永茂的介绍，感觉郭氏兄弟有民族大义，值得信赖，当即决定将二位首长的夫人安排在他们家。肖永茂受托渡过卫河，秘密进入馆陶县找到郭氏兄弟，二人听说共产党的高级领导干部如此信任他们，感到很高兴，说负责二位首长夫人安全义不容辞，表示亲自安排此事，绝不会出现一丝一毫的差池。事情谈妥后，区党委通知了馆陶县委，馆陶县委立即安排可靠人员迎接钟月林、冯明英二位同志。由于二位女同志不能涉水，肖永茂、郭绍周就分别利用自己的关系与身份亲自到桥头迎接，说她们是自己的亲戚，骗过严格盘查的日伪军。郭家还安排了车子，把二位夫人顺利接到大郭庄村。

郭氏兄弟的妻子都很热情、善良，也明事理，她们把钟月林、冯明英当作自己的亲姐妹看待，样样照顾得无微不至，钟、冯二人十分感激。其间，郭氏兄弟时刻把她们的安危放在心上，每天都密切关注敌人的动向，连当时很小的郭鸿海都担任了家庭的“哨兵”，一有风吹草动，马上把二位夫人藏在隐蔽的地方，多次化险为夷、转危为安。后来钟月林生下女儿，冯明英生下儿子，连续在郭家住了 5 个多月，直至完全恢复健康，才于 1943 年 2 月中旬奉命返回部队。郭氏兄弟一家冒着生命危险保护了二位夫人的安全，谱写了一曲军民鱼水情深的人间赞歌。

“文化大革命”期间，郭氏兄弟因为曾经担任伪职长期受到批判、管制，直至“文化大革命”结束后其亲戚找刚刚复出的宋任穷同志，他们的冤屈才得以平反。此后，郭家人与宋任穷、王宏坤建立了经常的联系，他们不断收到钟月林、冯明英的信函和资助，宋、王的家人也多次到大郭庄看望郭绍庭的妻子（陈金华）。刘仲藜（国家财政部长）、宋法棠（中共山东省委副书记）、李延龄（国家财政部副部长）、张敬涛（聊城地区行署专员）、赵闻（国家财政部副处长、冠县挂职副书记）等领导同志都曾亲临大郭庄村看望郭家老人。

1996 年 12 月，财政部原部长刘仲藜（右三）、中共山东省委原副书记宋法棠（左二）等到大郭庄看望乡亲

（选自《冠县革命老区》　作者：李保祥）

两次探监

1936年9月，黎玉告诉我，赵健民被捕了，要我想办法找熟人去探望他。那时押犯所的所长是王仲诺，他从菏泽回来，就干了这个差事，我认识他，并且和他相处得还很好。我就接受了这个任务。黎玉告诉我："会见时你就说赵健民是张老太太的一个侄子，是个学生，主要是因为搞抗战活动而被捕的。你到那里就这样跟他谈。"

我到押犯所找到了王仲诺。王仲诺说："二哥到这儿来有什么事情吗？"我说："无事不登三宝殿。今天来嘛，有个事情托付你。你这里押着一个姓赵叫赵健民的吗？"他说："有，是共产党，押在这儿。"我说："哎呀，这个我倒不知道。他是张老太太的侄子，是个学生嘛！什么共产党不共产党，反正青年人爱国，抗日是每一个学生都非常重视的问题嘛！为这个说他是共产党，我就不大理解。反正我知道学生主要是抗战嘛！"他说："二哥，你是不是个共产党啊？"我一听问我是不是共产党，就说："我这号人够条件

武中奇

吗？你看，共产党都是有学问的，都是大学生，是有知识的，我一个老粗有什么条件参加共产党啊？假设说我是共产党的话，那就好了。”他问：“怎么又好了呢？”我说：“我是个共产党，抓到这儿来，问题就解决了。”他说：“解决什么问题？”我说：“解决吃饭问题，有了地方吃饭了，免得俺在家里吃了早饭没晚饭。尤其是有你这么一个好朋友，在这里招待招待，照顾照顾，不会给我多大苦头吃，多好啊！我没有参加共产党的条件哎。”他说：“呃，别说这个，你是共产党也没关系。怎么回事你谈吧。”我说：“今天张老太太让我给送点东西，拿几个钱来，她上这儿，不太容易进来，就托我来看看怎么样。老人嘛，总是对年轻的关心吧。”他说：“你要见见吗？”我说：“要见。”

王仲诺就带我到赵健民的监房门口。我从老虎洞往里一看，喔唷，里面烂草堆上坐着好几个人。王仲诺吆喝一声：“赵健民，有人来看你。”我与赵健民不认识，光看见一下子站起来一个大个子，像个半截铁塔。我问：“你是赵健民吗？”他说：“我是赵健民。”我说：“今天张老太太托我来看看你，同时给你带来 10 块钱和一点点心。”我把 10 块现大洋和点心递给他。可他往外一推，说：“我不认识张老太太，你送错了！”我说：“这样吧，你认识也好，不认识也好，今天你暂且把钱和点心收下。你就把点心吃了，把钱花了，我送错了我负责，不会再来跟你要钱。”我又说：“张老太太身体很好，你放心。”他听了才把钱和点心收下。

跟他谈话以后，我就回到王仲诺的办公室。我说：“谢谢你，我跟张老太太是同乡，相处得很好，她既然托付我这个事情，我们都是朋友嘛，所以希望你以后对赵健民多加照顾，饮食方面多关心一些。”他说：“好，你放心，你放心，这个交到我身上了。”我问：“赵健民在这里怎样？”他说：“这个人很好，蛮不错的。”

这次探监以后，我们对赵健民的营救工作就开始了。我们找到了邱山宁、任赞宇，求他们跟韩复榘谈一谈。这些工作做了不少。

又隔了一段时间，天气冷了。黎玉对我说："你再到赵健民那里去一趟，看看他。天冷了给他带床被子去。被角里有信。告诉他外面已经在营救，叫他耐心等待，不要急躁。"

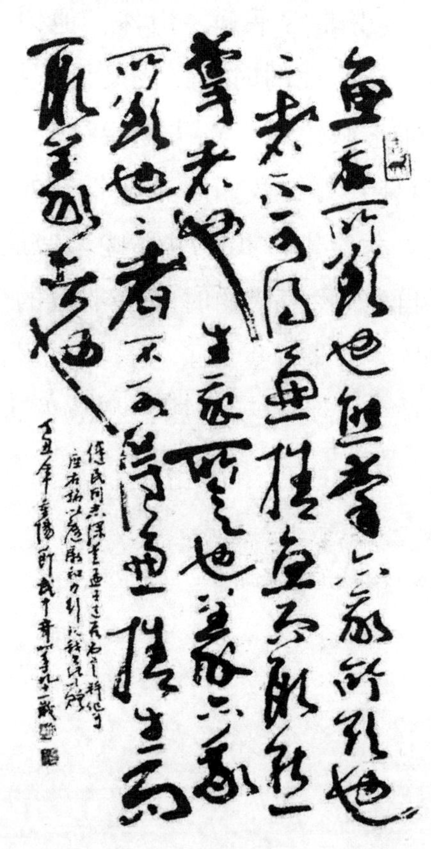

1997 年重阳节，91 岁的武中奇书写孟子名言赠赵健民

在去押犯所之前，我给王仲诺刻了两方图章，那是比较漂亮的图章，写了一幅中堂、一副对联，都是送裱画店里裱好的。除了这些礼物，去的时候还带了点儿肥城桃。我到王仲诺的办公室，他正好在那里。我把带去的礼物交给他。他平常也喜爱这个，当然觉着很高兴。我说："今天来还是看看赵健民，天冷了给他送床被子，跟他见见面。"他说："现在过堂去了，还没有回来。"我说："怎么样啊？也受些刑吗？"他说："哎，这个人是很有骨气的，很有骨气！任凭受些什么刑罚，都是非常刚强。"他说了些赞美的话。我说："在这里怎么样啊？"他说："这个你不用挂心了，在这里我还是对他有些照顾的，朋友嘛！"他又说："你等等，大概快回来了。"我们在闲谈中，听见外边喊："赵健民回来了。"于是听见"哗啦哗啦"的脚镣声，接着又看见赵健民拖着沉重的脚镣进来了。他往里走的时候，王仲诺就喊他："赵健民，有人来跟你见面，你到办公室来。"赵健民一进屋子，王仲诺就说："好，

你们谈。”“叭”的一声把门关上，他就躲开了。他虽然躲开了，我们却不能不警惕，在狼窝里不能不考虑他们搞什么名堂。我说：“张老太太非常着急，关心你的身体，叫我来看看你。同时天冷了，叫我给你送床被子来。”我把被子往外一拿，说：“这个被子啊……”三番五次地捏着被角给他看。受过重刑后的他，显得非常平静、坦然，他说：“好，好，好。”这样，把被子交给了他。交给他的时候，我又再三把被角拿给他看。作为职业革命者的他，非常敏锐地点点头领会这个意思。我问：“身体怎么样？”他说：“我身体还好，我们还是有骨气的，不对头的事绝不乱说。你回去告诉张老太太，告诉我家里那些亲戚朋友放心，不要挂牵我，我很好。”这次见面，我们谈的时间是不短的。赵健民还向我解释了上次见他时对我的误会，即看我穿了一身黑衣服，戴着礼帽，把我当成特务了。赵健民在监狱始终宁死不屈，和敌人进行了顽强斗争。

（选自《血火春秋》　作者：武中奇）

血火交织的岁月

1934 年，我在济南正谊中学读书。这年 2 月回家度寒假，我到了赵健民家里。那天，他从济南一乡师还没回来，我就在他家住了一夜。第二天下午，健民回来了。吃了晚饭，我们俩来到梁堂村北的池塘边上。池塘结了冰，我们都面朝北，这时我正式向健民提出入党的要求。健民紧紧握住我的手，说："今后咱们就是同志关系了。同志胜过父母兄弟。叫一声'同志'，要比任何称呼都亲密。入党后，一是要保守党的机密，二是要完成党交给的任务。"

地下印刷

1936 年暑假，我在惠商职业学校毕业后，地下党山东省委组织部长、济南市委书记赵健民对我说："组织上决定你担任省委交通员。你先租两间房子，其他事情以后再说。"于是，我通过熟人找到一个店铺，由店铺担保，在济南市普利门外的太平街租到两间房子。按照健民的意见，我把自己的行李搬来。几天后，健民领来一个学生打扮、操山西口音的青年，向我介绍说："这位是北方局派来任山东省委书记的黎玉同志。今后我们三人住在这里，都是学生身份，是亲朋和同学的关系，同在一起复习功课，准备考大学。"为了掩护，我特意把我们三人用过的课本和书籍拿出来，摆在枕边和桌上。黎玉、赵健民大都白天出去，晚上回来。北方局设在天津，为送报告和领取文件，我几次往返于天津与济南之间。虽然路程遥远，沿途又驻扎着国民党的部队，但没有出过任何差错。

这时，山东党组织发展得很快。为了将领来的文件精神及时贯彻到各个特委和县委，省委决定买一部油印机，把领到的文件翻印出来。印刷地点在擀面巷八号一间房子里，由党员徐宾、章士劳负责刻写和印刷。刻印之前，黎玉对他们二人做了许多吩咐，然后说："力争工作不出问题，万一暴露了，就照我说的办，打死也不能改口。"秘密印刷工作一连搞了3个多月，都很顺利。每当我把需要翻印的文件交给他们，翻印后又秘密送到各个组织时，这些文件将会产生巨大作用，心里总是有一种说不出的高兴。

孙洪

9月22日下午，黎玉对我说："特委书记会议明天上午结束。散会前你把翻印的文件取回来，由各特委书记带走。"

次日中午，我来到擀面巷八号。谁知，情况突变，只见徐宾、章士劳的那间房子窗户紧闭，而不是按照组织规定的暗号开一扇关一扇，门也上了锁。我正着急，认识我的男房东惊慌地走来，低声问我："你碰到警察了吗？"我说："碰到了，在前边不远的地方碰到的。"房东说："他们不认识你，要不你也危险了。你的同学徐宾、章士劳被抓走了，还带走了他们的油印机和印的文件。警察大清早就来了，刚才是我叫他们去吃饭的。他们交代我，如发现有人来找徐宾和章士劳，不管是男的女的，都要把人留住，等吃饭回来把人交给他们。孙同学，你快走吧，等会儿警察回来，你就走不脱了。”我告别了房东，赶快离去。

徐宾、章士劳这次印刷的文件很重要，上面有红军胜利完成二万五千里长征，到达延安的详细经过，有两篇关于动员全国人民抗日救国的文章。因为文章比较长，他们工作了一个通宵，还没有完成任务。9月23日早晨，天下着雨，他们认为敌人不会来搜查了，就继续印刷，结果暴露了。敌人一见这个文件，如临大敌，立即全城戒严，气氛悚然。

我找到赵健民，将以上情况告诉了他。健民说：“太平街不能住了，马上搬家。”对于住房，我们有所准备，所以一出事我们就立即搬到了丁家涯事先租好的一间房子里。健民对我说：“印刷暴露的事，黎玉同志还不知道，今天下午他很可能去擀面巷。我马上去擀面巷南口，你去北口，挡住黎玉同志。”可是，我们到了那里一直望到天黑，也没见黎玉的踪影。难道他也出现了什么情况？我们更加心急如焚。

省委曾决定，如果出了什么问题，民众教育馆即为第二联络点。第二天一早，我和健民疾步来到大明湖畔的民众教育馆，才算和黎玉接上了头。关于印刷被破坏的情况，黎玉大致知道。听了我们的详细汇报后，他说：“莱芜有两个人叛变了，你们俩要赶快离开济南，暂时转移到长清县去。徐宾、章士劳两同志被捕后的情况，我赶快派人去打听。为防止意外，还要把昨天发生的情况告诉各特委，这事由我安排。我也要马上离开济南去北方局开会，半个月以后，我回来与你们联系。”说完我们便分了手。

9月26日晚，我再三催促健民赶快离开济南。他说：“现在不能走，还有两件事要办。第一，明天早饭后你去一乡师把刘清禄同志叫来，把以后应采取的斗争策略向他交代清楚。第二，明天淄博煤矿的同志来了，把下一步的工作安排好。”刘清禄是一乡师党组织的主要负责人，我把他叫来与健民见了面。就在他们刚刚谈话之后，由于叛徒告密，健民在大街上被捕。

我在长清县待了几天，紧张局面稍有缓和，又回到济南。印刷所被敌人破坏后，为使上级的文件及时传达下去，在绝对保密原则下，由几个同志夜以继日地抄写。可是，遇有紧急文件，不能按时抄完，自然会给党的工作带来损失。因此，省委决定让我负责开设一个小饭馆做掩护，把秘密印刷恢复起来。白色恐怖下，用开饭馆掩护党的联络工作，是很好的办法。我们的同志都可利用到饭馆吃饭的方式，随时进出于自己的秘密联络点。我在正谊中学读书时结识的一个饭馆老板王德胜，因本小利薄以及国民党的苛捐杂税，早已关闭饭馆，还乡种田去了。经组织同意，我走访乡里，找到王德胜，他一家四口都很乐意与我合伙在济南开饭馆。由党组织资助经费，小饭馆开了张。这时，又买来一部油印机，正式恢复了秘密印刷。我名义上是饭馆的掌柜，实则做党的工作。每天晚上，我抓紧翻印文件，刻写、油印均由我一人承担。白天忙于跑交通情报，还兼管济南市部分支部的组织工作。王德胜负责掌勺炒菜，经过党的教育，进步很快，两个月后就被发展为共产党员。王德胜的爱人负责内务、买菜、洗菜、做包子。他的两个儿子做跑堂。他们干得很好，对来饭馆联络工作的同志十分热情和诚恳。大家都说：“进了饭馆，就像回到了自己的家。”这个小饭馆，一直到 1937 年 5 月，由于革命形势的变化，秘密印刷转移到济南书店，它才停办。

同志出狱

徐宾在担负秘密印刷期间，一直是商人打扮。被捕后，敌人把他当作共产党的领导干部，说他不是特委书记也是县委书记，要他说出省委书记的姓名、住址和经常活动的地方。徐宾始终按照黎玉事先嘱咐的话回答敌人，说自己是濮县做买卖的，来济南了解市场行情，顺便探望一个亲戚。他随便说了一个名字，还说由于多年没有通信，亲戚的住址不详，一直没有找到。敌人问他为什么与章士劳在一起帮共产党印文件，他说自己识字不多，辨不出是共产党的文件还是国民党的文件，只是看到章士劳年纪小，推油滚没力气，便帮他推了一阵。敌人几次审讯，严刑拷打，他始终不改口，结果只关押了三天就释放了。

章士劳年仅 18 岁，身材矮小，看上去像个十五六岁的孩子。因为国民党的法律有一条，不满 18 岁不判刑，所以他按黎玉的嘱咐，说自己只有 16 岁，因家境贫寒，无处谋生，才买了部油印机给人家印点东西，维持生活。敌人问章士劳帮共产党印过些什么文件，他说："我开业以来，大都给济南街上的老板们印点表格，只帮共产党印过这一回。"敌人又问他这个文件是什么人送来的，他回答说："是一个 60 来岁的老头儿送来的。开始我不敢刻印。那老头子说给我 5 块大洋，我才答应。约定 9 月 23 日上午 8 点拿钱来取文件，可是你们一早就来了，害得我白白辛苦了一夜。"不管敌人怎样软硬兼施，章士劳始终不说其他的事，关了 9 个多月也释放了。

赵健民被捕不久，组织上要我设法了解他被捕后的情况。有个姓张的共产党员，打进山东省政府当了科员，他革命意志坚强，机智聪慧，善于结交，掌握许多敌情，及时向党组织汇报，对革命有很大的贡献。为了获得赵健民的情况，我就去找张同志。

一天傍晚，在小市政街的小河边，我把组织上交给的任务告诉了张同志。他答应一切照办，并约定时间再来小河边见面。这样，我们掌握了赵健民在狱中的一些情况。

赵健民被捕后，国民党山东省政府得知他是共产党省委组织部长兼济南市委书记，立即在他们中间引起很大震动。整个济南市的大街小巷戒备森严，国民党省政府和市政府周围军警密布，架起了数挺机枪。山东省主席韩复榘亲自出庭审问，想从赵健民口中获得我党的重要情况，妄图把山东地下党一网打尽。尽管敌人施尽伎俩，但赵健民坚贞不屈，始终没有吐露党的机密。敌人把两个叛徒带到法庭上与赵健民对证，赵健民大骂无耻叛徒，搞得敌人狼狈不堪。

青岛市长闻成烈得知赵健民被捕，垂涎三尺，给韩复榘打来电话，又发来电报，希望了解审讯情况，并要求交给他审讯处置。可他是韩复榘的下级，自然碰了一鼻子灰。

河北省政府主席宋哲元闻讯，也打来电话，希望得到赵健民被捕后的有关情况，也要求将人交给他处理。总之，一些国民党的反动头子听到赵健民被捕，如获至宝，争相要人，都想从赵健民口中打破一个缺口，把我山东以及北方局的党组织一举破获，以向蒋介石邀功请赏。韩复榘全然不买他们的账，只想独占其功，独得其赏，因此他亲自坐堂审讯赵健民。但是，仍然一无所得。

这帮刽子手恼羞成怒，对赵健民施以严刑拷打。然而，3 个多月始终未能动摇他的革命意志。韩复榘无奈，将他转到济南高等法院看守所长期关押，直到 1937 年七七事变后，才将他作为政治犯释放。

赵健民被捕后，林浩接替他的工作，担任省委组织部长和济南市委书记。林浩济南高中毕业后，就在市里一个小学当教师，每月收入除自己吃饭外，其余的都交给了党组织。健民出狱后，带着一身伤，立即找到黎玉、林浩，汇报了狱中的详细情况。

太原之行

七七事变后，日军疯狂进攻，北平、天津相继失陷，北方局从天津转移到太原。黎玉布置任务时嘱咐我："北方局通知去取文件。从山东到太原是一条新的交通线，路途遥远，情况复杂，一路上要倍加小心，万万不可疏忽大意。"他还告诉了我接头的暗号。

带着山东省委给北方局的工作报告，我乘上火车，三天以后到达太原。按照北方局通知，找到正泰旅社。那时，大一点的旅社设有用小木板制作的旅客姓名牌。在正泰旅社住下后，老板就在服务台黑板上挂上了我的姓名牌和住房号码。我是老交通，北方局早就知道我的名字。第二天上午，有个20多岁、头戴博士帽、身穿浅蓝色府绸长衫的青年，手里拿张《晋报》走进来。这人与黎玉说的完全一样，正是与我接头的。可是，为慎重从事，我没有马上打招呼，依然坐在床上看书。直到那青年按规定的暗号问我"先生，何时来的"，我才高兴地起身与他握手，说是初九上午10点到达的。说着，我拉开小皮箱的夹层底板，从里面取出给北方局的报告，递给了那位同志。接着，我们约定了下次接头的时间。

9月15日上午，18架日军飞机在太原狂轰滥炸，大批房屋倒塌，无数同胞血肉横飞，整个太原一片惊慌混乱。在正泰旅社，人们议论纷纷，一边痛斥日军法西斯的罪行和蒋介石的不抵抗政策，一边又高兴地说："听说共产党的副主席周恩来来了，八路军的副总司令彭德怀也来了，这就好了，太原有救了，山西有救了！"大家还说，过几天，周恩来副主席准备在太原召开群众大会，亲自做全民总动员、抗战到底的报告。听到这里，一股暖流涌上我的心头。我是多么想在太原多待几天，亲自聆听党中央的声音，亲眼见到党中央的领导同志啊！可是，时间紧迫，重任在身，不可能啊！

9月16日下午，与我接头的同志准时来到正泰旅社，将一包密封的文件交给我，对我说了几句归途保重的话，就走了。我赶快把文件装在小皮箱的夹层底板下。黎玉是山西人，很想知道家乡的抗日消息，所以我又给他买了几张《晋报》。17日，我离开了太原。

傍晚，在石家庄下了车，准备转车回济南。可是，钱包不知啥时被人扒走了。借钱买票吗？人地生疏，求借无门。发电报等组织寄钱吗？一来连发电报的钱都没有，二来北方局交代我，文件十分重要，必须在明天一早送交山东省委。我考虑了一阵应变的办法，就混在旅客中上了火车。到邯郸，列车员一查票，把我查了出来。警察立刻把我带到列车员公务间，七八个人轮番在我身上搜查，又把我的皮箱打开，翻了个遍，只有两件衣服和几张《晋报》。他们把《晋报》对着灯泡反反复复地照，想从上面发现什么密码、密信之类的东西。一个警察见我头戴博士帽，身穿府绸长衫，便说："看样子，你不像个穷人，怎么乘车不买票呢？"我说："钱包被人扒走了。"又一警察问："你是哪里人，干什么的？"我说祖籍山东济南，在太原经商做生意，回济南探亲。另一警察又问："有身份证吗？"我说身份证在钱包里，也被扒走了。警察们没有从我身上捞到什么，怒斥道："没钱不能坐车，下去！"猛地一下，把我推下车来。我一脚跌在铁路旁的碎石上，手和脚都摔伤了，但心里庆幸异常，因为党的文件安然无恙。

我忍着伤痛，走进邯郸的一家旅馆，向老板述说了钱包被扒的事，请他帮忙把箱中的衣服卖掉，第二天乘车回到济南。

烽火初燃

不久，北方局为了广泛开展游击战争，给山东省委派来一批八路军干部。其中有位红军干部廖云山，被派往鲁西北特委，黎玉要我负责护送，并嘱咐我，回来时去冠县看望赵健民。从济南到鲁西北特委所在地临清300多里，沿途驻有多股国民党军队。我和廖云山走的全是偏僻的乡间小径，转来转去，实际走了500多里。

完成了任务，我离开临清，回到冠县。在冠县，见到刚刚获释出狱的赵健民。他的伤还没全好，身体还十分虚弱。他根据省委指示，回到鲁西搞武装。我看望了赵健民，打算回济南。路经聊城时，见到省委代表张霖之。他告诉我，济南 3 天前沦陷，山东境内的黄河两岸已被日军封锁，省委机关也从济南迁到鲁中山区的莱芜一带去了。他说："我们已接到省委指示，共产党员就地组织武装，进行抗日游击斗争。你留在本地组织武装吧，我负责与省委联系，把你的情况报告给省委。"我接受了新的任务，当天又返回冠县。

回到冠县，赵健民召集地下党员会议，有我和郭林业、许梦侠、王志浩、梁秀杰、朱月桐等同志参加，会议内容是发动和组织游击队。开始比较顺利，动员了 40 多名队员、20 多条枪，驻在东三里庄，后发展到 100 多人和枪、十几匹战马。这时，冠县已经拉起了两大股绿林武装，即"南杆①"韩春河和"北杆②"石洪典。他们发展比我们快，虽然其中很大部分是贫苦农民，但其队伍属于绿林武装性质，群众有枪也不敢不给他们。我们呢，是党领导的抗日武装，不抢不砸，组织人员和枪支时，都是以动员的方式，宣传有人出人，有钱出钱，有枪出枪，抗日救国。冠县的枪都叫"南杆"和"北杆"收去，"南杆"发展到 3 个团，"北杆"发展到 3 个团一个营（陆子恒组织的那个营，后收编为范筑先的卫队营）。

党领导的这支游击队，叫鲁西北抗日游击队。立个名目，刻有公

---

① 南杆：七七事变后，冠县土匪首领韩春河在冠（县）堂（邑）路以南地区建立的绿林武装，名曰"抗日义勇军"，后被范筑先收编为山东第六区游击司令部第六支队。

② 北杆：七七事变后，冠县土匪首领石洪典在冠（县）堂（邑）路以北地区建立的绿林武装，名曰"华北抗日自卫军"，后被范筑先收编为山东第六区游击司令部第五支队。

章，取得合法地位。群众见我们都是学生，又称我们为“学生杆”。队伍成立后，真正起到抗日游击队的作用。1937 年冬，日军路过冠县城，城里汉奸——维持会头子开会欢迎日本人。日军离开县城后，我们把这些汉奸头子捉住，拉到东关枪决了。这次行动震动很大，尤其给当汉奸的人迎头痛击。

改造绿林

1937 年底，正当我党组织的游击队不好再发展的时候，我们党员开了个会，决定将这支队伍中的党员骨干随队伍分别打入“南杆”和“北杆”，还有留在地方的。赵健民到“南杆”不久，该队伍便被范筑先收编为六支队，后来他又在里面当了特务营营长，这是我党掌握的武装。其他同志进去做政治工作，还没有掌握武装的实权，我到五支队就是做政治工作。在五支队开展工作还容易些，郭芳臣当参谋长，他还有这个权。另外还有沙延孝、许树菱、许乃昌、郭兰舟等党员，五支队党员多一些。

郭英留在了地方。1937 年底到 1938 年初，我们对汉奸、亲日分子坚决镇压，同时组织农会，发展党的组织，为创建冠县抗日根据地打下基础。冠县抗日根据地始终比较巩固，如供应粮食、收养伤员、出干部、出兵员等，确实起了根据地的作用。

1938 年初，五支队调往聊城，驻在西门里，上面发放了军衣。这时，大批平津流亡学生（内有地下党员，多是进步青年知识分子）到聊城政训处，要求参军参战，抗日救国。于是，五支队设了政训处，团、营、连政治干部很快充实健全起来。鲁大东、宋子兴、崔玉甫、郎勤章这 4 个同志来到五支队，他们都是馆陶人。沙延孝也在五支队一团当了政治部主任，宋子兴和刘健农任营教导员，连队都派了政工干部。这些同志一到部队，工作都很积极，做出一些成绩。政治工作，主要是进行抗日救国教育，找排长、班长谈话，开展文化娱乐活动，唱抗日歌曲，上识字课。

在这期间，我们在青年知识分子中发展了一批党员。发展工作比较慎重，把入党对象的家庭状况和出身历史都了解清楚，再进行几次教育，才正式介绍他入党。最先发展的有鲁大东、王化亭、杨寿恒。鲁大东后来离开五支队去馆陶县任县委书记，是模范县委书记，还成为党的七大代表。在部队开展政治工作，阻力很大。五支队营、连以上军官绝大部分当过土匪，是旧军人，不支持教导员和指导员的工作，并说政治工作是狗皮膏药，指导员是吃闲饭的。个别政工干部不愿在连队，感觉工作无法开展。政训处经常召开政工干部会议，了解团、营、连政治工作情况，一方面及时了解下情，另一方面使政工干部互相启发和学习，因都是刚参加工作，没什么经验。我们多讲些党的主张和政策，目的是把党的光辉形象在政工干部头脑中牢牢地树立起来，打下发展党的良好基础。

五、六支队相继调离冠县后，由我党直接领导的十支队驻防冠县。五支队在聊城待命期间，一些当过土匪和旧军人的连以上军官匪性不改，不断回冠县境内抢掠、敲诈群众。一团三营营长周进贡系惯匪，身边常有30多人跟随，经常耀武扬威地回冠县境内骚扰。当地群众报告了十支队，十支队派人捉拿，周进贡带着人和枪投靠日军当了汉奸。

旧军人中也有进步的。如四连连长，曾和红军作过战，了解我党的政策，该连指导员张兆汉对连长的政治工作做得扎实，使其与张兆汉关系密切，观点一致。指导员上政治课讲形势，唱救亡歌曲，连长都大力支持，并踊跃参加政治学习。指导员到政训处汇报工作，连长也一起去谈对形势的看法。这个连长后来被吸收为党员，党指到哪里就能做到哪里，在柳林等多次战斗中打得都很勇敢。

1938年3、4月间，范筑先司令部先后派来军事干部王长年和李铮。5月，盛北光也来五支队工作。王长年、李铮对部队的军事训练起了很大作用。盛北光积极负责，对工作抓得很紧。我们经常在一起研究政治工作、军事训练等。在五支队，我党在政治工作以及军事方面，都占有重要地位，这为改造五支队奠定了基础。

自1938年春，冠县的抗日形势发展很快，也是党的大发展时期。村里普遍建立了农会，我们在农会以及其他抗日团体中，发展了一些党员，数目非常可观。并且发展到朝北（朝城县北部），在那里首先发展了要庄的王邦臣，王邦臣又继续在那一带发展，所以朝北也成了巩固的根据地。冠县西部、朝北西部是冀、鲁两省的接合部，是敌人控制较为薄弱的地区，有利于我党在这里发展。离县城近的村庄发展得更多，如三里庄、谷子头、几个六庄，这一带基础好，出的干部也多。

五支队在聊城整训后，先开到寿张，后又开到阳谷县城驻防。美专毕业的政工干事潘兆章，在各条街上都写了大量的美术抗日标语，画了许多宣传画。还不断召开军民联欢会，宣传平型关大捷，宣传日本必败、中国必胜，使广大指战员和周围群众增强了抗战胜利的信心。

1938年11月中旬，日军进犯聊城，五支队在阳谷待命，准备迎击日军进犯。一天下午，我和盛北光、王长年、李铮出阳谷城北门，边走边议论聊城的形势，正当我们担心之际，传来聊城失守、范筑先殉国的消息。我们四人立即研究下一步怎么办，认为这支队伍是在冠县拉起来的，还得回冠县。并决定我先到冠县，跟先遣纵队司令员李聚奎、政治部主任王幼平、十支队司令张维翰这几位同志接上头，说五支队要回冠县，听从上级指示。随即，我带着公函骑自行车赶赴冠县。先遣纵队司令部驻在赵里当铺，李聚奎、王幼平，还有政委肖永智、参谋长刘致远，他们都欢迎五支队回冠县来。

五支队拉回冠县途中，行至桑阿镇一带，大部分都散了，有些人想当土匪。在这关键时刻，盛北光、王长年、李铮几位同志都积极做工作。我们几次做五支队副司令荆维德的工作，这个副司令表现不错，和我们一起把部队带到郭张固（离赵里当铺只有3里路）。而司令石洪典及其一团长郭子彬都没来。到了郭张固，两个团一个营只剩下六七百人。就是在这里，五支队整编为先遣纵队第二团，辖两个营。李聚奎、肖永智、王幼平、刘致远亲自领导整编，任命荆维德为二团团长，郭明阁为二营营长。广大干部战士第一次佩戴八路军臂章，感到无比荣耀。改编后多余的枪支交给了冠县，由郭英负责组建了卫河支队。正因为冠县有党的基础，有革命武装，我们才能立稳脚跟，建立政权，巩固发展抗日根据地。

整编后，先遣纵队奉上级指示，去大峰山开辟根据地。1939年3月4日行军一整夜，拂晓到达茌平琉璃寺。先遣纵队司令部驻琉璃寺，二团团部及其三营驻王屯（琉璃寺西北角2华里处）。部队刚驻下，日军就包围了王屯。激战一整天，打得很残酷。敌人集中轻、重机枪和迫击炮向我进攻，我全体指战员英勇反击。二团警卫连有个特等射手，打得很准，我亲眼看到他打死七八个日军。团长荆维德英勇顽强，发挥了高超的指挥才能，消灭了很多敌人，身负重伤。我伏身在寨墙上观察敌情，一颗子弹将我的帽子打掉。组织股长舍文维牺牲在我身旁。我们虽然付出很大代价，但是消灭日军100多名，而且伪军死伤更多。

夜晚，我们突破敌人的包围，部队集合起来向大峰山进军。可是营长郭明阁说什么也不去了。我和盛北光反复规劝，要其执行先遣纵队司令部的指示，把队伍带到大峰山，但没能说服，该营四连指导员张兆汉和连长坚决执行党的指示，我们就带着这个连去了大峰山。郭明阁带着两个连，抬着团长荆维德回到冠县，几天后荆就牺牲了。

我们带着四连到了大峰山，找到先遣纵队司令部。按王幼平主任的安排，我回冠县找二营了解情况，沙延孝也到了这个营。我和沙延孝商量，这个营还是归先遣纵队二团，对部队要很好地进行教育。我向沙延孝交代之后，又回到大峰山，可是先遣纵队司令部已带领二团到太行山整训去了。张霖之见到了我，又把我留在鲁西区党委。

先遣纵队二团在太行山进行军事训练和政治教育，加强了装备，武装了头脑，还发展了一批优秀战士入党，后来这支队伍逐渐成长为鲁西北战场的抗日劲旅。

军需供养

1942 年，我在鲁西军区第三军分区后勤处任政委。鲁西北根据地是以冠县为依托逐步发展起来的，后勤处及其所属单位，都集中在王奉集区，在冠县以南、朝城以北的六七个村庄。这里，党的工作开展得较早，党员多，群众基础好，民兵、妇女、儿童等各项工作非常活跃，是鲁西北根据地的中心。

后勤处的主要任务，负责鲁西北军分区司令部和所属 3 个团计万余人的军需供养。后勤处有正、副处长和正、副政委，处机关设有军实股、财政股、粮食股，李正录任处长，苏文坡任军实股长，王德录任财政股长，安士杰任粮食股长。后勤处还建有被服厂、鞋袜厂、修械所和医院。由于经济条件很差，这些兵工厂和医院规模很小，设备简陋，工作环境艰苦。其中王桂庄的被服厂最大，100 多名工人，只有 12 台缝纫机，大部分靠手工操作，承担部队的服装加工。设在杨夏庄的鞋袜厂 80 多人、三四台机械设备。这两个厂都是连的编制，各设有厂长、指导员。最小的厂是修械所，只有五六个人，一个党小组，主要负责部分枪支的修理和子弹的制造。工厂的生产原料供应相当困难，由后勤处有关股负责采购。如制作服装、鞋袜的布料，主要靠到农村集市上购买，而集市上布料又非常短缺。修械所的材料主要靠前方部队拆敌占区铁轨来供给，子弹靠回收前方的子弹壳重新装填发射火药。为应付敌人的突然袭击，便于隐蔽和转移，这些厂都分散在各村农户中进行生产，平时还挖有地洞，备有木箱，一有敌情，就将设备、材料等藏入地洞或装箱运走。医院设在袁庄，条件比工厂更艰苦。全院只有7个医生、十几个护士。病床即老乡的土炕，一个村最多住七八个伤病员，发现敌情，便依靠群众掩护，将伤病员抬入地洞、柴草垛中，有青纱帐就进青纱帐。医院最困难的是，医疗器械和药品严重缺乏，尤其西药主要靠地下党在敌占区购买，而且数量很少，远远满足不了医院需要。有时，连最基本的消毒药品如酒精、碘酒、红汞都缺少。有一段时间，农村疟疾流行较广，我们连治疗这种病的奎宁片都没有。在没有消毒药品的情况下，只好给伤病员注射盐水针。

尽管战斗十分频繁，条件极端艰苦，但我们始终依靠人民群众，每次都能完成上级交给的任务。1942年春赶制部队夏装，群众因生活困苦而无力织布，市场上根本看不到布，我和军实股长苏文坡几次到集市去买，都是徒手而回。我找到朝北办事处主任芦成松，他们专门召开各村负责人会议，把任务分配下去，广大群众忍饥负重，日夜赶制，不到规定日期都提前把布交齐。

卫水操渡

后勤处除了负责军需供养，还建立了卫河工作团，我兼主任，主要任务是护送来往的首长和部队安全过河。南北流向的卫河，是河北与山东的界河，是冀南到鲁西、华东等地的必经之河。河西是敌占区，敌人为了阻止我军往来，在卫河西岸的营镇、金滩镇等地设立了据点，河面上原有的船只早被他们炸毁，对于我们卫河两岸的工作和活动，形成严密封锁与控制。

1984年，孙洪（左七）、姚洪（左八）与当年水手在卫河河床合影

卫河工作团共有80多名不脱产水手，都是从河东岸附近村庄挑选的政治可靠、富有水性的青壮年，实行半军事化编制与管理，地方抗日政府每人每月二三十斤小米。共有50多只木船，平时存放在王奉集区的各个村庄，由村干部分散保管，执行任务时由牛车运往河岸。渡口设在班庄，离分区驻地20华里，河对面虽有敌人一个据点，但兵力只有日军一个班，汉奸中队100多人。更重要的是，班庄有一个坚强的党支部，群众基础好，有利于配合工作。部队过河大都在夜晚，即使敌人发现，也搞不清我们的情况。小部队过河，用船摆渡。过大部队，水手们在河面横拉两条缆绳，把几十只木船并排连在一起，缆绳分别连接船头、船尾，上铺一层木板，即刻成为一座简易浮桥。

1942年初冬，分区护送一支6000人部队过往。寒风凛冽，雪雨交加，河面结了一层薄冰。晚上10时，木船及有关器材运至班庄渡口。当把木船推入河中，河水淹没了水手胸部。水手们全然不顾，一股劲地捆呀绑呀，有的冻得实在难以支撑，就上岸喝几口烧酒，暖一暖继续下水。一名水手冻得握不住绳索，哆嗦得难以自持。大家把他抬上岸，用酒搓他全身，又把棉衣裹在身上，暖了好久才缓过劲来。经过一番紧张作业，终于架好浮桥，把大部队送过河去。

1943 年麦收前的一天晚上，护送一个旅（2000 多人）通过。正当水手架桥，对岸据点枪弹雨点般飞来。过河部队参谋长率领一个连，迅速从渡口两侧渡过，包围了敌据点，枪声停止水手们又大干起来。由于刚下过大雨，水势非常迅猛，木船在水流的冲击下，靠拢了 5 次都被冲开，一个多小时浮桥还没架好。水手队长班东梅带领几十名队员，在河心打下几根木桩将船镶住，但水流湍急木桩不稳，又有七八名水性最好的水手下到河底，全力扶住木桩将船稳定下来，保证了部队安全渡过。但是不少水手因为木船撞击受伤，王启瑞受伤过重献出生命。

（选自《血火春秋》　作者：孙洪）

四十二人守聊城

七七事变后，日寇侵占北平、天津，不愿做亡国奴的青年学生纷纷流亡山东。盘踞山东的军阀韩复榘，既怕日寇侵占山东，又怕蒋介石中央军借抗战之名进入山东，为保存自己的地盘，遂指使余心清组织第三集团军政训人员训练班，招收流亡青年施以短期训练，派往各县组织民众，借以扩充自己的势力。我党正在争取韩复榘，与其谈判合作抗战，遂指使流亡学生中的共产党员和民先队员参加政训人员训练班，团结山东爱国青年共同抗敌。训练班名义上余心清任主任，实际上主持班内政治和军事训练的是我党的党员和左派抗日分子，如当时任政治教员的有张有渔、黄松龄和许德瑗，军事教员为徐维扬等，齐燕铭和陈北鸥等主持教务事宜。韩复榘统治山东七八年间，醉心于梁漱溟的乡村建设，曾在济南办了个“乡农学校军事教练养成所”，招收中学毕业的青年，施以梁漱溟的乡村建设理论教育后，派到农村任乡农学校教练。为了适应抗战需要，韩复榘也将这一训练机构并入

于笑虹

政训人员训练班。

第三集团军政训人员训练班，8 月底在辛庄营房成立，后迁移到千佛山下原乡农学校教练养成所旧址。先后两次招收学员 1200 多人，其中平津流亡学生 500 多人，原乡农学校教练养成所学员 300 余人，其余为当地失学失业青年。训练班进行的政治思想教育，我党高度重视，所讲功课内容，都是最迫切需要了解的国际形势、统一战线和游击战术等。但军事训练却被韩复榘的三路军旧军官把持。虽然在华北各地战争中，国民党军队每战必败，说明旧式的军训抵抗不住日寇的进攻，但是韩复榘仍要以旧式操法来训练发动民众抗战的政训工作人员。9 月的济南天气还很灼热，韩复榘的旧军官每天集合我们在操场上进行冯玉祥西北军式的操练，特别是军事管理方面，完全是陈腐的西北军的一套：青年学生进入训练班，男生要剃光头，女生要把头发剪成平头式。教官们教的军歌，也是西北军利用基督教诗的歌谱，填上精神教育内容的歌词，因此这个训练所对迫切要求抗日的青年们来说，精神上都有压抑之感。

时下，日寇正集中兵力在上海和山西发动进攻，对平汉、津浦两线的进攻较为迟缓，并对韩复榘施展阴谋活动，如日寇飞机虽然飞临济南上空，但并不投弹轰炸，而且还向山东省政府投送通信袋。冯玉祥时任第六战区司令长官，督率东北军吴克仁、刘多荃和西北军冯治安、庞丙勋等部在津浦北段阻击日军，被日军压迫向山东境内败退。冯调韩部北上增援，韩幻想日寇不会进入山东，亦不积极派兵应援，济南流传着韩复榘和日本妥协的流言。我们这些同学都非常惶惑，希望早日赴战地工作。

双十节前一天，齐燕铭代表政训班把各中队的民先队负责人召去，透露一个消息，说不久山东第六区专员范筑先，就要派他的秘书张维翰来接同学们去鲁西北发动民众抗日。接着，住在外边的留日同学姚第鸿、冯基民、邵子言、解彭年、徐茂里，东北军军官于会川、王唯一，北平中国学院的同学管大同、吕世隆、张舒礼（纪光）、高元贵、刘子荣等都忙碌起来。这些人大多是共产党员，年龄较大，都接受了第三集团军政训处少校干事军衔，准备带同学们去聊城。

10月13日下午，齐燕铭宣布了去聊城同学的名单，共计有340名，还有20多名被派到孙桐萱的二十师和李汉章的七十四师去做政训工作。训练班内平津来的共产党员和民先队员及山东本地投考来的进步青年，除去百余名女生绝大多数都被派往聊城。因在韩复榘旧军队中根本不能开展工作，宣布派到二十师和七十四师的同学以后也派到聊城。

10月15日上午9时，张维翰来到政训人员训练班，由齐燕铭介绍，向去聊城的同学讲话。他代表范筑先专员，向同学们表示欢迎之意，并介绍鲁西北人民如何强悍、朴实，那里枪支很多，正待同学们去发动抗日等。接着姚第鸿宣布编队名单，然后讲话说："从今天起，大家不再是学生而是军人了，军人就要服从命令，行动起来迅速敏捷……"下午1时后，张维翰、姚第鸿、冯基民、邵子言、解彭年、于会川、徐茂里等率领二百四十几名青年，分成三批离开了千佛山下的政训人员训练班。

日军开始向鲁北各地进攻，韩复榘三路军曹福林、展书堂两师撤退到禹城徒骇河南岸布防。东北军、西北军各部纷纷渡过黄河。济南市面很多商店关门，市民纷纷搬家，呈现混乱状态。而这200多名手无寸铁的青年，则唱着"向前走，别后退"的救亡歌曲，雄赳赳地通过商埠向城西北黄河渡口走去，给市民以兴奋之感。我们虽无战争经验，但为党的"发动民众开展游击战争，抗击日寇，最后胜利是我们的"思想所武装，所以敢于向敌寇进军。而国民党军队虽有机关枪和大炮，但因长期受国民党"日寇武器精良，3个月可以灭亡中国"的恐日宣传毒化，所以看见日本鬼子就跑。这样一个南逃，一个北进，在人民面前呈现鲜明对照。

我们毕竟还是缺乏军事锻炼，虽然精神旺盛，但在行军两三小时后，不少同学脚上都磨起血泡，特别是那些城市生活惯了的同学，脚上还穿着大皮鞋，双脚肿得厉害，就换上布鞋继续行军，也有的因为脚上起泡掉了队。我们行军速度不快，距齐河渡口只有40里，直到下午4时方才到达。因为渡船很少，同学们只好分批渡河。齐河县城离黄河渡口不远，但因渡河浪费时间，等到大家赶到齐河县城时，天已经黑了。齐河县城的大小官员早已潜逃一空，老百姓也都离开城厢到农村避乱，偌大的齐河城竟成了一座空城。我们宿营在城东南角一座破庙里，漫长的秋夜，不时从东北禹城方向传来稀疏的炮声。

16日早晨，大家吃了一顿冷馍就咸菜的早餐，就由张维翰、姚第鸿、于会川等率领沿黄河大堤向聊城进发。沿途不断遇见临清第四区专员赵仁泉的官员，携带家眷细软南逃。赵的保安队，押着临清、高唐一带的壮丁向黄河南撤退。还遇见从河北东光一带败退下来的东北军，军纪败坏，沿途抓民夫抬武器，到老百姓家捉鸡杀羊，翻箱倒柜，沿路村庄群众逃避一空。特别残暴的是，赵仁泉的士兵沿途残杀逃跑壮丁，给黄河沿岸农村带来一片恐怖。同学们目睹如此凄残景象非常愤慨，希望赶快到达聊城与范专员会合，把鲁西北人民动员起来，承担起抗日救国的重任。

中午，我们在齐河官庄“打尖①”后，聊城第六区专员公署汽车来接，同学们上车向聊城进发，太阳偏西到达聊城。下午，于会川、张纪光率领的60名先头队员，因听说范专员准备撤退，未在聊城站脚即返回济南。

① 打尖：在路途中吃便饭。

到达聊城后，六区专员公署把我们安排在聊城的山东省立第二中学。为了慰劳同学们到达，范专员派人送来肉菜和馍馍。饭后大家打开行李，有的躺在铺上休息，有的吹口琴，有的唱救亡歌曲，突然听说范专员接到韩主席命令，要其率领专署行政人员和保安部队撤退到黄河南去。犹如晴天霹雳，大家立刻吵嚷起来，“韩复榘在山东刮地皮七八年，对日本人不放一枪就跑了！”“我们决不能像韩复榘那样孬种，一定要和日本鬼子拼。”有的对范筑先也有不满，“韩复榘要走，范专员为什么也跟着走呢？”“范专员没有抗战决心，为什么接我们来聊城呢？”大家七嘴八舌说什么话的都有，一直骂韩复榘不抵抗主义，对范筑先跟着撤退也不赞成。

新从济南到聊城的一百七八十名青年政训服务员，不赞成撤退的意见，很快传到专员公署。范筑先听说我们要留下抗战，就传下话来让大家讨论，愿意留下的他可以发枪，不愿意留下的可以随他撤退。当天晚上就在二中的楼前展开讨论。史钦琛说：“鲁西北民性强悍，地方有很多枪支，我们可以发动民众开展游击战争，抗击日寇的进攻。”张承先说：“冀南和鲁西北人民都富有反抗封建压迫斗争传统，只要我们深入民众中去发动，一定可以组织起游击队，把日本鬼子打出去！”吴鸿渐大声疾呼：“九一八事变，日本鬼子强占我们的东北，把我们赶进山海关。七七事变，继续强占平津，我们又流亡到山东。现在日本兵还未到，又向黄河南跑，日本人再过了黄河我们还往哪里逃呢？我们有血气的男儿，一定要留下和日本人拼。”主张留下的同学发言慷慨激昂，但是绝大多数对留下不表示态度，还有少数人明确表示愿意随范专员一起撤退。乡农学校教练养成所转来的杨宗洛说：“我在山东多年，熟悉地方情况，范专员把队伍带走了，我们还留在聊城，用不着日本人来，就是土匪也把我们收拾了。”又说：“我在街上看见战地服务团的同学，他们说日军已进了高唐，中国的军队都退下来了。日本兵很快就到聊城，我们不随范专员撤退，简直是自己找死。”乡农学校教练养成所转来的同学都附和杨宗洛的意见，主张随范专员撤退。平津流亡来的同学绝大多数主张留下打游击，但也有少数人主张撤退，靳鹏举就是发言最积极的一个，说什么“这样牺牲了太不值得，我们是为范专员来的，范专员带队伍走了，我们赤手空拳怎能打日本呢?”山东当地的同学大多数不表示态度。走与不走两派意见争论很久，双方僵持不下。为了说服同学们留下来，解彭年说：“我是堂邑人，我们地方有不少枪，日本人来了我带同学们到我家乡去打游击!”成润同学说：“范专员已委咱们张维翰处长代理聊城县长。范专员撤退了咱们一样干!”冯基民也挥舞着拳头激昂地喊着：“同学们愿意抗日的都留下，咱们要学打游击战术啊!”争论了两三个小时，走与留未见分晓。

为了动员更多同学留下抗战，民先队在大家散后召集队员开会，吴鸿渐对形势进行了分析：范专员虽然撤了，但留下张维翰代理县长，并留下一些枪支，只要我们深入发动民众，仍然可以坚持聊城地区的抗战，民先队员们应该留下来。经过一番激烈辩论，民先队又做了动员，我们认为虽然杨宗洛、靳鹏举等积极主张撤退，但绝大多数同学会跟我们留下来的。不料下半夜全部人员集合时，绝大部分和乡农学校教练养成所的同学不留。留下守城的人集合起来，连张维翰和他的传令兵徐德元在内共计 42 人，这些人绝大部分是共产党员和民先队员。拂晓前，杨宗洛、靳鹏举等一百三四十人撤出二中。杨等认为自己的意见胜利了，他们是大多数，便以讽刺的微笑望着我们这个小小的队伍。我们也以鄙视的目光望着他们，并由毕睿夫以示威的姿态向同学们喊道：“立正!”“向右看齐，向前看，右转弯齐步走。”我们这四十几人的守聊队伍离开二中，向专员公署急促走去。

10 月 17 日凌晨，范筑先率领专员公署官员、保安司令部及所属保安营的官兵和政训服务员，共八九百人撤出聊城，向齐河方向而去。

我们这42名守聊青年政工人员，同时进驻山东第六区专员公署。范筑先给我们留下一些枪支，每条枪配备20发子弹，还给我们留下两千元生活费。张维翰把我们安排在专员办公室偏东的一个跨院里，天也就大亮了。张维翰集合大家点名编队，统计留下的有：冯基民、解彭年、高元贵、张承先、史钦琛、李福尧、成润、吴新之、陈中民、李育仁、吴鸿渐、于笑虹①、许言、张少卿（张昭）、徐翼、黄祖一、曾毅、叶笃成、黄白莹、王汝梅、张文山（张潭）、潘毓麟、郭鲁、刘昌、毕睿夫、林铎、张德政、郭澄之、袁科先、熊康、苏莱周、晋士林、王式廓、苏长宗、简戎、刘甲三、刘显、孙鹏程、靖实秋、张光和等40人。

光岳楼

点过名，张维翰讲话："范专员已奉韩主席的命令撤退，临行前委我代理聊城县长，大家马上要武装起来，担负起守聊城的任务。不要看当前人少，将来我们会发展起很多队伍来的，各位同学将来都是游

① 于笑虹（1914—1973），山东省即墨县人，1938年入伍，同年加入中国共产党。曾任山东省第6行政区政训队副队长，卫河支队司令员，第二野战军第10军29师政委，第2海军学校校长兼政治委员等职。少将军衔。

击队的队长，还有些人将来要派出去当县长。眼前我们人少，守城是有困难，这也不怕，我马上派人到冠县调民团帮助守城。”讲完话进行编队，将我们编为一个中队，临时指定毕睿夫为队长，并吩咐立即派人把 4 个城门和专署的岗站起来，然后派人去高唐方向侦察敌情。

我们拿到枪，非常高兴，毕睿夫一面分派同学们去把守四个城门，一面吩咐留在家的同学擦拭枪支。因为军械处发的枪都是库存的旧枪，很多枪陈旧得拉不开栓，所以必须用煤油擦洗。大部分同学从来没有摸过武器，黄祖一就是其中一个，他拿过套筒枪，把 5 颗子弹从弹夹内抠出来，一颗颗地往枪膛里压，引起大家哄笑。只有毕睿夫，自称 1933 年夏参加过冯玉祥领导的张家口“抗日同盟军”，有一些旧军队的经验，就由他教同学们如何装子弹、瞄准和射击等知识。

上午 8 时，我和张承先被分派去专署大门站岗。刚站了个把钟头，就看见李福尧空着手从西门急促跑来，我很惊讶地问：“你的枪呢?”李答：“没啦!”接着他就把一部分溃兵进城，强迫他缴枪的事述说一遍。我说：“你怎么不关城门呢?”他说：“我未看见人家就进来了，想关城门已来不及。”张承先说：“赶快去报告吧。”我和张承先、李福尧撤岗回专署，向张维翰报告了这一新的情况。

大家对这突如其来的情况琢磨不清，中国的军队都向黄河南退了，怎么又出现了中国队伍呢?莫非日本人组织的汉奸先遣队?也可能是溃兵?或者土匪冒充军队?同学们正在院内擦枪，还有两捆枪未解捆，我说：“别猜测啦，反正是敌人来了，赶快把枪藏起来吧!”同学们把未解捆的枪支抬到厕所藏起来。刚藏好，一个二十四五岁的军官就率领四五十名溃兵闯进来。首先派兵看起代理县长张维翰，接着收了我们的枪，又从厕所搜去那两捆，还从专员办公室搜走那两千块钱。接着把我们集中到一块儿，软禁在专署东院的一座北屋里，正在各门站岗的郭鲁、黄白莹、刘昌、黄祖一等也回到专署被囚到一起。

溃兵们大约已经掌握了我们的情况，认为我们都是一些缺乏战斗经验的学生，不会对他们反击。所以只是下掉枪，被集中在一起，也未再派溃兵看守，除了不准我们走出专署大门，在院内还可以自由活动。我们开始做溃兵的工作，从接触中知道他们是宋哲元二十九军的部队，便对他们说："我们是平津来的流亡学生，你们在卢沟桥抗战，我们还去慰劳呢。今天我们在聊城又遇上了，应该携手打日本。"但问士兵他们大部队在哪里，士兵们都说不知道，因此我们对他们的意图也搞不清楚。

下午形势突然紧张起来，专署门口支上了机关枪，溃兵们不许我们在院内随便走动。大家情绪非常低沉，有的同学蒙着被子睡大觉，有的同学在唱九一八小调，还有的同学说："未打日本鬼子，却被土匪缴了枪，难道我们就这样结束了吗？不，我们要设法冲出去！"但是，外面架着机关枪，怎能冲得出去呢？就这样我们被软禁了一天一夜。

18日凌晨3时，有同学出去小便发现没了溃兵。立即着人去专署报告张维翰代县长，没找到。大家惊慌起来，有个同学说："敌人走了，我们也得走。"大家背起行李往外走。我和刘昌从专署弄来一个筐，把政训处的印信和宣传品放在筐内抬着，随同学们走出专署。

沿着古楼大街出东门，半个多小时到达运河大桥陈家口一带，天还不太亮，大家停下来买饭吃。晋士林是聊城人，熟悉地方情况，就忙着给大家买馍馍和豆腐脑，还从东关姚家园子找来一个青年帮忙。这个人叫周乐亭，聊城东关人，是馆陶一个乡农学校教练，晋士林又介绍他参加政训处，随我们一起行动。天明后，我们离开聊城向东阿进发。沿运河大堤向南走了一天，大家人困马乏，驻到聊城、阳谷、东阿三县边界的阿城镇。

19日驻到姜沟，20日到达东阿县城，宿营在东大街路北的一个店内。东阿城内驻着很多从黄河北岸撤过来的单位，第四专区撤来的行政人员，每天在街上大吃大喝，还有很多散兵游勇荡来荡去。我们在东阿住了 3 天，得不到任何消息，同学们的思想也非常混乱。这个说身体不好，要去济南看病，那个说家里母亲有病，还有的说山东局势太乱，不如去延安。于是张少卿、刘甲三、靖实秋、张光和、袁科先、熊康等十几位同学到后方去了。第四专区政训处长许德瑗也住在东阿城内，我和李福尧与他在北平大学法商学院一起读过书，就去找他了解一些敌我情况。我们谈了在聊城守城被溃兵缴枪的经过，许也向我们谈了一些敌人的情况，“日本军队攻了一下就退了，敌人始终未占聊城，临清、高唐占了一下也退了。我们准备返回四区，先占领高唐，再向其他各县发展。”许的一番话，对我启发很大，就向大家讲了他的一些情况，然后说：“北边已经没敌人了，我们也应当返回去。”大家异口同声地说再回聊城。

10 月 23 日上午，我们二十几个青年政训服务员从姜沟渡过黄河，从鱼山仍然沿黄河大堤向聊城进发。当天下午遇见徐茂里。徐说：“范专员对守聊城的同学非常关心，已派人四处寻找。”又说范已到济南见了韩复榘，陈述他留在黄河北坚持抗战的意见。韩复榘同意他暂留黄河北抗战，支援宋哲元第一集团军反攻邢台。现在范专员已从齐河官庄回师，决心与同学们一起发动鲁西抗战。大家一听范专员回师抗日，都非常高兴，认为我们主张留下守城的意见胜利了，主张撤退黄河南的意见失败了。大家愉快地唱着救亡歌曲，迈着急促的步伐，10 月 24 日下午回到聊城，与一个多礼拜前撤退到齐河的同学会合。

原来，范筑先 10 月 17 日拂晓前撤出聊城后，跟随的人也是意见纷纷，专员公署和保安司令部的旧人员，绝大多数主张遵照韩主席的命令撤退到黄河南，新从济南来的政训处的一些人，却主张留在黄河北岸坚持抗战，特别是姚第鸿坚决不主张撤退到黄河南去，他不断向范筑先进行说服工作，说：“敌人的疯狂进攻是暂时的，日本人的兵力有限，不可能控制中国广大乡村，我们可以利用敌人正面进攻的空隙，组织民众，牵制敌人。”因为他父亲姚以介和范筑先是老朋友，他以世交晚辈的身份向范筑先分析了撤退的利害：“我们在中央没有人，撤退到后方根本没有我们的地位。我们率领这一营人和共产党合作，留在黄河以北抗战，不但可以扩充实力，而且会像东北义勇军一样，得到全国人民的支持，在历史上也会万古流芳。”于是，范筑先撤退后的第二天也犹豫起来，就将队伍暂时驻扎在黄河北岸齐河城西 28 里的官庄，以观望各方面形势，并派人侦察聊城方面的情况。探员回来报告，进犯高唐的日军并未南犯，聊城被二十九军所部溃兵袭占，代县长张维翰和四十几名政训服务员下落不明。

18 日下午，张维翰赶来官庄，向范筑先报告了聊城被溃兵袭占的经过。袭占聊城的部队是宋哲元第一集团军石友三部的一八一师齐子修连，齐带两个排叛变了石友三，流窜在堂邑、清平乡间，侦悉聊城专员撤退的消息后，即埋伏在聊城附近，企图袭占聊城发笔洋财。范筑先撤离后，齐子修即带七八十名溃兵袭占聊城，首先缴了政训服务员的枪，监视起代县长张维翰。接着砸开聊城监狱，将在押土匪和刑事犯等 80 余人释放，发给枪支编入他的队伍，并企图利用代县长帮助他筹措军饷。张维翰为了脱身，当天下午备了酒席，并邀请聊城所谓的“士绅”作陪，欢迎齐子修及其主要军官。正在齐子修酒酣耳热之时，张维翰小解离席，从专署后院越墙而去。齐子修见勒索款项诡计未成，遂于 17 日晚抢劫了东关殷实商号和东门里裕鲁当铺，下半夜撤出聊城。张维翰天明发现溃兵逃走，也不见了政训服务员。为了营救服务员脱险，借自行车出城到齐河官庄见到范筑先。张维翰报告聊城情况后，又反复申明拒绝南撤与共产党合作，留在鲁西北发动人民抗战的意见。范听后连连点头，并指示他再派人寻找 40 名政训服务员的下落。

张维翰和姚第鸿劝说、争取范筑先回师抗战的同时，在官庄滞留 4 天的范筑先，撤退途中亲眼看到黄河决口后淹没的村庄，人民缺衣无食，流离失所，南逃败兵拉壮丁，抢掠牲口财物，百姓扶老携幼纷纷逃难的凄惨景象，又闻守聊人员被溃兵劫持的消息，终于下定回去抗战的决心。他到济南见了韩复榘，报告了撤出聊城的经过及重返聊城抗战的决定，得到韩的允许。

由官庄回聊城途中，范筑先遂令张维翰率保安营追剿齐子修，命参谋长王金祥率专署和保安司令部、姚第鸿率政训处服务员和抗战移动剧团回聊城，自己亲率一部分队伍直发茌平、博平恢复政权。张维翰在沙镇未能将齐子修消灭，齐率部流窜鲁北，到处骗开县城，释放罪犯，扩编队伍。范筑先又亲率保安营包围齐子修于武城，为了聚集抗战力量，收编齐部为保安第三营。

从东阿回聊城的 28 位同学，我和史钦琛、张承先、许言、成润、张德政等 8 人被派往齐子修营做政训工作；冯基民、李育仁、吴鸿渐、徐翼、黄白莹、郭澄之、苏长宗、林铎、王汝梅、简戎去冠县设立政训处，当年冬配合地下党许梦侠、王志浩、朱月桐等拉起冠县抗日游击队；李福尧、陈中民、郭鲁、黄祖一、曾毅、吴新之、晋士林、刘昌、张文山、潘毓麟、苏莱周随解彭年去堂邑县政训处工作，当年冬联合堂邑地方党员黄汝汉、解树魁发动凤凰集起义，在堂邑建立起山东省第六区抗日游击第一支队。后又吸收高唐、阳谷、寿张地下党所拉队伍的部分人、枪，合编为张维翰的山东第六区抗日游击第十支队机枪营。这支部队先后编入八路军筑先抗日纵队、一二九师新八旅、中国人民解放军第二十八、第二十九两个步兵师，在抗日战争、解放战争和抗美援朝战争中，作为其中的中坚力量创造了光辉战绩。

（选自《光岳春秋》续集　作者：于笑虹）

鲍庄农民暴动

鲍庄，位于冠县东北部，原为堂邑县所辖，是个较大的村庄。过去，几十户地主霸占了全村几乎所有的土地及其周围的千顷良田。其中鲍福吾等人，有的是老牌国民党员，有的是国民党师级军官，有的是地主豪绅。正是他们这些人，形成了鲍庄一带的反动统治阶层。在他们的残酷剥削和压迫下，广大农民的生活已濒于走投无路的境地。

卢沟桥一声炮响，惊醒了苦难深重的广大农民群众。共产党高举武装抗日的旗帜，号召广大党员和人民群众组织力量，拉起队伍，进行抗日。1937 年 11 月中旬，在地方党组织的领导下，鲍庄广大贫苦农民的革命热情，像干柴一样触而即燃，形成了一次影响冠县、堂邑两县的农民暴动。

鲍廷干

1937 年 10 月初，日军铁蹄逐渐逼近，远处的炮声时而可闻，各地民团成立，杆子四起。鲍庄也是这样，地主鲍连瑞、鲍玉堂组织了民团。鲍庄的共产党员也很想拉起一支武装，但他们两手空空，于是就想把民团的枪支掌握过来。

1937 年 11 月下旬，鲍廷干和于少畲在堂邑北部一个村庄找到了鲁西北特委负责人刘仲莹及徐运北。鲍廷干 1935 年由徐运北介绍入党，1937 年春鲁西北特委成立后，刘仲莹任书记，王维群任组织委员，他任宣传委员并负责堂邑县党的工作。在鲍廷干的发动和影响下，鲍庄发展了十几个农民党员。于少畲是附近于村人，1936 年由鲍廷干介绍入党。鲍廷干和于少畲都是小学教员，但教书不占主要精力，而是各方奔走，宣传抗日。刘仲莹、徐运北、鲍廷干、于少畲共同分析了前段组织武装的情况，讨论了党掌握武装这一中心任务，主张组织农民武装。于是，他们又注意到鲍庄，因为这里的地主民团有 100 多支枪，把这些武器搞出来非常重要。所以，他们论及了发动鲍庄暴动的问题。为了此事，刘仲莹决定亲自与鲍庄村内的负责人面谈。

之后，鲍廷干找人进了鲍庄，和村内负责人约定时间，在鲍庄以北 5 里远的宋小屯见面。按照约定时间，鲍庄来了三个人。为首的是鲍福振，30 多岁，不是党员，是个青痞，论辈次鲍廷干应叫他哥。另两人是鲍文明和鲍文秀，都是党员，论辈次他们叫鲍廷干叔。他们三人汇报了村内的情况后，鲍廷干向他们传达了党的决定。因为鲍廷干不能回村，免得引起地主们的注意，刘仲莹和鲍廷干便向他们做了具体部署，即起义中有两件事必须做到：一是杀死鲍连瑞、鲍玉堂两个恶霸地主，免留后患；二是拉起队伍离开鲍庄，以防被大股土匪吃掉。他们都保证坚决执行。临走时，鲍福振说："这个世道是八仙过海，各显其能，非干不可。"他指着自己的脑袋对鲍廷干说："兄弟，你大哥的这玩意儿豁出去了。"尽管他表示得如此坚决，但鉴于他平时的表现，鲍廷干认为，让他带头搞暴动，还没有十分把握。他们走后，鲍廷干对刘仲莹说："鲍福振这个人靠不住。但是，根据村里的情况，今天还得用他。"部署完之后，刘仲莹介绍鲍廷干到凤凰集去了，那里驻着20多个政训员，红军干部洪涛也在，他们正在那里组织抗日武装。

鲍福振他们回去后，立即着手暴动的准备工作。鲍庄有个大土围子，墙外是宽而深的壕沟，沟内浮边浮沿的全是水。鲍连瑞、鲍玉堂成立民团后，叫穷人扛枪守围子。开始，里面也有我们的党员。后来，十几个党员都被派进民团，而且每人都扛上了一支枪。民团中还有一些雇工，也都扛上了枪。民团教练张清彩是附近史庄人，党员王成和他关系很好，便通过他进了局子（民团办公的地方）。这些党员在民团里面分头做工作，串通靠近他们的群众积极分子，很快控制了四五十支枪。1937年12月10日、11日，他们在鲍福振家中召开了两次会议。参加会议的都是骨干分子，有的是党员。会议讨论了暴动的有关事宜。正好在这几天中间，有一批日军自临清而来，路过柳林、辛集，向南行进，有万人之多，显然与整个战局有关，不是专门来对付游击队的。但是，处在辛集以东8里远的鲍庄，民团被吓坏了，他们急忙把枪支集中收藏在两个屋内，用柴草埋了起来。

鲍庄暴动遗址（辛集镇鲍庄）

12日凌晨1点多钟，民团里的农户打完更就下寨墙带枪回家了。趁这换岗之机，以鲍福振为首集合了十几个人，首先下了张清彩教练的枪。接着，他们找到教练的护兵鲍春田，让他打开团防局的门，进去了13个人，背出来26支枪。他们鸣枪、敲鼓，号召穷人起义。不一会儿，集合了63人，每人都配上了一支长枪。接着，便成立了游击司令部，鲍福振当司令，党员王长岭当副司令。他们把村上十几个恶霸地主捆起来，关在一间屋子里。天亮之后，他们紧关寨门，到地主家挨户收枪，还到外村收了一部分，共搞到240多支枪。他们带领群众到地主家分粮、杀猪、宰羊、吃大户。游击队63人列队操练，外村的党员以及进步群众也纷纷前来加入队伍，共有200多人，气势十分壮观。整个鲍庄处在空前的震撼与沸腾之中。

13日早晨，游击队员进入大地主鲍福吾家中。鲍福吾全家老少端水送饭，殷勤备至。鲍福吾把自家的几把盒子全披挂在游击队员身上，说："来得正好，你们要什么，我给什么。有你们这伙儿，咱就不要局子了。明天先成起给养处。"

暴动成功，游击队中的党员向鲍福振提出了党的两项指示，第一项杀死鲍连瑞、鲍玉堂两个恶霸，鲍福振不同意，说是要向他们要钱。党员鲍文明、鲍文秀便执意亲自去杀，又被鲍福振劝阻回来。第二项是把队伍拉走，鲍福振说等要出钱来再走。此时，他们也曾派人去找党组织来人接应，但可惜没有找到。

地主们一方面应付鲍福振以拖延时日，另一方面想办法联系解救。13日凌晨，鲍福吾便派他的雇工范春来跳出寨墙去辛集，找到吴连杰部赵长吉（后为吴连杰的一团长）。土匪头子吴连杰正率部驻扎辛集，听说鲍庄起事后，便和赵长吉带着30多匹马和两个连（其中有一个手枪连），于14日拂晓向鲍庄袭来。吴连杰，字汉三（柳林镇吴海子人），中等个子，黄脸，排行为四，走路一窜一窜的，外号四家兔子。1929年任土匪刘黑七（刘桂堂）部团长，后在国民党第二十九军张自忠部任团长。七七事变后，带少数随从窜回堂邑县。

由于这一年上大水，鲍庄村子四外一片汪洋，只有西北门那里有一个小桥。游击队紧守西北门，首先在那里与吴匪接上了火。双方的主力逐渐集中在西北门处，机枪、步枪、手榴弹一齐炸响，人喊马嘶，鸡鸣犬吠，激战了两个多小时。吴连杰匪部见攻打不下，便在围子外喊话，说好听的。游击队 63 人全上了围墙，奋勇抗击。这时鲍福吾派人找到鲍福振以重金相许，买通了鲍福振。于是，鲍福振向游击队大声喊道："大伙别打了，我跟吴连祥是仁兄弟，没事。"鲍庄不少人都知道，吴连祥是吴连杰的三哥，和鲍福振在一块儿当过牛经纪，关系很好。就这样，西北寨门被鲍福振打开，让吴匪全部进了村。

吴连杰进村后，把黄脸一翻，一边说鲍庄不给他留面子，一边下了游击队的枪，并对鲍福振说："走吧，有事到里面商量去。"

游击队被带到村西南角一个大哨门内。这是大户的宅院。进入大哨门，是个正院，西侧还跨着一个小院。游击队被领进西侧这个小院的堂屋里，63 条枪全竖在院子中间，搭成了枪架。这时，吴匪支起了 6 挺机枪，哨门外两挺，哨门内两挺，哨门房上两挺，其中 5 挺是捷克轻机枪、1 挺是转盘机枪。吴连杰和赵长吉坐在正院堂屋里，陪坐的有鲍福吾、鲍玉堂、鲍玉栋。他们下令从西院堂屋向外叫人，叫出一个绑起来一个。第一个被绑的就是鲍福振。开始收枪的那 13 个人，被绑了 11 人。其他两个，一个是王长岭的儿子，没走进哨门就跑了；另一个是鲍春华，被叫出来后刚要绑，正好被骑马赶到的陈发荣救下。陈发荣是吴连杰的姐夫，前不久拉杆子时和鲍春华共过事，关系很好。陈发荣进院就说："吴连杰不当我的家，俺春华哥要是受了害，我连你 3 岁的小孩也铡三截！"坐在堂屋里的吴连杰只是笑。陈发荣领鲍春华进了堂屋，坐在上首的吴连杰赶快让座给陈发荣，鲍春华也和陈发荣挨肩坐下。吴连杰坐在桌子西边的座位上，其他人也都渐次坐至下方。无奈，他们只好把鲍春华说教一顿放了。最后，吴连杰按照地主们指定的名单，一共绑起来 16 人。地主们向吴连杰逐一诉说 16 人的"罪状"。这些人的亲属和村上的老年人都来哭劝，让吴连杰和地主们"高抬贵手"，但都无济于事。

吴匪200多人，全副武装，一派杀机。当地主们把他们犒劳完之后，气焰更加嚣张。黄昏时刻，16名游击队战士被五花大绑，前后连成一串，带出西北门。他们怒目圆睁，没有谁能来得及向后面的家人和乡亲们说一句要说的话，只是昂首挺胸，一步一步地向西走去。紧跟着的数百名妇女、儿童和老人，被阻挡在西北门以里，村内传出一片绝望的哭叫声。队员们被带出二三里路，来到贾庄东北地里。队员们面朝北，一字排开。张清彩教练执行枪杀。听得一阵枪响，16人全倒在血泊中。顿然，死难者身旁的积水，被染得一片鲜红。刽子手们还不放心，又在每个人身上胡乱捅了几刀。天黑了，人散了。在遇难者的尸体中间，居然又爬起两个人来。一个是王成，因和张教练关系好，枪杀前张教练曾对他窃语："毙你时，我不打你的要害处，可你一中弹就赶快趴下。"结果枪响之后，子弹只从王成肩上擦过。另一个爬起来的是鲍文俊，收枪时他没参加，但他是群众中的积极分子。枪响时，一颗子弹擦过他的头皮，一颗子弹穿于胯下。敌人离开刑场后，他们两人趁着夜色不约而同地向正南东五岔路村跑去。

夜深了，鲍庄村里阴森可怖。在地主们弹冠相庆的同时，村民们那遏制不住的撕心裂肺的哭叫，传至周围村庄，让人不寒而栗。

别了，死难的烈士，死难的亲人。鲍庄的子孙后代谁也不会忘记1937年12月14日这个沉痛而又悲壮的日子。人们将把14位烈士的英名永远刻在心中：鲍廷喜（党员）、鲍文明（党员）、鲍春雨（党员）、常金仓（党员）、鲍文秀（党员）、王长龄（党员）、鲍观长、鲍福振、鲍观珍、鲍观礼、鲍玉秀、鲍连宽、鲍观星、鲍海成。

（选自《血火春秋》　作者：王士英）

葫芦营伏击战

卢沟桥事变后，北平、天津相继沦陷，日军沿平汉、津浦两条干线大举南侵。在日军步步进攻下，国民党军队或一触即溃，或不战而退。鲁西北到处都是南渡黄河撤退的国民党军队，很多士兵撤退中携枪而逃，地方治安一片混乱。

早在1937年夏初，馆陶党组织领导人杨陶天就来到北田平村（时属馆陶县），宣传党的主张，秘密发动群众，传达上级党组织指示，号召共产党员到前线去，到群众中去，要求北田平党支部想办法把民团枪支掌握起来，做好武装抗日的准备。于是，北田平村党支部书记满登法找到1936年冬从东北回到本村的满登鳌。满登鳌见多识广，有勇有谋，且在东北目睹了日本军国主义的侵略罪行，心中怀有强烈的抗日爱国热情。满登法和满登鳌找到民团教练，打通了他的思想，取得了他的支持。他们根据持枪户的不同情况，制定了切实可行的收枪办法。不久，国民党二十九军宋哲元部队南逃路过此地，他们又把逃兵手中的枪支收拢起来，很快将北田平一带的20余支枪全部掌握起来，在本县较早地成立了一支游击队，游击队以党员和抗日积极分子为成员，满登鳌担任队长。

1937年11月29日，满登鳌得知，20多名日军在万善东南一带抢掠，下午肯定回馆陶县城，遂与满登法商量，决定打他的伏击。可是他们分析，日军20多人，武器精良，我们游击队也20多人，但枪械落后，如果交战难以取胜。于是，满登鳌速与具有抗日爱国思想的段辛庄红枪会会长段计昌联系，迅速制定了截击方案。地点选定日军必经之路，即葫芦营一带的黄河故道，这里有高低不平的沙丘，还有断断续续的灌木丛，便于隐蔽，便于迂回，日军不易发觉。

伏击日军

午后，满登鳌、段计昌按照截击方案，率领各自队伍隐藏在沙丘后。黄昏时刻，日军进入伏击圈时。满登鳌大吼一声："打，狠狠地打！"游击队员和红枪会员们猛烈射击，一颗颗子弹射向敌群，打得日军晕头转向。但是日军一见天黑，恐怕全军覆没，便抱头鼠窜，仓皇逃回县城。这次伏击战打死日军 4 人，击伤 5 人，获三八大盖 2 支。红枪会员段之位、段保富、段金玉英勇牺牲。这次战斗虽然规模不大，但它是冠县最早的一次对日作战，鼓舞了人民群众的抗战热情。

次日，遭到伏击的日军恼羞成怒，疯狂报复葫芦营附近村庄。他们纵火烧宋村，血洗段辛庄，村民段方颜、段李氏、段宋氏被杀害，段方莱、段薛氏被烧死。同时，日军烧毁房屋 500 余间，烧死大牲畜 50 余头，烧毁财物、抢走粮食不计其数，宋村、段辛庄断绝烟火两个月之久。

（选自《血火春秋》　作者：满登法）

鲁西北第一支抗日游击队

全民族抗战爆发后，在国共合作建立抗日民族统一战线的形势下，共产党强烈要求国民党释放在押共产党员和一切革命的政治犯。1937 年 9 月底，共产党员郭英从南京国民党军人监狱获释回到冠县。10 月，经共产党与韩复榘多次交涉，因叛徒出卖被捕入狱的赵健民在济南获释。

鲁西北抗日游击队成立旧址（位于清泉街道东三里庄）

根据中共山东省委的指示，赵健民回到家乡冠县。11 月初，在冠县县城南关、朱霍三里庄、东三里庄先后召开党员会议，参加会议的有冯干才、王志浩、许梦侠、朱月桐、朱月松、郭英、朱冠富、郭林业、沙延孝、梁秀杰、王振华等，他们是冠县最早的一批共产党员。会议研究决定，建立中共冠县临时工作委员会，赵健民任书记，郭英、许梦侠、沙延孝、冯干才为委员，统一领导全县党的工作。会上，赵健民传达了省委关于组织发展抗日武装，开展敌后游击战争的指示，分析了冠县的形势，研究建立共产党直接领导的抗日武装和如何对待冠县境内的绿林武装问题。

11月6日，中共冠县临时工委在县城南关沙家店召开会议，具体研究组建抗日武装问题。次日，鲁西北第一支抗日游击队在东三里庄成立，朱月桐任队长，赵健民、郭英、许梦侠为政治领导。游击队刻制了木制印章，制作了抗日标志的红色旗帜。赤旗高举，应者众多，冠县的共产党员几乎全部加入了游击队，仅百余户人家的东三里庄即有30余名青年加入其中。短短数日，游击队员发展逾百人，枪近百支，战马10余匹。朱月桐、朱月松兄弟的父亲朱洪图是一位德高望重的开明绅士，家产丰盈，仗义疏财，深晓民族大义，为抗日不惜毁家纾难，倾囊相助，捐出看家护院的长短枪支，腾出宅院让游击队员全部进驻，拿出粮食供养这支抗日救国队伍。

随着日军侵入，冠县各种亲日人物粉墨登场，效忠日本的“维持会”也应运而生。他们大肆宣扬亡国论，甚至胁迫百姓箪食壶浆欢迎日军，行径卑劣人愤天怒。临时工委决定，狠狠打击亲日反动势力，严惩首恶分子。夜定之后，朱月桐、孙洪、姚如林带领游击队潜入县城，一举擒获维持会成员50余人。根据各自罪状，由朱月桐负责逐个提审，最后将5名罪大恶极的维持会头目“大铁塔”、韩景云、张瑞恒、宋英林、高银山处决于东关茶花庙前。

为壮大抗日武装力量，临时工委积极响应党的建立抗日民族统一战线号召，决定以游击队为火种，分散插入“南杆”“北杆”，把绿林武装改造成共产党领导的抗日救国队伍。赵健民带领部分党员骨干和游击队员编为“南杆”第十队，朱月桐带领孙洪、沙延孝、梁秀杰、朱冠富、朱月松、姚如林等党员骨干及大部分游击队员编为“北杆”第九队。通过党的多方工作，两支队伍分别被范筑先收编为山东第六区抗日游击司令部第五、第六支队，奔赴抗日杀敌疆场。

（选自《冠县革命老区发展史》　作者：冠县革命老区建设促进会）

威震鲁西的“农民大王”

关东之路

郭英，原名郭金粟，化名吴铁，冠县朱霍三里庄人。少年时代家境贫寒，1928 年正月十六为生活所迫，逃落到东北珠河县（现黑龙江省尚志市）铁桶沟。起初在地主家当长工，因不忍剥削离去开荒盖了房子。

九一八事变后，房屋被日寇烧毁，土地被没收。1931 年 12 月，参加东北抗日义勇军，编入二十六旅，领导人是李杜。不久，部队在吉林加什子与日军作战失利，郭英流落到珠河县帽儿山南沟五间房霍玉臣（同乡）处，住在霍的窝棚里，同霍一起种地。

郭英

一次他到县城赶集，遇到一伙种地的朝鲜人在田头休息，便偎坐一起攀谈家常。问他们为什么到中国来，他们说不愿当亡国奴，又问为什么不去抗日，他们说只要你抗日我们就跟你去，并问郭英居住地点。果然，次日梁兴一找他，问他识不识字，送他一本书，是油印的政治常识。郭英若有所思，对同乡霍玉臣说：“这人不简单，准是抗日的。”他是朝鲜人，姓金，梁兴一是他的化名。此后他常来窝棚，谈了很多革命道理，还带来珠河县委宣传部长陈克强，让他撒传单，进行抗日宣传，不久又让他到县委做送信工作，从朱合送给哈尔滨李延录，通信多是密码写成。后来，郭英参加了赵尚志领导的抗日联军，做宣传工作，梁兴一也在队伍中。

1932年4月，梁兴一、赵尚志、李长春（梁兴一的外甥）在吴家房召开党小组会议，梁兴一和李长春介绍郭英入党。入党后，梁兴一带领他到帽儿山南沟鸡爪山西北山脚下姓赵的家中，开过多次党小组会。

8月，梁兴一让他到哈尔滨（中共满洲省委所在地）去。从朱合同去哈尔滨的四人，由李延录带队前往，路上李延录安排两人去苏联，两人去上海。在哈尔滨一个拉洋车的家中，郭英被满洲省委派往上海受训。

满洲—上海

按照组织要求，他按时赶到火车站，乘车去长春再到大连，事后得知同去上海受训的东北六人，在哈尔滨火车未开，就被日本宪兵捕去两人。中途他们换乘火车，改变原定行动路线，又改变了一番装扮。

来到上海，住在一家旅店，郭英在水牌上写明：吴铁从哈尔滨来。遂有人接头，将他送到法租界一个五层楼上，即训练班所在地。受训的共20人，郭英任支部书记。训练班校长姓杨，教员姓徐，后来知道是徐向前。受训一个多月，学习内容即思想理论和游击战术。受训结束，郭英返回东北，向党组织汇报了受训情况，同时接受了新的任务，开始了中共满洲省委佳木斯—上海的地下交通工作。从此，通过单线联系，他只身携带一只蓝色帆布提箱，多次往返于几千里的交通线上，把信件搓成纸捻，放在挤出一些牙膏的牙膏皮中，想出许多巧妙办法，经受无数次盘查、盯梢、追捕、毒打，长期与敌周旋，历尽地下交通的千辛万苦，从未出现过任何差错，出色地完成省委交给的各项交通任务。

严峻考验

1934 年 7 月，郭英从上海回东北。党组织交给他五个人，让他带到东北交给满洲省委。这五个人是陈化民、王新民、王建章、王金生(上海黄浦区组织部长）和一个家在江西的同志，都是我党派往苏联受训的。他们六人约定，7 月 20 日上午乘一点半的列车去东北，而王金生超过规定时间才来。大家等王金生赶到上海车站，正要出票房上车时，一群国民党警察围了上来，连同他们一起拉过几十个人，但最后只剩下他们六人，并把王金生和郭英铐了起来。后来知道，王金生被收买叛变投了敌。

被捕后，他们都被关到上海关王庙附近的一个房子里。开始敌人先把王金生带去过堂。回来后，不但没有任何伤痕，还替敌人劝降大家，被郭英骂了个狗血喷头，其他同志都义愤填膺。敌人带走郭英过堂，问了没几句，就上了刑。先坐老虎凳，腿下垫了四块砖仍不算完，痛得浑身是汗。敌人问他的活动情况，谁是上海与满洲的联系人，他咬紧牙关一字不吐。敌人又灌凉水、辣椒水，踩他肚子，踩得他上下直流血水。后来吊起来用香火炙，用竹丝抽，折磨得皮开肉绽。其他四人也受了重刑，也都没有吐露党的真情。

一星期后，他们被押解到南京军法处。在南京，郭英又受了一番重刑，一次次昏迷，一阵阵刀割般的剧痛，最后根本动弹不了，但他没有停止愤怒的叫骂。敌人无奈，只有判刑，把他送到南京水西门外军人监狱。判决书为：组织反动团体，宣传与三民主义不相容的主义，不承认是国际代表，根据紧急国民治罪法第六十条判刑10年。

在狱中，郭英积极开展党的工作，利用一切机会向有文化的难友学习文化知识，同敌人进行绝食斗争。直到1937年8月16日日寇轰炸南京，国民党政府才同意我党释放政治犯的要求。8月20日释放了5年以下徒刑的犯人，9月20日，10年以下的获释。出狱时，郭英在敌监四科取回被捕时敌人劫走的那只蓝色帆布提箱。周恩来接见了他们，并说能走的同他一块儿去延安，身体不好的可先回家。郭英由于身体长期被折磨得已经难以自持，所以先回到家乡。

烽火丹心

回冠县不久，小化村的梁秀杰就到家找他，孙洪也来过几次，说是赵健民派来联系的。从此他与冠县党组织有了联系，并把箱底秘密收藏的有关文件，原封未动地交给身为鲁西北特委书记的赵健民，特委及时恢复了他的组织关系。

在冠县第一次参加党的会议，是1937年10月底在东三里庄朱月松家，当时，农村正在刨地瓜。参加会议的有赵健民、朱月松、朱月桐、王志浩，会议内容是商议组织抗日武装。会后，他们拉起一支游击队。孙洪从家中拿出一支长枪，朱霍三里庄大户老黑家被动员出一支，宋店郑宋泽拿出一支，王段一个大户也拿出一支，开始十来杆枪、三四十人，很快一百多人、枪，还有十几匹战马。

不久，根据鲁西北特委的意见，郭英带领一部分游击队员打进土匪武装——“北杆”，担任其中的小队长。一次，“北杆”参谋长陆子恒住在崔八里庄崔老可家，赵健民也在那里，郭英带着队伍去了。在八里庄住了一两天，郭英见一屋内关着很多人，得知陆子恒抓来要钱的，郭英遂开门放走，陆子恒要枪毙他。赵健民对郭英说："你把他们的绑票都放了，断了他们财路，在这里待不住了，你赶快走。"于是，郭英便拉出百十个人，大部分是三里庄及附近村庄的，分为 3 个小队，小队长郭九峰、霍三和一名姓朱的。

郭英（后排右一）

开始，这支队伍驻在刘村。朱霍三里庄姓朱的大户说："金粟驻到哪里土匪不敢去哪里，不如请到自己村上来护村。"队伍便回到朱霍三里庄。腊月二十九晚上八九点钟，人们刚吃过除夕水饺，就听到街上的响声。队员郭金明送信说，陆子恒把队伍集合到霍梦月的大场里，讲了一通话就走了。郭英、孙洪，还有山西那边过来的长征干部刘致远，随即躲藏起来。

大年初二，郭英找到党组织，请示怎么办。张霖之说："先组织群众，搞宣传发动吧。"郭英又和原来青年游击队的朱继会、孙洪、郭林业、郭策等，进行了抗日救国的宣传工作。

刚刚开始抗日宣传发动工作，党组织通知郭英到徐运北为负责人的鲁西北特委训练班受训，受训后回冠县担任县委书记，县委委员还有许梦侠、孙洪。1938 年春，在县城北关关帝庙成立县农会，郭英任会长，吕少尧任副会长，高元贵开始也在农会，后调动委会。农会发展迅猛，北部到清水八区，南部到朝北，西部到河西，东部到马颊河，各地都成立了农会，还有工、青、妇等各群众团体相继成立。六七月间，国民党山东省主席沈鸿烈来冠县视察，郭英带领上万农民，以农会的名义出城迎接，打旗的，扛红缨枪的，敲锣打鼓的，队伍一直排到代家屯，通过这次迎接活动，冠县农会声威大振，会员迅速发展到五六万人。随着农民抗日运动的蓬勃发展和日益深入，全县广大农村的抗日斗争几近达到“一切权力归农会”的空前局面，就连地主富农大都积极向农会靠拢，纷纷要求入会，全县会员很快发展到 13 万人。这一时期冠县的农民运动风起云涌，代表了冀鲁豫农民抗日救国的方向。1938 年底，省委代表张霖之指示郭英组织建立卫河支队。接到通知的第二天，徐运北就拿来一张八路军卫河支队司令部发布的文告，上面写着郭英任卫河支队司令员兼政委，做领导工作的还有王建桥、孙作栋等。参加这支队伍的，除了农民自卫队（基层农会武装），还有一些青年学生，后来发展到 4 个大队，1 个骑兵连。还有教导队，共计一千四五百人。1940 年，郭英被调任冀鲁豫区党委民运部长兼抗联副主任，领导了冀鲁豫地区轰轰烈烈的群众抗日救国运动。这一时期冠县的农会工作和抗日武装建设非常活跃，在鲁西地区产生重大影响，因此卫河两岸的人民群众，都亲切地称郭英为“兵贩子”和“农民大王”。

固守黄河

1946 年底，晋冀鲁豫军区在原山东省台前县常刘村正式成立冀鲁豫军区黄河河防司令部，郭英任政委，王化云任司令员，领导人还有曾宪辉等。从此，黄河司令部沿黄河两岸拉开了上至濮县、下至东阿后又延伸至济南以东 300 公里的河防战线。1947 年 6 月 30 日，12 万刘邓大军强渡黄河，直插大别山。7 月，某兵团 3 万将士进军河南而渡河。8 月中旬，陈谢兵团[①]由西部强渡黄河。9 月，陈粟三野[②]挺进鲁西南，渡河南下开封。1948 年 9 月 24 日，济南战役结束，我军接收起义部队一个军渡过黄河，进军鲁西南。1949 年 4 月 5 日，东北四野挺进鲁西南，从孙口横搭浮桥过河南下。几年间，黄河两岸桥头红旗猎猎，号声激荡，苇席牌坊高筑，松柏绿枝装扮，毛、朱、周巨幅画像高高悬挂，沿河两岸到处是宣传台，到处是演出点，千百万雄师在黄河司令部的配合掩护下，胜利跨越黄河天险。在固守黄河的岁月中，郭英荣立战功，获得晋冀鲁豫军区特别嘉奖。

（选自《冠县党史资料》第三期　作者：中共冠县县委党史办公室）

---

① 陈谢兵团：指陈赓、谢富治率领的晋冀鲁豫野战军太岳兵团。

② 陈粟三野：指陈毅、粟裕率领的华东野战军。

六十二勇士喋血赵官寨

冠县东古城镇后田庄村，有一片占地 20 亩的烈士陵园。陵园内一座直径 8.3 米、高 1.7 米的圆形巨墓，掩映在那片傲然挺拔的苍松翠柏之中，森列的松柏犹如威严的战士，守卫着坟墓中合葬的抗日战争时期牺牲的 62 位烈士。那是发生于 1940 年 2 月的事情，在围歼国民党顽军石友三的战斗中，八路军一二九师先遣纵队一团三营十连的 62 名战士，为了掩护领导机关和主力部队突围转移，在馆陶县赵官寨村与 3000 名日伪军激战一昼夜，毙伤敌人 500 余人。最后占据一座土楼，继续与敌进行战斗，直至弹尽粮绝。敌人点起熊熊烈火，焚烧土楼。全体指战员砸坏枪支，高呼口号，纵身火海，壮士之举惊天地泣鬼神，他们面对日本侵略者的淫威不屈不挠，为中华民族的解放赴汤蹈火，革命精神气贯长虹，英雄气概传颂至今。

王德林

1937 年 7 月 7 日，全民族抗日战争爆发后，在民族危亡之际，中国共产党号召民众拿起刀枪保家卫国，誓与日本侵略者血战到底。1938 年，冠县后田庄村党支部在县委的领导下，积极组织群众开展抗日斗争。这时，上级派来以李善保为团长的工作团，在此组织了由 11 人参加的抗日游击队。由于地处卫河以东，因此取名“东临支队”。王德林是后田庄村的一位铮铮硬汉，曾在冯玉祥部队从伍，身材魁梧，侠肝义胆，人称仗义老黑，在这一带村庄颇有影响。他对日寇的侵略暴行，早已恨之入骨。游击队成立后，他便带领本村村民张士成、张万顺等人加入队伍，并任东临支队队长。在党组织领导下，游击队积极开展抗日活动，多次捣毁日伪据点，击毙日伪汉奸。他们常驻的地点就是后田庄村，与人民群众融为一体，村内开挖多处地道，通往村外黄河故道的沙丘丛林，以防敌人来袭。他们的工作深得这一带群众的拥护，队伍很快发展到 100 余人，经过多次战斗，威名大震，因而改名“长迩支队”，意为长期闻名遐迩。

卫河支队在共产党的领导下，斗争经验日益丰富，足迹所至，卫河两岸人民恢复了安定。不久“长迩支队”被编入卫河支队。

1940 年初，卫河支队又被编入一二九师先遣纵队，原“长迩支队”编入先遣纵队一团三营十连，王德林任连长。

1939 年，国民党举行五届五中全会，制定了“溶共、防共、限共、反共”的方针，掀起了抗日战争时期的第一次“反共”高潮。国民党冀察战区副司令兼三十九集团军总司令石友三紧步国民党蒋介石的“反共”后尘，政治态度日趋反动，加紧了对鲁西抗日根据地的进攻，与共产党领导的抗日部队和抗日政权蓄意制造摩擦，大肆捕杀共产党员和抗日军政人员，围攻、残害八路军小股部队和地方抗日武装。1939 年秋，石友三部侵入冠县六区李辛村、许辛村一带，进村后催粮要钱，鱼肉百姓，搞得民不聊生。盘踞在鲁西北的国民党地方部队李树椿、王金祥、齐子修以及山东保安旅吴连杰、顽杂武装冯二皮等部，也与之遥相呼应，积极配合石友三的行动，不断向冠县抗日根据地发动进攻。9月24日，吴连杰部在石友三的授意下，以冠县北部乔庄不交公粮为借口，出动2个营和1个手枪连约600人，血洗乔庄，枪杀村民18人，打伤40多人，抢走大车60辆，牲畜80头，长枪80支，烧毁房屋5间，洗劫大量财物，制造了骇人听闻的“乔庄惨案”。1940年1月，石友三部向八路军发起进攻，将东进纵队两个连和青年纵队一个排包围缴械。接着又围攻青年纵队第三团，企图抢占冀南和鲁西北抗日根据地。同时肆意捕杀、活埋抗日干部和家属，猖狂叫嚣打倒共产党、消灭八路军，石友三还派其弟石友信到北平、天津、济南等地与日军秘密勾结，并从天津请来日军军官吉山当顾问，彻头彻尾地投靠了日寇。

针对石友三的反革命行为，中国共产党采取果断措施。2月3日，毛主席致电八路军总部及一二九师：对石友三部采取的方针已不适用，应在其向我出击时坚决彻底消灭之。八路军总司令朱德、副总司令彭德怀电示一二九师，要集中力量狠狠打击顽军石友三。根据这一指示，冀南、冀中、冀鲁豫边区的一些部队，在冀南军区司令员兼政治委员宋任穷、冀中军区政治委员程子华的统一指挥下，开始了讨伐石友三的战役。

此时石友三主力部队1.7万余人，盘踞在南宫的垂杨、董家庙、枣强以及威县的郭固、雪塔等地区，我军参战部队组织了左翼队、中路队、右翼队。先遣纵队一团属中路队，团长于笑虹、政委李大清，任务是由南向北突击消灭郭固、董家庙地区的石军。战役原定2月11日（正月初四）发起，2月9日（正月初二），发现石友三部队开始秘密南窜，我军随即对石部展开追击堵截。2月13日，将石友三部主力及总部围堵在威县的下堡寺、摇鞍镇一带。战斗打响后，石部遭到我军沉重打击，被歼2000多人。2月18日，石友三率残部在日伪军掩护下，从大名以西越过漳河窜到南乐、清丰地区，讨逆战役告一段落。2

月20日，先遣纵队一团接到上级命令，返回临西、香城固一带。刚到香城固，便遭到威县、临清、广宗、邱县、馆陶5个县日伪军的围攻。经过激战连夜突围，队伍转移到馆陶县的王草厂、安雷寨一带。经过雪地泥泞中十多天日夜行军作战，部队极度疲劳，身上带的干粮早已吃完，便决定在这里买粮做饭，稍作休整。正值此时，敌人从后面追逼上来。形势紧迫，部队不得不迅速转移。

孙树生

2月21日拂晓，寒风刺骨，部队突然发现，来自临清方面的敌人从北面，邱县方面的敌人从西面，馆陶方面的敌人从南面偷袭包抄过来，共计3000多人，正在形成合围圈，企图一举歼灭一团，一团处在三面强敌、一面背水的包围中，情势十分危急。团长于笑虹、政委李大清①当即决定全团分三路突围，一路由常年活动在该地区的二营营长刘墨卿、教导员杜平率领，向东北沿卫河堤从敌人合围的空隙中交替掩护，穿插到敌人背后，打击牵制敌人，分散敌人合围我主力部队的注意力；一路由团长、政委率领团机关和三营（除十连）向南迅速突围出去；一路由三营教导员孙树生、十连连长王德林率领十连抢占赵官寨吸引阻击敌人，掩护主力部队突围，完成任务后向西南撤

① 李大清（1916—2006），湖北省黄陂县人。1931年参加中国工农红军，1933年加入中国共产党。参加了长征。曾任红四军总部护卫连连长，卫河支队政委，八路军一二九师新八旅二十三团政委，解放军炮兵师政委，济南军区工程兵副政委等职。少将军衔。

到浅口与主力部队会合。

天已放亮，晨雾尚未散尽。十连指战员在营教导员孙树生、连长王德林率领下直奔赵官寨，经过一场激烈战斗，把来自馆陶刚刚进村的敌人打了出去。继而，抢占有利地形，构筑工事，做好坚守准备。这时，周围的敌人听见枪声，以为我主力部队在此突围，便一股脑儿地向赵官寨扑来，瞬间把整个村子围了个水泄不通。敌人疯狂地向村内发起进攻，机枪大炮吼叫着，喷射着火舌，子弹雨点般冲刷着村子，炮弹不停地爆炸，整个村庄被硝烟炮火吞没。六十二勇士凭借有利地形勇猛地阻击敌人的进攻，村里村外，枪声、炮声和手榴弹的爆炸声响成一片，震耳欲聋，敌人一次次的疯狂进攻被勇士们击退，赵官寨像一块磁铁吸引着大批的敌人，与此同时，我们的大部队则在其他地方按原定方案顺利地突围转移。

土楼旁被烈火炙焦的枣树

两个小时后，敌人望着硝烟弥漫的村庄，不知村内有多少部队，于是又继续增加兵力，向赵官寨村内发起更加猛烈的进攻，勇士们陷入敌人的重重包围之中。他们为了争取时间使大部队顺利转移，顽强地守卫在阵地上，与敌人展开了浴血奋战，打垮了敌人一次又一次进攻。战斗相持到中午，敌人在地面进攻失败后，又调来两架飞机在村子上空盘旋，疯狂地进行轰炸和扫射，使我们的勇士遭到了很大的伤亡，坚守的阵地也相继失守。这时连长王德林已中弹牺牲，教导员孙树生率队转移到一家地主庭院里的土楼上，借助楼层顽强抗击着敌人的狂轰滥炸。

夕阳西下，落日的余晖染红了天际，映红了勇士们坚毅的面容和疲惫的身躯。子弹、手榴弹、炸药包全打光了，他们就用砖头、瓦块还击敌人，他们把枪上的刺刀擦亮上好，准备同敌人展开肉搏战。从清晨到傍晚，连续十几个小时的战斗，勇士们打退了敌人无数次进攻，共毙伤日伪军500余人。看着楼房前那些横七竖八的敌人尸体，勇士们露出胜利的微笑。他们估计大部队已突围转移，担负阻击掩护的任务已胜利完成，他们在用鲜血和生命实践着心里早就立下的誓言：为了中华民族的解放，一息尚存，战斗不止。

看着久攻不下的小楼，残暴的敌人使出毒辣的手段。在日寇的指使下，一些伪军拆民房，搬草垛，在小楼四周堆上许多木头和麦秸，又浇上汽油，纵火焚烧。火借风势，片刻楼房四周一片火海。无情的烈火夹带着滚滚浓烟，扑向楼房，扑向坚守着楼房里的勇士们，楼内的残窗断壁烧红了，大柱、楼板燃烧着了，噼噼啪啪地断裂、倒塌，我英雄的勇士们，面对火海毫无惧色，教导员孙树生面对日寇的淫威，怒目圆睁，鼓舞大家："同志们，八路军誓死不当俘虏！"随即把最后一颗子弹射向了自己。战士们个个砸坏枪支，高呼"共产党万岁""打倒日本帝国主义"，纵身火海之中。

银色的月光洒满大地，仿佛为国捐躯的勇士们盖上一层乳白色的轻纱，阵阵夜风吹过村外的小树林，发出呜呜的声音，仿佛在为壮烈牺牲的勇士们哀悼。垂头丧气的敌人在长官的驱赶下胆怯地端着枪东挑西戳，开始搜索焚烧过的残墙断壁。

"八路！八路！"一个从楼下暗室里窜出来的敌人，大声怪叫起来。原来是在敌人纵火前就已转移到小楼地下室的我军5个重伤员被敌人发现了，魔鬼们惊喜若狂，扒开地下室，把刘振山、成万里、张思俊、王风云、乔小5位小战士拖出来，扔在一间破房内。躺在烂草堆里的战士，在昏迷中呼唤着："教导员，连长，同志们，你们在哪里？首长和部队转移了吗？"一会儿，伪军宪兵队长李东先走进屋里，在成万里身前，用力摇晃着喊道："表兄弟，你醒醒，醒醒！……"李东先殷勤地诱劝成万里投降，只见成万里挣扎着用尽全身力气，一巴掌打在李东先的脸上，李东先捂着脸狼狈地溜走了。随后他叫来两个伪军端着一碗捣碎的蒜泥，糊在五位伤员的伤口上，绞心的疼痛折磨得他们一次次昏死过去。不长时间，李东先又进来向五位小伤员喊话诱降："只要你们说出不再当八路的一个不字，就给你们治伤，愿意回家也行，不然的话就杀头！"只听见成万里短促地说道："野兽们的阴谋，决不会得逞。"

敌人用担架把五位伤员抬到赵官寨村南边的空地上，准备下毒手。18 岁的成万里失去了左脚；十六七岁的刘振山、王凤云、张思俊肩膀上、腿上到处伤痕累累血肉模糊，有的已失去了手臂；不满 15 岁的营部通讯员乔小，溃烂的伤口还流着鲜血。敌人把抓到的乡亲们也赶到这里，李东先陪着手持洋刀的日寇军官凶相毕露地走向伤员。"表弟，你想好了吗？"李东先问。"瞎眼的刽子手，想杀就杀，要砍就砍，不用废话！"成万里大声地回答。日寇军官凶神恶煞似的把手一挥，头一摆：死了死了的。又向乔小走去："噢！小八路，你为什么当八路的干活？"乔小响亮地回答："为打倒日本鬼子！消灭汉奸卖国贼！"听到这一回答，敌人气急败坏地狂叫："统统杀掉！"在打倒日本帝国主义、打倒汉奸卖国贼的高呼声中，五位英勇的小战士光荣地牺牲了。

烈士殉难后，冀南军区司令员宋任穷来到赵官寨，满怀悲愤地指挥乡亲们把烈士的忠骨从灰烬中扒出来，由于再也分不清他们谁是谁了，只好把他们的遗骨一起葬埋在赵官寨村前同一个墓坑内。对 62 位烈士的英雄壮举，八路军一二九师师长刘伯承亲自题词给予高度赞扬，《新华日报》发表了歌颂文章。

六十二烈士牺牲后，后田庄的亲属们为防日伪追找，纷纷离家躲逃，数日后方回家中。1940年2月29日，与后田庄村邻近的郭庄汉奸密告日军，躲逃在外的王德林妻儿回到家中。馆陶城内日伪军立即赶至后田庄，企图斩草除根，消除“遗患”。在乡亲们的帮助下，8位烈士的亲属都得到了转移。王德林妻子杨明贞带着两岁的儿子王富军躲藏在后院堂兄王德朋的地窖中。日军挨家挨户搜查没有找到王德林妻儿以及其他烈士家属踪影，便将全村男女老少驱赶到村西场院。日寇逐个拉出来盘问，都说没见王德林妻儿，也没见其他烈士亲属，更不知他们在哪里。日军不肯罢休，又一次拉过张廷举的妻子曲书九继续盘问。她一口咬定不知道，日军恼羞成怒，上去就是一顿毒打。日军百般摧残，曲书九紧咬牙关：“不知道，就是不知道！”日军气急败坏，一刀刺入她的前胸……曲书九，23岁，一位还未生儿育女的普通农家少妇，仅凭着一颗朴素的侠肝义胆和舍生取义的民族情怀，面对凶残的敌人，毫不退却，英勇就义。英雄的名字也没能刻入烈士碑碣，但她的英烈之举和六十二烈士一样永远镌刻在人民心中。

中央军委原副主席、国防部原部长迟浩田上将题写馆名的六十二烈士纪念馆

1946年，在冀南军区七分区司令员白云的批示下，又把六十二烈士的忠骨装进两个上好的棺椁，迁葬于十连的诞生地、连长王德林的家乡——冠县东古城镇后田庄村，并立碑纪念，英雄魂归故里。

八路军先遣纵队一团的老团长，时任冀南军区、七分区政治部主任的于笑虹撰写了碑文。他在碑文中写道："赵官寨的壮举，促使着卫河支队飞快地进步，也促使着更多的青年走向战场，促迫着我时刻不敢忘记学习烈士们的精神和完成烈士们的遗志。你们仍活在我们心中，谁也不会忘记你们……"

字字泣血，声声悲痛，烈士们没有被忘记，也永远不会被忘记，他们的英雄事迹在当地群众中世代传颂。他们的伟大精神激励着鲁西儿女一代又一代，为革命事业的发展，为民族的振兴，为中国梦的实现做出自己的贡献。

为了进一步传承红色基因，赓续红色血脉，六十二烈士墓几经维修，目前已列入山东省文物保护单位。2022年，冠县人民政府又拨付3000余万元专款，进行重新整修，并修建"六十二烈士纪念馆"。中央军委原副主席、国防部原部长迟浩田上将题写了馆名。中国人民解放军北京军区原司令员、上将李来柱题词敬挽。

天地英雄气，千秋尚凛然。六十二烈士是中华民族的脊梁，是名副其实的"抗战英雄集体"。我们歌颂他们，我们缅怀他们，我们永远踏着他们的足迹，继承着他们的遗志奋勇前进！

（根据《宋任穷回忆录》《陈再道回忆录》《李大清回忆录》　王凤亮、王天梁口述　郭建军撰写）

附：

（一）六十二烈士墓碑文

民国二十六年七月七日，卢沟桥事变爆发。日寇随国民党军队步步南进，津浦、平汉两路不数月即为日寇所占。日寇凶焰所向，国民党糜糜逃散。共产党喊出了拿起枪来保家乡的口号，提醒了父老们，了解自己也有力量。从这时起，一个个热血青年辞别了父母，离开了家乡。他们要夺回被抢走的船只、被占去的庄田。有枪的好户们情愿把枪交给他们，从一到十，从十到百，从这里到那里，卫河两岸活动着一支力量，这就是人民不能忘记的卫河支队。接受了家长的嘱咐，接受着四乡父老的养育，依靠着共产党，他们的抗战意志日益坚强，斗争经验日益丰富。游来击去，击去游来，他们的足迹所至，卫河两岸的人民恢复了安定的生活。从此，他们成为人民骄子，也成了敌人的痛、钉、刺。失望了的人心又复活了，猖狂已极的敌人又遭到棒喝，死在野兽的残暴淫威下的鲁西北又放出了光明。像一阵妖风袭来，二十九年刚擦过新年，河北、山东国民党军队勾结敌伪，发动了大举的反共高潮。石友三、张荫梧等国民党军队的进攻和日寇的残酷“扫荡”，盘旋连环而来，根据地的光亮顿时现出暗影，快乐的人心又为恐怖所笼。人民和他的子弟兵为了生存下去，他们不怕腹对日寇的“扫荡”，背受国民党叛军的暗伤，愤怒的火焰烧心，自卫的声浪响彻了平原，不可抗拒的力量，终久粉碎了内贼和外寇的联合阴谋，叛逆们失败了，胜利属于人民。可是，胜利总是血泪和骨肉交织着吧！根据地里，多少父母看不见了儿子，多少儿童从未见过爸爸。赵官寨的六十二位烈士也是在这胜利中为敌人夺去。正当进击叛军于邱县以南地区，叛军竟勾结日寇步骑三千余，由邯郸出发。讨逆军在腹背受敌的情况下，与敌激战于侯村、吕洞固，再战于东西张孟，歼敌四百余之后，暂趋零散，避敌锋锐。执意狂敌为声援国民党叛军，肆意穷追我卫河支队。由侯村地区北返临西，辗转四天，始终未脱离强敌。阴历正月十二日，临、馆、邱、威四县敌人又同时出动，配合宿营于东目寨、香城固一线之敌主力数千，合击下堡寺地区。不幸我卫河支队适于夜间转入该地区，拂晓查明敌情乃南转至仓上，正遇临清出动敌五百余，敌以炮火进击，我则继续向南挺进王草厂，部队疲劳饥渴，不能前进，不得已停止，略事休息。一霎时，旭日变为阴暗，疲困转为紧张，后边追兵赶来，西边东目寨、邱县敌之主力由西北而东南插来，馆陶敌人也同时由东南赶到截击，我部竟处于三面强敌，一面卫水之包围中。千钧一发之刻，决心两路并进，向南突围。但已辗转十数日夜于雪泥中，讨逆未得片刻休息之我军，实难对七八倍于我之强敌。果然，行至赵官寨村后，西边敌人迫进，将我二营部队掐断。南边馆陶敌人迎头拦住我三营部队。当时，除少数同志由两股敌人之中间向南突击外，大部被敌包围于赵官寨村后野外中。当时，我二营部队仍向西北敌来方向，且走且化整为零。遭敌严搜一整天，事后又集结起来。我三营部队除九连随二营方向同出外，余在教导员孙树生与十连连长王德林二同志率领下，奔入赵官寨村里，坚守一座民楼。在千余敌人炮火强攻之下，我六十二位同志坚守一天半夜，始终不屈，直至最后一弹、一人。敌人纵火攻楼，王德林同志两处中弹殒命。在无法再守下去的时候，我亲爱的教导员孙树生同志举枪自戕，随之，我弹尽援绝的同志纷纷跃身火内自焚。冲天的火焰，燃烧凌云的壮志，千万条毒蛇叮身，千万个铁钉刺心，壮士们不为日寇所屈，也没有被大火所屈，死在一块儿，还有人打日本。火焰对他们变成了亲爱的东西，因为没有了最后一颗子弹，只有火焰才能保护他们不被敌生俘。当敌人完全证实了他们俘获了一片火焰之后，昂然的鬼头低下了，凶残的面孔暗淡了，灼热的火焰对他们发出透体寒光，吃人的野兽们，骄横的胜利者们，内心里也被壮士俘虏。枪声完了，彻夜的火光，仍然吸引着周围数十里焦着的人们，已深夜，但不入寝。老老少少们，都在村口张望着、等待着，走来走去的，希望能突然出现一股奇兵，来救护他们最亲爱的人们。火焰召唤着人们的心，焦急的火焰、愤怒的火比赵官寨的火还要高出万丈，年轻的人摩拳擦掌跃跃欲试，要向火焰奔去，但终被年老的人们阻住了，手无寸铁不挡事。老太太们忙着找香找火，佛前跪祷，默祝保佑他们安全。她们想起张班长的和蔼笑容，又想起孙同志给挑水，李同志抱着小孩买油条吃。这伙人不能完，好人谁也灭不了，老佛爷也一定保佑好人。我已在十五里以外的一个村庄，夜色北风和地下的雪陪着站在村口上，枪声由缓而紧，由紧而稀；火苗由小而大，由低而高，又由高而低。没有说的，感受着火苗，感受着枪声，不能想象随着枪声子弹是打落到什么地方，是落到哪同志身上了呢？满林合呢？冯汇川呢？张思俊、赵新河呢？刘化文、张学富、程秀德、张万顺、赵新路等，这些活泼生气的青年人，火焰像毒蛇舌尖一样地舔着哪一个了呢？没有了部队，又没有友军，如何把他们从火焰中抢出来呢？父老们以最大的信任把儿子交给自己，这样的结果，将如何再见父老们呢？惭愧、焦急和愤怒，这么着急站在村口上，感受着一切。阴森的夜呼号北风，房顶和树枝上的风雪凄泣着落地，刺骨的冷气像是要淹息火焰的灼热。但是火焰仍是由低而高，由高而宽。夜，沉落于火焰，这才暗淡了些。直到东方的明亮夺取了火焰的光亮，一股白烟仍在向上盘绕着。赵官寨的壮举，促使着卫河支队飞快进步，也促使着更多的青年走向战场，促迫着我时刻不敢忘记学习烈士们的精神和完成烈士们的遗志。八年来，你们仍活在我们的心中，谁也不会忘记你们是在日寇和反动派的联合阴谋下殉国的。日寇已经投降了，我们常清楚计算，你们的仇才报了一半。放心吧，安眠吧，亲爱的烈士们！

冀南军区七分区政治部主任于笑虹泣撰

中华民国三十五年小阳月上浣谷旦

（二）烈士名单

孙树生　王德林　刘振山　张士成　程金池　张万顺　张廷珍
王玉兰　翟风义　张思俊　张思岭　程秀德　郭正禄　张玉发
马青山　程金路　李玉良　张学富　张林堂　满林合　刘文元
王凤云　成万里　么化义　赵新安　曲怀珠　李振山　赵新路
李登玉　冯连波　张保兴　赵新太　石好贤　王泽民　冯汇川
庞克明　李振保　么福栋　乔　小　温长善　陈玉斌　赵墨祥
李振起　么法远　孙士书　张百法　姚殿祥　吴金锋　刘文奎
张西禄　林兴华　徐立德　陈付坤　万永钦

（墓碑记载了44位烈士的名字，后面的10位是冠县老促会、河北省馆陶县老促会、冠县退役军人事务局于2023年调查确认，仍有8位烈士的姓名待查。）

码上观看蛤蟆嗡剧《红月亮》

烽火中的鲁西区党委

1938年11月聊城沦陷，范筑先将军及七百将士壮烈殉国，一时间阴霾笼罩在鲁西大地。范筑先旧部迅速分化，有的投靠日军，有的抢占地盘独霸一方，妄图围歼我党领导的抗日武装。日军分别自邱县、南宫大举进攻，加快侵占鲁西步伐，冠、馆、邱抗日根据地被分割，抗日斗争形势十分严峻。

中共鲁西区委旧址（北馆陶镇东街）

面对严酷形势和长期抗战的艰巨任务，上级党组织决定，迅速加强对鲁西抗日工作的领导，1939年1月，中共北方局决定，在馆陶（北馆陶镇）成立了中共鲁西区委（中共山东分局第二区委员会）。其管辖范围为鲁西北、泰西、运西、运东、卫西、卫东、湖西等7个地委，涵盖53个县。由张霖之任书记，赵镈任组织部长，朱则民任宣传部长，徐运北、段君毅为委员，赵伊坪任秘书长。鲁西区党委是在鲁西、鲁西北、泰西及郓城中心县委基础上建立的，选址时进行了认真分析与论证，张霖之根据当前的斗争形势，结合大家的意见指出：“鲁西抗日根据地之所以在全国闻名，一是因为它是国共合作的典范，在改造绿林武装、开展农民运动等方面做出了突出贡献，党中央、毛主席高度重视，区党委选址在为国捐躯的范筑先将军的故乡意义重大。二是馆陶是冠、馆、邱根据地的中心，紧靠卫河东岸，是山东根据地与延安、太行的交通要道，我军政人员常来往于此，且党组织覆盖范围广，群众基础好，抗日氛围浓厚。三是冠、馆、邱根据地是鲁西根据地的基础，是联系山东、冀南、华北抗日根据地的枢纽，在战略上具有重要意义。”大家一致同意把鲁西区党委的驻地设在馆陶（北馆陶镇）县城。

鲁西区党委迎着腥风血雨，带领广大军民，始终坚持以全国抗战大局为最高目标，巩固发展山东根据地，打击日、伪、顽，建立人民政权。多次在冠县、馆陶、泰西等地召开紧急会议，分析敌我形势，布置工作任务，要求共产党人必须担负起领导鲁西抗战的历史重任；坚持鲁西平原游击战争；对日伪顽部队进行坚决的武装斗争。鲁西先后组建了先遣纵队、筑先纵队、平原纵队等我党领导的抗日武装，稳定了鲁西的抗战局面。

积极发展党员，壮大人民力量，巩固、扩大抗日根据地，是区党委的一项重要任务。通过“红五月”、建设区委、地委党校等形式，夯实了基层党建基础，鲁西区党员数量由 8000 人发展到 31000 余人，先后成立的县（工）委 51 个，党支部 2200 多个；通过筹建各级抗日民主政权，特别是先后建立鲁西北行政委员会、泰西行政委员会和鲁西行政主任公署，以及先后创建 40 余个县政府，我党的法令得以顺利推行；筹建了鲁西银行、开展文化教育、强化经济建设、实行合理负担等一系列政策措施。先后成立了各级各类救国会，掀起人民战争的高潮，对巩固发展根据地起到了重要作用。

区党委领导鲁西军民与日、伪、顽展开了殊死搏斗。琉璃寺突围战，赵伊坪、荆维德等壮烈牺牲，鲁西大地含悲；陆房战斗重创日寇，鼓舞人心；陈贯庄伏击战，赵三营以少胜多，群情振奋；赵三营奇袭冠县城痛击日伪，大振军威；丁里长伏击战击毙日酋，军民奏凯；赵官寨战斗，冠馆子弟兵身陷重围，62位烈士在烈火中永生等多次战役、战斗，沉重打击了日伪的暴行，也失去了一批优秀的鲁西儿女。

鲁西浩浩平原，铸就巍巍丰碑。鲁西区党委自成立至与冀鲁豫区党委合并，在两年半的时间里，创建抗日政权，组建地方武装，点燃了抗击日寇的熊熊烈火；在关键历史时期，担当历史重任，竖起抗日大旗，带领鲁西军民不屈不挠、誓死抗日，其可歌可泣的英雄壮举将永载史册。

（选自《冠县革命老区发展史》　郭林章整理）

敌我阵营的抉择

“司令挂花了。”“荆维德从战场上被抬下来了。”“小日本的机枪把他的腿伤了。”火烧营的乡亲们怀着关切的心情纷纷围拢过来；附近村庄，一些地主及士绅名流也都赶来探望。

刚被十几名随从人员抬进家门的荆维德，躺在担架上，望着满院子的父老乡亲，安慰人们说：“不要紧，只是血淌得多了一些，离心还远着哩。”

几年来，紧随其左右的一位军事骨干，半跪在荆维德的土炕边，攥着他的手，眼里流着泪，说：“二哥，不跟共产党干了，他们坑咱……”“混蛋！”荆维德两手支撑起上半截身子，侧倚着炕头边的土墙，心绪难平地吼道：“我要抗日救国，我不离开共产党。你们要想往外拉杆，就先把我毙了。”听着这感人肺腑的言语，望着这位硬汉子的动人之举，回顾他走过的人生道路，崇敬与感佩之情在人们心中骤然升腾。

荆维德，冠县火烧营村人，1904 年生，兄弟三人，排行为二。他家庭贫苦，没进过学校门，长大后出走当兵，在北洋军阀的营列中度过了 8 年的军旅生涯。同时，也练就了一身娴熟的射骑技艺。解甲归田之后，参加了国民党县政府侯光陆的骑兵队。他身强体健，宽脸盘，面色稍黑，是个壮汉。他处事大落，攀谈起来嘻嘻哈哈，既不像草寇之人，也不像个老实巴交的农民。但是，在他身上，劳动人民的成分还是很重要的。

1930年前后，他所在的冠县骑兵队，有30多人马，是捕捉土匪、维护地方治安的武装。他性格刚强，具有浓厚的杀富济贫的绿林气质。他闯荡江湖，深知义气为重。因此，他结拜了很多把子、三兄六弟，亲朋好友遍布冠县境内。当地不少地主以及一些士绅名流都与他来往频繁，关系密切。在骑兵队，他明捕暗放，又结交了很多土匪。冠县、堂邑一带的大小土匪头目，多数与他有结交。因而，他成了一些土匪中的自然领袖，恰似当年郓城的宋江。

1935年前后，荆维德离开了骑兵队，回家当了土匪。他与别的土匪不同，一不在当地抢掠，二不糟蹋妇女，其他土匪也不敢到这一带骚扰，火烧营周围村庄的百姓包括地主，都拥护他。1935年秋，荆维德一伙在高庄铺一带被官兵包围并打散，他只身携枪逃出，跑到于村一户地主家中躲藏起来。一群追拿他的官兵，没寻见他的影踪，只好败兴而归。1936年，荆维德被范筑先部捕去，在聊城，他受刑很重，但没承认自己是土匪。火烧营附近村庄的地主和群众联名担保，尤其地方名流郭芳臣为其执笔上诉状纸，并亲自到聊城托人奔走上层，帮打官司，一直到把他保回家来。正因如此，荆维德和郭芳臣成了莫逆之交。

荆维德

1937年9月，日军侵至德州一带，冠县一片混乱。各村都由民团维持秩序。辛集、贾镇、王姜、兰沃各乡，每个村庄都有枪支，多者上百支，少者一二十支。这时，荆维德以成立“抗日义勇军”之名，收拢了以上村庄民团的枪支，有的是自愿，有的是被迫，在韩路以北拉起了一支四五百人的队伍。同时，石洪典在韩路以南也拉起一支几百人的队伍，为了共同存在和发展，他们很快合为一体，名叫“华北抗日自卫军”，群众称之为“北杆”，石洪典任司令，荆维德任副司令。

1937年冬，共产党员郭芳臣、鲍廷干、于少畲在许辛村组织抗日游击队，拉起八九十人枪，被荆维德收编为学生队。荆维德对他们感情诚挚，言明共同抗日。自此，以石洪典、荆维德为首的“北杆”绿林武装中，有了共产党的组织和活动。

1938年初，“北杆”被范筑先收编为第六区抗日游击第五支队，石洪典为司令，荆维德为副司令。收编后，他们从冠县东北一带被调到阳谷、寿张驻防。在五支队中，共产党员郭芳臣身为参谋长之职，地位和威望相当显赫。我鲁西北党组织通过范筑先向五支队派去了盛北光、孙洪、沙延孝等十几名共产党员，作为其中的政工人员。他们为五支队走向抗日，做了大量的争取与改造工作。其间，一方面，荆维德对这些政工人员一直抱着欢迎和友好的态度。他自感没有文化，对抗日道理懂得少，因此虚心接受政工人员的指点，诚恳地采纳他们的意见。他说：“我水平不高，他们比我强得多，我一定要听他们的。”1938年夏，五支队在张秋镇整军，政工人员的意见要将部队中的流氓、赌棍、大烟鬼清除出去。可这些人有的是荆维德以及该部其他上层人物的亲朋好友，所以有些团、营长抵触情绪很大。但是荆维德坚决采纳政工人员的意见，忍痛割爱，做了许多内部工作，从而使五支队的整军工作顺利开展。另一方面，政工人员的因势利导，热情的帮助和教育，为荆维德坚决抗日奠定了较为坚实的思想基础。

1938年春，范筑先率领五支队等武装，包围了日军占领的濮县县城。这时，徐州会战正在胶着进行，西线日军为了配合和增援东线日军作战，从安阳经过濮县向徐州方面运送军火，临时在濮县设立了军事囤聚点。荆维德坚决执行范筑先的战略战术，将五支队埋伏在濮城四周，近者七八里，远者十多里，敌人出来一股，他们打一股，一直打了十几天，打得小股敌人不敢出城。出色地完成作战任务后，他们才撤离伏击阵地。

1938 年 11 月 15 日，聊城失守，鲁西北再度混乱。除了我党直接领导的十支队和五、六支队各一部坚决抗战，其他支队有的投靠了国民党顽固派王金祥，有的成了土匪。王金祥和冠县的国民党分子拉拢石洪典、荆维德等人，妄图把五支队拉到朝城归属王金祥。时驻阳谷的五支队，向南是王金祥，向北是十支队，聊城是日军。何去何从？荆维德处在革命与反革命即抗日与反共两大阵营的十字路口。荆维德清楚地知道，他的队伍大多是冠县人，冠县又是出色的抗日根据地，他如果拉着队伍到别处去，大家也不一定去。同时，荆维德本人怀有强烈的民族意识和正义情怀，投靠日军他坚决不干。并且，由于我党平时十分注重对他的教育和影响，使他了解共产党，拥护共产党，在纷纭复杂的政治风云面前，有自己的主心骨。这时，五支队党组织分析了当时的形势，决定派孙洪先到冠县，找驻冠县的十支队司令张维翰和八路军先遣纵队司令员李聚奎联系。孙洪到冠县后，张维翰、李聚奎等部队首长热情欢迎五支队来冠县，并向孙洪做了具体安排。于是，经共产党员盛北光、孙洪、沙延孝、王长年、李铮等人的积极努力，五支队终于拉回冠县，暂驻陈贯庄。正是在这个大分化、大组合的社会政治背景下，也是在人生旅途的关键时刻，荆维德义无反顾地选择了革命道路，完成了思想与立场的真正转变。与此同时，盛北光等人三番五次地争取石洪典，要他靠近十支队，但石洪典坚决不从，最后只好离开了部队。郭子彬等一些团、营干部也随之而去。在这大浪淘沙的历史激流中，荆维德率部 800 余人，在冠县杨召被改编为八路军先遣纵队第二团（辖两个连），荆维德任团长，盛北光任政治委员，王长年任副团长，孙洪任政治部主任。从此，这支队伍正式纳入了中国国民军第八路军的序列，成为坚持鲁西北抗日斗争的一支劲旅。

1939 年 3 月初，根据上级关于开辟泰西山区抗日根据地的指示，先遣纵队以大峰山为依托，面向平原，在运河以东开创平原抗日根据地。3 月 6 日黎明前，先纵指挥机关和鲁西区党委机关到达琉璃寺。他们刚号下房子尚未宿营，就同从高唐出动而来的日军接上了火。荆维德所率二团宿营王屯，距琉璃寺一二里路，是个小围子，也被日军重重包围。日军以炮火猛轰围墙，将两座寨门击毁，把围墙炸开多处缺口。荆维德率二团沉着应战，从早上一直激战到傍晚。日军用大炮、机枪作掩护，先后向二团发起 7 次进攻。二团指战员英勇抗击，采用近战制敌的打法，待敌人进攻到围墙前，用手榴弹、排枪的密集火力击退了敌人的一次次冲锋，寨墙外横躺着数十具日军尸体。日军用炮火把围寨轰垮，把围墙轰成半截，我方死伤也非常惨重。但战士们坚守阵地，宁死不后退一步。荆维德始终指挥在阵地前沿。下午 2 时，在日军的机枪扫射下，荆维德下肢中弹，血流不止，当场被抬下火线。夜色降临后，日军力量收缩，枪声稀落，激战结束。晚上，二团借着夜色，突出重围，离开了王屯。路上，荆维德的随从人员，埋怨大部队不来救援，流露出一些不正常的情绪。但是，荆维德却开导他们说："我们是八路军，应以抗日大局为重，只要大部队冲出去了，我们死伤再多也是值得的，这是我们的光荣！"

由于部队以及当地没有医院治疗，荆维德被十几名战士送回火烧营家中。第二天，通过他过去的关系，战士们把他送往河北省大名县美国教会医院治疗。医官打开荆维德缠裹着的伤腿，一看全黑了，不仅流血过多，而且伤口已经重度感染，腿骨也已碎断，建议截肢治疗。荆维德断然拒绝行截肢手术，说："死，我也要落个全尸。"就这样，战士们只好又把他抬回家中。三天后，荆维德在伤痛欲绝的极度折磨中，合上了眼睛，永远离开了他的战友，离开了抗日疆场。

（选自《血火春秋》 作者：中共冠县县委党史办公室）

战斗在卫河两岸

返回故乡

1936年秋，我离开北平，回到南馆陶——我的故乡，开始了新的生活。

王化云

1935年8月我从北平大学法律系毕业后，和北京大学毕业的傅庆隆创办了北平精业中学，我担任校长。这时，国民党同日本帝国主义签订了《何梅协定》，华北形势日趋紧张。北平大、中学校的大批进步学生要求抗日的活动十分活跃。精业中学的学生也踊跃参加了“一二·九”救亡运动，为国民党所注意，有个叛徒供出我校几个学生是共产党员。一天晚上，警察到学校抓走一个学生、一个职员，学生严树勋被送到高等法院审判，职员过了10天被释放。严树勋案子分到刑二厅，厅长张跃鸾，是我上大学时教刑事诉讼法的教授。我通过这个关系，说明这个学生没问题，又找了律师为他辩护。经过两个多月的活动，以保外就医为由，花钱找了保人，将严树勋保释出狱。出狱后，他就离开北平到延安去了。傅庆隆是教育局职员，要求学校开除一批进步学生，我不同意。因此我们有了分歧。他说我掩护共产党在校内活动，还在报上散布我是共产党，并准备武装接收学校。我在北平待不下去了，经天津回到家乡。我离开学校，傅当了校长，后当了汉奸。

在家住了个把月，接到在聊城第六区专员公署的张维翰约我去聊城的信。到聊城后，经张维翰介绍，会见了专员兼保安司令范筑先。范和张都是南彦寺人，距南馆陶只有15华里，因此也是我的同乡。见到范司令，我谈了北平和天津的形势，以及国民党汉奸和日本帝国主义的情况。大意是说，中日战争不可避免了。汉奸殷汝耕成立冀东伪政权，北平国民党的军政大员都撤出去了（这是《何梅协定》其中的一条，即国民党撤出北平），宋哲元二十九路军驻在北平。看来日本人决心对我们实施侵略。范筑先一边听着一边思考，看得出来他有些忧虑，感到形势的确越来越严重。

张维翰等人和省立第二中学、第三师范的几个朋友一起，正在进行反对教育厅长何思源和第三师范新校长冯谦光的斗争。冯谦光是何思源的嫡系，何思源1937年撤了原校长孙芳时的职务，委任冯为校长。张维翰等人的目的，是把冯谦光驱逐出第三师范，搞臭何思源，把聊城教育阵地的国民党CC分子赶出去。我也参加了这场斗争。

一天，张维翰召集我和汪伯岩（三师教员，临清人）商议，决定由我拟定一个宣传品（实际是控告书），列举何思源把持山东教育界所犯的十大罪状，散发各地。同时决定分三路出击，即到济南、南京和北平广造舆论，扩大影响。我和汪伯岩去南京，先去教育部找到一位姓杜的司长（我们听说他与何思源有矛盾），递上何思源和冯谦光的罪状。杜看了后说，何思源的问题，教育部准备调查落实，进行处理。

离开教育部，我们又到国民党中央政府立法院散发了传单。何思源了解到教育部也有人对他不满，借口身体不好离开教育厅养病去了。

从南京返回聊城，张维翰对我说："反何运动就搞到这里，可以停止了。"并告诉我说，彭雪枫由北平到了聊城，讲了目前的主要任务是促进国共合作，搞统一战线，主要目的是抗日，我们也要转到这方面来。下一步我们需要了解一下国民党的军事部署情况，既然中日战争迟早要打起来，我们应当熟悉军事，有所准备。并交给我一封信，说："这是写给我大哥的，你带上再到南京去一趟，他们会帮忙的。"张的大哥张维玺，是西北军的一个军长，时在南京国民党陆军大学高级将领班学习。维翰信中的大意是，中日战争不可避免，我们想学习一些军事知识，了解一下中央政府在军事上的策略以及有些什么打算，希望尽可能给一些军事方面的文件。我就带着维翰的信，第二次到了南京。

张维玺住在南京鼓楼附近的一座小楼里，和孙连仲等几位将领一起学习。我找到他说明来意，递交了书信。张看了信后，让我先找个地方住下，过几天他找我。过了五六天，张维玺让我去一趟，说已经给搞到一些文件。去后，他桌上放着一包文件，已经封好，他还给我办了一个护照，我就带上文件回了聊城。后来知道这是国民党的军事文件，是彭雪枫托维翰要的。

奔赴聊城

1937年5、6月，时局越来越紧张。报载日本人指示特务不断到天津市政府挑衅闹事，市长张自忠竟毫无办法。过了没多久，张维翰和范筑先也先后到了济南。范筑先到济南的目的，是想摸一下山东省主席韩复榘的底，将来战争一旦打起来有些什么对策。维翰对我讲，范专员是向韩主席请示对策的，看来不可能有什么结果，我们最好是找范专员谈谈，劝他留在敌后坚持抗日打游击战。

一天晚上，我们到范住的旅馆去看他，张维玺也在范处，从范的表情来看，当时的心情很沉重。因为韩复榘的政策，并不是留在山东坚持抗日，而是带兵南逃，保存实力。这一点，不仅韩复榘如此，所有军阀都有这种思想，只要有实力就有地盘，失掉实力也就等于失去地盘，所以范筑先见到韩复榘，也得不到要领。那天夜里，我们谈了很长时间，中心意思是：中日战争不可避免，靠国民党抗日是靠不住的，我们如果想抗日救国，就必须留在鲁西北，坚持抗日战争。国民党第三路军（韩复榘的第三集团军）必定会撤走，我们就动员群众打游击战，总之，坚持留在家乡土地上，与日军周旋。范专员旧军人出身，虽同意留在鲁西北坚持抗战，但不懂打游击，我们就向他建议与共产党合作。红军一直打了10多年游击战，这方面有丰富经验，合作后完全有把握把仗打好。范筑先沉思很久，最后表示愿意跟共产党合作，但不知道通过什么渠道才能跟共产党联系上。张维翰告诉他，“由我们负责帮助找关系。”因为张维翰已加入党组织，并且通过赵伊坪跟彭雪枫接上了关系。

卢沟桥事变发生，抗日战争爆发。国民党第三路军设立了政训处，余心清担任政训处长。他原是西北军军官子弟学校育德中学的校长，张维翰、牛连文、赵伊坪都是北平育德中学的学生。赵伊坪在政训处工作，经他介绍我也到政训处工作。1937年10月初，赵伊坪告诉我，第六区保安司令部政训处张维翰来电报要求我到聊城工作，政训处同意我回聊城。聊城派来骑兵另带一匹马，将我接回聊城政训处。我把给政训处带来的经费交给了张维翰，又把济南的情况向他说了一下。维翰也对我说了说聊城的情况，决定让我担任政训处的总务干事。政训处设在东街的一个当铺里，设宣传、组织和总务3个科，宣传干事邵子言，组织干事冯基民。总务有两个会计，一个叫王寿山，本地人；另一个叫王新三，胶东人，原名王墨臣。政训处从平津流亡来的学生很多，都叫服务员，总务科给他们发些零用钱和政训处一些开支。

奉命西行

1937 年 12 月，驻馆陶县的政训处干事王乐亭去聊城汇报工作。说馆陶、冠县县长统统逃跑，土匪头子乘机拉起队伍，号称“抗日义勇军”，实际并不抗日，而是向老百姓要粮要人，扩充势力。地主为了保护自己，也都组织起武装。地方很混乱，又加上大水灾，民不聊生。要求政训处派人到馆、冠一带帮助工作。张维翰请示范司令后，决定派我和刘致远到馆陶和冠县，收编土匪部队和地主武装，并委任刘致远为第六区保安司令部上校参议，我是政训处少校干事，代表范司令开展工作。

馆陶、冠县历来属东昌府管辖，馆陶城与冠县城相距只有 40 华里，一条界河把冀鲁两省连接起来。这里东可出击津浦线，西可出击平汉，卫河可作天然屏障，是开展游击战争的好地方。我和刘致远奉命到馆陶和冠县去做收编土匪、民团的工作。我换了便衣，又买了一件皮袄和自行车，带上政训处捎给赵健民的匣枪子弹，踏上通往馆、冠的大路。

来到贾镇，碰到 20 多名土匪，不由分说被带进一个小村子关了起来。以前，我们知道这一带土匪头子石洪典，外号“山根子”，号称几千人，也是我们要收编的主要对象。夜里这帮土匪审问我们，并搜去了我们带的钱和子弹，连我穿的皮袄和刘致远的毛袜子也给脱去。我们说是奉范司令命令，到冠县来找石司令的，他们就烤着火看着我们过了一夜。早上他们要我们跟着到司令部去，两个小时走到李辛村，正巧碰到早期党员郭芳臣，他打入石部当了书记长。当他听说东西还被搜去时，大发雷霆，当即把那些人叫来训斥一顿，命令立即交回。

郭芳臣陪同我们和石洪典见了面。石四五十岁，身披大衣，腰里插着盒子，枪上还系着红绸子，一副绿林英雄的样子。郭介绍说："这是山东第六区保安司令部的刘致远上校参议和王化云少校干事，他们是奉范筑先司令的命令来找司令的。"我们谈了范司令要把各地抗日武装收编为政府的部队，以统一指挥抗击日军，并谈了范司令的抗日决心。还告诉他："我们和范司令都是馆陶人，是老乡，范司令又待人宽厚，归他是可靠的，不会吃亏。"郭芳臣也从一旁予以帮说。石洪典同意收编，归范司令领导。谈妥之后，石洪典很高兴，摆上酒菜请吃请喝。

第二天一早，芳臣说："石可能要变卦，咱们一块儿去见他，看他怎么说。"石说："你们和我说的，我完全赞成。可是下边弟兄们意见很不一致，是否缓缓再说？"

石洪典为什么变卦这么快呢？芳臣说，在驻扎临清的日军高桥联队，派了一个叫牛月广的汉奸来见石洪典，也要收编为皇协军。牛和石在一块儿当过土匪，牛的队伍也投降日军，编为了皇协军。牛劝石不要归范筑先，范没有多大势力，皇军的力量很大，不久就要攻打聊城，"扫荡"鲁西北，消灭范的部队。所以石洪典动摇了。

我们和芳臣分析认为，石现在不愿归范司令收编，尽管是土匪出身，但他为人直率，对日本人的所作所为没有好感，不可能立即投日军，我们应继续做工作，把他争取到抗日这边来。并商定，芳臣逐步去做石的工作，如果这里有了进展，可迅速写信给赵健民，我们要马上去找赵健民做收编韩春河部的工作，今后就以健民那里为联系点。

第二天，在冠县城东北义村找到健民，他带了十几个人，只有几支枪，其中我侄儿王振华（从北平流亡来的学生）也带有一支匣枪。

我把特委给健民的信件、子弹给了他，并将我们这里的任务告诉了他，他给我们介绍了一些情况。这一带是韩春河的地盘，也有好几千人。韩当过兵，后来当了土匪，这个人的工作很难做。他手下有个叫陆子恒的参谋长，是个年轻人，这个人还可以，目前健民正在做他的工作。我们几个商议了一下，决定刘致远留在这里，和健民一块儿继续做石、韩两部的工作，我去馆陶做馆陶、邱县一带的土匪队伍和民团的收编工作。这里有几千名土匪，经常骚扰百姓，行路都提心吊胆。健民派人把我送到冠县城北三里庄，到我塾师郭先生家吃了饭，老先生又让他的侄儿郭九峰送我去馆陶。因对南馆陶镇的情况不了解，就先到乜村岳父家，由二内兄送我回到馆陶老家。

收编武装

南馆陶镇紧靠卫河，河东为小街，河西为大街，商业繁荣，是个水陆码头。卫河航运北通天津，南达新乡，千里滚滚只有南馆陶这个镇有一座浮桥，是西到邯郸、东到济南的交通要道。同时，也是馆陶县第七区区公所所在地。

我家在河西大街上，父亲王仿古是个秀才，当过七区区长，曾在王占元（南馆陶镇人）做湖北督军时，做过相当于县长的官，是县里有名绅士。我先做我父亲的工作，说日本帝国主义要灭亡中国，国民党蒋介石的军队节节败退，范筑先司令与八路军合作，坚持鲁西北抗战，已经组织起一支抗日队伍，打了几次胜仗，我和平、津、济来的大学生几百人，在第六区保安司令部政训处工作，与范合作抗战。中日要打一个持久战，但最终是能够把日本打败的。我这次回来，是奉范司令之命，收编民团、土匪，把他们改编为范司令指挥的抗日武装。父亲说“国家兴亡，匹夫有责”，愿意帮助我做收编工作。

随即，我找到王乐亭和山东第四区韩多峰专员派到馆陶县的县长韩子直。他们两人住在七区区长兼南陶镇镇长张星五的大队部里（王占元的房子，人们称作将军府）。可他俩都是外地人，张星五不大理睬。我们三人商量如何开展工作。馆陶县有三部分地主武装，东北部的李凤藻有几百人；西南八区区长郝国藩组织起千把人，驻在房儿寨；七区就是张星五的武装，8 个中队，1000 多人，是最强的一支地主武装。这些地主武装的口号是保卫家乡，不提抗日。此外在馆陶县的西北部和邱县、临清、威县连接的地方，有几股土匪部队。王金甲部驻在距南馆陶镇 20 多里的徐村一带，有几千人，徐村北的吴作修有千把人，靠近馆、邱、威三县边境的是王来贤部，号称万人。这些土匪部队的口号是抗日，但暗里与日军勾结。我们对这些土匪武装的情况还不清楚，就商定先做收编七、八区民团的工作。

张星五家是地主，和我家是邻居，彼此大声说话都能听见。张家在镇上开设一个油行，有我家的股份。张在旧军队当过兵，大个子，满脸黑麻子，家里有小老婆，又霸占牛家一个女人，心狠手毒，是个恶霸地主，周围老百姓包括地主在内没有不怕他的。我见了张星五开门见山，说范司令委派收编武装，组建抗日力量，也向他宣传了抗日救国的大道理和范司令已经组织起来一支强大的抗日武装等，跟范司令共同抗日是光明大道。范司令和我们是同乡，当过旅长，打仗有经验，已经跟日本人打了一仗，消灭了他一部分。还有张维玺的弟弟张维翰，是第六区政训处的处长。跟他们一道抗日是可靠的。张星五当即表示：“范司令和张维翰都是咱这里人，二弟（张过去一直这样称呼我）既然把话说明白了，听你的，你说怎么办就怎么办。范司令一来，我就归他收编。”

过了两三天，又到房儿寨第八区郝国藩队部。郝是拐渠村人，为人老实，他郝家有我的几个同学。张维翰的三哥张维衡（做过陕西长安县县长）也在这个队部。我把聊城的情况，向他们做了详细介绍，并说："范司令、张维翰派我来收编武装，组织抗日队伍，七区张星五已同意归范司令，我想你们不会不同意吧。"他们表示完全同意，说范司令、维翰都是自己人，八区没有问题。

在房儿寨住了一夜返回馆陶，王、韩听说郝国藩愿意归范，都很高兴。范司令派司令部上校参议王唯一来与我联系，我把这里的情况请他给范司令报告，并希望范司令能在春节前后到这里来。王走后时局日趋紧张，日本人步步紧逼，国民党军队一触即溃，重要城市一个接一个沦陷的坏消息纷纷传来。张星五、郝国藩投范抗日的决心动摇，暗地里还与驻大名日军勾搭。一天晚上，有几个镇上的同学告诉我："大名日本人派汉奸来劝张星五投降，街上已贴上大名日军的布告，房儿寨都挂上了太阳旗。"我非常着急，立即去将军府找张星五。我说："星五兄，咱这儿出了汉奸，街上贴出大名日本人的布告，你知道不？"他装出吃惊的样子说不知道，马上喊来勤务兵，叫去把布告都撕下来，然后向我说："不愿意投日本，可是大名、临清都被日本人占了，他们有飞机大炮，我们抵抗不住。我当镇长，要是吃了亏，大家会埋怨我。"我说范司令最近就来，投敌是可耻的，也是犯罪的，怎么办你应该找七区的父老商量。张当即说："可以和大家商量，明天上午把他们都请来，二弟你也来参加。"我把这事告诉父亲，父亲说不能投日本当汉奸，叫我去找几个有影响、有势力的人说服他们。七区有名的地主都住在南馆陶，半天时间我串联一遍。在将军府开会，我父亲带头主张归范司令，反对投日本人，大多数都同意这个意见。张星五虽然是大队长，可是他的 8 个中队都是各村集中来的，大家不赞成，他也指挥不动。他说："大家说得好，就这样办。二弟赶快催范司令来。"

稳住张星五，又赶到房儿寨找郝国藩、张维衡。我质问他们，"原来说得好好的，为什么又变卦了？现在你们当汉奸还早一点，中国还没有亡。”郝、张连忙解释：“这是权宜之计，大名离这里几十里路，打过来怕顶不住。你放心，范司令一来我们就归他。”

我说那也不能挂太阳旗呀，郝立马安排扯下来。我说，七、八区如果投日本，其他几部分土匪打的是抗日旗号，他们以打汉奸的名义来进攻，对七、八区十分不利。郝、张表示同意归范，并盼他早来，这场反复暂时得以平息。

1938年新年刚过，馆陶县民团总团长兼第四区区长沈兰斋听说我代表范司令回到南馆陶，便随即找我，他和张星五、郝国藩等一些区长们都是把兄弟，我把他安排到我家华宝昌商号住下。他先去见了张星五，晚上我把韩子直、王乐亭都约来和他见了面。我谈了聊城情况，沈说：“馆、邱、冠等几个县国民党官员逃走后，地主、土匪都拉起队伍，群龙无首，一片混乱。范司令如能把这些队伍收编起来，对抗日对地方百姓都有利。既然七、八区都同意归范，我和西北三大股土匪队伍有关系，我帮你联系。”我们商议先做王金甲的工作，他就驻扎在距南馆陶20多里的徐村。我父亲听说后不放心，因为我们家也是地主，土匪经常借口敲诈，担心被他们扣住不想让我去。我安慰父亲不要担心，我是范司令派来的代表，他们都正想找出路，不敢把我怎么样。

我骑上毛驴去徐村。已与沈兰斋约好，他先到一天在徐村等我。快到村头时看到不少人，原来是王金甲和沈兰斋带着队伍出村二三里路欢迎我。到了司令部，王设宴招待，我就奉范司令之命来这几县收编队伍，组织抗日武装，以及抗日战争形势和范司令现有部队的情况予以诉说，因沈已做工作，王有思想准备，所以当即表示：“只要范司令来，就归他收编。”

我和沈继续北行，赶到吴作修部。吴母去世，正在料理丧事。沈出了主意，借此吊丧。我二人吊过，随即和吴谈了范司令收编事宜，吴满口答应。为什么这么爽快？在这三股土匪部队中，数他力量小，又夹在王来贤、王金甲二部之间，生怕被他们吃掉，归范收编就有了靠山。他提出一个要求，让他的队伍向南馆陶靠近，驻在王金甲部南边，我说和张星五商量后告知他。

接着，由吴处向北，我到了沈兰斋的一部分民团驻地——立寨。这是个很坚固的屯子，由于土匪活动频繁，周围不少地主都逃到这里，沈家也搬到这个寨子里，地主们都靠沈兰斋顶门面。我和沈商量去找王来贤，沈说："那里你就不用去了。李尚令、李延令弟兄在王的部队里，尚令以前是我们南馆陶第二高小的校长，延令在北平朝阳学院学习时我们就熟悉了，通过他们弟兄可以做王来贤的工作。"

回到南馆陶，把吴的要求告诉张星五，并说馆陶镇受王金甲的威胁，如果让吴部驻我镇北边，这里更为安全，张表示同意，吴就把队伍拉了过来。

不久，西北军一股队伍窜到房儿寨，约有一个营的兵力，头目叫高德林，七、八区都很恐慌，害怕打起仗来。我立即从馆陶赶到房儿寨，见到高德林说明身份，劝他投靠范司令。他不同意，我提出："不投范司令可以，但这是范的防地，不要在这里发生不愉快的事情。"高德林住了几天就走了，后来当了皇协军。

春节后，范司令派王唯一又到馆、冠，说堂邑、冠县的三股土匪（栾省三、石洪典、韩春河）还没归编，范司令决定亲率两个营武力解决，要我动员七、八区武装夹击这几股土匪，同时给了我旗号、灯号、口令、作战时间、部署以及会师地点（冠县城东十里铺），范司令从东往西打栾、石两部，我们由西往东打韩部。

我把命令传达给郝国藩、张星五，他们都同意接受。这两个区出动了七八百人兵力，组成了十来个连队，按约定时间分两路向冠县进发。由于冠县的这些土匪都是乌合之众，我们又是一次袭击，战斗打响后他们也不知来了多少人，因此一触即溃。可是我们派人到十里铺联系时，张星五大发牢骚，说我办事不可靠，上了范筑先的当等等。我也闹不清没接上头的原因，就叫他先把部队撤回去再说，张撤退时把韩部俘虏也都带到馆陶。

刚回到馆陶，范司令送来通知，说栾、石、韩三部愿归收编，后天即来馆陶。范司令来后，我把王金甲、张星五、郝国藩、吴作修等人向他一一介绍，范热情赞扬了他们的爱国之心和抗日行动，说栾、石、韩部分别编为第四、五、六支队，并委任张星五为馆陶县保安大队长，吴作修为第七支队司令，王金甲为民军二路司令，郝国藩部编入第十支队，各部原地听候调遣，馆陶县长仍由韩子直担任。大家都很满意，表示坚决拥护范司令参加抗日救国。范司令临行时，令张星五把韩部俘虏放回，张口头答应，但夜晚却把俘虏全部装入麻袋扔进卫河。

创建政权

1938 年初，冠县还很乱，不少地主和绅士都逃到南馆陶居住（因为南馆陶是个很坚固的堡垒，曾有一两千土匪都没攻下来）。他们中有些人向范司令要求我到冠县当县长，范也表示同意。我父母却坚决反对，认为张星五杀了韩部几十个人，也都知道是我领着七、八区民团去的，怕出问题。因此范司令决定任十支队司令张维翰兼县长，我任秘书。

范司令派了一个骑兵班把我接到冠县城，张维翰也在冠县。范司令把我叫到司令部（司令部设在城内十字街附近侯家庄子）对我们说：“冠县、馆陶这个地方系冀鲁豫三省边界，又跨卫河，打游击有回旋余地，地方上枪多人多，发展前途很好。你们又是本地人，在这里发展武装，开展游击战争，是非常有利的，要充分利用这些好条件，做好这个地方的工作。”并决定张维翰主要抓十支队的工作，负责组建部队，冠县抗日县政府由我去组建，把政府的工作担负起来。

20 世纪 30 年代冠县北关城楼

韩春河的县政府就设在侯家的房子里。县长康纬臣，城南康寺地人，曾经留学日本，是个老先生。他名义上当县长，实际上土匪只拿他当一块牌子，没什么实权。我接收他这个县政府什么也没有，一个铁柜里边只有些高粱面窝窝头，炕上一张席，一条破被子，地上有一堆火，康把旧政府的一块铜印交给我就走了。我组建的抗日县政府设了 3 个科：第一科科长许禹范，北平大学农业学院毕业，当过聊城师范的教员；第二科科长是由专员公署派来的一个姓张的同志，主管财务工作；第三科科长杨陶天，负责抓教育工作，他也是南馆陶人，在北平时参加的党组织。同时，我收集了一部分旧政府工作人员，组成三四十人的抗日县政府。城里还很乱，尤其韩春河的部队又驻在城里。

为了稳定秩序，顺利开展工作，趁范司令未走之前，我提出两个要求：一是范司令带的两个营暂时留下一个，二是把韩春河的部队调到城外去。范司令考虑了一下，答应留下一个营在冠县。关于韩的第六支队，将来要统统调走整编，现在先暂时调到城外去。布置后，范就带着一个营回到聊城。

抗日县政府成立，正是早春二月，困难很多。首先是部队和县政府人员的吃饭问题。由于连年遭灾，加上兵荒马乱，老百姓家家户户缺粮，县政府也没粮食，买粮又没有钱，我召集几个老区长商量，他们都说没办法。最后和维翰商量，由我回南馆陶去想办法。我们家在南馆陶开有一个粮行，存着许多麦子，我想暂时借用一部分，一到夏季就有办法了。我把这些情况和要求告诉父亲，他当即表示支持，并说："麦子不用拉了，叫咱们镇上磨坊、馒头铺加工成面粉、馒头给你们送去好了。"从这以后，这个营和十支队以及县政府人员，吃饭就靠南馆陶每天用大车送来的白面、馒头。吃饭问题解决了，吃菜怎么办？我从家拿来点，也不是长久之计，要解决一个花钱问题。这时也见不到国民党的票子，老百姓买东西，还有做买卖都是以物易物，很不方便，工作人员也没有零用钱。大家想了一个办法：发行流通券，即用石印印成一角、五角和一元一张的流通券，自己发行，规定在本县范围内可以交换，买卖东西都可以使用流通券。结果这个办法很好，布告一发出去，就得到老百姓的拥护，发行当天就开始流通了。

接着，召开区长会议，布置夏季粮款征收。冠县下属 8 个区，区长还都是由地主和绅士担任。他们对收编土匪、安定地方、建立新秩序很拥护，并且一致拥护我主持县政府的工作和征收粮款。我们还设立了征收处，启用了旧征收处的几个人，任命一个姓黄的为主任，一个姓董的为副主任，他们对这一套都很熟悉。麦收后，照以往标准，顺利进行了征收。自然，解决了军队和政府的供给问题，部队也好发展了。

稳定局势

1938年春夏之间，鲁西北和鲁西南这一广大地区的抗战形势发展很快。范司令与我党密切合作，武装部队发展到30多个支队，20多个县建立了抗日政权，其中一些县的县长，由政治部（党的领导机关）推荐的党员担任，我党的工作在部队和地方都有了很大发展。范司令到冀南南宫、威县会见徐向前和宋任穷，与泰西段君毅领导的六支队及濮阳我党晁哲甫、罗士高（在丁树本部做统战工作）也都有了联系。济南虽然已经沦陷，日军进攻武汉，但范司令率部对日作战，抗日士气很高，局势稳定，冠县、馆陶一带，在鲁西特委和早先建立的县委领导下，取得很大成绩。

第六区政治部派高元贵来冠县担任动委会主任。他和郭英一起发动群众，建立了农民互助会、青救会、妇救会等抗日群众组织，不长时间就发展到全县各个乡村，他们发动群众，动员参军，争取和团结抗日力量，与顽固派进行斗争。我们收编土匪，恢复冠县秩序后，一个国民党顽固反共分子回到城里建立了国民党县党部，进行破坏抗日活动。高元贵、郭英领导群众同他们进行坚决斗争，这小撮顽固反共分子溜之大吉。

6、7月间，十支队司令部驻北馆陶城里南大街大升银号，我仍主持冠县政府工作。县政府已有我和杨陶天、郭思高三名党员。夏季丰收，十支队粮款得到充分供给，同时帮助解决了动委会和其他群众团体的困难，军政民互相配合，全县形势蓬勃发展。

十支队基本队伍是我党组织的堂邑一支游击队，范司令留下的1个营撤走后，又把石洪典的第五支队、韩春河的第六支队调出冠县，鲁西特委派来一批红军干部，加强了十支队领导，不长时间发展到5个团。部队缺少重武器，又通过维翰和西北军以及和韩复榘后勤部的联系，买了一部分机枪。买枪的钱全部是工作人员捐献的，我也捐了不少，我爱人在粮行里有一股投资，我把这部分钱全部取出来捐献，共买了十几挺机枪，还有一些子弹。买回枪后，如何分配还发生一点分歧。二营营长张维德（维翰本家哥哥，旧军人出身）主张平均配给3个营，一营营长刘致远认为应把这些武器集中交给一营，形成一个拳头，作战才有力量。我支持致远的意见，并得到维翰的同意，把机枪给了一营，称为机枪营。这几个营组成第二团，作为十支队的主力，刘致远任过红军师长，有作战经验，担任了该团团长。下属营、连干部，有的是红军，有的是学生和西北军的下级军官。十支队力量加强，不断打胜仗，在当地威名大振。同时，冠县政府也建立了一个游击营和一个警卫连。

维翰领导的十支队移驻北馆陶城里后，维翰推荐他的同学冉光远任冠县县长。冉是北平国民大学毕业的学生，来冠县之前是聊城专员公署的职员，也是我的老朋友。十支队的钱粮供应，绝大部分靠冠县，在这个问题上，光远总是留一手，不肯全力支持，对此，供应处长王润槐很是恼火。还有动委会、互助会、青年抗日救国会等团体，遇到困难找他时也总是得不到支持。6月到9月之间，范司令两次到南宫和威县会见我军徐向前、宋任穷、杨秀峰、李菁玉、陈再道等。有一次路过冠县，随行的政治部总务科长张廉芳找我和冉光远谈话，动员冉参加党组织，他摇摇头一笑置之。

1938年11月15日，聊城失守。范筑先将军壮烈殉国，我党的重要干部姚第鸿、张郁光等也壮烈牺牲，政治部人员大部分撤退到冠县。鲁西北局面发生急剧变化，日军除控制聊城外，大部分县城也被敌人占领，我们的县政府转移到城外打游击。范司令的30多个支队，真正有战斗力的只有3个支队，第一个是我党领导的十支队，有5个团；第二个是王金祥的支队，基础是第六专区的保安大队；第三个有实力的是齐子修的支队。这时，王金祥撤到朝城、濮县、范县一带，在十支队的南面。齐子修撤到茌平、博平、聊城以东地区，其他支队有的被他吞并。我党掌握的牛连文的十一支队、冀振国的十三支队、管大同的三十二支队，也被王金祥等反动派挤垮，冀振国跑到冀南特委，牛连文只带两名干部和一名警卫员来到冠县。我党在五支队、六支队工作的干部，带出一部分武装。范司令委派共产党员当县长的十来个县大部分撤退出来，莘县县长吕世隆被杀害。冉光远也跑到临清去了。

十支队二团在莘县和王金祥作战失利，王金祥声称消灭十支队向北打过来，形势非常严峻。八路军陈赓率部从冀南来到冠县，王金祥才吓得缩了回去。从此，十支队改为筑先纵队。不久，李聚奎带领先遣纵队也在这里活动。局面稳定下来，鲁西北根据地的各项工作继续向前发展。

担任县长

1938年12月，特委决定我到邱县担任县长。1939年2月，冠县各群众团体说冉光远贪污，要清算政府账目，冉光远辞职。特委决定让我回冠县担任县长。任职后，主要抓了四项工作。第一项工作，改造区政权，把权力从地主和绅士手中夺过来。先设三个政府办事处：城东办事处，主任于少畲；城南办事处，主任史秉直；城北办事处，主任杨陶天，三个主任都是共产党员。办事处成立后，首先集中各区武装，每个办事处编成一个中队（后来合编为游击营）。接着开展区政权的改造工作。冠县所属八个区，除了八区没有解决，其他七个区长都由共产党员担任，基层政权基本上为共产党控制。

第二项工作，根据赵伊坪传达的上级党的指示精神，大力宣传执行减租减息，减轻老百姓负担，同时发动各阶层和全体民众有钱出钱，有力出力，支持抗日活动和发展抗日武装。

第三项工作，动员群众拆除城墙，挖深所有的大路路沟，使沟与沟串通，号召把所有的狗统统吃掉，以利于开展游击战争。

第四项工作，搞好统一战线。虽然区政权改造了，但团结上层爱国人士共同抗日仍是一项非常重要的任务。我说服动员了两人到政府工作，一个叫徐禹范，1938 年在县政府担任过科长，后来跑到国民党山东省政府那里，国民党政府被日寇打垮后又回到老家徐刘村，他在上层有一定影响。另一个叫崔竹萱，是教育界知名人士，桑阿镇人，为人正派，在冠县威望很高，我就请他担任了县政府的教育科长。这样一搞，我们党的统一战线工作也顺利开展起来。

1939 年春，敌人占领了鲁西北的大部分县城。同年夏，冠县城也成了日军的据点。馆陶的形势也起了变化，日军占领县城后，县长韩子直（国民党员）逃之夭夭了。鲁西区党委书记张霖之对我说，区党委决定派牛连文到馆陶当县长，兼卫西指挥，如果不对实力派张星五做些工作，恐怕不好办，叫我到张星五那里走一趟。我见到张，对他说："上级决定牛连文到这里当县长，他是我的好朋友，希望你们能很好地合作。"张表示欢迎。之后我陪同连文到了馆陶。八区的郝国藩部早已编为独立团，郝任团长。这个团和馆陶县大队，由连文统一指挥。

冠县城被敌人占领后，警卫连随县政府打游击。我们继续发动群众，动员参军，征收公粮。有一天，妇救会报告，城西唐寺一个叫孙长贵的地主，破坏村里的妇救会工作，侮辱妇救会员，激起群众义愤。讨论如何处理时，有的同志主张把他处决，杀一儆百，有的持反对意见，认为他只是骂了句人，杀了不合适。我提请县委讨论，也觉得杀了不好，决定罚他一笔款，交群众批判，杀一下他的威风，警告如果再犯毫不留情。

城东北六区南张庄有几家姓南的地主，寨子里有五六十条枪，不让区政府人员进寨，拒交粮款。我带着一个营和一个警卫连，先到南张庄西边的大张庄，派人谈判，劝说他们服从抗日政府领导。他们拒绝谈判，连寨门都不让进。我下令包围寨子发起进攻，打了一天也没打开，倒有两名战士挂彩。我们决定挖地道靠近围寨，一面挖地道、绑云梯，一面喊话，开展政治攻势。地主们害怕了，要求和我们谈判，愿意接受县政府的条件，但要县长到他寨里面谈。我们的营长、科长不同意，怕有危险。我对大家说："他们不敢把我怎么样，因为我们已经把他们围得水泄不通，尽管他们有几十支枪，但和我们比起来差得多，他们知道杀害我后果严重，所以不敢轻易对我下手。"我带了一名警卫员进了寨子，他们把我让进客厅里。我告诉他们出路只有一条，就是服从县政府法令，按规定纳粮纳税，把枪支统统交出来用于抗日。地主们表示完全接受，但部队别进寨子，保证他们生命财产安全。于是，南张庄问题迎刃而解。

1939 年夏初，在南盘村打了日军一次伏击。由于情报工作搞得好，敌人出动的时间、地点和目的，都被我们掌握。抗日县政府成立时，录用了一个叫王怀书的旧衙役，冠县城里人，大烟鬼，无依无靠，孑然一身。他参加了工作后戒了烟，很感激政府。日本人占了县城，我们特意把他留在城里。他和旧政府投敌的人很熟，常常从那些人中探出敌人的活动情况，把情报送到我们安插的关系手里。得到日伪要到南盘抢掠的消息后，我带着一个营和一个警卫连，埋伏到村北路沟里。只见前面日本汽车开路，后面紧跟日伪军一二百人。待他们过去一半，我们的枪响了，十几个敌人顿时倒下。他们掉转头来进攻，我们遂按原计划撤出阵地。1940 年初，李聚奎司令员命令县政府部队在冠县城东截击国民党石友三顽军。我们出动一个营在石部经过的村庄附近埋伏下来，打了他的尾部，打死打伤20多人，缴获了2匹马，还有一些流通票，原来我们打的是敌人的后勤部。

1940年春，鲁西北行政委员会成立。七八个县的县长和新八旅的干部赶到馆陶西河寨参加会议。会上选举张维翰兼主任，荆汉杰任副主任。我父亲以开明绅士的身份当选为委员，鲁西北有了一个统一领导各县的上级机构。冠县的工作一直轰轰烈烈，武装发展到3个营，发展一个，编为正规部队一个，一茬接着一茬，为充实壮大新八旅做出重要贡献。

1940年麦收后，鲁西行政主任公署在梁山县岱庙召开成立会议。鲁西北、鲁西南、泰安、肥城、长清这一带县长全部参加。鲁西军区政治部主任曾思玉做了报告。大会选举行署主任、副主任，我和马继孔被选为监票人。选举结果，鲁西军区政治委员兼司令员肖华任行署主任，段君毅任副主任。

鲁西行署成立后，鲁西行政委员会改为专员公署。不久，地委书记许梦侠通知我调任鲁西行署民政处长，从此结束了冠、馆三年的革命斗争生活。

（选自《血火春秋》　作者：王化云）

张维翰与十支队

1938年1月31日，鲁西特委与范筑先商定，以鲁西北党组织在堂邑创建的抗日游击大队为基础，合并冠县、范县、博平、寿张等县党组织和政训办事处掌握的武装，在收编了李凤藻、宋凤歧的民团队伍后，于冠县唐寺村成立了“山东第六区游击司令部第十支队”，张维翰任司令，王幼平任政治部主任，周紫珊任参谋长。下设参谋处、军务处、军法处、军需处、军械处、军医处、秘书处、副官处。这是鲁西北地方党组织创建的一支抗日武装。

张维翰

为了武装十支队，鲁西北特委号召共产党员和政工人员节俭开支，捐献部分个人津贴，千方百计筹集经费。王化云将家中在馆陶粮行的股份，以及家人的金银细软全部捐献出来。张维翰不仅由馆陶县抗日县长牛连文经手，把家里被日军焚烧后残存的房屋和400亩土地交为公有，还把2000多块现大洋的家产全部拿出来。就是用这些钱，通过张维翰的哥哥张维玺与原西北军同僚、国民党山东省政府主席韩复榘三路军后勤部的联系，从国民党第五十五军曹福林部购置了十几挺机枪、20000 发子弹，还有一部分冲锋枪，建立并装备了十支队机枪营，红军将领刘致远任营长。上级党组织又派来一批红军干部担任其他领导职务，按照红军做法部队建立了党组织和政治工作制度。不久，经共产党员张廉芳、王乐亭争取，收编了馆陶县第二区李凤藻部，编为十支队第一团，李凤藻任团长，李福尧任政治处主任；经共产党员孙一鹏做工作，收编冠县第二区（斜店）宋凤歧部，编为十支队第二团，宋凤歧任团长，刘曾任政治处主任。至此，十支队扩大到 2000 余人。之后，又有汶上县武装起义编入的东进梯队，临漳一带抗日武装编入的西进梯队，大峰山区抗日武装编入的独立营，以及 1938 年 8 月二十五支队王金甲部编入的队伍，使十支队迅速发展到四五千人。鲁西北地区党直接领导的这支冠、馆子弟居多的抗日武装，活动在鲁西北平原、大峰山区、河南内黄一带，开展广泛的游击战争，沉重打击日军侵略，在战斗中不断成长壮大，始终发挥着中流砥柱的作用。

1938 年八九月间，六支队司令韩春河离开队伍后，范筑先将六支队缩编为一个团，梁灿章任团长，吕福绅任副团长，原一、二团改为一、二营，赵健民的特务营改为第三营，仍担任营长。聊城失守，鲁西北抗日斗争顿然出现险恶局面，时驻东阿县铜城镇的六支队何去何从，犹如箭在弦上。夜晚，赵健民带领三营，促使和带动整个六支队官兵，经过聊城南部的郭店屯，迅速将队伍拉回到冠县城东南 25 华里的东西大里村进行休整，首先争得控制这支队伍的主动权。六支队参谋长兼团长梁灿章仍不死心，又派他的副官去朝城与王金祥联系，企图将六支队归属国民党顽固派。赵健民立即召开党员会议，布置应变计划，一面通知在家休养的四叔赵发荣火速归队协助他做工作，一面分析队伍现状：六支队 3 个营，一、二营有的有党支部，有的有党的零星关系，而他领导的第三营各连都有党支部，二连连长是党员，一、三连长虽不是党员，但已是党的可靠分子。根据掌握的情况，二营长杨士珍可守中立，唯有一营长旧军人出身，可能跟梁灿章走。大家商议决定，一旦梁灿章南归王金祥，整个六支队即以三营为骨干，连同一、二营党组织能带动的力量，抓起梁灿章，缴一营的械，奔赴冠县归属共产党领导的十支队。

赵健民的四叔、原特务营营长赵发荣，从家乡赵梁堂急速赶赴六支队，梁灿章的副官也从朝城联系后带着王金祥的亲笔信归来。赵发荣以高级参议的身份，向梁灿章、吕福绅提出召开营以上干部会议，商定队伍去向。会上，梁灿章和一营长力主归属王金祥，与赵发荣关系密切、受党影响较大的吕福绅则倾向归属十支队。赵健民神情激昂地说，六支队是范筑先收编的队伍，是抗日的武装，范筑先为国捐躯，堪为抗日楷模，我们要继承范筑先将军未竟遗志，加入真正抗日的队伍——十支队，奋战于抗日疆场，杀敌报国，告慰先贤。大家频频点头，感到这话讲得很有分量，个个心里都热乎乎的。吕福绅有意识地问赵发荣的意思，赵发荣旗帜鲜明地说，张维翰是将门子弟，又是咱本地人，大家都了解他，不会做出对不住大家的事情；而王金祥心地不善，又是东三府（古指青州、莱州、登州）的人，连范筑先都敢背叛，再做了对不住我们的事，他一走了之，我们哭也怕找不到坟头。所以，咱们宁舍王金祥，不舍张维翰。的确，赵发荣的话很有分量。吕福绅不识字，让赵健民念一下王金祥的信。信的大意是：接梁灿章有意来归之信，甚为高兴，请速将六支队向东开到堂邑县境，粮秣由堂邑宋县长供给，所需弹药吾即派人送往。信的最后还堂而皇之地说，其不愿来归者不必过于勉强。大家听了，对信的内容都不去管，只是故意问最后的话是啥意思，赵健民解释说，愿来就来，不愿来就散。大家哄然大笑，那就更不归他了，就这样会议决定归张维翰十支队，同时决定由赵健民立即去见张维翰。

赵健民身负重命驰马疾奔冠县城，向张维翰说明来意，张维翰热烈欢迎六支队归来，当即决定将其编为十支队第二团。该团下辖 3 个营，团长吕福绅，赵健民仍为第三营营长。不久，该团又改编为筑先纵队第三团，开赴邱县整训。

十支队成立旧址（清泉街道唐寺村）

在改编六支队的同时，党组织在争取五支队过程中也同样做出极大努力。刚刚收编后，身为五支队政训处主任的孙洪，便在聊城山陕会馆召集该支队党员骨干开会，参加会议的有沙延涛、许树菱、许乃昌、郭兰丹、钱文奎等。会议要求共产党员牢记使命，通过积极的思想政治工作，团结广大干部战士，把五支队改造成为坚强的抗日武装。时过不久，馆陶的鲁大东、宋子兴、崔玉甫、郎勤章、刘健农等共产党员根据党组织的布置加入五支队，后来盛北光等也受鲁西特委委派插入其中。该支队除了政训处，团、营、连政治干部健全，政治工作广泛而扎实，尽管连以上军官绝大多数都当过土匪或是旧军人，政治工作的难度很大，但仍被争取了相当一部分人。其间，范筑先还派来军事干部王长年、李铮等，他们除了进行严格的正规军事训练，还带领一些人积极向党组织靠拢，使共产党在五支队政治上、军事上都具有一定的可靠力量。

聊城失守时，正在阳谷驻防的五支队得知信息，孙洪、盛北光、王长年、李铮立即商定，这支队伍是在冠县建立起来的，一定要拉回冠县。孙洪怀揣公函骑自行车奔赴冠县城，见到张维翰、徐运北，决定将队伍归入十支队。五支队所辖2个团、1个特务营，行至桑阿镇溃散了一部分，还有一部分想当土匪。五支队驻在陈贯庄，经过再三做工作，上层人员只有支队副司令、二团团长荆维德留下来，而司令石洪典、一团长郭子彬则带领一部人、枪离队而去。五支队所剩队伍途经冠县城，驻到杨召，正式归入十支队。

1939年1月，中共鲁西特委根据中共中央、毛泽东关于“迅速促成以十支队为基础团结其他部队组成纵队，成为鲁西北抗战及团结范部之核心”的决策和八路军总部的指示，决定以十支队为基础，成立“筑先抗日游击纵队”，司令员张维翰，副司令员朱德崇，参谋长胡超伦，政治部主任袁仲贤，副主任巩固。筑先纵队下辖7个团和1个独立团，近1万人。在鲁西北地方党的领导下，筑先纵队驰骋在鲁西北大地上，开展了艰苦卓绝的抗日斗争。

五支队归入十支队时，由于八路军总部已经决定将十支队改编为筑先纵队，所以五支队随编为筑先纵队第五团，荆维德任团长，盛北光任副团长，孙洪任政治部主任。1940年5月，八路军总部决定一二九师先遣纵队与筑先纵队合编为一二九师新编第八旅，张维翰任旅长，王近山任副旅长，肖永智任政治委员。新编第八旅下辖二十二团、二十三团和基干团3个主力团。从此，山东第六区抗日游击司令部第十支队、第六支队、第五支队等全部由地方部队升编为八路军正规军部队，继续开展抗日斗争。

（选自《冠县革命老区发展史》 作者：冠县革命老区建设促进会）

冠南“铁壁合围”

抗日战争时期，冠县南部的桑阿镇、白塔集一带，是冠县革命根据地的中心地区，党的各项工作轰轰烈烈，抗日斗争如火如荼，群众基础根深蒂固，冠县以及鲁西北党、政、军机关和抗日武装部队经常

冠县革命老区建设促进会人员与亲历者座谈

左起：郭建军、李会芳、宋增益、崔建台、杨保洲、姚智功

在此驻扎和活动，同时还为抗日政府储存着大批粮食。其中抗日第六区的白塔集，在全县首先组织起青抗先（青年抗日先锋队）队伍，发动和带领青抗先队员及民兵自卫队拔电杆、割电线，破坏敌人交通，袭扰敌人的炮楼、据点，藏埋、运送、保护抗日公粮，发挥了重要作用，产生了广泛影响，多次受到上级表扬，鲁西北青年抗日救国会召开现场会，号召全区推广学习他们的经验和做法。因此，日伪对这一带的人民群众恨之入骨，一直图谋要把这里的抗日军民斩尽杀绝，以除心腹之患。

1943 年 6 月 10 日凌晨，这一带村庄的群众听说“日本鬼子要来了，他们杀人、烧房子、抢粮、抢东西”，纷纷离家出逃。天还不亮，包括前李赵庄村在内的数百名老百姓携儿带女，背着包袱、草筐，有的还牵着耕牛赶着羊，从北向南逃奔。一路上，没有交谈，也没有问询，只有人们慌乱踉跄的脚步，夹杂着妇女的抽泣声、老人的哀叹声以及孩婴有气无力的啼哭声。天蒙蒙亮，空中飘来一片乌云，下了一阵细雨，逃命的人群倍感凄凉，不断加快脚步，一气来到莘县丈八村北。这里是一片低洼湿地，长满了芦苇，几位长者商议，决计在芦苇丛中暂避一时，惊恐万状而又疲惫不堪的百姓们稍有一丝安慰。一个小时之后，即听到汽车的轰鸣声、骑兵的马蹄声以及人呼畜叫的嘈杂声，响成一团混乱的声浪，正是“扫荡”合围的日伪军的大队人马，顿时大家又紧张起来。继而，一队日伪军自南向北，从芦苇丛中搜索而来，很快发现了躲藏的人群。随着一阵奸狞的笑声，他们一边用枪托、马鞭殴打，一边呵斥、驱赶人们返回自己的村庄。无奈、无助的人群，又步履蹒跚地向前李赵庄村回赶。

这是日军对鲁西北地区蓄谋已久的一次“铁壁合围”。驻邱县、临清、馆陶、冠县、堂邑、聊城、阳谷、莘县、寿张、大名、南乐 11 个县的 15000 余名日伪军、22 辆汽车、200 匹战马及坦克、大炮、机枪等轻、重武器集结一体，兵分 15 路，对冠南、朝北抗日根据地进行规模空前的合围“扫荡”，要将冠县南部抗日根据地的中心区——白塔集一带作为主要合击点实施围歼。

在敌人形成合围圈过程中，军分区主力部队和回民支队及县、区武装分别跳至外线，相机打击敌人。民兵、自卫队四处袭扰，积极配合分区主力部队作战。姚洪率领的军分区警卫排在王六庄与日军遭遇，20 多名战士壮烈牺牲。

7 时左右，敌人在邵庄将冠县抗日县长马景汉围堵到一家院子里。院子主人赶紧把他拽进厨屋，让他坐到灶前，当作自己的孩子。敌人涌了进来，一看马景汉是个白面书生，手上又没有老茧，便认定他是八路军干部。马景汉说是教书的，敌人根本不相信，端着枪就要带走。院子主人上前阻拦，被敌人打倒在地。这时，一个在院子里对屋内动静听得清清楚楚的伪军急忙挤进厨屋，向日军解释说，马景汉确确实实就是这家的孩子，也确确实实是这个村上的教书先生。日军半信半疑，瞪着凶狠的眼睛问他到底真假，伪军拍着胸脯拿性命担保。就这样，马景汉躲过一场劫难。原来，这个伪军叫郭金，县城南街人，曾在抗日县政府做勤杂工作，精兵简政时因年龄过大离职回家，后为生计又当了伪军。

8 时左右，六区青抗先指导员高文礼和县青抗先队长程浩及十几名队员，陷入合围圈中。他们决计就地隐藏武器，分散混入遍地逃奔的群众之中。高文礼紧随从自刘寺地村方向跑来、经贾六庄村向东南方向逃奔的群众一起疾行，一位名叫杨德发的老大爷，顺手给他牵过一头牛，还给了他一床破被搭在牛身上做掩护。走过一阵，两个素不相识的群众又给他凑了身破旧衣服，让他赶快换下还带有钢笔水墨迹的衣服。来到前李赵庄村北，合围的敌人和逃奔的群众混为一体，日军的皮鞋声、小孩的哭喊声、牲口的嘶叫声又乱作一团。

9时许，日伪军来到前李赵庄村，他们还押解着来自莘县、六庄、寺地、西白塔等地的群众，县、区、村共产党的军政干部也混杂在人群之中，被一同驱赶到村西北角李会芳的宅院内。此院较大，占地约7亩，分南北两屋，各有6间。敌人把抓来的男性赶到北屋，女性赶到南屋，日军凶神般地吼叫着："谁是共产党？谁是八路军？粮食藏在哪里？说出来有赏，不说就统统死了死了的！"无论日伪军怎样威逼、恐吓，人们只有满腹的仇恨和燃烧的怒火，没有一人回答。敌人怀疑人群中的几位年轻人是共产党，也被群众用性命担保而救下。敌人一无所获，恼羞成怒，在北屋门口站着3个端枪的日军，朝屋内的群众连开数枪，两人当场死亡，多人受伤。面对日伪的疯狂残杀，人们争相出逃。西白塔村吕树申的两个儿子跑到屋外的窗户前，被日军枪杀。李会芳的父亲李佃忠在敌人端举的枪下逃出院落，又被日军追上，朝肋部猛刺一刀，鲜血顿时涌出。敌人还要继续对他行凶，李会芳的母亲扑上去，哀求说"他是俺孩子他爹，是地道的庄稼人"，敌人这才停了手。贾六庄村的一名青年，胸部被子弹击中，躺在地上大骂日军，敌人回过头来，朝其腹部连刺数刀，但青年仍然骂不停口，敌人取来一瓢凉水，用脚踩住他的头部灌入口中，青年顷刻毙命。前李赵庄村群众李佃甲，被枪击中胸部后，又翻墙逃到前院，终因伤势太重失血过多而身亡。

日伪军在李会芳宅院内连杀6人，伤者十几人，仍然没有得到任何东西，没有找到一个共产党八路军，没有得到一粒粮食。于是继续施发淫威，把群众从宅院中赶到街心空旷处，扬言再不说出共产党和粮食藏埋的地方，就把全村烧光。人们只是怒目以对，一言不发。日伪军举着火把点燃了几十座房屋，其中李佃松的房子，一阵浓烟滚滚，继而火势冲天，不到一个小时整个宅院化为一片灰烬。

在抗日战争最艰苦的年代，粮食重于生命。我党委派粮秣人员，专门进行粮秣征收、储存和看管，其中就有冠县城内西街一位名叫齐俊的年轻同志负责这项工作。前李赵庄村是我党我军长时间储藏大批粮食（以谷物为主，兼有绿豆等）的地方，并常有运进、运出以及装卸工作，村内群众大多也都知道藏粮的一些情况。对此，敌人找不到粮食不肯罢休，继续对群众施暴，用枪托朝人们胸部猛击，用皮带、马鞭抽打头部、面部，很多群众身受重伤，鲜血直流。其中，几个日军来到李佃祥面前，恶狠狠地说：“说出来就给你钱，不说就尝尝我们的厉害，你说不说？”李佃祥一声不吭，愤怒的目光射向敌人。敌人发现李佃祥没有屈服的样子，又把他押到村子路南的一处院子内，威胁说：“今天没给你准备老虎凳，给你准备了一锅辣椒水。只要你说出粮食藏在哪里，马上就放了你，不说就尝尝辣椒水的滋味！”作为前李赵庄村的一名普通百姓，李佃祥不但参加粮食藏埋及装卸工作，而且他更知道粮食是供八路军吃的，此时，他只想着：只有八路军打败小日本，人们才能过上好日子，我如果把粮食告诉敌人，那就是汉奸，是罪人。不，我宁死不当汉奸。他坚定地说：“俺村里没有粮，我也不知道哪里有粮。”话一出口，上来两个日军，掐住李佃祥的脖子，将其仰面按倒在地，用脚踩住头部左右两侧，又一日军踩住腹部，把刺刀伸向他的嘴边，呵斥道：“知道不知道？”李佃祥仍然坚定地说：“不知道！”日军用刺刀撬开他的嘴，一名伪军在锅中舀来血红的辣椒水，残忍地灌入李佃祥口内、鼻腔内，一连灌了两瓢。敌人得到的还是“不知道”三个字。日军又用脚猛踩其肚子，将灌入腹中的辣椒水踩压出来。踩压一番再灌，刺鼻的辣椒水在他腹腔、喉咙、鼻孔内流进流出，连续折腾了四五番。面对恶魔般的日军，李佃祥坚强如钢，宁可自己死去，也不吐露半点真情。这位朴实勇敢、铁骨铮铮的庄稼汉，被折磨得死去活来，几度挣扎，几度昏厥。日军无计可施，敬畏其坚强的意志、无畏的骨气，将瓢扔到李佃祥身上踹了他几脚，一无所获地扫兴离去。后经乡亲们多方抢救，数月之后受到重创的李佃祥才得以生还。

与此同时，六区青抗先指导员高文礼和一些群众躲藏在前李赵庄村西北角处的另一个院子里。敌人发现后冲进院子，用刺刀威逼着大家，逐个进行搜查。搜查中，发现高文礼手上没茧，牙齿也曾经刷过，便把他拉出来。三个伪军用刺刀对着他，一个日军挥起指挥刀，用刀背猛击他的手臂，问他是不是八路军，他咬着牙拒不承认。敌人见他嘴硬，就把他带到村外一块平地上。这时，一个日军、三个伪军正在围着两个年轻人进行逼问，其中一个是白塔集村的民兵，另一个是西白塔村的民兵，看样子也没问出什么。高文礼被带过去后，敌人开始屠杀了。第一枪打死的是白塔集村的民兵。第二枪打的是西白塔村的民兵，子弹打在臀部后瘫倒在地疼得惨叫。第三枪该毙高文礼了，他想到今天就是革命到底的日子。突然间，一位名叫杨德俊的老大爷急切地跑来，一把抓住敌人的枪柄，高喊“别开枪，他是我的儿子”。日军见杨德俊那副典型的农民模样，就指着高文礼问他这个人叫什么名字，杨德俊脱口而出叫双喜。敌人又问高文礼，当然高文礼也照样说叫双喜，又问干什么的，高文礼说卖烟的。那个日军哇里哇啦地说了一阵，围着的日军和伪军便把顶着高文礼额头的枪收了回去。

虽然没有再开第三枪，但敌人并没完全释疑，又把高文礼带到村西头一片被日伪军层层包围着的人群中。这儿是日军此次合围的临时指挥部，集聚着 300 多名被搜捕赶来的抗日军民，都被视为可疑的人，六区抗日区长梁友林就在里面。敌人不断地从其中拉出人来，如狼似虎地号叫着，边打边问谁是共产党，谁是八路军，谁是抗日干部，粮食藏在哪里。虽然他们都被打得遍体鳞伤，但是没有一个人开口吐露真情。

10 时左右，躲藏在村西头李长山家的 20 名群众被敌人发现，其中一人是从白塔集村逃来的开药铺的医生，名叫廉吉章，河北省固安县人。敌人搜查盘问，发现他手上没茧，身上还带有一些冀南纸币，说话又是外地口音，便认定他就是抗日领导干部，其他 19 人则被怀疑为八路军人员，于是穷凶极恶的敌人立即把他们带到村西日军临时指挥部。

血水井（桑阿镇前李赵庄）

中午 12 时，在刺刀威逼下，以廉吉章为首的 20 人，被押至村西的一处水井旁，被 100 余名日伪军层层包围。日军审问他们是不是共产党、八路军，都斩钉截铁说不是；又问他们那些搜捕来的可疑的人群中谁是共产党八路军，他们同样全都一口咬定，说其中根本没有共产党八路军，都是祖辈种地的老百姓；问粮食埋在什么地方，都说不知道。敌人动用了这么强大的力量，合围了大半天，结果一无所获。日军头目穷凶极恶，叫嚷了一阵，又继续逼问，不说出来就推入井内。面对敌人的淫威和惨无人道的百般折磨，没有一个人贪生怕死，没有一个人说出谁是共产党八路军，没有一个人说出粮食埋藏在什么地方，他们紧握双拳，怒目圆睁，只有满腔怒火和复仇的烈焰在胸中燃烧。一个，两个……为了保护共产党抗日军政人员，为了保护八路军抗日粮秣，20 名群众被逐一推入井中。在推入井内时，惨绝人寰的日军不时地向井内开枪、扔手榴弹，还将井旁的麦秸垛点燃投入其中。最后，又把井旁压辘轳的五块磨扇掀到井内，酿成了骇人听闻的血水井惨案。死难者为：李邦教、李邦业、李新志、李盈祥、于文德、岳代成、王保成、王金顶、于进河、王金库、段保兰、郭长发、岳朝银、杨西瑞、李新起、杨玉成、曹玉美、杨怀成、曹保庆、廉吉章。

次日，前李赵庄村模范班长李金忠与其伯父李殿俊带着三齿和麻绳打捞井内人员。由于水深，井内充满石头，他们只捞到两具尸体。这两具尸体，其中一具头部只剩下嘴巴，另一具被炸掉脑盖。之后，水井主人李庭志等继续打捞死难人员，被他们用辘轳搅上来的井水，全是鲜红鲜红的血水。被捞出的尸体，有的身上有刀伤，有的头部有弹孔，有的肢体残缺，全是血肉模糊，面目全非，死者亲属都难以辨认，围观群众看到同胞们如此惨状无不悲痛欲绝，义愤填膺。

“六·一〇”冠南“铁壁合围”的惨烈场景，痛断肝肠的血水井惨案，是侵华日军残害中国人民的又一如山铁证！冠县抗日根据地人民群众无数舍生忘死的动人壮举，更是谱写了抗日军民鱼水相依、同仇敌忾抗击日本帝国主义的一曲颂歌！

（根据《血火春秋》《冠县革命老区发展史》　亲历者李会芳口述　崔建台撰写）

码上观看蛤蟆嗡剧《血井红霞》

铁骨铮铮孙立民

1942年9月27日，鲁西北军分区机关和冠县独立营（县大队）驻扎冠县城东南白塔集，已是半夜时分。独立营营长孙立民和教导员齐钦检查过战士的宿营情况，又根据军分区的部署具体研究了活动计划，天已拂晓。刚躺下休息，侦察员上气不接下气地跑来报告：城里五六百鬼子和伪军直奔白塔集而来，先头部队已经到了村西北地里。孙立民沉着镇定，一面命继续侦察，一面吩咐通讯员迅速通知一、二连准备战斗，同时让齐钦安排三连掩护军分区机关和老百姓撤离。随后，他带领通讯班长齐保文，警卫员杜保安、胡玉振，大步流星地朝一连奔去。赶到一连，命令连长吴桂珠立即带队撤出村子，又往二连赶。走到十字街，二连已突出重围，而敌人正迂回包抄，企图集中兵力吃掉一连。为掩护一连撤退，孙立民等四人一齐向敌人开火，瞬间便把敌人的部分火力吸引过来。他们边打边退，退至北门，杜保安中弹跌倒，孙立民让胡玉振去救他。一阵

孙立民

机枪扫来，孙立民倒下，但他仍就地射击敌人。

小齐挨到孙立民身旁，发现子弹崩碎了他的右膝盖，殷红的鲜血浸湿了裤脚和裹腿，便急忙给他包扎伤口。孙立民推开小齐的手，急切地说："不要顾我，快去抢占那个坟头！"小齐不忍心营长疼痛，硬是给他包扎了伤口，用枪横托着他的臀部，向坟头冲去。他俩借坟头掩护，同敌人相持了一阵。后来，敌人发现只有他们两人，便疯狂地喊叫起来："抓活的呀！"这时，孙立民双唇咬出了鲜血，愤怒地射出最后一梭子弹。他吻了吻滚烫的枪管，把枪交给小齐："多活一个人就多一分胜利，你把这支枪带走！"凝望着营长那被硝烟熏黑了的面孔，小齐难过地摇了摇头。孙立民又从怀中掏出一个棕黄色布封面的日记本，用力塞到小齐手里，严肃地说："共产党员要服从命令，这个本子里有军事秘密。"说完，他从腰间抽出仅有的一颗手榴弹，咬开了弹盖，抠出弹弦，等几个敌人来到二三十步远时，扔了出去，然后猛推小齐。小齐为把营长交代的"军事秘密"及时送给教导员，只好噙着两眼泪水，借着手榴弹爆炸的烟雾，纵身跳进轱辘沟内……当敌人得知被俘的是独立营营长，惊喜若狂，急忙将孙立民抬上马背，前扶后托地奔向冠县城。

由于急剧颠簸，孙立民昏倒在马上，鲜血顺着马背往下滴，长长的黄土道上，流下一串殷红色的血迹。敌人恐怕他昏死过去，又把他放在门板上抬着。来到县城南门外，孙立民睁开眼睛，稍清醒，就提出上马，敌人就又把他扶到马背上。他忍着剧烈的疼痛，昂首挺胸端坐起来，向赶集（正逢大集）的群众慷慨陈词："众位父老乡亲，我叫孙立民，家是城西唐寺的。拜托你们给我爷爷、母亲捎个口信，就说立民已经为抗日牺牲了。还请转告他们，不要难过，我为抗日而死，要为我感到光荣。"

街道两旁的人们，眼里滚动着泪水。有的瞪大眼睛，吃惊地望着马上的大汉；有的在一旁三三两两低声议论。鬼子和伪军们，都被孙立民这意料不到的举动吓慌了手脚，急忙上前制止。孙立民不予理睬，继续理直气壮地高喊："乡亲们，日本帝国主义吞并咱们的国土，残害父老兄弟，欠下了一笔笔血债！那些汉奸卖国贼却认贼作父、引狼入室、残害忠良，他们是中华民族的败类，人民一定会惩罚他们！"敌人的队伍乱了行列。尤其是那些本土的伪军，听了这番话，不少都耷拉下脑袋，不敢旁视一眼，唯恐群众认出他们是谁。伪军大队长程晓楼怕孙立民讲演瓦解他们的军心，一边催队伍快走，一边说："大家不要听他的，他是有罪之人，皇军会处治他的！"孙立民抓紧这走街过巷的时机，正气凛然地讲道："乡亲们，为了消灭日寇汉奸，共产党人是不怕杀头的！他们杀了孙立民，会有成千上万的人站起来！日本鬼子被赶出中国的日子不长了！"被感动的群众越来越多，他们对英雄无比崇敬，对敌人则满怀强烈的义愤。

孙立民被送到宪兵队，驻冠县的鬼子中队司令山田，把俘获孙立民之事，迅速报告了临清大队司令部。日军大队电告山田，一定要千方百计征服孙立民。山田首先让他的老婆小岛出面设宴招待，孙立民一见，气上心头："我是中国人，饿死不吃你们日本人的饭！"顺手一巴掌向小岛扇去，小岛捂着脸一阵怪叫跑出门外。小岛失败，山田又派伪军中队长申学魁来"探望"。申学魁原是独立营的连长，后叛变投降日寇，他企图利用过去的"同事"交情说服孙立民。孙立民一句话说到底："你这条走狗！没那个本事完成主子交给你的差事。"申学魁又把200块日本票塞到孙立民手里，孙立民怒气填胸，高声骂道："你这个卖国汉奸，滚！"山田的苦心安排，没有获得一点收效，只好连夜把孙立民押到临清。

孙立民被架至一间宽敞的大厅，躺在铺有红花鹅绒毯的床上。这里是日军大队司令山本一郎的临时会客厅，正堂的大方桌上，堆得满满当当：烧鸡、蒸鱼、熏鸭、花红柳绿的罐头，各种装制的米酒、啤酒。山本一郎从套间走出来，几个侍从把孙立民从床上架起，放在上首，山本坐在下首（山本一郎身边还有一个东北朝鲜族的翻译官，后来被我敌工人员争取反正）。山本竖起大拇指，装作殷勤恭维的样子："营长的这个，八路的大太君，我的敬佩！"随即两手向桌上一摊，"鄙人的一点心意，你的请。""呸！你们这群吃人的东西，别拿中国人的血肉耍儿戏！"孙立民一口带血的浓痰冷不防吐到山本脸上，接着，"哐当"一声，摆着各样美味大菜的宴席也被掀翻。

顿时，套间门那块粉白色的幕帐拉开，带着油腥的熏烟、炭火盒，迸着火花的烙铁，沾满肉丝的皮鞭、老虎钳，一齐出现在眼前，冠冕堂皇的待客厅转眼间变成了五刑俱全的刑事房。原来，从冠县到临清，敌人苦心设计了一整套劝降孙立民的计划，目的是想在他们的报纸上出现抗日营长的口供和自白，以动摇和削弱人民群众的抗战意志，从政治上打击共产党领导的抗日武装力量。软硬兼施是日本侵略者的惯用伎俩，经过几个回合，敌人没捞到任何油水。他们幻想劝降得逞，需要孙立民活下去，所以不管受到怎样的奚落和怒骂，山本仍然皮笑肉不笑地说："我们帝国向来都是先礼后兵。不过，我的相信，这些刑具是不会对你使用的，你的，只管养伤好了。"

5天过去了，孙立民没吃一口饭，没喝一口水，没用一次药。敌人的种种引诱和威胁，都没起到一点作用。由于流血过多和5天的绝食，他的伤口已经溃烂，不时流出脓血……他的身体更加虚弱，一阵阵疼痛，一次次昏厥。山本怕他死去，便让人把他抬到手术室，说："我的给你治伤，全是大大的好心。"那位翻译官也在一旁劝说。孙立民怒不可遏，指着山本骂道："快收起你的这份好心，留着回东京去孝敬你的祖宗吧！"山本乞求道："你只说一句，不再八路的干活，一切都担在我的身上。"孙立民虽然声音微弱，但十分坚定地回答："你这是白日做梦！只要你们一天不改变灭亡中国的野心，只要你们还蹂躏和烧杀我们的人民，只要我这个共产党员还有一口气，就要同你们斗争到底！”山本在这个坚强的共产党人面前，只好摇头认输，最后示意医官把孙立民强行按上手术台。

孙立民屏住呼吸、攒足力气，突然趁势从医官手中夺过手术刀，对准自己腐烂的右膝，猛地割下了只有筋皮连接的下肢，鲜血喷洒在手术台上。他握着血淋淋的半截下肢，高擎头顶，用尽全身力气惊雷般地吼道：“我叫你们看看你孙祖宗的骨头！”接着将下肢砸向日本鬼子。在场的医官们惊叫着，一个个呆若木鸡。在日本军部混迹多日的朝鲜族翻译官，眼泪夺眶而出。山本眼巴巴地望着这个岿然挺立的铁塔汉子，吃惊地叫道：“八路的大太君！共产党的骨头！”孙立民以钢铁般的意志，忍受着巨大的疼痛，顽强地单腿独立在床边，直至昏倒在血泊中……

敌人步步失败，露出野蛮残忍的本性。在孙立民昏迷时，山本这个杀人不眨眼的刽子手，居然拔出了东洋刀，用刀尖在他脊背的左上方，狼一般地号叫着：“你的心，我的扒出来看看！”孙立民猛然睁开眼睛，怒视着山本：“刽子手，我的心不在那里！”山本握着东洋刀的手在颤颤抖动，问道：“你的，心在哪里？”“我的心，紧连着中华民族的灵魂！你们永远得不到，也是永远征服不了的！”孙立民的声音虽然极其微弱，但仍像钢铁那样坚硬。山本狼狈不堪，一无所获，最后还是下了毒手。孙立民牺牲时，年仅27岁。

10月8日，军分区敌工科想方设法从敌人手中把烈士的尸首抬了回来。10日，鲁西北军分区在冠县城南耿楼村召开追悼大会。会场前台两侧的挽联，分别写着“大义凛然”“我党模范”，横幅写着“孙立民同志精神不死！”军分区司令员赵健民和冠县抗日政府县长马景汉分别讲话，对孙立民奋勇作战、拒医绝食、光荣献身的惊人举动，对他崇高的革命气节和宁死不屈的伟大精神予以高度赞扬，号召共产党员、抗日民众和部队指战员向他学习。安葬路上，喇叭齐奏，鞭炮齐鸣，冠县抗日军民几万人，跟在烈士棺椁后面，送葬队伍像那滚滚不息的卫河怒涛，真挚地倾诉着对这位不朽的钢铁战士、人民的优秀之子的悼念之情。

2020 年 9 月 2 日，孙立民被中华人民共和国国务院批准为“第三批著名抗日英烈”。

（选自《鲁西英烈》　作者：中共冠县县委党史办公室）

码上观看群口快书《铮铮铁骨孙立民》

抗日堡垒村

李辛村，位于冠县城东北 30 华里，是抗日战争时期小有名气的堡垒村。

司洛路

村子很大，有 200 多户，1200 多人。这里贫富悬殊，土地集中在地主手里，有的农民被迫给地主当长工或佃户，有的卖儿卖女，逃荒逃难下关东。正是地主阶级的残酷剥削和压迫，为革命提供了有利条件，所以七七事变前我党就在李辛村及其附近的许辛村、葛辛村播下革命火种。共产党员郭芳臣、许乃昌、李一香、司洛路、李春生等，他们有的是旧知识分子，有的是青年学生，较早地活动在群众中，讲一些关于朱德、毛泽东领导红军为人民打天下的故事，宣传抗日救国的道理，给这里人民群众的生活道路点燃了希望之光。

卢沟桥一声炮响，国民党政府官员南逃，这一地区抗日救国的责任落到共产党人的肩上。地下党员鲍廷干、于少畲、王晋亭和郭芳臣、许乃昌、司洛路等人一起，组织辛村、庞庄、贾镇、田村等村的党员和群众，收缴地主枪支，成立了冠县抗日游击队。国民党散兵游勇及一股股揭竿而起的土匪，都趁火打劫，骚扰百姓，主要有石洪典的“北杆”，韩春河的“南杆”，还有栾省三的队伍和齐子修的国民党杂牌军。几支土匪队伍号称八千之众，方圆百里都为他们控制，只有李辛村成了“孤岛”，不断被他们围困攻打。李一香等人团结群众，掌握武器，积极发展抗日武装力量，在村子四周建起围墙，挖掘壕沟，修筑围寨，将200多名青壮年分别编制，10人一班，选定班长，配备枪支弹药，训练队伍，在寨墙上划分地段，明确责任区，日夜守卫着村庄。白天，土匪在寨外搞军事演习，骑兵十匹为一队，在村野乱窜，不断向村内放冷枪、喊话，进行威胁、挑衅，傍晚吹冲锋号，进行攻击，有时也伴有偷袭，但都被抗日村民打退。之后土匪又对李辛村围攻多次，最长的一次昼夜围攻达半月之久，但均以徒劳告终。村寨几道工事防御能力都比较强，一道是寨墙，二道是壕沟，三道是木寨。冬天，从壕沟中砸下大块冻冰放到寨基下，冻成一丈多高的冰墙，美其名曰“玻璃城”，非常坚固，土匪每次来犯，都是死伤惨重，败兴而归，因此李辛村始终未被攻破。1938年初，抗日专员范筑先把这一地区的几支土匪队伍分别收编为抗日游击队，局面很快稳定下来，自然李辛村也被解了围。

在我党的影响下，范筑先十分重视发展人民抗日武装。以李辛村为中心的几个辛村，经过党的抗日道理的宣传和数次战斗锻炼，大大增强了战斗力。于少畲、司洛路、张惠民、李一香等，以几个辛村为基础，建立了冠县抗日政府城东办事处，于少畲为主任。办事处建立后，改组和掌握了原为国民党顽固派把持的五、六区政权，建立了党的抗日区政府及区游击队，后来区游击队升编为县游击二营，李一香任六区区长兼县游击二营营长。

1939年10月初，伪六区汉奸头目李耀同，和伪八区汤福阶、刘祖荣及堂邑县伪六区王东朗、赵清泉等，组织地主武装2000余人，勾结国民党杂牌军齐子修3000余人，夜间偷袭冠县六区抗日区政府和游击队所在地李辛村、葛辛村、许辛村。10月15日凌晨1时，齐子修的队伍从李辛村西门及围寨的西北角炮楼附近，悄悄架上登墙云梯。我值勤岗哨发觉后，朝着爬梯敌人开了枪，枪声、手榴弹声、呐喊声响成一片。村武装队员、区游击队员士气高涨，勇猛作战，很快打退偷袭的敌人。同时，葛辛村也打响了反击的枪声，战斗十分激烈。拂晓，县长王化云带领县游击一营急速前来增援，在葛辛村与来犯之敌接上了火，敌人见是我方的正规部队，又把进攻的重点转向李辛村。

齐子修白天调兵遣将，进行部署，傍晚向李辛村攻击。敌人攻击的重点是西门，因为西门外300米是许辛村，中间开阔地带有个大坑，很容易隐蔽。敌人还制造了攻寨的土坦克，即在八仙桌面上蒙上很厚的用水浸湿的棉被，子弹很难穿透。进攻时土坦克开路，后面跟着成群的步卒，气势汹汹地冲上来。守寨的战士们等到敌人攻到寨前几十米处，步枪、手榴弹一起开火。正是我们自制的土炮，一声巨响炸翻了敌人的土坦克，后面的敌人躺倒一片，其余连滚带爬退了回去。东北门也是敌人进攻的重点。寨外是地主家的几处场院，场院上堆满了收割的玉米秸、花生秧子等柴草垛。敌人放火烧场，烈焰升腾，每人拿起一捆燃着的芝麻秆，疯狂地向寨前冲来，企图把我们的第一道木寨防线烧掉，扫除他们的爬墙障碍。但我守寨武装力量和抗日村民同仇敌忾，奋勇抗击，打退敌人一次又一次疯狂进攻。我方也付出很大代价，李得印、李天仁等英勇牺牲。激战两昼夜，敌人始终未能攻破李辛村，最后怕我正规部队再有增援，便遁逃了。

战斗结束后，冠县抗日政府通令嘉奖李辛村，并授予500枚手榴弹和8颗地雷，以示表彰。从此，李辛村以及许辛村、葛辛村的人民群众，更加众志成城，在与敌人长期浴血奋战中，成为坚不可摧的抗日堡垒。

（选自《血火春秋》 作者：司洛路 李荫川）

鲁西北“平型关大捷”

1939年秋，赵健民率筑先抗日游击纵队第三营驻扎冠县城东30华里的陈贯庄。这个村有200多户人家，是贾镇和桑阿镇之间的必经之地。早年为了防匪，村子四周筑有2丈多高、底部8尺多宽的围墙，人们出入只能从四门通过。三营驻扎这里后，为了便于打击敌人，又在围墙内侧距地面半米处挖成一个个小房子似的掩体洞，每洞又向外掏

陈贯庄战斗指挥部旧址

出若干枪眼，大家叫它土碉堡。三营二连所驻的陈贯庄东南 1 华里远的小尹庄，也加修了工事。

10 月 1 日下午，侦察员驰马报告，日军广獭旅团 4000 余人正从贾镇开来，向桑阿镇方向进发。赵健民获悉这一敌情，决定到了嘴边的肥肉不能不吃，从时间分析，先打他一阵，天黑我们更有回旋余地。根据敌人阵列，又决定打其后尾部队，如敌人大队反击，我即利用有利地形，从防御中予以杀伤，天黑后再行撤退。随即部署，他带一连打敌人的后尾，副营长张文基带二连在驻地小尹庄东、南两面，三连在陈贯庄西南松树林做好埋伏，打敌人的回头部队。部署后，赵健民迅速带领部队赶往村东北一片起伏不平的红条棵地带，隐蔽前行，接近敌人。

从大小太阳旗的排列上，赵健民判定日军建制有大队、中队，还有混合兵种。步兵大队中间夹杂着迫击炮、重机枪连队。步兵后面是山炮队，洋马拉着山炮，道路践踏得尘土飞扬。最后面是辎重队，四五十辆汽车首尾相连，拉成一长串，马达声响彻秋野。

在红条棵的遮蔽下，战士们手扶扳机，静静地观察着敌人阵容和动向，等待着营长的命令。敌步兵、炮兵如入无人之境，大模大样地开过，汽车辎重队趾高气扬地进入一连射程。赵健民鸣枪为号，子弹射入敌汽车驾驶室，战士们遂以密集的排枪射向敌车队。一辆汽车趴窝，后面的车队便涌成团，挤在窄窄的黄土路上，绕也绕不过来，退又退不回去。敌辎重掩护队下车迎战，但三营在暗处，他们在明处，枪口很难寻到目标，只是漫天胡乱射击。一连战士却打得得心应手，一阵排枪打得敌人懵头懵脑。日军像一群无头的苍蝇抱着枪乱转，有的躲在汽车轮胎后面，有的把同伙的尸体当成掩体，一面反击一面等待先头部队回援。

敌人前头的步兵、炮兵听到枪声立即停止前进，急忙掉转头来同三连作战。炮火铺天盖地而来，炸弹掀起的烟柱腾空而起。赵健民带领一连和营部战士，利用沟洼地形和秋庄稼、红条棵的掩护边打边退，撤至陈贯庄村内，进入事先挖好的防御工事。

敌人在村东北田野和东门外架起一排机枪，一串串密集的子弹曳着一条条长长的火舌，向土碉堡和围墙上部的小墙扫射。日军指挥官挥舞战刀，威风赫赫地坐在战马上。他见眼前只不过一小股部队骚扰，村内也没有火力还击，便挺着肚子嗷嗷怪叫：“八嘎，抓活的！”命令步兵一拉网地向村寨进逼。

三营战士在围墙下部的土碉堡内，顺洞式枪眼紧盯着墙外的日军。营部通讯员赵小庆，跟随赵健民打了不少仗，是纵队特等射手，“飞马打电线”就是他的拿手功夫。日军指挥官正挥刀前进，赵小庆瞄准他的脑袋，“当”的一枪，指挥官从马背上滚落下来。敌兵惊慌地跑上来拖尸，又被赵小庆一弹击中。霎时，村外枪声稀落，东、北两面的日军全都龟缩在一片沟洼地中，再不敢轻易向村寨靠近。

这时，敌步兵大队已在南面与小尹庄村内的二连及陈贯庄松林中的三连接上火。日军从东到西拉开阵势，向二、三连发起猛攻。二连死守小尹庄，副营长张文基采取近战制敌的打法，待敌人进攻到围墙前，以手榴弹、排枪的密集火力，击退敌人的一次次冲锋。张文基在村东头阵地前沿指挥战斗，头部连中数弹，血流不止。战士们要把他抬下火线，他推开大家坚决地说：“赵三营不兴孬种的，死，我也要死到战场上。你们……”话没说完，壮烈牺牲。

小尹庄阵地防御工事较弱，赵健民命二连顺路沟速撤陈贯庄村内。三连击退敌人数次进攻后，也转移到这里。敌人集中山炮、迫击炮向陈贯庄狂轰滥炸，围墙上部的小墙全被摧毁，下部的土碉堡有的也被轰塌。赵健民沿围墙根巡查各处阵地，在南门见到三连二排长刘长义，问他能不能顶得住。刘长义说：“营长放心，南门这一面，保证让小鬼子来一个完一个，人在南门在！”其他连排也纷纷表示确保阵地在手。

敌人炮轰一阵，步兵就在机枪掩护下进行一次冲锋，日军们挺胸端枪正步靠近村寨，三营排枪夹杂手榴弹迎头痛击，攻上来，打回去，相持了两个小时。陈贯庄村野到处都有日军的尸体，步枪、钢盔，还有皮靴、水壶，丢得满地都是。残阳照射着没有燃尽的弹火硝烟，敌营中不时传出伤员的号叫声。日近黄昏，日军因在各处进攻均不奏效，多半卧在地上不再贸然进击。敌军官几度号叫，喝令步卒再上，但无济于事。

这天农历八月十九，阴天月黑头，不大工夫村里村外什么也看不清了。不善夜战的日军即刻失去兵团阵地作战优势，轻重武器也再难发挥正常效力。但穷凶极恶的日军遭此重创又不肯罢休，他们在村野燃起篝火，搭起帐篷，一面加强警戒，一面借着篝火光亮继续组织火力围困攻打，就是炸平陈贯庄也不能放过这伙不期而遇的八路军。

三营虽然也有伤亡，但由于各处阵地抗击得手得力，大家又亲眼看到日军失败的惨状，士气更加高昂。但是经过半日激战，陈贯庄围寨上的一些重要工事被敌人的山炮、迫击炮摧毁，三营弹药也耗去大半，再与之继续抗击将会出现不利局面。赵健民又沿围墙巡视一遍，令排长吴凤岐带人悄悄出北门侦察，又部署刘长义带本排在南门佯攻，其余人员全部从北门撤离。敌人见南门又响起枪声，急忙将大部火力扑向整个南面，南门围墙弹痕累累，围墙内附近的房屋也多半成为残垣断壁。三营指战员大部分撤出村外，刘长义带领全排战士边打边退，顺街巷撤至北门，被赵健民带领的营部和一连接应出村。全营在村西北的高粱地间会合，而后折转西南方向急奔，当夜到达朝北刘甸子村，机动灵活地摆脱了敌人的围追。经过激战，三营副营长张文基等 24 名指战员英勇牺牲。

敌人进村扑了个空，追到北门又没见到一个人影，便一股脑儿地向高粱地狂轰滥炸起来。高粱棵全部化为灰烬，敌人一无所获。清晨，三营侦察员在小尹庄、陈贯庄一带核查战地实况，亲眼看到日军清点出110多具尸体，另有一些重伤士兵，一起被抬上十多辆汽车，垂头丧气地拉往聊城。

筑先纵队司令员张维翰赶到三营驻地慰问，赞扬说：“你们一个营竟能对付日军一个旅团，取得这么大战果，这一仗打得太好了，堪为鲁西北的平型关大捷。”

（选自《血火春秋》《冠县革命老区发展史》　作者：冠县革命老区建设促进会）

张柳邵血战

1943年4月，受日伪“铁壁合围”屠杀袭劫之后，冠北地区似又恢复了往日之平静。然而张柳邵村，家家窗口却透出灯光，街上脚步匆然、人影如梭，村民们正在紧张地准备着一场激烈的战斗。

张柳邵血战遗址（兰沃乡张柳邵村）

一座草屋正中，一盏油灯火焰闪跳。灯前，李一香（十一区代区长）、张洪儒（张柳邵自卫团长，中共党员）正审讯刚抓获的两个敌探。敌供出齐子修（土匪司令）的九旅旅长齐润泽，将要当夜率千余人枪，并配有手榴弹、炸药、轻机枪、重机枪、小炮等武器围攻张柳邵。齐匪梦想趁冠北合围刚过，新八旅、分区基干团及马颊河支队等我军主力转移外地之机，迅速攻克张柳邵这一抗日堡垒村，再南侵抗日根据地。审讯急而中止，押下敌探。李一香、张洪儒议定，冠北合围后的恐怖时刻，为保卫抗日根据地，张柳邵要在敌区中高擎抗日旗帜，再树我抗战到底之决心、信心。于是，一个小型军事会议旋即召开。与会者为：李一香、张洪儒、孙德山（十一区副区长）、刘希鹤（十一区民政助理），还有十一区的徐炳乾和张柳邵开明人士张子昂等。有人认为，张柳邵村400余人，逃户（外村来此逃荒、避匪者）300余人，再加上十一区通讯班郭宝生、张子军、许银科等近10人，青、壮年总数仅仅过百，长、短枪不过80（本村40多支，逃户30多支），且质量低劣，多为本地制造，如此怎抵齐匪精良之众？张洪儒力排此议："赵健民、王西原等抗日领导常来我村，群众深为其抗日救国之理、之举所动，全村上下抗战坚决，守村心齐，战而有素，拼而有勇，可拒敌以待援军；我枪支虽劣，但从敌区所弄手榴弹3000余枚，尚未转运根据地，可用。"众赞许，遂制定战斗方案如下：一、找援军，速派徐炳乾出发；二、拖延时间，等待援军，节约弹药，狠打近我之敌；三、各司其职，坚守阵地。李一香为总指挥，张子昂负责联络与后勤。据析，北围墙与李家村仅一路之隔，敌人可借民房为掩体；围墙外有一大坑，坑中凹凸不平，且有树，敌人进退自如。故北围墙为防守重点，当将精悍之士及多数枪弹集于此，由张洪儒、孙德山指挥，村民张洪太（中共党员）、张子文、张云堂和李辛村逃户李凤图等"神枪手"，各守一枪位，另有群众若干。东围墙和南围墙外均为平地，非敌攻击目标，但从慎密计，也做守卫部署。

几日来，纷传齐匪来犯，与之血战势不可免，故已做加固围墙、铲平村外地、筹备弹药，动员群众准备打仗，告诫青年不可外出等一系列战斗准备。今敌侦探所言，更把张柳邵推进一等战备状态。紧张之气氛中，短而仓促的小型军事会议结束，人们分赴其位，机敏而沉着地观天察地，调兵遣将。

4月19日（农历三月十五）晚9时许，极端紧张而沉寂中，突然四面传来吆喝声、脚步声、挖战壕声、人语声、步枪碰撞声、机关枪声……乱作一团。10时许，敌准备毕，鸣枪，继而一敌官于李家民房上喊：“谁是张柳邵村长，出来答话。”张洪儒立于与敌对峙的北围墙上，答：“我是村长，名叫张洪儒。”敌官自吹自擂，声言浩浩千军，武器精良，又言张柳邵枪无几支，弹无几发，人无几许，勿与为敌。

张答：我村民不盗、不匪、不犯人，何为夜来袭劫？

敌说：我部专打八路，阻其入侵，非来劫村。我九旅纪律如铁，进村绝不伤一人，不动一草一木。

张答：我村没有八路军。你们守纪律、爱百姓，就请撤军，有要求改日谈判。

敌怒：张洪儒，你不要不识相！否则，10 分钟便可打进村，杀你个鸡犬不留！

张斥敌：中华存亡之际，枪口应一致对外，为民族而死者荣，叛国投敌者耻。今以千军之师，来取弹丸小村，杀戮百姓，请问，这是谁家的纪律，哪家的英雄？

敌大怒：张洪儒，我打进去先要你的脑袋！

张笑：你别吹牛，我们的枪也不是吃素的！

约 20 分钟后舌战结束。敌忽发炮弹，将张洪儒炸倒。敌燃一秫秸垛为信号，全面进攻开始。张洪儒遂翻身站起，不料敌数十支枪早已瞄准他答话处。故其身尚未立稳而咽喉中弹，血流如注，口大张，喉塞，急喘。众恐，欲抬村中急救，但张洪儒摆手制止，决不下火线，誓与阵地共存亡。数人劝，数人洒泪劝，数人跪地求，但皆被拒绝。众涕零，只得将其安置于墙根下，看枪弹若雨，听炮声如雷。敌以李家村民房为据点，向我大攻，其势汹涌，步枪声、机枪声、手榴弹爆炸声及号叫、喊杀声，混成一片，鼎沸震荡，似有山崩地裂之势。继而从李家胡同内抬出 10 余架云梯，后继结队之卒，伴以机枪掩护，冲者时跪、时卧、时滚，拼命冲过大坑，逼近北围墙之基。

孙德山带领村民猛烈还击，步枪齐发，手榴弹如雨。顷刻，敌群中火光四射，硝烟弥漫，爆声聩耳。敌号啕惨叫，一片混乱；冲至围墙下者，未及竖梯，便嘶叫而抱头鼠窜。敌退，硝烟渐失，澄澈月光之下，但见敌尸遍地，横躺竖卧者不计其数；其伤残之士，或则蠕动，或则呻吟痛疾万状。敌似闪电，即来二次冲锋。但我刚一回击，敌却拖尸而还，原为抢尸佯攻者。

半小时沉默，战争气息更浓，搏杀情绪更烈。敌备足气力，轻、重机枪复向我倾射，围墙上烟雾、尘埃高扬，沙粒、瓦片飞溅，人眼难睁。敌顺势列队冲至墙下，竖梯登梯者数十名。敌于火光、尘土、硝烟中挣扎跌撞，登梯之敌被击毙。拼杀约10分钟，敌败归。顽附于梯而越墙者四五人，皆被我以刺刀戮之，惨叫中滚下，云梯被推翻。敌为抢尸而继续佯攻，我方步枪趁机毙敌数十名。敌竟不顾伤残者而速退避。坑中炸燃之敌尸，蓝火腾跳；又有炸燃而伤，且在火与呻吟中丧命者多人。烟火燃尸，气味浓烈，腥臭难闻。

李一香等人，知敌抓丁编伍，竟有父子同在一连，兄弟同在一排或一班之情状，故编《劝人歌》二首。

其一：父子兵，兄弟兵，本是抓来的老百姓，不要给汉奸来卖命。若是有个好和歹，家里的老小谁照应。

其二：叫同胞，听我劝，攻打百姓非好汉。可恨鬼子犯中原，奸淫烧杀多凄惨。我们同是中国人，刀枪对着鬼子干。

歌纸包砖，掷于敌。敌以为炸弹，惊惧而卧倒，良久不敢动。村民笑而呼："弟兄们，那是书信。"敌试近之，试拆之，引起几番哄闹。不多时，断续传来敌逃兵疼叫之声，敌官枪棍交加，厉惩其脱逃之卒。村民张兴信探头窥之，"啪！"一弹飞来，张兴信失色跌坐。"云堂，我头颅毁！"张云堂近前一摸，笑："若毁，怎能说话？是帽顶疙瘩被击落。"张云堂让其以枪刺刀挑帽试敌，敌又发一弹而穿帽。张云堂击其弹发处，敌中弹倒于地。敌排长惊呼："好枪法，你是谁？"几次较量，敌料此处有“神枪手”。此一弹，敌排长折服而惊呼。张云堂通报名姓，敌排长原与之相识，故招手相邀：“兄弟，你过来!”张云堂又发一弹，击其手腕，并告：“留你一条命!”敌排长痛叫而隐。敌营长躲于暗处喊话：“张云堂，你已击毙我几十弟兄，但我爱你枪法，你若过来，不计前仇，我给你个连长干。”张云堂答：“汉奸连长，可耻!”敌营长恼羞成怒：“打进去，剁你三截!”张云堂厉声回敬：“敢露面，让你脑袋开花!”敌营长无言以对。此时，复传来敌官打骂其兵士声：“胆小鬼，要你何用！饭桶，攻不上去，要你的命!”并有棍棒声和士兵疼叫声相间。

突然，敌旅长下令，向我猛攻，机枪急射之中，敌组“敢死队”30余卒，头扎白毛巾，赤臂，持枪，噙刀，腰插手榴弹，向我飞奔。“敢死队”后卒怠慢不跟，敌官怒骂，脚踢，枪砸，强迫前冲。敌过井旁，竟有投井自溺而不肯首冲者十几卒。“敢死队”冲至墙脚，我方手榴弹又纷纷落下，敌方没于硝烟火光中，一片混乱喊叫。敌掷于我枪位与墙内之手榴弹，十有八九被我拾还墙外，弹未落地而炸，敌自食其果。“敢死”者大部死，敌复狼狈败归。然而，混乱之机，墙基处敌放炸药，“轰”一声巨响，围墙即倒数尺。敌趁势又大攻，几十“敢死”之徒飞至围墙塌倒处，另几队赤臂噙刀者拥云梯而至墙下，后续之敌则呐喊助威，鸣枪掩护。敌官多持短枪，纷纷逼骂其卒：“娘的，冲！快冲！上不去，就枪毙你!”众敌纷乱杂沓，如恶狼饿虎，闪电般扑来。孙德山指挥若定，沉着应战，告诉村民以静待动，无声而候。敌近，我腾跳而起，长枪、短枪、手榴弹交替用之。敌于墙口处掷入手榴弹，轰然三响，烟雾中钻进二敌，张洪太等从隐卧中跃出，以刺刀猛搏，敌腹穿，惨叫而倒，后无“敢死”者近前。余者凶凶爬梯，我以刺刀、铁锨搏翻十几卒，推倒五六梯，敌纷纷滚落坑中。敌又败归，我以弹送之。

村民自献门板数十扇，急堵围墙。缺破处搭门板，运土，众志成城，又在敌人易攻处墙基挖枪眼，我察敌不察，百战而不殆。

此时，我弹药已极少。李一香、张子昂抽东、西、南三面弹药一半援于北，且定“三毙三留”之策：“为首者必毙，赤臂噙刀者必毙，催阵叫骂者必毙。低首冲锋者留，枪口偏我者留，阵前被打骂者留。”瓦解敌营，节约弹药，此策皆显神通。

敌重整旗鼓，发起第七次猛攻。数十纵队齐出，大批赤膊噙刀者首冲。喊杀声大震，沸腾了中夜。机枪狂啸，将围墙扫去一截，炮弹飞鸣，将我方岗屋抵翻，手榴弹频频投来，在脚下爆炸。火光硝烟，又一次弥漫皎洁之月光。张柳邵于战火中颤抖，然而，其卫士们却毫无惧色。数十神枪手，个个神威大显，张子文机敏干练，张洪太老成沉着，张凤生灵活巧妙，张云堂精细稳重，李凤图勇猛顽强。他们各守其位，按照“三毙三留”之策，弹无虚发，敌应声而倒者数卒。墙基处枪眼，察敌毙敌皆得势，一杆枪抵百余卒，于此中弹亡命者不计其数。我墙上勇士，举门板砸落登梯之卒，舞铁叉挑翻欲越墙之徒，拼搏壮烈，几番鏖战，敌复败退。每次冲锋，敌皆有投井自溺者，此次尤多，敌官再捞出，鞭打未死者，凄厉之声不忍闻。

疯狂厮杀过后，带来非常之恐怖与暂时平静。中夜，星稀空碧，皓月澄澈透明。此时，竟有目睹怪象者：因招张洪儒英灵归天，嫦娥舞袖垂落，故而一道紫气贯地。然而，张洪儒恋村恋民，不肯去，曾几番沿围墙奔走。敌见之，发弹若雨，但张洪儒无恙，飘然自若。敌怪而疑骇，曾几隐遁，屡不敢近。村人，几番闻张洪儒大呼于夜空：“杀！杀！……”闻者无不振奋，斗志愈盛，英武倍增。及至半夜，张洪儒气绝，而贯地紫气顿敛于琼瑶。

北围墙外，敌炸燃之尸蓝火跳动。一夜腥臭难挨。坑中残伤之敌，呻吟，呼救，痛楚惨叫，一夜断续可闻，令人心寒。天近明，敌参谋长请退兵，且将士卒疲惫而怯、伤亡惨重等状，告以九旅旅长齐润泽。齐犹疑不决，以为进者难，且惧张柳邵援军突来；退者易，但统千军尚不能克一小村，而何以见司令齐子修，九旅威望何有？齐犹疑踌躇之后，终因断定张柳邵弹药即尽、无以抵挡，而决心与以死战，不克小村而不止。齐再选精壮之卒重组、重扩“敢死队”，或以钱相许，或以官相诱，竟又站出百余摩拳擦掌而欲打头阵之亡命徒。根据伤亡大小，各连、排、班重新组合，800余敌耀武扬威，口念：“打进张柳邵，报效齐部！”其势汹涌威猛，席卷而至。

张柳邵危机，于疲乏力竭中惶惶然。弹即尽，众心不稳，围墙残缺，援军杳无音信。李一香、张子昂等人急议定：一、再调东、西、南三面人力与弹药援于北；二、娘嘱儿、妻励夫，“杀汉奸”“立志当好汉”“待援军，坚持到天明”；三、组织妇女献面、做饭；四、组织老弱送锨、送叉、搬砖、抬石，以抗敌。如是，全村上下皆动，男女老少齐心，群情振奋。不多时，北围墙摆满砖、石、门板、门墩、铁锨等物；一袋袋花生，一缸缸米面，摆满“后勤处”小院；妇女们烙饼、擀面条，送汤、送饭。络绎送饭者，见北围墙残缺不全，千孔百疮；见亲人浑身尘土，满脸汗土成泥，多半不敢辨认，个个不寒而栗。但是，却疼中见乐，互递言辞：“看样，你很勇敢，俺放心！”“回了家，俺给你记功！”“杀敌保村，你是个好后勤！”“杀敌人，是咱全家心愿！”“爷爷让俺告诉你，杀死汉奸，是咱祖宗之光！”“告诉爷爷，有我在，汉奸就进不来！”张洪儒祖母年逾八旬，提一兜热馍向孙儿走来。她早已认定，常来其家的赵健民、王西原乃国家民族之忠良，抗日救国之骁将，人民百姓之义友，家人与之往来，儿孙跟其行踪，乃列祖列宗之幸甚，孙儿张洪儒率乡亲抗日除奸，皆源于此。此时，但见张洪儒尸体，老人无吟、无声、无惊，只泪如泉涌。当知张洪儒不下火线之壮举，老人默立良久，后退三步而弯腰鞠躬，抚尸而泣，哽噎咽泪："孩儿，你是张家的光荣！"遂将馍馍分与众乡亲，转身而去。张文成之妻送了热面条与饼，告夫说："打死汉奸，保住张柳邵，才有咱的家！"妻去，张文成咬中指洒血祭祖："杀汉奸，为祖上争荣，不为家人丢脸！"霎时，杀敌保村誓言纷纷传开，"拼者荣，退者耻！""宁当英雄鬼，不当可耻人！""为国尽忠，为家尽忠，为父老尽忠！"村民愤然，皆以死待敌。

搏杀又始。敌弹密集空前，硝烟火光空前，敌"敢死队"之凶空前，冲锋之速空前。敌大喊大叫，督战军官呵斥不绝，打骂不绝，"给我冲，后退者枪毙！""他妈的，冲，快冲！"竟有敌官处决其怠慢之卒者。霎时，墙下敌如蚁，近十处竖而爬梯者如狐，首者皆为赤臂噙刀之"敢死"者。我村民仍如前，始静而不动，待敌接近梯端，我大石、门板如磐，顺梯而下；砖、石如雨，贯入敌群，间有手榴弹，在敌中显威。狡猾之敌，同时进攻东围墙。但东面地势平而无掩体之物，且刘希鹤指挥得力而打法极巧，故大部敌受阻而不敢近。冲至墙下寥寥几十卒，皆被我手榴弹击退。敌远去，刘希鹤赴北围墙请战，但为保持战局平衡，被张洪太劝归。北围墙激战甚烈，拼杀甚凶。此时，爬于云梯顶端二三"敢死"者，赤臂噙刀，头扎毛巾，其躯壮，形凶，手举冒烟手榴弹，欲抛我阵地。柳可义等腾跃而起，以锹铲其腕，复铲其颈，敌连其弹摔炸于敌群中。张子文使叉力刺于敌肋，欲拔不得，敌顺梯翻下，张子文继以石砸梯，梯断，梯上之敌皆相摔撞于坑，手榴弹不知从何处飞去，一堆"敢死"者死伤大半。张瑞光手中铁叉不凡，三股皆三棱，而中股特长尤利，乃为数代家宝。其祖上为戚继光部下，武艺高强，持叉平倭屡立战功，因得戚继光召见。今张瑞光力挥此叉，搏杀"敢死"之徒数人。但见一彪汉又爬至梯端，袒胸露乳，举刀欲砍，且墙下又飞来一手榴弹。张瑞光急步至，挥叉掷弹于墙外轰炸，回手猛劈刺敌面，敌尖叫而滚下。张瑞光力挑云梯，梯上之卒皆翻落。半小时厮杀血战，村民愈增其勇，敌惧而退，我以枪弹送赤臂者。窥云梯，皆有淋漓鲜血，断者二三。

黎明后，敌攻多次被我以砖、石、叉等击退。李一香、张子昂、孙德山指挥得力，北围墙一夜阵容井然。张洪太、李凤图、张凤生等“神枪手”，操砖、石、叉等器亦勇武过人，敌望而胆寒却步。紧急关头，刘希鹤等又来北围墙请战，誓拼力杀敌。调援来的张洪志等青年，舍生忘死，几搏凶猛劲敌而斗志更旺。然而，孤村一夜无援，弹药无继，敌预备队却攻之愈烈愈繁。张柳邵惶然而慌乱，区区小村，岌岌可危。

20日上午10时许，忽闻村西南枪声大炸。喜讯顿然飞传，“是援军？”“是的，是新八旅援军来了！”于是，危机化解，希望之潮澎湃，“张柳邵得救了，张柳邵得救了！”

但，我援军地理生疏，为齐匪所阻，迫于东南庄激战。

此时，北围墙有人告急：“子昂叔，没弹药了，奈何？”张子昂令：“和敌人拼砖头、拼铁锨，我马上去接援军！”于是议定，刘希鹤、张子昂、郭宝生、许银科速去接引援军。因此，开南门，四人突围，奔东南庄而去。张柳邵南围敌拼力截杀张、刘、郭、许四人，枪声骤起。张子昂体胖行缓，敌欲扑，刘希鹤回救。张子昂厉令：“你走，不要管我！”刘不去，卧而射敌，郭宝生、许银科卧滚而射敌。敌隐。四人急遁路沟，得脱。北围墙外之敌借机急攻，且派人从村东、西两侧向南飞奔，并大呼：“八路从南门已逃，快截住，快截住！”“南门打开了，南门打开了！”其时，张、刘、郭、许冲出敌围，奔援军而去，但逃民、村民信敌诈传，故村中大乱。北围墙之卫士不知虚实，敌趁势猛攻，大呼：“抓活的呀！抓活的呀！”北围墙终因无弹、无砖、无石而无力还击。

敌入村，力杀10分钟，凶残百倍于虎狼，妇孺老幼无一幸免。人影凡存，敌枪则鸣、刀则闪。顷刻间，户户腥风，家家血雨，街上人头，巷里横尸，惨状目不忍睹。敌燃一大堆麦秸垛，将八旬老妇等掷于熊熊烈火，惨叫声声，撕心裂肺。小舜、小禹两男孩不过10岁，先后尸分两截，于血泊中挣扎丧命。张子龙及其子亦皆被敌毙命，其妻大骂："汉奸，丧尽天良！"敌刺刀猛力穿去，腹透腰穿，刀折于其腰。她捧扶腰中之残刀，奔呼于街上："打汉奸呀！打汉……"鲜血淋淋贯地。众敌惊而呆若木鸡，倏然闪开一条血路。她呼之愈甚，被惊定之敌掷于井。敌过张洪儒尸旁，见其口大张，牙外露，呲目，竖发，相狠貌恶，故惧而绕行。张洪儒祖母欲斥敌而扶杖出，与敌遇于院门，问敌："张柳邵抗战，何罪？"敌不答，射杀之。她身中数弹竟未倒，以杖指敌，骂道："狗汉奸……"张瑞东之妻身受数刀，怀中周岁婴儿头颅又被砍落，鲜血一身。她无泣、无吟、无畏，毅然抱无头婴儿奔跑呼号："打倒汉奸！……"她频举受刀砍之臂，洒血飞肉。村人闻而肝胆俱裂，愈加同仇敌忾。追敌见状而骇然魄散，收举刀欲劈之状，遂退隐。张子文力抵众敌，持枪左冲右突，毙敌数人。其后弹尽，敌欲"抓活的"，但无敢近前者。他负隅而战，与敌相搏，穿敌胸，使乡亲多人得救。然其头部受刀流血，突围中，又身中数弹，带伤乃奔。后于肉搏中牺牲。

一夜退敌8次进攻，次晨又退其数次，敌死伤300余，而我不过四五（张洪儒、张瑞光、柳可义3人牺牲，另伤2人）。然而，敌入村10分钟，则残杀我无辜村民106人，纵火烧房104间，敌疯狂纵火之余，又捕去村民51人（其中被枪杀4人、饿死17人，赎回30人），拉走耕牛130头及猪羊若干，衣柜、粮食等财物不计其数。张柳邵被洗劫一空。村中血腥，家中凄清。

村人祭张洪儒等死难者3日，家家血泪3日不绝，呜咽声荡然数里之外。张子文妻竟跪拜3日，愿丈夫英灵跟随张洪儒，仍为抗日保国献力，于九泉之下与祖争荣。村中抗日灭奸之气，壮哉。然而，世人而诧异者，乃甘露中夜大降，屋檐房瓦，枯木衰草皆白。传曰：死难英灵为祝福乡亲，故而洒之以醇。

张柳邵血战，不只抵御了日、伪、顽之南侵，且振我抗日精神，树我抗日信心，更使日、伪、顽从中自醒，“浩浩千军难克百户小村”，其“草包”之原状大白于天下。齐润泽部因之失宠于齐子修，齐子修因之失宠于日军，故齐子修再当汉奸不能，败走于东，随复亡。

（选自《血火春秋》　作者：阎玉臣）

百年红色学堂

一高老槐树

冠县第一高级小学（一高）具有光荣的革命传统，为党和国家培养了大批优秀人才。其前身为清泉书院，1829 年（清道光九年）创建，地处县城东南角城贤街。后县署被烧移至清泉书院，书院随移至东街钱氏家祠。1881 年（清光绪七年），在城贤街东首建初试考棚，即清朝县内考取秀才之地，考棚为南门，三叉门楼，圆圈门，白粉墙，清泉书院随移至其内。1903 年（清光绪二十九年）改为官立高等小学堂。1912 年民国建立后，改称县立第一小学。1939 年 6 月日军占据县城，学校一度变为日伪进行奴化教育的场所。1945 年 7 月日军撤离冠县，抗日游击高小搬进县城文庙，改名冠县第一高小。1952 年，学校从文庙迁至东门里路南原县立第一高级小学旧址。

1929 年，赵健民考入一高读书，他和进步学生冯干才、沙延孝、朱广林等一起涉猎了大量进步书刊，许梦侠、丹彤、王黎之、孙洪等人也曾入读该校，参加读书活动。1931 年赵健民考入临清六县联立师范，1932 年考入山东省立第一乡村师范，加入中国共产党。1933 年 2 月，为揭露贪污腐化、争权夺利、危害民众的冠县国民党当局，一高学生在冯干才领导下，发动学生运动。王维群、沙延孝、朱广林、许梦侠、王志浩、于龙、于树莒、郭策、孙洪等积极参加了这次学生运动。1934 年 2 月，赵健民利用回家度寒假的机会，同冠县一些进步学生联系，宣传革命道理，发展了他在一高时的下级同学孙洪、冯干才、沙延孝以及师范讲习所学生钱泊生入党。从此，冠县境内开始有了有组织、有领导的共产党的活动。之后，许多青少年学生在这里受到共产主义思想启蒙教育，走上革命道路。

赵健民暮年回到母校

冠县的回族女青年，是鲁西北抗日阵营中的一道亮丽风景。她们思想解放，追求进步，大胆泼辣，十几岁便投身革命，活跃在抗日救亡第一线。在血火交织的岁月里，她们不少人勇敢冲破传统羁绊，和著名抗日将领结为革命伴侣，驰骋疆场并肩作战。为此，“七大闺女、七大女婿”的佳话在全国广泛流传。新中国成立后，作为党和国家高级干部，他们又分别在各自岗位上为祖国建设做出重要贡献。他们都有一个共同的学历，就是“冠县第一高级小学毕业生”。由此，百年红色学堂，更加当之无愧。

赵健民暮年每次回到家乡，都会到母校看一看。当看到朝气蓬勃的学童们，赵老仿佛回到儿时在校读书的情景，感到十分高兴和欣慰。赵老来到母校，走遍校园，走遍教室，兴致勃勃地观看学校的一草一木和教室的一桌一凳，仔细询问同学们的学业和学校的发展情况。2000 年，年近 90 高寿的赵老为扩大学校规模，多方争取建设资金 45 万元。

20 世纪 50 年代，冠县一高改名冠县城关完小，至“文化大革命”前一直归县文教局管理，也是全县唯一一所直属小学。1965 年，共有 15 个教学班，在校学生 708 人。其中初小 8 个班，高小 7 个班，教职工 34 人。1969 年公办小学下放村庄大队，一高隶属东街大队领导，由贫下中农管理，校名改为东街小学。1971 年后，附设初中班。1978 年，初中班搬出，学校改为冠城镇中心小学，由冠城镇联合校直属领导。1987 年，共有 13 个教学班，702 名在校学生。

时光荏苒，岁月流转，而岁月无痕，沧桑有迹。回望以往跌跌撞撞的经历，总有一些光阴难以磨灭的东西留在我们心间。1963 年 7 月，我从一高毕业考入冠县一中后，一直没有回到母校探望。但六年小学读书片片段段的记忆，却时常浮现在我的脑海中。直到 2016 年 3 月，我携带相机，凭着少时的记忆，重踏学校大门，试图找回当年的感觉，才发现那时的教室、操场，早已面目全非。

人们印象最深的是，学校西北角高台上一座古式建筑的高大瓦房，也已不见踪影，旧址变成了排排教职工家属院。这座古建筑当年称为礼堂，也当教室使用，房子前面很大一片高台，学校每次召开师生大会或文艺表演活动，都会在这里举行。我还清楚地记得我和同学郭思安两人合演双簧相声的滑稽动作，甚至还隐约听到台下一阵阵同学的笑声和掌声。我是 1958 年上小学，最初是在西街小学读书，两年后转来第一小学学习，当时的三、四年级在小学路北民房梁家大院上课，到五、六年级才进入这个校园学习。我们是二十级，校长分别是石金铭和王孟法，班主任李鸿泰、王玉春，记得老师还有张西远、任怀德、王纪兰等。同班同学任希俊、步保平、吴秀芳、刘加一、任义新、郭凤梅、郭凤环等，还有一大半朦朦胧胧记不起来名字了。

一晃半个多世纪过去了。变了，一切都变了，唯一没变的就是当年的那棵老槐树还默默地生长在那里，只是粗壮了许多。这棵老槐树长在学校大门内西侧，依稀记得树上挂着一只铁铃，每当下课的铃声一响，各教室学生像撒鸡窝一样一个个争先恐后地蹦出来，或去厕所或做游戏，学校顿时像开了锅，一片欢乐声。上课的铃声响起，整个校园像按下静默键，立即恢复平静，教室又传出朗朗读书声。如今铁铃早已不在，钟声也已飘远，只留下孤单的老槐树深怀眷恋、期盼和坚守，依旧年复一年、日复一日地静静地长在那里，似向人们诉说着往日的荣光。它经历了百年沧桑，不记流年，细细倾诉光阴的故事；它见证时代的变迁，栉风沐雨，默默化作一圈圈年轮。一批批、一代代学子从它身边走来又走过，走向全国，走向远方。

2005 年 9 月，学校搬至双拥路以北、建设路以东，名为冠县清泉街道东街第一小学。学校占地 51487 平方米，建筑面积 10000 平方米。校园布局合理，文化氛围浓厚，是一所文化底蕴丰厚、教育特色鲜明的全县一流小学，共有 42 个教学班、2100 余名学生。

整洁的校园，绿树成荫，生机盎然；丰富的校园文化，滋养着学生心灵。学校始终坚持明确的办学方向，以“德润童心，和润正气”

为理念，以“学生健康成长，教师幸福工作，学校蓬勃发展”为愿景，形成“乐教、润生、勤研、善创”的教学风格。

2019 年 8 月，东街学校和冠县实验中学在一高原址相拥而建，2020 年 9 月投入使用，共用的塑胶操场就是原第一小学校址。国家财政部原部长刘仲黎题写的校名金光闪闪。虽然原址一切建筑荡然无存，但象征百年红色学堂精神和风采的那棵老槐树依稀保留下来，使它像一名神圣的骑士，耸立在新拓宽的团结路中央，苍老而茂盛的树枝俯视、抚摸着那片现代化新型教学大楼，又一次见证了百年来冠县教育的巨大变迁。

一砖一石可辨当年，一草一木更叹今朝。冠县一高这座充满红色印记的古老学堂，历经清朝、民国和新中国成立以及走进社会主义伟大新时代，已有接近 200 年的历史。虽经数次蜕变，却千锤百炼，更加炉火纯青。它造就精英无数，培育桃李满园。历史与文化在此积淀，耕耘与收获在此交融。茁壮的百年老树是它光辉形象的象征。让指尖滑过岁月的沧桑，让我们的记忆成为永恒。作为冠县第一高级小学莘莘学子的一员，我衷心祝愿母校早日创建百年名校，祝愿东街学校、实验中学及其家乡的教育继续谱写绚丽华章，再次创造金色辉煌。

（作者：安文龙）

血染大连寨

抗日战争时期，冠县人民在党的领导下，浴血奋战，同日本帝国主义进行了英勇顽强的斗争。其间，回族人民同样为之做出重大贡献。他们碧血丹心，勇赴国难，涌现了一批可歌可泣的英雄儿女，沙延孝便是这样一位值得纪念的人物。

沙延孝，字露庭，1914 年出生于冠县梁堂镇申阎村一个回民家庭，后迁至冠县城南街定居。父亲沙月义，以开中药铺维持生计。沙延孝 9 岁入小学读书，秉性聪慧，勤奋好学，但因生活窘迫而半工半读，直至 14 岁才就读于冠县一高。

沙延孝

九一八事变后，国民党蒋介石采取不抵抗政策，致使东北三省全部为日军攻占，因而全国人民强烈反对，迅速掀起抗日反蒋怒潮。冠县一高学生沙延孝、王维群等人，积极发动和组织同学走上街头，宣传抗日，要求国民党政府枪口对外，团结抗日，号召群众抵制日货，以雪国耻。从此，沙延孝、王维群、冯干才、朱冠富等进步青年，经常聚集在沙延孝家里，学习进步书刊，谈论国家大事，他们对国民党政府不抵抗日寇，反而压制民主、争权夺利、贪污腐败的现实尤为不满，更加坚定了救国救民的政治信念。

1932年，沙延孝高小毕业，考入山东省立第八乡村师范（八乡师）。1934年初，山东省立第一乡村师范（济南乡师）学生、共产党员赵健民回冠县度寒假，发展沙延孝、冯干才、钱洪勋、孙洪加入中国共产党。沙延孝和冯干才一起，在八乡师广泛宣传党的抗日主张，传播各地工人、学生抗日救亡的消息。在校内外广交朋友，组织“读书会”，学习《大众哲学》《政治经济学批判》《辩证唯物主义》，列宁、高尔基等人的著作和文章，《世界知识》《新生活》等书刊。通过这些活动，团结了许多进步学生和社会青年，从中发展党员，壮大党的力量。

1936年春，沙延孝随同山东省8个乡村师范的应届毕业生一起到济宁受训，历时一年。1937年3月，分配到馆陶县房儿寨乡农学校担任教务主任。不久，根据上级党组织决定，宋秋潭、沙延孝、王晋亭3人组成中共馆陶县特别支部，沙延孝任宣传委员。

卢沟桥事变爆发后，沙延孝积极响应党的号召，立即着手发展党的抗日武装，参与创建了鲁西北抗日游击队。同年12月，冠县石洪典领导的绿林武装“北杆”和韩春河领导的“南杆”，被范筑先收编为第五、第六支队。五支队时辖3个团，3000余人，石洪典任司令，荆维德任副司令，原代理县委书记郭芳臣任参谋长。为了改造这支队伍，中共冠县临时工委决定，派沙延孝、孙洪等到五支队工作，随后，他们在五支队建立了党总支，盛北光任书记，沙延孝、孙洪为委员。

1938年3、4月间，日军进犯鲁西北地区，占领了濮、范两县。范筑先调集五、六、二十一、二十二4个支队，并亲率保安一营、卫队营参加濮、范战役。4月，为了进一步加强党对五支队的领导，党总支召开会议，决定对五支队内党员干部进行调整，并经郭芳臣向石洪典、荆维德建议，得到批准，沙延孝任第一团政治处主任。5、6月间，五支队在阳谷、寿张休整，范筑先前去检阅，按照国民政府军队的军衔制，授予沙延孝中校军衔。

1938年11月15日，日军攻陷聊城，范筑先壮烈殉国。此后，范筑先的各个支队相继分化：有的另立山头，独霸一方；有的投靠日伪，认贼作父。而五支队则由于党的工作基础较好，党员成分较多，因此很快拉回冠县，向我党直接创建和领导的十支队、八路军一二九师先遣纵队靠拢，不久被编为八路军一二九师先遣纵队第二团。部队改编后，沙延孝转入地方工作。

1939年2月，由六支队改编的筑先纵队第三团在冠县城南与日军遭遇，受到极大损失。4月，该部在冠县斜店一带整编，整编后的筑先纵队第三团改编为第三营，共计400多人，赵健民任营长。1940年春，党组织派沙延孝到三营任教导员。这时，三营各连都建立了党支部，配备了指导员，各排也都建立了党小组。从此，三营在赵健民和沙延孝的率领下，挥戈跃马，横扫敌阵，驰骋疆场，屡建奇功，广大群众称之为“赵三营”，威名在广袤的鲁西北平原家喻户晓，广为传颂。这支抗日劲旅，成为巩固和发展鲁西北抗日根据地的重要力量。

1940年初，冠县境内相继建立了8个中共区委和7个抗日区政府。但是，冠县北部的六区、八区仍被封建顽固势力头目韩镜麒、刘祖荣、汤福阶等控制。他们抗粮抗税，拒绝抗日部队进驻，处处设障阻碍抗日工作开展。夏初，赵健民和沙延孝研究，决定攻打六区地主武装控制的大柳邵和邢柳邵两个村庄，根据战斗部署，赵健民率一、三连进攻大柳邵，沙延孝率二、四连进攻邢柳邵。经过激烈战斗，沉重打击了六区封建顽固势力，巩固了六区抗日政权。

1940年6月，筑先纵队和先遣纵队正式合编为八路军一二九师新编第八旅，辖二十二团、二十三团、二十四团，沙延孝所在的筑先纵队第三营编为新八旅二十二团第三营。随后，部队奉刘、邓首长命令，开赴卫河以西，在冀南地区开展敌后抗日斗争。同年10月上旬，新八旅二十二团（辖一营、二营、三营）转战河北省曲周、永年一带。10月7日，驻曲周县城的日军，纠集一个大队的兵力，突然向驻扎曲周县城东南10公里大连寨村的二十二团二营进行袭击。在猛烈的炮火掩护下，敌人很快占领了大连寨村西阵地。紧急情况下，新八旅副旅长王近山命令三营火速增援二营，赵健民、沙延孝率部急行到大连寨，迅速投入战斗。激战中，沙延孝沉着机智，鼓舞士气，协助赵健民指挥部队打退敌人一次又一次疯狂进攻。日军几度败阵，伤亡惨重，丢下100多具尸体，向县城狼狈逃窜。赵健民、沙延孝率队追歼残敌，发现敌人丢下一门一三式山炮，便越过敌尸，奔向山炮。沙延孝边冲边喊："同志们冲呀，看哪个连得到山炮！"接近山炮时，隐藏在山炮附近几个坟头后面的日军，突然开枪射击，沙延孝中弹倒地。赵健民和通讯员对准敌人一阵猛射，消灭了顽抗的日军。但是当他们疾步赶到沙延孝身边时，他已停止了呼吸。战士们怒不可遏，随着"为教导员报仇"的阵阵呼喊，猛虎似的扑向残敌……

战斗结束了，战士们怀着万分悲痛的心情，抬着他们敬爱的教导员和其他牺牲的战友的遗体，向大连寨东南方向转移。翌日，部队为沙延孝等烈士举行了隆重的追悼会。新八旅政治委员肖永智、二十二团政治委员于笑虹参加追悼会，高度赞扬沙延孝等为党为人民英勇献身的精神，号召广大指战员化悲痛为力量，以烈士为榜样，打败日本侵略者，解放全中国。

回族人民的骄傲——沙延孝英灵长存！

（选自《血火春秋》　作者：中共冠县县委党史办公室）

沦陷中的较量

冠县，地处冀鲁两省接合部。土地革命时期，党的基础比较好。七七事变后，各项抗日工作都非常活跃、扎实。聊城失守后，鲁西北地区党政领导机关撤到冠县根据地，分区和其他一些部队也以此为立足点，进行抗日活动。

1939年6月3日，日军占领冠县城，形势发生严重变化。沦陷中，我们撤出县城，以农村为中心，与敌人展开了犬牙交错的游击战争。正是在日趋恶化的形势下，我们身受党和人民的重托，分别担任了县委、县政府的领导工作。在烽火淬炼的冠县大地上，同全县父老乡亲一起，与日、伪、顽、杂进行了长期艰苦的斗争。

建立抗日政权

日军占领冠县前，许梦侠曾担任县委领导工作。那时，通过“清乡”运动，县委依靠农会发动广大农民打击土豪劣绅，利用各种斗争形式，打击和改造了国民党反动势力把持的基层政权。二区区长姬增恩，首先称病辞职。许梦侠兼任了该区区长，并组成区的各办事机构和区游击队，建立了二区抗日民主政府，为我县的革命政权建设开创了先例。我们撤出县城后，立即在班庄召开会议，研究对敌斗争包括建立政权的问题。会议决定建立城东、城南、城北3个县政府办事处，分别由于少畬、史烈光、杨陶天领导开辟工作。他们的主要任务是，在动员和组织人民群众开展游击战争的同时，重点进行政权建设，把代表地主豪绅利益的基层政权掌握到我们手中。

许梦侠

全县划分为 8 个区。一区，处于县城周围，在敌人眼皮底下，开展工作比较困难。为此，我们选派立场坚定、人熟地熟的梁文焕任区长。由于革命需要，他任劳任怨，八年没离开过一区，深深扎根于群众之中。他机智勇敢，成功地运用了毛泽东游击战争的战略战术，创造了许多夜战、巷战、麻雀战、掏心战、伏击战的宝贵经验，搞得敌人晕头转向，为打开全县的抗日局面创造了有利条件。二区区长开始由县委书记许梦侠兼任，三区杨子勤，四区芦成松，五区于树菖，六区李一香，七区马景汉，这些首任区长，都是我党选派的政治可靠、意志坚定、头脑敏锐、作战英勇的共产党员。只有八区即清水一带，是国民党统治的硬钉子，国民党县政权及县党部等反动组织在那里死灰复燃，亮出牌子，公然与我抗日政权对抗。开始，我们几次试图打入敌人内部开展工作都未成功，就暂时把它放弃。

政权建设中，我们始终掌握了统一战线的政策和策略，对旧政府人员不是“一刀切”全撵走，而是先全部接收，然后区别对待，个别处理。根据每个人的历史表现、对待抗日的态度、群众意见的大小，通过排队分析，有的继续留用，有的辞退回家。在不称职的旧政府人员中，有识时务者，则自动辞职，让位而去。有的坚持手握权力不放，我们就发动农会、青救会、妇救会等群众团体，通过选举把他选掉；对于顽固分子，则根据掌握的他们的罪行材料，通过查“黑田”、清算贪污、开斗争会，把权夺过来。

抗日政府的组织机构，根据抗日斗争需要，县里设武装科、民政科、教育科、财政科、司法科、粮秣科、公安局，区里设区长助理。县、区政府建立大约半年后，区以下又设了乡。后来，我们实行一元化领导，由县委统一领导党、政、军、群的工作，各部门按系统分工，任务比以前更加明确。

对于日趋恶化的形势，采取了相应的斗争方式和策略。在城南一带的村庄，我们要钱有钱，要粮有粮，要人有人。这些村庄住满了我们的干部、部队和家属，真正成了“八路军之家”。在敌占区，党和政府的工作转入地下，进行秘密活动。在县城附近和敌占区附近的村庄，在敌来我往的游击区，我们建立了两面政权①。他们表面上应付敌人，实际上向着抗日，向着共产党八路军。他们以隐蔽与合法两种斗争手段，机动灵活地与敌人周旋，搞得敌人动弹不得。有时，敌人催好公粮正要运往县城，两面政权便将可靠情况及时报告，我们立即组织力量截击，粮食就被群众掉头送往根据地，敌人也难以责怪他们。另外，对于城里以及据点内的敌伪政权，我们也不放过，而是运用各种渠道，对其政权中的一些人员进行分化、争取或重点打击，有的就可以牵着他的鼻子走，就连县城三关四街都向外给我们交送公粮。总之，由于政权的建立，我们不仅站住了脚跟，而且孤立了敌人，限制了亲日分子的资敌活动，打击削弱了日军的侵略力量。

---

① 两面政权：共产党建立的表面为日伪服务，实则为抗日服务的基层政权。

1939年初冬，邓小平来到营镇，召开冀鲁豫边区县级以上干部会议，作了题为建立敌后抗日根据地的报告，体现了毛泽东关于持久战的光辉思想。会后，县委在班庄召开300多名党员干部参加的扩大会，传达贯彻营镇会议精神。之后，我们在一段时间内对区、乡、村各级政权机构，进行了调整、整顿和巩固，各乡乡长甚至村长，都换成了我们的党员。虽然调整面大了一些，有的过了一些，但后来的实践证明，确实非常必要。

1940年麦收，我县在帽子岩举行抗日政府县长选举大会。各区各乡都选派了代表，各阶层也都推举出自己的代言人出席选举大会。结果，地委任命的原冠县县长马景汉仍当选。这是冀鲁豫边区第一个民主选举产生的抗日政府县长。此后，政府的工作有了更大起色。

强化战斗堡垒

1942—1944年，我党进行了第一次大规模的整风运动。按照上级党委部署，首先在全县党员干部中贯彻中央关于整风的指示，学习毛泽东整顿“三风”报告。大家领会了整风的精神实质，深刻反省自己的历史，系统地、全面地检查思想和工作，进行严肃的实事求是的批评和自我批评。大家态度端正，感情真挚，涉及各自的问题都心悦诚服。从县到区，领导带头发言反省，联系实际，立足行动，进行深刻的自我剖析。很快，领导作风为之一新，上上下下都有了根本性好转。表现之一，挖出“左”倾空谈的种种病症，批评了做大计划、说大话不办实事的口号主义，注重解决实际问题，说干就干，使口号与计划变为现实。表现之二，原来县、区的党、政、军、群各部门，有时互不通气，甚至各自为政，往往造成工作混乱。在转变作风中，一是同级之间合并了伙食单位，二是定期召开联席会议，工作中加强了配合，统一了行动。

表现之三，去除了那些流于形式的做法和不能解决实际问题的会议，调查研究蔚成风气。表现之四，纠正了个人领导、主观决断的现象，建立了工作机制，健全了部务、群团等会议制度，及时布置，及时总结；党的一切重大问题，除特别紧急外，都要经过全委会讨论研究。政权方面则实行联合办公，一切重大事情，民主讨论后分工实施。

转变作风的同时，我们对县级、区级干部以及机关、农村各支部进行了整顿。在此过程中，进一步加强了党员干部的马列主义理论教育。全县几千名党员，大部分是在抗战第一阶段入党的，经过大发展时期后，一直没有进行过严格的组织整顿和思想教育。在党内以及支部内，成分复杂、思想混乱问题日渐突出。恶劣环境下，党的各级组织绝大部分比较坚强，但也有一部分党员干部经不起艰苦斗争的考验，工作不积极或者不工作，甚至有的当了土匪或叛徒，少数基层党组织陷于瘫痪状态。因此，整顿党组织迫在眉睫。

县委确定的整顿支部的方针是：从成分着眼，审查洗刷坏分子，发现和培养先进分子；从教育着手，非一贯错误和不可救药者，仍要保留，但领导成分必须调整；不能单纯唯成分论，要看具体对象，防止极端主义，反对搞成清党运动；在斗争中考验党员，认识党员，在整顿中改进各级党组织的工作；在整顿支部过程中，注意树立表彰先进，尤其注意提高一般，改造落后。

有个村支部，6 名支委，11 名党员。这是个老支部，抗日初期就能掌握全村共 30 多户人家的工作，确实起过很大作用。但由于发展路线的错误，发展中又未注意思想教育和组织整顿，结果党员认识没有提高，坏分子得以混入党内。加上近两年支部领导思想松懈、意志消沉，所以环境恶化时，支部内的坏分子阶级本质暴露出来，以致发生了同志间相互残杀的严重情况。因此，非下决心整顿不可。

为整顿好这个支部，我们做了 5 个方面的工作：一、先由政府出面，从打击恶霸入手，处决了杀人凶手，灭了反动势力的气焰。二、洗刷了党内坏分子，对能够争取改造的，给予反省机会，做了适当处理。三、将村长换成我们的同志。四、经过斗争，昭其善恶，使正义得到伸张，在涌现出的骨干分子中，发展了几名党员，增加了党的实力。五、重建了支部。这样，用解剖麻雀的方法，通过对一个或几个支部的整顿，摸清这类支部的特点和现状，总结出我们建党的经验教训以及党的建设发展的规律，推动和指导了全县的整风运动。

经过两年集中性的整风运动，全县广大党员干部提高了觉悟，县委、区委和农村基层支部更加纯洁，切实形成抗日的战斗堡垒。通过整风，为战胜严重的政治、经济、军事各个方面的困难，夺取抗日战争和人民民主革命的胜利，奠定了坚实的思想和组织基础。

战胜饥馑岁月

王志浩

1942 年夏，全县境内滴水未落，秋季颗粒未收。偏偏霜冻又来得早，麦子没有种上。于是，历史罕见的 1943 年大灾荒降临了。

王志浩亲自到重灾区桑阿镇、烟庄一带调查，向地委写了灾情报告。人祸造成血泪史，天灾酿就无人区。那里蓬蒿蔽径，饿殍遍野，群众大都“闯关东”“上口外”“下河南”去谋生路，茉莉营、大花园头、烟庄等 33 个村庄内，竟有 11000 人死于灾荒之中。

要开展对敌斗争，就需壮大部队。

但是军民没有饭吃，又是极大的问题。为此，上级发出精兵简政指示。我们忍痛割爱，不得不将部队和地方上的一大批好同志、好干部精简下去。部队缩编了，县委、县政府机关也只留下一小部分人员坚持工作。干部战士节衣缩食，与群众同甘共苦，以谷糠、玉米芯、野菜、草籽、树皮充饥。

1943年7月，中共北方局发出救灾工作的指示，我们成立了县、区两级救灾委员会。救灾中，一方面减免灾区应征粮款，实行大规模社会救济；另一方面组织群众生产自救，利用多种手段创造财富，大力发展农业生产。上级从莘县、朝城县那边拨来一批救济粮，用以糊口和做种子，由县救灾委员会根据灾区各户情况统一发放。同时，上级向冠县40000亩重灾区和45000亩轻灾区先后发放了4000万元的各种贷款。帮助农民买农具、牲畜和肥料；帮助农民发展淋盐、打油、纺织、运输等多种副业和手工业，广大农民生产热情空前高涨。为了抗灾渡荒，县委领导根据地军民开展大生产运动。机关和部队“背枪上战场，荷锄到田庄”，开赴桑阿镇、贾镇、烟庄等灾区，同群众一起开荒种地，掀起轰轰烈烈的生产热潮。没人高的蒿草，被屯田的大火燃成灰烬。我们的口号是：“不荒一亩地，不缺一棵苗。”县委书记拉犁拉耙，县长摇耧撒种，汗流浃背，满身泥土，根本分不出谁是“官”谁是“民”。在那漫无边际的荒野上，军民同心协力，开出一些田地，播上种子，长出绿油油的禾苗。

夏秋之交，正当禾苗长势旺盛的时候，从卫河以西飞来大批蝗虫。它们成群结队，铺天盖地，农田里，庄院里，农舍的锅台上，都落满了蝗虫，发出一片“嗦嗦啰啰”的响声。顿然，蝗虫成了灾。几十亩未出穗的谷禾，几个小时就会全部被吃光叶子。蝗虫把卵产在坚硬的地面上或苇坑内，变成幼虫后像蚂蚁一样成群地向禾苗上爬，繁殖和生长之快令人生畏。

地委和行署在满菜召开捕蝗联合指挥部会议，进行紧急部署，发出“制止蔓延，全部歼灭，虫口夺粮，争取丰收”的动员令。县委、县政府高度重视，紧急动员全县党政军民，全力以赴向蝗虫发起总攻。数万名男女老少上阵，组织起浩浩荡荡的捕蝗大军。人们手持各种捕蝗工具，组成几道防线，奋力捕杀。晚上，点起灯笼火把，照打不停。日夜奋战连续几个周期，取得最后胜利。我们计算，全县共捕杀蝗虫约 1350 万斤。在最为艰难的战争岁月，这场声势浩大的捕蝗运动及其辉煌成果，在世界抗灾史上恐怕也是一个奇迹吧！

抗灾的胜利，为后期的抗日战争奠定了物质基础。同时，通过抗灾斗争，更加密切了党、政、军、民的关系，充分显示了根据地人民团结战斗的强大威力。

民主民生斗争

马景汉

1943 年下半年，抗日形势开始好转。伴随军事上的反攻，深入广泛地开展了民主民生斗争。首先，在生产自救的基础上，组织互助组。起初只限于农业，后来逐步扩展到副业和手工业。短期的、长期的、流动的和固定的，都是自愿结合。这些互助组，严格掌握了互助互利和等价交换原则，灵活地组织拨工换工，调剂劳动力。到 1944 年春，互助组迅速发展，仅二、四、五、六这 4 个区，就成立了 880 个互助组。这是战时劳力、畜力、物力严重缺乏的情况下，农民从个体劳动转为集体劳动而战胜灾荒的一种尝试，为以后农业合作社的出现提供了经验。

人民群众的生产生活在一定条件下适当安定下来之后，又进一步组织农民开展了减租减息斗争。早在抗日初期，根据抗日救国十大纲领和农民群众的要求，就明确提了出来，只是由于形势变化而断断续续，没有深入下去。全县近 20 万人口，大部分农民只有少量土地，有的没有土地。12000 顷土地，大部分集中在地主、富农手里。其中 29 户大地主，田连阡陌，家财万贯。他们开着商铺、银号、当铺，千方百计地盘剥和压榨穷苦农民，不少农民被逼得家破人亡。因此开展减租减息斗争，事关千家万户农民的生计。然而，这场斗争一开始就受到地主、高利贷者的反对和破坏，他们拖延不减，或明减暗不减，或以退佃和解雇方式恐吓农民，或变更租佃形式将死租变为活租，以便随时将土地收回。还有的地主以分家即分散经营的方法缩小目标，逃避负担。总之，他们千方百计顽固对抗政府法令，阻止这一政策的贯彻实施。一部分群众心有余悸，白天减了夜里再物归原主。对此，以贫、雇农为骨干，充分发动群众，对地主豪绅进行斗争：召开斗争大会，让穷人在大会上倒苦水，算地主的剥削账，控诉地主阶级的罪行，对死硬地主分子，则组织农会、儿童团将其游乡示众，最后押送政府处理。这样，狠狠打击了不法地主的反动气焰，使减租减息运动发展到一个高潮。二五减租、五一增资、二八增佃、“有利减三分”等，都逐步得到落实。

诚然，减租减息对于削弱封建势力是卓有成效的措施。但是，人民群众的要求并没有得到满足，广大贫苦农民仍然受到剥削，尤其是土地问题还未彻底解决。为了使因灾荒和债务而失去土地的农民获得土地，1943 年秋后县委决定，在全县开展赎地工作。原则是：贫农卖给汉奸、地主、富农、贪污分子的土地，一律无条件赎回，而他们卖给贫农的土地一律不准赎。中农与中农、中农与贫农、贫农与贫农间所卖土地，改为当契，贫农卖给中农的土地，赎一半或1/3，因债务而转卖的土地也要赎回，上限时间从民国元年开始。县、区都有赎地领导组织，村里有赎地调解委员会。赎地过程中，有的买地户不交文契，有的阳奉阴违，拖延时日，有的向政府起诉，官司打到专署，但这些根本没有妨碍赎地工作的进展，经过一年的时间，土地全部赎回。广大农民重新获得土地，成为实现“耕者有其田”的第一步。与此同时，还有被卖到黄河南的妇女，通过赎人也使其得到团圆。一些因天灾人祸逃荒的穷苦百姓又回到家乡，在这块久经战火与天灾洗礼的根据地上重建自己的家园。

轰轰烈烈的民主民生运动，推动了抗日战争形势的发展。1945 年 7 月，县城以外大小据点一扫而光。日军不战而逃，放弃冠县城。全县军民狂欢八年抗战①的胜利！县委从桑阿镇、县政府从崔八里庄先后搬进县城。我们立即决定，拆除城墙，填平城墙外的壕沟。数万军民挥动铁锨、镐头一齐上阵，铲除了日寇在我县长期盘踞、残害人民的巢穴，解除了积压在人民心中的仇恨。8 月 15 日日本投降，全县军民沉浸在无比欢乐和幸福之中。军民联合组成的秧歌队、腰鼓队，还有跑旱船的、踩高跷的，扭呀唱呀，鞭炮声、锣鼓声、歌声、笑声响彻云霄，整个冠县沉浸在一片沸腾之中！

（选自《血火春秋》　作者：王志浩　马景汉）

① 现称十四年抗战。

西提固据点覆灭记

抗日战争进入相持阶段，日寇采取分割、“蚕食”、囚笼政策，把抗日军民的活动空间压缩到最小范围。一时间，冠县境内十里一碉五里一堡，六七十个据点和炮楼形成一个密如织网的连锁防御体系。这些据点和炮楼盘根错节遥相呼应，犹如一颗颗钉子楔入鲁西北抗日根据地腹地，打破了全县的抗日局面。

西提固在县城北 10 里，处于冠县至临清的交通要道，日寇侵占冠县不久，便在这里修筑据点，驻扎一个中队严密把守，对抗日军民形成严重障碍。对此，马本斋曾率回民支队一部，一举拔掉了这颗钉子。但是，敌人很快重建起来，并在华北日军兵力统一部署调整中，除了驻防一个中队伪军，又增设信七团治安军一个中队，紧靠炮楼进一步修筑据点，加高加固两丈多高的围墙，鹿砦、壕沟、铁丝网层层设防，成为日寇在冠县的驻防要地。

1943 年春节，军分区决定再次拿下这颗硬钉子。分区司令部及其作战科经过缜密分析，制定作战方案，司令员赵健民亲率分区警卫排、二十二团铁帽子二连、基干团一连执行这次攻坚任务。西提固据点头目申学魁，抗战初期参加过冠县抗日保安大队，聊城失陷后投靠日寇，当了冠县伪大队的中队长。之前，分区敌工科曾做他的工作而无果。据点敌人分析判断，八路军、游击队通常夜战居多，这时又逢春节，不会发生战事，有的邻近人员回家过年，据点兵力也有所减弱。正值中午开饭时间，除了值班人员，其他敌人大都在据点内你争我抢地打饭用餐。

白日作战，兵贵神速，尤其在县城敌人眼皮底下，更需速战速决。分区部队兵分三路，警卫排主攻炮楼，铁帽子二连主攻据点，基干团一连埋伏到八里庄一带以备迎击出城救援之敌。参战部队犹如天兵天将，突然出现在据点周围。命令即发，司号员吹响冲锋号，炮楼内枪弹立刻射击出来。赵健民身靠附近一棵老枣树，朝着炮楼的枪洞打出一梭“凤凰三点头”，警卫排战士俯身齐射，形成一排密集火力网。

炮楼也叫碉堡，敌人重建时使用了钢筋水泥，坚固度不可小视。炮楼下面是暗堡，3 米以上两层，内径 4 米，可容纳两个小队。以前我军进攻中，绑在一起的集束手榴弹爆炸时间不能完全同时，只能在它表皮留下一些弹痕。因此，要打掉这类工事，最好的办法就是爆破，而且要使用足够的炸药。

攻克敌碉堡

“上坦克!”赵健民号令即发，警卫员梁云贵立刻顶起“土坦克”，警卫排长姚洪抱起炸药包，紧随其后向碉堡逼近。姚洪 1937 年 11 月就参加了冠县党组织创建的鲁西北第一支抗日游击队，袭扰日军，消灭汉奸，历经多次战役战斗，与孙洪、王天洪被称为冠县抗日英杰“三洪”。同样，在炮火连天的游击岁月，梁云贵跟随赵健民参加夜战、近战、伏击战、突围战等无数次拼搏，经受了腥风血雨的淬炼，成长为一名优秀的游击队员。因此，由他们二人担任爆破任务，是此次力剿敌穴的关键，也是作战方案的既定人选。

碉堡上面分布着十多个射击孔，虽然子弹从射击孔内向外发射，毕竟还是留下不少空隙，而且射击位置有限，射击角度相对较低。如果我方枪法精准，完全可以射入其内，即便不能消灭炮楼里面的射手，起码也能压制敌人火力。警卫排战士训练有素，骑马、射击、拼刺出类拔萃。他们同时瞄准炮楼，虽然相隔近百米，但在连续射击后，敌人射击孔探出的枪管逐渐向后退缩，杀伤力明显减弱。一个优秀的爆破员，越在敌人封锁最紧的时候，越是沉着、冷静、机动、灵活。敌人射击时子弹总有打完的时候，于是警卫排就利用敌方换梭子、压子弹的短暂空隙，果敢、迅速地冲杀过去。敌人的长枪不可能从射击孔内伸出来向碉堡根部射击，子弹又不会拐弯，因此越接近碉堡越安全。

借着这短短的几十秒瞬间，“土坦克”充分显示了威力。所谓“土坦克”，就是八仙桌上面覆盖多层棉被，每层中间用水浸透，坦克手梁云贵附身其内，既可避免伤亡，又能向前自由运动。紧接着，姚洪抱着炸药包紧贴“土坦克”一步步逼近炮楼。

敌人意识到我方意图，暗堡内的机枪和着上面的步枪，子弹雨点般射来，虽然听得见子弹在“土坦克”上面剧烈炸响，但梁云贵沉着镇定，“驾驶”着“土坦克”凭借微小的瞭望孔依然顽强推进，顶住了敌人枪弹的猛烈火力，迅速进至炮楼根下。这时，碉堡上面的枪弹已经失去效力，只有暗堡的机枪还在猛烈扫射。瞬间，姚洪借着“土坦克”的掩护，急速拉开导火索，将炸药包从“土坦克”后面抛向暗堡。一声轰然巨响，碉堡被炸了个七零八落。

据点内的治安军立刻慌了手脚，急忙组织还击。几乎同时，二连指战员迅速靠近高墙深院，十几架云梯陡然竖起。指导员许建瑞棉袄一扒，口衔大刀登梯上墙，一排手榴弹掷向院内。围墙上机枪、步枪、手榴弹一起炸响，整个据点院落浓烟滚滚，敌营乱作一团。“铁帽子二连”作战勇猛，武器精良，枪支全是与日军拼杀缴获的三八大盖，头戴钢盔全是缴获的日军战利品，在抗日烽火中打出了八路军的威风。而西提固据点信七团所属治安军，均刚刚来自冀中一带，大都不愿远离本土，满腹厌战，因此大都龟缩在屋内，只有一些稀疏的枪声。据点院落大门被炸开，二连战士蜂拥而入，随着一阵“缴枪不杀”，治安军全部做了俘虏。

战斗即将结束，城内敌人闻风而动，伪大队长郭思美带领两个中队出城救援。赶到八里庄村北，便遭到埋伏在高粱地间的基干团一连迎头痛击。郭思美一听枪声知道来了八路军大部队，只是放了一阵冷枪随即调转队伍缩回城内。

拔除西提固据点，击毙伪中队长申学魁，俘虏敌人两个中队，缴获长枪 160 支、粮食 1.5 万斤。从此，彻底拔掉了县城日伪军的一颗门牙，铲除了皇协军伸向冠县的魔爪，打通了冠南根据地连接冠北地区的道路，拉开了解放冠北战役的序幕。

（梁书义口述　梁秀申撰写）

红色交通线

卫河纵贯冠县西部，是抗日根据地党政军人员连接延安、太行的必经之处，因此也是日伪严密布防的重要封锁线。1939 年日军占领冠县、馆陶后便封锁了卫河交通，在南馆陶至金滩镇 60 华里的卫河渡口要道修筑了 20 多个碉堡，还强迫老百姓在卫河西岸南起金滩镇、北至营镇的 30 里地段，挖了一条与卫河基本平行的封锁沟，河面上除了日伪巡逻的汽艇，敌人把这一地区的大小船只全部强行集中到南馆陶、营镇和金滩镇封锁起来，从而扼断了我党及其军民的交通线，给我方人员来往、交通运输、部队作战造成严重困难。

为了突破敌人的封锁，早在 1938 年冬，根据党组织安排，王剑虹、温纪光等就在卫河沿岸的各个村庄调查，摸清了这些村庄会架桥、能摆渡的人员情况，分别进行了谈话与思想教育。后来，在鲁西北军分区干部李英臣的领导和组织下，将这些倾心抗日的青壮年组成卫河工作队。这支不脱产的工作队，在日寇严密封锁的困难条件下，虽然每个队员每月仅供给二三十斤小米，但他们深知这菲薄的待遇也是来之不易的，这是党和抗日政府对他们的鼓励和信任。他们满怀高昂的抗日热忱活跃在卫河一线，出色完成了上级交办的任务。

1941 年，根据战争形势需要，军分区成立了由分区后勤处政委孙洪兼主任的卫河工作团和由分区司令部参谋黄海负责的卫河交通站，负责卫河沿岸的交通工作。交通站的联络点设在冠县张史村和西吴村，卫河工作队又吸收了王安堤、秤钩湾、赵庄等村的一些青年农民，逐渐发展到107人，由卫河工作团直接领导。第一任大队长李英臣，第二任大队长姚洪，第三任大队长许乾久，第四任大队长杜保安。大队下设5个小队：第一小队、第二小队设在班庄，第一小队长赵贵章，队员24名。第二小队长班东梅，队员25名。第三小队设在王安堤，队长王观朝，队员20名。第四小队设在秤钩湾，队长张洪奎，队员18名。第五小队设在赵庄，队长赵从重，队员20名。

卫河工作队的主要任务是，保证八路军及地方武装在卫河一线的交通顺畅。开始建队时，由于敌人把周围村庄的船只全部掳掠扣留，水上交通阻断。队员们就把家里的门板、檩条扛来，扎成木筏代替船只。分区还特制了一些用柳条编的大簸箩，涂上油漆，代替行船。由于敌情复杂，渡河只有晚上才行。到了冬天，寒风凛冽，河水冰冷刺骨，队员们凭着顽强的革命意志完成渡河护送任务。大部队过河，使用渡船架浮桥，人少时过河使用簸箩和筏子。到了枯水期，队员当向导带路蹚水过河，一些女同志不敢下水过河时，就由队员搀扶或背负渡过。

1942年，分区根据渡河任务需要，由沙东先负责在朝北荆楼村和冠县赵屯等村，制造了40多只木船，河上交通条件有了好转。冬季的一天，分区通知工作队，有一部队要过河执行任务，需立即在班庄渡口架设浮桥。班庄党支部书记率先下水，年轻的队员们纷纷跳入卫河之中。渡船和绳索又湿又滑，被冻得双手不听使唤的队员们使出全身力气，把一艘艘渡船连在一起，一座浮桥横架东西，过往部队按时到达对岸。

工作队执行任务，经常受到对岸敌人监视，随时都有生命危险。1943年春，八路军某旅渡河，工作队在距营镇不远处架设浮桥。刚开始作业，就被附近据点敌人发现，密集的子弹扫射过来。为了保证架桥顺利进行，旅参谋长率领一个连包围了据点，并向据点喊话警告。

敌人见此阵势，未敢继续阻止。队员们加紧作业，迅速架好浮桥，顺利完成任务。

1943 年秋，几场暴雨过后，卫河水面陡然增宽许多。一天夜晚，八路军千余官兵集结到卫河岸边，亟待过河执行战斗任务。水流湍急，还像往常撑船而过显然不行，于是决定采取拉着绳索撑船过河的办法。队员们在河面上拉起一条粗缆绳，横跨水面连接两岸，渡船靠着这条缆绳往返摆渡。摆渡最后一次时，由于船上人多，船身吃水过深，行至河心急流处，水浪突然漫进船舱，渡船急剧摇晃。脱开缆绳，两名女战士跌下船去。队员们全然不顾自身安危，纷纷跳入水中，推的推、拉的拉，使渡船安然靠岸，落水人员也被搭救上来。

队员们不仅要有娴熟的水性、撑船与架桥技术，还要与敌人斗智斗勇。他们所在的村庄，都在南馆陶和营镇、金滩镇卫河岸边，距离日伪据点只有五六华里。敌人经常到这些村庄巡逻、“扫荡”，摆渡和护送工作必须严加防范。分区批准，各村队员都到附近据点领取“良民证”，王安堤党员王国良、孙家宝还分别成为南馆陶和营镇日伪军的“联络员”，遇到敌情就可利用“合法”身份与其周旋。分区敌工站在秤钩湾、徐万仓、金庄据点发展了 11 名伪军内线，还特别安排王安堤队员参加了南馆陶镇的“青红帮”，以配合卫河工作队执行护送与渡河任务。

虽然保密工作做得很好，但由于来往过河的人员和次数非常多，有些蛛丝马迹也会引起敌人怀疑。为此，敌人曾几次到班庄、王安堤、秤钩湾等村抢掠、抓人，强迫老百姓立字据，保证八路军过河时向“皇军”报告，如发现不报就把全村杀光。一次，南馆陶敌人一个中队突然闯进王安堤，将地下党员、敌伪“联络员”王国良捆起来，一边狠狠抽打，一边责问为什么八路军过河不报。王国良咬紧牙关不承认，并用他“联络员”的身份进行交涉，最后得以解脱。

在战火纷飞的年代，这支不脱产的卫河工作队，冒着生命危险，不惧水流湍急，迎着风霜雨雪，摆渡党政军领导干部和部队不计其数，为抗日战争和解放战争胜利做出重要贡献。

（选自《冠县革命老区发展史》　苏发旺整理）

红军将领肖永智

1943年9月23日，在临清陈官营战斗中，永智同志英勇牺牲，年仅28岁。他出生于湖北省红安县肖湾村（今属河南省新县），十一二岁就参加了红军，历任公务员，宣传员，宣传队长，宣传科长，营教导员，红四方面军三十一军九十一师团政委，八路军一二九师三八六旅七七二团政治处主任、副政委、政委，先遣纵队政委，一二九师新八旅政委，冀南七分区（鲁西北）政委兼地委书记，是八路军中优秀的青年干部之一。他牺牲后，刘伯承、邓小平多次表示深感惋惜。

模范的政治工作领导者

肖永智

第一次见到肖永智同志是在1939年夏天，当时我是党领导的筑先纵队三营营长。一天，我在冠县接到命令，要我到桑桥接受先遣纵队肖政委的指挥。我和通讯员骑马赶到桑桥，天已黄昏。在一个房屋整齐的院门口，我们停下来。门前站着一个高个子青年，穿着一身普通的灰布军装，长得英俊威武。我问他先遣纵队司令部的住址，他和蔼地说："就在这里。"我说筑先纵队三营营长赵健民奉命来找肖政委。他笑笑说："我就是。"他亲切地和我握手，热情地把我让到司令部，介绍见了先纵司令员李聚奎、参谋长王波、政治部主任王幼平诸同志。肖政委说："组织上决定，由我带你这个营到堂邑西部开展工作，你看有什么困难？"我说："没什么困难，服从组织决定，坚决完成任务。"

堂邑县北大南小，南边只有 25 华里左右，北边却有六七十华里。肖政委带我营到了堂邑以西温集、靳家屯，以北辛集一带活动，主要任务是相机歼灭出城窜犯的日伪军，宣传党的政策和主张，扩大八路军的影响，为建立我们的政权做准备。每到一地，他带我察看地形并作战斗布置以后，都亲自给群众讲演，进行宣传动员。不仅他讲而且还叫全营的指战员人人都讲，个个都做群众的发动工作，让党的坚持抗战、反对投降、坚持团结、反对分裂、坚持进步、反对倒退等方针政策深入人心。我们三营每个连都有党支部，组织生活健全，"三大纪律八项注意"都是认真遵守和执行。肖政委这次带我们活动，要求更严。比如夜行军到了一个村庄，天不亮不能叫老百姓的门，部队只能露天坐在街上，等群众起来后才能号房子休息。住在老百姓家里，都要帮助挑水、扫院，遇到其他的劳动，更要积极参加，尽力帮助群众解决一些实际困难，还开展了"满缸运动"（把群众的水缸挑满水）。部队离开时，都要派人到各家告别，征求意见，表示感谢，并检查"三大纪律八项注意"的执行情况。在这些活动中，肖政委既严格要求，又身体力行，以实际行动对战士进行群众路线和群众纪律教育。他经常听取各连党支部汇报战士的思想情况，分析研究出现的问题，亲自和一些战士谈心，常常集合干部战士讲话。部队每一个行动，他都讲清政治上的意义，培养指战员从政治上着眼看问题。

肖政委不但认真做群众的发动工作，而且还根据党团结各界积极抗日分子，巩固和发展抗日民族统一战线的方针，注意做好开明士绅和上层人士的工作，每到一处都常找他们促膝谈心。有几次还叫我用大红纸写好请帖，邀请附近村庄的开明士绅来赴便宴。请帖上写着："即午菲酌候光。筑先纵队营长赵健民。"信封上写着："送××村××先生敬启。"下边盖上筑纵三营的长形印章。我让肖政委署名，他说："在这一带你的名气大，有影响，还是你署名，他们来了你给我作介绍，我讲话。"肖政委向他们宣传抗战的形势，阐明我党建立统一战线，团结各方面力量，坚持抗战的主张，号召他们拥护八路军，支持八路军抗战。同时也指出，对于顽固分子的进攻，我们坚决反击，对于汉奸坚决惩处。我们的热情款待和正式的邀请使他们感到很荣幸，肖政委的讲话又说到他们的心里，所以都表示一定拥护八路军，为抗战出力。这样，就为我们建立根据地和以后的对敌斗争创造了有利条件。

我们在堂邑以西活动不到一个月，由于肖政委的正确领导和全营指战员的模范工作，取得了很好的效果，同时也使我营的政治素质有了提高。当时营教导员李琴轩和我谈论说，这次肖政委带领我们活动，我们算是真正学到了红军和八路军的好传统，学会了一整套政治工作方法。全营指战员耳闻目睹肖政委的模范榜样，受到他的亲切教育和帮助，感到很有收获，都称赞他是一位模范的政治工作领导者。

优秀的军事指挥员

1940 年 5 月，根据北方局和八路军一二九师师党委的决定，以筑先纵队为基础，组编了一二九师新八旅，旅长张维翰，政委肖永智，副旅长王近山，政治部主任王幼平，下辖二十二、二十三、二十四 3 个团。3 个团都是原来筑先纵队的部队，二十二团是新八旅的主力，是经过战斗锻炼考验过的部队；二十三团是以南馆陶民团郝国藩同志的武装组织起来的，有一千几百人，也属筑先纵队；二十四团是博平（当时是个县）地下党武装搞起来的，有两个营，团长徐宝珊是位地下党的同志。

1940 年 8 月“百团大战”开始后，冀南军区部队奉命攻打肥乡。肖政委带领我营在邯肥公路阻击邯郸敌人的增援部队。我们在邯郸以东 20 多华里的公路上挖了几条一米多深的沟，部队隐藏在路北两个村庄。11 点时分，邯郸的敌人开来，几十辆汽车像一串长龙，车上的日军头顶钢盔，荷枪实弹，车上架着机枪，烟尘滚滚，杀气腾腾。汽车开到沟前，被迫停止。我急忙请示肖政委，他说：“刚接到报告，肥乡没有攻开，现在邯郸敌人增援兵力很强，我们不必打硬仗，给他一个严重的杀伤就撤。”我立即指挥战士在阵地架好机枪，组织好步枪排射，等日军下车平沟时即以猛烈火力予以杀伤。鬼子下车后也估计我们村庄可能有人，随即拖着重机枪，准备以小部队向前搜索。在他们还未整好队形时，我即下令开火，一阵弹雨过去，敌人躺倒一片，伤亡几十人，有的汽车也被打着了火。敌人指挥官嗷嗷乱叫，霎时轻重机枪齐喷火舌，掷弹筒不停发射，阵地上硝烟弥漫。可这时我营已安全撤出阵地。因为敌人兵力强，火力猛，肖政委亲自指挥撤退。他不叫一路撤，而是兵分三队，相互掩护轮流抵抗，梯次后退。他沉着冷静，部队秩序井然，带领我们在强敌面前、危险之中，既勇敢地杀伤了敌人，又未受损失，安全转移。对肖政委指挥若定的军事艺术，指战员们无不赞扬。

1943 年秋，由于日寇的疯狂“扫荡”，冀南形势十分紧张。为了有利于坚持这一地区的抗战，北方局决定将冀鲁豫三分区划为冀南七分区，成为冀南军区的后方。冀南区党委、军区党委决定，肖永智同志为分区政委兼地委书记，我仍任分区司令员。陈再道、宋任穷等领导同志召开一些会议，就到七分区的元城、冠南、朝北一带来。原在我分区的回民支队调到新成立的冀鲁豫六分区，马本斋同志任六分区司令员。这时，肖政委带着二十二团回到七分区。由于敌人“蚕食”“扫荡”，战斗频繁，斗争残酷，部队缩编，取消了营的建制，二十二团直接缩编为 5 个战斗连，加上直属、后勤共有八九百人，团长赵鹤亭(后为沈阳军区副司令员)、政委于笑虹（后为海军某研究所所长)、参谋长刘墨清（后为南海舰队副司令员)、政治部主任靳毅。二十二团虽然只有 5 个连，但战斗力很强。肖政委说：“二十二团就是在这个地区成长起来的，是鲁西北的子弟兵，现在又回到故乡来了，得露一手，煞煞敌人的威风，给人民群众一个鼓舞。”他随后问我：“你在这里工作多年，情况很熟，你看哪个敌人对我们威胁最大，先打哪个?”我说：“先打莘县的燕店，那里驻着伪军两个中队，离我们根据地最近。”于是，肖政委和我决定攻打燕店。先派团参谋长刘墨清化了装，在地方工作人员的带领下，以赶集为名，去燕店进行侦察。确知，围寨的寨壕 3 米多深，寨墙 3 米多高，分东西两个围子，各驻伪军一个中队。东边的汉奸队长鲁连之，西边的汉奸队长姓范。1943 年 8 月末的一天，肖政委和我对部队进行了动员，确定二十二团二连打西边的围子，三连打东边的围子，全团 5 挺机枪和步枪优秀射手组成火力组，负责封锁围堡上的枪眼，压制敌人火力，同时组成突击组、投弹组和梯子组。夜里 12 点部队来到寨前，我到了第一线，敌人岗哨及寨墙上的情况都看得一清二楚。突然，站岗的伪军发现了我们，他刚出口问“干什么的”，我们的部队立即开火，轻机枪、步枪一齐吼叫，无数子弹像条条火龙射向围堡的枪眼。投弹组的战士们不顾枪林弹雨，把手榴弹一排排准确地投入寨内，手榴弹接连不断地爆炸，打得敌人晕头转向、一片混乱。梯子组战士们抬着长梯猛冲上去，一立一翻，梯子迅速靠上寨墙。战士们争先恐后，爬上寨墙，随即打开寨门，外边的战士蜂拥杀入。敌人梦中听到枪响，刚爬起来惊魂未定，八路军的刺刀已对准了胸膛，只得举手投降，一个个做了俘虏。这一仗干脆利落，一下俘敌两个小队，六七十人。另外一个小队仓皇逃入东北角的炮楼。我们正要集中兵力，要把这个炮楼打下来时，侦察员报告说聊莘公路上有鬼子大队汽车通过。我和肖政委研究，他果断地说："敌人可能来'扫荡'，我们不冒险，立即撤退。"于是我们很快撤出战斗，回到根据地中心元城。

攻打燕店半个月后，为了进一步扩大影响，肖政委和我决定再打下敌人一个据点。聊莘公路上有个铁佛寺，驻着伪军一个中队，主要任务是保护公路，战斗力不是很强。肖政委和我研究后，决定只派二连一个连，把它拔掉。二连战士在连长贾文春、指导员许建瑞的指挥下，用攻打燕店的办法，夜袭铁佛寺，连窝端掉这个伪军中队，缴了枪，烧了据点。从此，伪军老实许多，都说二十二团有"猴子兵"，一蹦就能上寨墙，机枪打得抬不起头，手榴弹从外边很远就能扔进院子，睡着觉就进来了，防不胜防。

这几次战斗打得都很漂亮，更增强了战士们打胜仗的信心，大家都深感肖政委的决策果断、正确，不但是个好政委，也是一位优秀的军事指挥员。

坚决执行党的俘虏政策

攻打燕店前，莘县的伪军很猖狂，他们仗恃人多枪好，又有日本人撑腰，经常为非作歹。打下燕店，俘虏了六七十人，活捉了汉奸队长，人民群众欢欣鼓舞。这时，地方党政干部纷纷要求枪毙几个以儆效尤，并且公推几个有名望的开明士绅和旧知识分子，拿着呈文向我们请求。呈文写着："赵司令、肖政委亲冒矢石，身临前线，八路军战士冲锋陷阵，英勇杀敌，一举攻克燕店据点，生俘汉奸队长范××以下近百人。战果卓著，堪为庆贺。据我等平日所知，范某等人与日寇狼狈为奸，为虎作伥，欺压百姓，鱼肉乡里。他们甘为日寇效劳，充当鹰犬，实为民族败类，不杀不足以平民愤。敬请赵司令、肖政委示下，以畅民心，以伸民怨。”我觉得乡亲父老确实叫这些伪军糟蹋得够呛，恨透了这些二鬼子，要求枪毙几个的心情是可以理解的。我和肖政委研究，肖政委很明确地说：“不能杀。我们党的政策不杀俘虏，杀了就违反了政策。莘县的伪军有2000多人，以后我们会经常与之作战，如果杀了俘虏，他们就不敢投降了，反而会顽强抵抗，我们的伤亡也会增大，仗就不好打了。”于是我约请这些士绅代表和肖政委见面。肖政委和他们促膝谈心，耐心地做他们的工作，详细阐明我们党的政策不杀俘虏，过去红军时期就不杀俘虏，缴枪投降一律宽大，愿留者欢迎，愿走者发给路费，并以亲身经历和生动事实讲述这一政策的好处，使这些士绅深感党的政策英明，意义深远，表示回去做好说服工作。

送走这些士绅，肖政委让我给六七十个俘虏讲话。我指出，范队长等人做了许多坏事，民愤很大，群众强烈要求枪毙你们，是我们做了群众的工作，才免了死罪不杀你们，给你们一个戴罪立功、洗心革面的机会。并且警告他们不要光看到日寇一时得势，全中国四万万老百姓，九百多万平方公里土地，数千年文明古国，小日本是灭不了中国的。作为一个中国人，要有良心，要对得起祖先，不能再执迷不悟，当汉奸走狗。要替人民做事，为抗战出力，将功赎罪。对于伪军中被强迫而来的青年，我也指出，你们这些人是被迫当伪军的，更不应该为日本人卖命，你们不要做危害抗日根据地的坏事，也不要做危害敌占区人民的坏事。你们的行动，我们八路军都清楚，谁好谁坏，将来会算账的。

铁佛寺一仗，我们消灭了伪军一个中队，并且根据肖政委指示，将俘虏全部就地释放。这对莘县的伪军震动很大，都知道八路军不杀俘虏。以前莘县伪军司令、伪县长刘仙州，利用当过青红帮头子的关系，拉拢一帮人为其卖命，对控制伪军很有一套办法。他大搞反动宣传，说八路军捉住俘虏就扒皮、活埋，欺骗伪军士兵在战场拼死抵抗，而我们释放俘虏，包括有些罪恶累累、民愤极大的都没有杀，一下使刘仙州的谎言不攻自破，伪军再也不相信他的鬼话，从而瓦解了伪军的斗志，发展了我们在敌伪中的内部工作，为 1944 年夏解放莘县打下很好的基础。

勤奋好学、谦虚谨慎的好品德

从 1939 年第一次见面后，我和肖永智同志一起工作战斗近 5 年之久，从他的下级成为他的战友，共同领导一个分区的军政工作，朝夕相处，并肩战斗，他勤奋好学、谦虚谨慎的品德很值得钦佩和学习。

我任筑先纵队营长时，肖永智同志已是先遣纵队政委。1940 年 5 月他任新八旅政委，我是二十二团三营营长，中间隔着团一级。但每次肖政委单独带我们营活动时，对我都是很爱护、很亲切，从未以领导者自居。他知道我是山东地下党的老同志，所以很重视我的意见，有事都和我一起商量。1942 年初，我从太行山北方局党校学习回来，担任了冀鲁豫三分区司令员。1943 年夏，肖永智同志一回到这一地区，宋任穷同志就告诉我们，北方局决定任命肖永智同志为分区政委兼地委书记（副书记为许梦侠同志）。永智同志是红军干部，以前又是我的上级，我十分尊重他，所以在向军区发电时我签署为“肖赵”。永智同志看后，马上改为“赵肖”，并说：“我们部队习惯是司令员在前，政委在后。”

永智同志在生活上也是严格要求自己，保持艰苦朴素的作风。他是湖北黄安人，习惯吃大米，可是冀鲁豫边区很少有大米，他就和我们一样吃小米干饭，有时加点儿绿豆煮煮。我任分区司令员后，曾通过后勤部门从敌占区临清、济南的商人那里买些大米、江米，他很爱吃。但当他知道是特为他买的，就坚持不让再搞，并说：“不要为生活上的事费这么大的力量。”

永智同志文化程度不是很高，但他勤奋好学、刻苦钻研的精神值得钦佩。1941 年我和永智同志一起在太行山学习，因为他是我所在部队的政委，所以常到他的住处去。我一去他就和我认真探讨问题，相互启发，共同提高。他学习刻苦用功，笔记非常整齐，对各种问题非常善于动脑筋思考，很有独到见解。后来在七分区我们一起工作时，他每天都记日记，文件、电报看得也很认真、很仔细。战斗和工作空暇，就抓紧点滴时间学习马列、毛泽东同志的著作，如《两个策略》《新民主主义论》《论持久战》等名著他都是反复阅读。那时根据地有了自己的报纸《冀鲁豫日报》《冀南日报》，他也总是及时阅读学习。

在和永智同志一起战斗的日子里，给我印象很深的就是他襟怀坦荡，善于听取不同的意见，及时纠正工作上的错误，就是你发脾气他也不急躁。记得 1943 年春天，我军开辟冠北清水地区，当时这一带为地主富农的围寨区。像清水、小郭寨、汤村、刘屯、邓官屯都有百八支枪，其中小郭寨有 200 支枪，很有战斗力，和土匪多次交战，打退土匪多次进攻。肖政委率领新八旅两个团来到这一地区，住在清水，我带分区基干团配合。我向肖政委和团干部们介绍了这一地区的情况，小郭寨的吴团长、邓官屯的孙团长以前都和我军有联系，是我们的统战对象，这两个村寨我夜间都进去过。吴团长向我说，八路军到小郭寨可以住，如果四面你们都开辟了，小郭寨这 200 支枪也可以用。邓官屯的孙团长也是这样，我们打顽军齐子修时他白天骑马联络，晚上就向我报告。可是，一天夜里部队强行把小郭寨打了下来。我得知消息后很生气，找到肖政委和几个团干部大发脾气。我说：“我把情况都向你们介绍了，他们帮助过八路军，对我们友好，现在打了，以后统战工作怎么做?”几个人都不吱声，后来一个团干部说：“一个地主的寨子打了就打了，为了这200支枪嘛。”我火气很大地说：“就知道要枪，不顾党的统战政策，叫什么共产党的军队?”过了一会儿，肖政委表情沉重地说：“打小郭寨是不适当的，现在打了，要做好安抚工作。为使他们能够防止齐子修残部的侵犯，可以给他们一些手榴弹自卫。”作为一个较高级的指挥员，能耐心听着下级发脾气，批评自己，确实难能可贵。

永智同志善于听取不同意见，批评人从不说一些尖酸刻薄的话，都是耐心地摆事实讲道理，让人心服口服。他对干部非常爱护，有了错误只要认识了，改了就一样信用，现在我想不起他处分过什么干部，大家都感到他亲切平易，愿意向他倾诉自己的思想。

英勇牺牲

1943年，敌人改变了分散配备兵力的方针，采取集中力量，实行机动“扫荡”。我军为了粉碎敌人新的进攻，加强对敌出击，冀南军区组织了卫东（卫河以东）战役。当时已确定肖永智同志去太行山学习，但他要打完这一仗再去。我说：“你还是去学习，部队由我带去参加战斗。”他说：“这次我们是和四分区一起行动，四分区政治部主任袁鸿化参加，我和他熟一些，还是我去。”于是肖永智同志带着分区部队奔往清平，9月22日到达陈官营。分区部队两个团，二十二团，1000多人；基干团，300多人。清平境内有不少地主民团武装，有的和我们有联系。肖永智同志率领部队一到清平，就派人送信给几个民团，告诉他们八路军已到清平，即将开辟这一地区，你们过去和我军有过配合，掩护过我军伤员，现在要继续合作，对八路军的行动给予支持和拥护。

肖政委派出二十二团在清平境内活动，只留下基干团在陈官营。23日8点钟，聊城、临清的日军广濑旅团几千人，分两大股突然合围了陈官营。敌人事先得到情报，出动兵力很强，火力很猛。陈官营是个大庄子，易攻难守，基干团坚持战斗到下午，敌人越来越多，局面非常不利。肖永智同志冷静地观察了敌人进攻情况，果断下令向西突围。敌人的“九二”式重机枪吼叫着，密集的火力封锁着路面。就在这次突围中，肖永智同志不幸中弹牺牲。

噩耗传来，我和分区的领导同志都万分悲痛。我们简直不敢相信，和我一起生活战斗多年的良师益友，我们尊敬的领导人，就这样离开了我们。回想平日他的谆谆教诲，就像看到他的音容笑貌，大家都忍不住流下热泪。永智同志早年参加红军，陈赓同志说他是从娘肚子里出来学会跑，就跟着红军走南闯北。他担任过许多重要职务，参加过不少有名的战斗。在甘肃境内的山城堡战斗中，他所在部队负责作战的指挥员都伤亡了，情形非常险恶，永智同志作为政委当即起而指挥，终于把敌人打退。抗战初期，一次敌人夜袭我部队驻地彭城，直扑团部、政治处、供给处、工兵连等非战斗单位所在位置。工兵连刚成立两个月，只有二十几支枪，没有打过仗，敌人一冲过来顿时慌张起来。恰好肖永智同志赶来，他泰然地说：“不要怕，我也在这里！”他一面派人迅速组织转移，一面带一排工兵跑步抢占后面山坡，火力封住路口，支撑了危局。他参加指挥的长生口、神头岭、响堂铺、路王坟等战斗，都取得很好的战绩。其中神头岭一役，就消灭日军600人，俘虏30多人。回想他的战斗历程，特别是到分区以来忘我工作的精神，我们心情更加沉重。我含着难以抑制的悲痛给冀南军区陈再道司令员、宋任穷政委发电，报告这一不幸的消息，并派人将肖永智同志遗体装殓南运。永智同志的爱人魏敏同志赶来，她极度悲痛。我和她清理永智同志的遗物——两个皮包、文件、书籍、日记和心爱的手枪，还有魏敏同志给他的来信。抚摸着这保存很好的一封封信件，看着日记上工整清晰为我们熟悉的一页页字迹，我和魏敏同志的热泪不禁夺眶而出。

几天后，在朝城丈八寺，冀南军区第七分区隆重召开“肖永智同志追悼大会”。分区司政机关、二十二团、基干团的干部战士，驻地附近的群众怀着沉痛的心情，站立在庄严肃穆的会场，向烈士致敬默哀，向敬爱的领导人洒泪告别。我两眼含着泪水，用颤抖的声音，宣读了悼词。会场异常肃静，军旗垂在半空，山河好似在呜咽。芳草丛中埋下烈士的忠骨，遗愿必将化为宏图。“为肖政委报仇”成了分区每个战士的自觉行动，“向鬼子讨还血债”激励着战士们英勇杀敌。不到几个月的时间，我们分区就扭转了战局。1944 年 7 月，一举攻克了鲁西北伪军力量最强的莘县县城，俘虏伪县长刘仙州，接着解放了莘县全境。秋天，消灭了堂邑以北的伪顽军吴连杰部，根据地迅速发展壮大。1945 年 8 月 15 日，日寇缴械投降，实现了肖永智同志生前的愿望。

今天，在烈士洒过鲜血的土地上，党在农村的经济政策改变了这一地区的贫穷面貌，一代青年人，踏着烈士的足迹正进行着新的战斗。今天虽然不再是枪林弹雨的战争岁月，但在社会主义现代化的建设中，更要学习和发扬肖永智同志忠诚革命事业的献身精神，学习他勤奋好学、谦虚谨慎的优秀品质，学习他密切联系群众、善于听取不同意见的好作风。永智同志 23 岁任团政委，牺牲时年仅 28 岁，担任过多种重要领导职务，各项工作成绩卓著。我们今天的青年干部，应该学习他这种勇挑重担、勇攀高峰的精神，党把自己放在哪里就在哪里生根开花，在各级领导岗位上立志奋斗、改革创新，把烈士战斗过的地方建设得更加美好。永智同志有灵，看到祖国欣欣向荣，看到革命事业后继有人，定会笑慰九泉。

（选自《光岳春秋》续集　作者：赵健民）

民兵联防斗敌顽

建立民兵联防

武训县二区的中心是甘官屯，西南 3 华里王二庄有鬼子据点，驻着日军一个小队和伪军一个中队。我们仅有一个区分队，30 人枪，弹药不足，枪支多为土造，难以对付这股敌人。县委指示，各村党支部建立民兵班和民兵联防组织，实行全民皆兵，开展人民战争。

民兵联防队员

区委研究认为，二区建立民兵组织具备有利条件，各村民团都有枪支，枪好且弹药充足，有的民团教练如王发财、柳万祥等已被发展为党员，以党员教练为骨干把民团枪支底册交给区委，区委以抗日政府名义将民团枪支借给民兵抗日使用。区委决定，首先开展正面宣传，抗日救国全民有责，有人出人，有钱出钱，有枪出枪，一切为了抗日，一切服从抗日。舆论成熟后，先由强有力的西国寨党支部到东国寨借枪，东国寨民团教练王发财是共产党员，受西国寨党支部书记柳长淮领导，区委书记孔党民就住在柳长淮家，直接领导组建民兵联防。

柳长淮带领西国寨民兵借枪，王发财执行区政府命令，随即把民团枪支拿了出来。但有的枪支还在户家，王发财登门取枪，伪村长、大地主杨思聪就是不交，还集合民团鸣枪抗拒，如果压不住他的气焰将有流血危险。紧急关头，柳长淮站在十字街高土崖上大声喊话："我是奉抗日政府的命令来东国寨借枪的，凡抗日公民都要服从，不然以汉奸论处。"西国寨民兵握有十几支装满子弹的钢枪，做好了迎战准备。东国寨持枪户虽然有枪，但人不集中，无力抗拒。柳长淮命王发财首先下了杨思聪的枪，其他有枪户经王发财劝说把枪交了出来，柳长淮给他们打了借条，枪支全部集中到西国寨民兵手中，区委直接掌握的第一支民兵武装正式建立。

柳长淮调任区武装助理（武装部长）后，以西国寨民兵组织为基础，扩大到两个民兵联防中队，一中队长王金堂（共产党员），二中队长杨延明，两队共有 80 人、枪，成为二区的一支坚强武装。这支民兵队伍配合区分队经常活动在王二庄据点周围，敌人每次出动都会遭到民兵联防的阻击。一次，八路军主力部队二十二团驻在梅庄，离王二庄据点仅两华里，敌人出来抢掠，民兵联防配合二十二团，打得日伪军丢盔卸甲，狼狈逃回据点，再不敢轻举妄动。不久，王二庄据点之敌自感难以存在，便于夜间悄悄撤至堂邑县城。

解放堂邑县城

1944年底第一次打堂邑，伪军一个中队起义。1945年春第二次打堂邑，县大队主攻徐家大楼，敌人居高临下，我方不宜接近。分区攻城指挥部立即调二区民兵神枪手许继岭、张树栋、李福芹等带民兵联防一个中队前来支援。

根据地形，神枪手们分布到一座庙院里，北屋檐下有个方砖大的缺口做枪眼，许继岭第一个登上梯子瞭望，脚未站稳，敌人从徐家大楼东南角小炮楼内射来一枪，枪弹击在砖上，砖块碰伤许继岭头部，血流不止。他强忍伤痛提枪上去，弹弹击中敌人流动哨，其他敌人全部缩了回去，只能从枪眼向外射击。许继岭瞄准敌人射击孔，连打十几枪，弹弹打入敌人枪眼，敌方枪声一片哑然，为主力部队接近据点开辟了道路。分区二十二团顺势进击，一举攻克徐家大楼这一堂邑县城标志性建筑，解放了堂邑城。

堂邑文庙

勇斗影庄顽敌

民兵联防是二区的抗日主力，共产党员是这支队伍的核心力量，不少人曾在封建民团中给地主扛枪守寨，学习过瞄准、刺杀，练出了一身好本领，后在民兵队伍中成为全县有名的神枪手和杀敌英雄，如柳长淮、李福芹、张善成、张树栋、许继波、许继道、许继岭、李同普等。为了保护群众利益，联防队集中力量对付影庄之敌。虽然日伪人枪数倍于我，但英勇善战的民兵联防不断给敌以沉重打击。一天夜里，影庄敌人突然闯入甘官屯抢掠，柳长淮闻讯向空中打了三枪信号弹，各村民兵听到信号迅速扑向甘官屯。敌人以为进了八路军合击圈，遂抛下抢掠的耕牛、粮食、物品，向据点逃跑。民兵联防急起直追，一直追到影庄围寨。

1945 年春，日军 100 余人、伪军 500 余人从影庄倾巢出动，由东国寨伪分队长杨思聪带路直奔西国寨，叫嚷着捉拿柳长淮全家。时驻刘贯庄的民兵联防听到枪声前去救援，在东国寨村南展开激烈战斗。邢本荣大显身手，神枪手张善成、许继岭、高树明、许继波百发百中，毙伤日伪军 20 多人。6 月 15 日拂晓，影庄日伪军由汉奸坐探外号“六猪头”带领，直奔王二大寨，声言要把这村的抗日分子全部杀绝。村内党员及民兵积极分子迅速下了地道。“六猪头”是本村人，他指给鬼子洞口，鬼子叫他儿子先带三八大盖下去，脚未着地便被民兵处死。一个下去未成，敌人不敢再下，便节节挖掘地道。地道内抗日群众在党员、民兵的指挥下节节后退，敌人挖开一处，民兵就向外放一阵排枪。敌人点燃柴火火烧辣椒，使用扇车向洞内吹烟，大声叫喊，出来吧，皇军不杀良民，真正的八路也会宽大处理。地道内不语，做好拼死准备。千钧一发之际，分区二十二团闻讯赶来救援。敌人立即放弃了地下人员，但对地上群众发泄淫威，28 名无辜村民惨死在日伪军刀枪之下。

解放吴海子

1945年春末，周围县城相继解放，国民党杂牌队伍吴连杰的老巢——吴海子已成孤坟一座。吴连杰重修围寨，又在围寨内建筑一处大院，院内驻有吴匪司令部、八大处，配有一个装备15挺机枪的特务加强连护卫。大院外一圈护城壕，南北两门筑有防御炮楼，炮楼四周枪孔密布，易守难攻。为了扫清残匪，分区二十四团和武训县民兵营将吴海子团团包围。首先开展政治攻势，争取他们投降反正，但反动透顶的吴连杰顽固对抗，拒不投降。于是，我方顺着炮楼方向在地下掏洞，一直掏到炮楼正下，装置炸药实施爆破。挖洞时，吴匪机枪封锁，工程难以进行，民兵神枪手以百发百中的枪法压制住敌人火力，工程继续推进。随着一声巨响，炮楼升天，楼上之敌一命归西。吴连杰惶惶如丧家之犬，逃出北门窜往临清。

活捉吴连杰

临清地处卫河东岸，是个水旱码头。日本鬼子投降后，堂邑的杂牌司令吴连杰、馆陶的汉奸头子王来贤等，还有一些反动地主还乡团，都集结到这里。

1945年8月，分区部队在各县民兵配合下，将临清团团包围。联防民兵随县大队负责东南一面，白天打出城逃跑之敌，晚上打敌人城墙上的流动岗哨。敌我相持枪声不断，困敌日久内部慌乱万状，自感难以久守此城，吴连杰下绝令，不惜任何代价突围东门。他带残敌冲出东门后拼命逃窜，妄图奔逃济南投靠王耀武。民兵队伍封锁严密，神枪手弹无虚发，敌人冲过一个打倒一个，十几名神枪射手射杀敌人如同秫秸个子一样，200多名敌尸拥塞东门口外。阴险狡诈的吴连杰化装混入逃跑敌群中，被民兵高树明发现，一声“吴连杰”，这个昔日威风凛凛的国民党杂牌司令竟如丧家之犬，乖乖地向我联防民兵低下了脑袋。“把枪扔过来!”高树明大喝一声，吴连杰顺从地把枪扔给高树明，乖乖地举起双手。民兵们迅速将他捆绑，即刻送交二十四团指挥部，这个号称国军、恶贯满盈的堂堂吴司令，结果成了联防民兵的俘虏。

（选自《冠县党史资料》第九期　作者：柳长淮　孔觉民）

日军活埋狗汉奸

宋维臣

马玉村是我党在冠县农村开辟工作较早的村庄，1938 年就有了党的基层组织，带领一班青年成立了农会、青抗先（青年抗日先锋队），各项抗日工作轰轰烈烈，为此被日伪画了红圈列为重点防范的村庄。1940 年初秋的一天凌晨，盘踞在县城的日军和皇协军，在汉奸小队长王金箱、小队副周进贡的引领下，出动 200 多人马，突然包围了马玉村这个不足 400 人的小村庄。

一向吃斋行善的村民宋文善很早就起来念经跪佛，发现鬼子进了村，急忙只身出逃，跑到村南被鬼子一枪放倒。这声枪响划破长空，惊醒全村百姓。鬼子、汉奸跳墙砸门，抢东西抓人，妇女、儿童、老人哭喊连天，鸡鸭鹅狗叫声一片。汉奸王金箱扯着嘶哑的嗓子叫喊：“老少爷儿们，我是王金箱，是咱马玉人。大家不要害怕，皇军不会伤害好人的，我们来是抓私通八路军的。宋文光、宋文为、杨廷兰他们几个私通八路，现在已经被我们抓住了，皇军要活埋他们。只要你们不私通八路，好好孝敬皇军，啥事儿没有。”就这样，敌人绑走三名无辜村民，拉走搜出的粮食，牵走逮来的牛羊。临走，还胁迫全村老少听鬼子一通训话。

敌人走后，党员立即开会研究如何营救被抓人员，决定派共产党员、表面应付敌人的“两面”村长宋文修，带领年高知事的王赐福等人，携带保释钱款，进城托关系把人保回。他们到了城里，费了很大周折，未能将人保释。反而，他们返回路上亲眼看到王金箱、周进贡等人在城东地里挖坑，说是要把马玉村那 3 个“通八路”的人活埋。他们焦急万分，商量如何继续营救。

可是，第二天意外传来令人费解的喜讯：王金箱、周进贡被日本鬼子活埋在城东他们自己挖掘的那个坑内。而被他们抓去的三人都没有被埋，很可能还有放回的希望。真是自掘坟墓，自食其果，罪有应得！目击者看到敌人活埋王金箱、周进贡的惨状：日本兵在坑前对这两个汉奸先用刺刀割皮，又放狼狗撕肉，摧残得人鬼难辨，日本兵得意扬扬，发出一阵阵得意的狂笑，最后用刺刀把他们挑进坑内活埋。

消息传开，人心大快！人们奔走相告，街谈巷议，善有善报，恶有恶报，这两个罪孽早该活埋。可是谁也没想到，卖身投靠日寇当了铁杆汉奸头目的王金箱、周进贡反被日军活埋。这是怎么一回事呢？包括马玉党员在内，谁也不知道，只是高兴地纳闷。

原来，是一封信把这两个汉奸队长送进了阴曹地府。同样，也是这封信把三名无辜村民从阎王殿又拉回到人间。这是一封什么信？为什么有这么大的神通？是哪路神仙写的？又是谁送去的？一连串的问号在很久很久以后才见分晓。写这封信的并不是什么神仙，他就是我们冠县的一位老党员、领导干部孙洪同志。他知道，马玉村的王金箱是个惯匪，投靠日寇前是土匪头子韩春河“南杆”的小头目，后我党把“南杆”改编为抗日筑先纵队一部，王金箱本性难改，逃跑投敌当了汉奸。宋村的周进贡，也是个惯匪，之前在土匪石洪典的“北杆”

当小队长，同样“北杆”被我党改编为抗日筑先纵队一部后，周叛逃投敌，和王金箱一起当了铁杆汉奸。当汉奸后，他们更是变本加厉，无恶不作。孙洪从抗日大局出发，凭着他在筑先纵队任团政委时的关系，给王、周二人写了一封信，大意是：在共产党的领导下全国人民纷纷起来抗日，抗日高潮蓬勃兴起，日寇侵略中国长不了，抗日一定要胜利。你们是中国人，应该反正掉转枪口对准日寇。如果暂时反正困难，可以待机而行，我们随时都可接应，万不可跟鬼子一道残害人民。孙洪写了信，又亲自选择忠诚可靠的青年张培善进城送达。张培善是张家宋村人，家贫如洗，忠厚老实，在孙洪家当长工多年，孙洪待人亲切和蔼，尤其他的革命思想对张培善起了重要作用。

张培善进城那天，出人意料的是日军突然在城门加岗，严密搜查过往行人，培善见势不妙，转身欲回已来不及，被日军抓住搜查，信落敌人之手。被捕后遭受严刑拷打，但他坚贞不屈，在活埋王金箱、周进贡的同时，这位血气方刚的质朴青年英勇就义。几天后，宋文修等人又设法进城，通过关系向敌伪说明在押三人是王金箱挟私诬陷的“良民”，经过一番周旋，三人终于获释返回。张培善的牺牲，意外地埋葬了两个恶魔，又为拯救三名“通共”村民创造了特殊条件。他虽非烈士，但家乡人民一直都在怀念这位无名的英雄。

我在本村亲身经历这一奇特而又惊心动魄的历史事件时，还是个少年学生。老年回乡探故，我怀着无比感佩的心情，走访了包括杨廷兰在内的许多老人，他们都记忆犹新，感慨万端，说：培善这样的好人永远活在我们心中！孙洪这位老党员、老革命永远值得我们敬仰！

（选自《冠县党史资料》第十八期　作者：宋维臣）

柏江队战斗片段

1939 年下半年的一天拂晓，中共鲁西北地委书记张炳元（代号柏江）被暗杀于冠县城南帽子岩村（今属莘县）。为保卫党的机关安全，消灭汉奸，狠狠打击敌人，鲁西北特委和冠县县委决定成立一支轻装的手枪队。为了纪念张炳元同志，这支队伍取名“柏江队”。

米国斌

根据环境的日趋复杂和任务的艰巨情况，需要派一名机智勇敢的同志，担任“柏江队”的领导职务。县委研究时首先就考虑到米国斌同志。他生长在县城北关一个穷苦的农民家庭，七七事变后，在党组织的引导下，他同城周围的一些地下党员拉起游击小组，送情报、贴传单、除汉奸，做了许多出色的秘密工作。抗战初期，他先后担任过区队长、区委书记等职务。他地熟人更熟，城四周都知道有个“老米”。特别是那些汉奸伪军，一说起他来，个个都提心吊胆。敌人害怕他，群众喜欢他，党信任他，所以这副重担子自然地落在米国斌同志的肩上。

老米接受重任后，立即把我们16名队员召集起来，讨论如何跟敌人斗争，完成县委交给的任务。他拍着腰间的短枪，说："同志们，这16支短枪的分量，咱们都清楚。如何发挥它的威力，那就是照县委的要求去干，人人做'孙悟空'，学会七十二般变化，在敌人肚子里舞拳弄棒……"

大家异口同声地表示："老米，你说咋干就咋干，我们决不含糊！"

夜袭日寇司令部

日寇为了壮其声威，常常集合若干县的兵力，白日里杀气腾腾地进城，驻上一两天，夜间再悄悄"开拔"。1939年初冬的一天，14辆大卡车满载全副武装的鬼子，由大队司令山本直接率领，从临清开进冠县城。为了打击日寇的嚣张气焰，当天下午，我们四名队员化装进了城，准备夜袭日寇司令部。

日寇司令部设在城内十字街以东路北的一处大院里。四周砖墙高筑，戒备森严，尤其夜间，各个街口、司令部门口以及司令部东墙外的小耳房上，都有日伪军岗哨。进城后，我们按预定时间聚集在广货铺后院里，谈论着半天来摸到的情况，商量着夜间的行动方案。

夜半之后，街上静极了，只有骤起的北风一阵紧似一阵地袭来。此时，5名"日伪军"突然出现在东大街上，走在中间的正是米队长。他穿着皮靴，嘴里还不时地叽里呱啦地说着话，真像个日本军官。来到一个丁字街口，两个哨兵以为我们是查哨的，等靠近时才问口令。米队长不放声，上去朝一个哨兵打了两个耳光："岗的，换了，统统审查！"哨兵的长枪被摘下来，岗哨换上了我们的两名队员。我们把两个俘虏哨兵带到临街的一个过车巷里，通过他们弄清了口令和带班的姓名，并知道他们两人中间有个伪班长。

米队长带我和小张，沿东西大街，径直朝前走，顺利通过了敌人的3个哨位，而后翻墙来到司令部东墙外的邻院里。走过一排马厩，模模糊糊地看到耳房上一个值班的黑影。我们悄悄摸到小耳房下。米队长蹬上我的肩膀，双手抓住房檐，从暗处紧盯着这个站在明处的哨兵，足有五六分钟，米队长一动也没动。我的腰和腿都有些酸了，心里很焦急。这时，做监视工作的小张走过来，把米队长的一只脚放在他的肩上。

突然，“咯吱，咯吱”的皮靴声响了起来，越来越近。我只觉得肩上猛地一沉，米队长跃下身来，房上的哨兵被米队长拽住一条腿，摔在地上。米队长猛地掐住了他的脖子，我使劲摁住他那两条挣扎的腿，小张拾起长枪朝他的胸脯用力捅去，一下就打发他回了东京。

紧接着，我们三人攀上耳房，米队长端起敌哨兵的长枪，向我们做了个打的手势。我和小张各自拔出腰间的手榴弹，一齐朝院内扔去，枪弹声和着玻璃、瓦片的破碎声响成一片。顿时，日寇司令部一片混乱，整个冠县城像开了锅……

我们赶回小郑、小李那里。他俩已把那个伪班长松了绑正等着我们。米队长压低声音喝道：“想死想活？”伪班长忙赌咒似的说：“长官放心，用我全家性命担保！”

我们六个人的单列队伍，齐刷刷地在东西大街上跑步朝东门前进。伪班长跑在前头，一路回答着日伪军的口令。跑近东门，他老远就喊：“王班长，太君有要紧的事！”没人答应，一道手电光从城门楼上射下来。米队长装着日本腔怒气冲冲地“呜呀”了一阵。伪班长赶忙翻译说：“王班长，太君说不要打手电，让你下来，不然，误了军机要你的脑袋！”城门上走下一个人，问：“什么事？”伪班长说：“皇军司令部有要紧的事，派太君直接给门外茶花庙的马中队长传话，让你快开门。”这时，一队骚乱的敌人已经从西边急奔过来。米队长向前跨了一步，喝道："你的，脑袋的不要！"同来的伪班长急忙说："王班长，信不过我，还信不过太君吗？"王班长这才从腰间摸出钥匙，打开了城门上的铜头罗汉锁。在满城敌人的慌乱中，我们迅速离开了冠县城。

智捉汉奸王庆彬

大汉奸王庆彬是城东南一带有名的土匪头子，直接受日军司令部特务队控制。他拉着 30 多个彪悍的武装匪徒，夜聚明散，为非作歹，几次图谋破坏我县委地下机关。县大队围歼他们时，这个狡猾的家伙又从暗道里溜掉了。为此，县委通知"柏江队"，一定要尽快捉住这只老狐狸。

商量对策时，老米问："谁跟王庆彬有来往？谁最熟悉他的外围情况？"我说："听说马玉村的宋贵臣同他有交情。我与宋曾在范筑先部共过事，关系尚好。不过后来他当了土匪，我们就没再联系过，也好长时间没见面了。"米队长拍了下我的肩膀，说："好，咱就在宋贵臣身上做文章！"

当天下午，我和米队长来到宋贵臣家里。虽说日久没见，他还念昔日之交，置了酒菜。我问他："你认识王庆彬吗？听说他在这一带很有名声。"

"岂止认识，我们是换帖的弟兄。"

我心里不由一震，暗想：光听说他们有交情，谁知还有这层关系？"换帖"的"堡垒"怎好攻破？我又向宋贵臣试探说："你对他一定很清楚喽？"

宋贵臣沉思着，没有吱声。米队长马上插话说："烧香磕头的弟兄嘛，还能不清楚！"宋贵臣这才无可奈何地说："不过，近来我并不赞成他的作为，他乱抢乱闹，损害百姓太厉害……这位是？"

“我叫米国斌。”宋贵臣一听，顿时变得面如土色，连连赔罪说：“我也做了不少坏事，也杀过人，请米队长……”

米队长哈哈大笑道：“杀人，你有我杀得多吗？不过要看杀的什么人！”

宋贵臣身上打战，只是重复着一句话：“我有罪，有罪。”米队长收敛了笑容，严肃地说：“我们来你这里，是想打听一点情况，也给你个立功赎罪的机会。咱俩虽是初交，可你与守增是老相识，总不会瞒着他吧！”

“这么说，咱都是朋友，知己！”宋贵臣显出格外亲热的样子，又说：“今天，能跟米队长相见同饮，真是荣幸。我跟姓王的得‘摔香炉’了！他的事我都告诉您。”说罢，宋又让他的老婆重新打酒做菜，对我们如待上宾。

叙谈中，我们了解到王庆彬的外围情况和活动规律，同时还知道了最近他又通过宋贵臣，和东北跑买卖的定了10把匣枪的事。王庆彬行踪诡秘，如有人找，非知己朋友一律不见。于是，米队长对宋贵臣说：“就是怕他不敢见我们，才来请你作向导。”

宋贵臣怕我们让他作引见，我们提出来他又不敢拒绝，所以，他主动出主意说：“最近那跑买卖的要来，你们就说从东北来送货的，并说我让你们去拜访他的，他一定会出面见您……”

我们觉得此法可行。第二天，米队长刮净了胡子，穿上长衫，戴了礼帽和眼镜，骑了青灰色毛驴，扮作远道而来的行商。我给老米牵着毛驴，提着礼物，直奔寺地村而去。接近中午，来到王庆彬门前叩门。他家高墙深院，在看家狗的嘶叫声中，出来一位老太婆。我上前问：“庆彬在家吗？”

“出去了。您是？”

“从东北来的。”

老太婆把我们领进堂屋，整个院子不见一个人影，只有她在絮絮叨叨地问这问那。天已中午，不见王庆彬回来。米队长让她去找，她答应着，迟迟地去了。回来说："找不到，他总会来吃中午饭的……"她搭讪了几句，便做饭去了。见这不冷不热的待承，老米对我说："王庆彬是受伤的狐狸，惊弓的野鸟，对我们是不肯轻易相信的。"他抽着烟沉思起来。

老太婆做熟饭，端了上来，说："庆彬到如今不来，说不定就在外边吃了，你们先吃吧。"

米队长冷冷一笑，说："王庆彬不认我们是朋友，连宋贵臣这换帖的弟兄也不认了吗！那好说，走！"

老太婆慌忙挽留，并说："我再去找，就是把全村找遍也得把他找回来。"她把端上来的饭菜又放到锅里，临走还唠叨说："不等我回来，您千万别走！"

半个时辰过去了，门外传来几个人的脚步声。我们提起礼物，装作不辞而别的样子，迎出大门。只见对面走来 3 个人，为首的是大高个，细长腿，神色含几分鬼气，左鬓还有个标志性的大疤，我们确认这就是王庆彬。其他两个又彪又横的家伙，腰掖匣枪，紧随左右。王庆彬见我们走出门，急忙迎上来，寒暄道："您二位是从宋大哥那里来的吧？叫您久等，实在对不起，请家里坐。"

我们仍装着不肯回去，迟疑着。王庆彬更是紧拉不放。他一手抓米队长，一手抓我，把我们又让进屋内。坐下来，沉默了片刻。王庆彬问："二位尊姓大名？来寒舍一定有所嘱托吧？"

米队长答非所问："从东北来关里，找宋贵臣合伙做点生意。本不想打搅，可他非让我们来拜访您一下，认个新朋友，真是有扰您的安宁。"

王庆彬强作笑脸说："岂敢岂敢。二位远道而来，不知宋大哥何事缠身，没有陪同？”

米队长看了王庆彬一眼说：“还有什么疑问，全提出来，也好让我们一一解答。”说着，米队长出乎意料地掏出了枪，两个护兵也紧张地用枪口对准了米队长。我的心猛一怔，在这千钧一发之际，只见米队长顺手把枪递给王庆彬。这一来，搞得对方不知所措。米队长把枪朝桌上啪地一摔，怒斥道：“既然不接我的枪，又为何用枪口‘相信’朋友？难道你托宋大哥和我定下的货不要了？”

王庆彬这才消除了疑虑，断定我们是为 10 把匣枪的事来的。于是，他喝止住护兵，并一再表示这是一场误会，同时打发一个护兵去置酒。稍停，米队长把提去的烧鸡和酥肉塞给另一个护兵，吩咐拿去拾掇拾掇。屋内的气氛骤然热火起来。

这时，置酒的护兵已经跑到街上，留下的护兵也被烧鸡和酥肉占住了手。米队长便拿起我们提去的东北“二锅头”，扣开了瓶子盖，嗅了嗅，对王庆彬说：“还买酒干啥？你看，这酒的味道蛮不错的。”王庆彬刚凑过头来，米队长抡起酒瓶，朝他头上砸去。王庆彬躲闪不及，一头倒在地上。趁势，我用枪顶住了护兵，他乖乖地举起了双手。我上前抽出他腰间的匣枪，把他捆在了一根顶梁的柱子上。

趴在地上的王庆彬，鼻子里嘴里都是血。他正要翻身，米队长一只脚重重地踏在他脊背上。他知道是上了当，连声求告说：“老总，请开恩，我永远忘不了你！”

米队长一边捆一边对他说：“有话出去说。今天先跟我们走一趟，迟慢一点，要你的命！”我们用枪口顶着他的脊梁，出大门向左拐，穿过一个胡同，直奔村外青纱帐而去……

这个汉奸土匪头目被冠县抗日政府处决了，他手下的一伙匪徒也如鸟兽散，其他汉奸的罪恶活动也大大收敛了。

夺取唐寺炮楼

1942年7月，为了保卫和扩大抗日根据地，军分区决定，在同一个时间拔掉冠县城西唐寺、芦村、唐固、铺上几个“钉子”。“柏江队”又接受了攻打唐寺炮楼的任务。

唐寺炮楼在城西10里远的封锁线上，虽然里面不足30人，但这些伪军每人都持有一色新的“三八”式大盖枪，而且这个小队还配有两挺机枪。工事又非常坚固。炮楼共3层，每层都有岗哨，门很窄，上楼的梯子白天放下来，晚上提上去。炮楼四周有封锁沟，内沿筑高墙，外沿设铁丝网，网外还扎着一层葛针和鹿砦。这里稍有动静，城里的敌人很快就会赶来。这个炮楼是一个比较难拔的硬“钉子”。

晚上11点钟，十几个队员悄悄摸到炮楼下，隐蔽在附近的庄稼棵里。米队长和我晃晃悠悠地出现在炮楼一侧。伪军发现后，立即吆喝：“什么人?!”

“米国斌。”

在“柏江队”与敌人的多次较量中，老米成了传奇式的人物。他们认为老米是从这里路过，怕招来麻烦，没敢多问。

我们又从炮楼另一侧返回身来，米队长坐在吊桥前装着喝多酒的样子，“哇哇”地吐了一阵子。我一面给他捶背，一面对伪军哨兵说：“他醉了，想弄点水喝。”

“不行不行!”伪哨兵连声推辞，另一哨兵悄声说：“伙计，他真醉了。要不，他敢这个样?”这时，炮楼上传来问话，“吵嚷啥?”

“刘班长，老米醉了，要喝水。”

停了一下，楼上说：“让他进来吧。”我扶着米队长走进了炮楼。吊桥又被吊上半空。我朝上面吆喝道：“刘班长，快弄点水，喝了水还得赶路哩。”

在冠县境内的炮楼中，不少班长以上的伪军头目以及一些出名的伪军，米队长都登门“拜访”过，不止一次地向他们进行过立功赎罪的政策教育。所以，他们中的不少人已经与我们建立了联系，暗暗地为我们做点事，以便为自己留条后路。今日老米又来“拜访”了，他们是不敢怠慢的。刘班长让哨兵卸下木梯，把我们迎了上去。到第二层时，老米朝刘班长点了点头，又爬上第三层。

攻打敌炮楼

我们推开第三层虚掩的门，悄悄进了屋。只见十几个家伙紧围着一张方桌，吵吵嚷嚷地在打牌。里面那些人的脑袋都挤成一团，把罩子灯的光亮全都遮住了，外头的一层人指手画脚地帮着出谋献策。我们进去后，他们都没注意。没有参加打牌的伪军，早已进入了梦乡。伪军的枪支都凌乱地挂在墙上。老米紧贴在门的一侧，并示意让我离开他两步远，然后大喝一声：“都不许动！”

打牌的伪军目瞪口呆，手中的纸牌掉了一地。睡熟的伪军也被这突然的喊声惊醒，有的爬起来要摸枪，但一看两只威严的枪口对着他们，立刻都被震慑住了，屋内顿时鸦雀无声。

“梁成，我们的人都来了，你安排了吧！”米队长命令着伪军小队长。梁成没有动，两眼狐疑地望着我们。一个叫杨士河的亡命之徒疯狗似的朝米队长猛扑过来。米队长猛一闪身，姓杨的扑了个空。那家伙正要转身，被米队长猛击一拳，倒在门口，身子一半在门外，一半在门里。米队长又一掀腿，他便顺着楼梯滚了下去。

杨士河摔下楼后，下面的岗哨枪栓拉得哗哗响，嚷嚷说："上去!""封住楼门，不叫他们下来!"一直极力阻止岗哨们行动的刘班长，高喊："都不许吵吵……听梁队长的!"

米队长将门一关，冷笑了笑，说："梁成，真的不认识你米爷爷啦?"狡猾的梁成探头探脑地走向门口，说："我去安排一下。"

米队长伸手抓住他的后衣领，把门拉开一条缝，正好卡住他的脖子，使他头在门外，身在门里，命令道："随便安排吧!"梁成只怕脑袋被门板切下去，便喝骂下面的岗哨："你们这些狗日的不听话！哪个再吵我毙了你！还不赶快放下梯子迎接客人!"岗哨们不知所措，面面相觑。郭其岭匆忙放下吊桥，重新树起被岗哨撤去的楼梯。刘班长带头站队迎接客人。我们的十几个队员急速爬上炮楼，收起所有的枪支弹药，将 27 名伪军押下楼去。

天空升起信号弹。它告诉我们，今夜分区的整个军事行动正在顺利进行。于是，按照分区的既定部署，唐寺炮楼首先腾起火光。唐固、铺上、芦村等炮楼也都先后起了大火。几处火光遥相辉映，把城西漆黑的夜空照得通红。

（选自《光岳春秋》 作者：张守增）

码上观看蛤蟆嗡剧《三起轿》

抗日“娃娃兵”

“娃娃兵”建立

1937年10月，中共鲁西北特委根据党中央“为争取千百万群众进入抗日民族统一战线而斗争”的指示，争取了山东省第六区督察专员兼保安司令范筑先共同合作，坚持敌后抗战。通过宣传群众，组织群众，在不长的时间内，即组织起三十几个支队，在鲁西北掀起了轰轰烈烈的抗日高潮。

1938年2月，为了培养抗日干部，山东省第六区抗日游击司令部、政训处（后改为政治部）决定成立青年抗日挺进大队，任命范树民为大队长，何方为参谋长，阎戎为政治主任。各地富有抗日爱国热情的青年学生120余人闻讯后踊跃报名参加。

范树民，山东馆陶县人，1920年生，是范筑先将军的幼子。少小喜弄枪棒，中学时喜读古代小说《水浒传》《岳飞全传》《隋唐演义》等，深受小说中英雄人物的影响，少年嬉戏时常以岳云、罗成小英雄自比。经常不离口的是“路见不平，拔刀相助”，具有朴素的正义感。1937年全民族抗日战争爆发，范筑先将军常以“国家兴亡，匹夫有责”教育子女，在他的爱国主义思想影响下，范树民常与同学们表达保卫祖国、立功疆场的志愿。他多次要求参加抗战，今得任青年抗日挺进队大队长，非常高兴。

何方，原名何懋勋，江苏扬州人，时年22岁，天津南开大学肄业，在校参加我党外围组织“民先队”，思想进步，品学优良。曾参加学生爱国运动，七七事变后随校南迁湖南。1938年3月由武汉八路军办事处介绍，随同刘子仪等，经湖北、河南、鲁西渡过黄河，辗转来聊城参加抗战。在挺进队，我与何方同居一室，朝夕相处，甚为融洽了解。

我到青年抗日挺进队前，中共山东省委代表张霖之和政治部组织科吴鸿渐交给我的任务是：团结范树民一起抗战，做好统战工作，开展政治工作，宣传党的十大纲领，秘密发展党员，建立党的组织。

青年抗日挺进队的成员，最大的23岁，最小的才15岁，大部分是聊城省立二中的学生，还有来自临清、禹城等地的小学教员和高小学生。在民族危亡迫在眉睫之时，他们个个具有抗战爱国热忱。

挺进队不是一个战斗部队，也不是一个学校，而是一个教导队性质的抗日组织。按当时范筑先将军的意图，准备把挺进队扩编为第一支队。范收编了30多个支队，只留着第一支队这个空缺，挺进队就是为以后成立第一支队搭架子的。

挺进队刚成立时，没有政治教育，没有党的组织，每天都是“立正”“稍息”等旧式军事操练。过了不久，我们即遵照中共鲁西北特委、政治部的指示，建立了政治工作制度，抓了思想教育。安排政治课和时事报告，讲解党的“十大纲领”、《论持久战》和国内外形势等，由我和何方讲课，教唱抗战歌曲，启发队员的民族意识及爱国主义思想，办起“救亡室”，出墙报。队内的政治空气很快活跃起来，挺进队员的政治觉悟迅速提高，增强了抗战胜利的信心。在此基础上，发展了一些“民先”队员，如贺立德、白之俊（白驰驹）等，建立了“民先”的组织。

但是我们这些活动却引起旧军官副大队长高庆云（外号高二虎）

的不满。他公开反对政治工作，散布流言蜚语，说什么“讲政治不能把日本人打跑”“学政治当不了官”“这都是共产党的宣传，你们不要受共产党的欺骗”等等。他扬言要取消政治课，阻拦队员听政治课，他任意打骂、凌辱队员，对政治上要求进步的队员“罚站”“罚跪”和拳打脚踢。我们向他指出，“这是封建军阀的作风。我们抗日新军队，不能这样粗暴管理”。对于这种好言相劝，他不仅不听，反而更加嫉恨。有天夜晚，岗哨秘密向我报告说：“高庆云与人密谋，要趁这个夜晚把你和何方扔进护城河里淹死。”国民党顽固派与我们党在挺进队的斗争尖锐化了。我与何方将上述情况如实地反映给范树民，他将高庆云找来狠狠地批评了一顿。

高庆云这样嚣张，是由他的政治背景决定的。高是参谋处派来的，而以参谋长王金祥为首的参谋处，是鲁西北反动势力的巢穴。那时常从这里编造出一些流言蜚语，攻击政治部的抗日措施和我党的干部，攻击范筑先赞成的我党“抗日民族统一战线政策”。如他们编造的一首俚语，“洋鼓洋号，任意许可，张张扬扬，胡干何方”，便是他们影射攻击我党活跃、积极的政治干部杨固（女同志，北京流亡学生，演《放下你的鞭子》的女主角）、任仲夷（北京流亡学生，政干校哲学教员）、张扬（民先总队部女干部）、许可（从大后方来敌后参加革命的女干部）、何方等同志的例证。挺进队刚成立，他们欺范树民年轻不懂军事，派高庆云来任副大队长，企图培植国民党的反动势力，并探听、监视政治干部的活动。高到挺进队后，有恃无恐，胡作非为，范树民的严厉批评，未能刹他的嚣张气焰。有一天他伪装喝醉了酒，赤着臂膀在院子里大喊大叫，拿起棍子要打我和何方。这种粗野行为激起队员们的公愤，大家把他包围起来与他讲理。受过他压迫打骂的队员，更是气愤地要揍他。在大队长范树民的主持下，召开了挺进队全体队员大会，对这个国民党顽固分子展开了面对面的斗争，并揭发了有贪污盗窃行为的军需官和为他出谋划策的书记官，使他们个个都露出了丑恶的原形。范树民非常气愤，将他俩按到地上打了一顿军棍后宣布开除出队，把高庆云撤职调走。范树民的姐姐范树琨也经常帮助其向父亲要求调离高庆云，对此也起了很大作用。经过这次严峻斗争，我们清洗了国民党的顽固分子，纯洁了挺进队的队伍。随后，我们在挺进队又发展了一批民先队员，建立了“民先”队部，何方同志任队长，与鲁西总队部李铨建立了联系。

我将斗争的情况及时汇报给张霖之、吴鸿渐同志，并要求派新的军事干部加强挺进队的领导。1938 年 6 月，政治部派中共党员杨纯如来任副大队长，张志强任中队长，孙化中任小队长。建立了党支部，由我任支部书记。不久，我们发展了李英昌（陈忠信）、刘觉民（刘子华）两位同志入党。从此，青年抗日挺进队成为我党领导的一支抗日队伍。

请缨杀敌

1938 年 8 月，鲁西北抗日武装为了配合保卫大武汉，组织了济南战役，十几个支队约 2 万人开赴前线，对济南西侧及津浦沿线发动了全面攻击，破铁路，割电线，敌伪龟缩在城内。

在济南前线抗日凯歌的鼓舞下，挺进队全体队员纷纷要求参战。政治部同意了我们的要求，指示各支队抽调枪支装备挺进大队。我党领导下的第十支队抽调了捷克式步枪 20 余支，由警卫队长马波生亲自送到挺进队。其他支队也送来一些。同志们拿到枪支后，抗日情绪更加高涨。政治部开了欢送会，大家唱着抗战歌曲，雄赳赳、气昂昂地开赴济南前线。沿途行军严格遵守“三大纪律八项注意”，帮助群众担水，打扫庭院，宣传小组召集群众大会宣传抗日，群众都高兴地称赞这是一支“抗日娃娃兵”。

8月25日，挺进队到达齐河县焦家庙。这是济南前线总指挥部驻地。范筑先司令找范树民谈话，问道：“你们干什么来了？”树民回答：“我们要参加战斗，打日本鬼子。”范司令说：“你们都是些小孩子，没有战斗经验，做些宣传组织民众捉拿汉奸的工作，不是很好吗？”树民说：“队员的抗日情绪很高，一致要求到前线来锻炼锻炼，我们还写了一首诗歌表达我们的决心。”说着，把诗页递给范司令。歌词是：

向前！向前！向前！
我们是抗日挺进队员。
国土沦丧，人民遭难，
我全民总动员。
反攻济南，破坏津浦线，
砍断敌魔爪，
保卫祖国大武汉，
向前！向前！向前！
我们是抗日挺进队员。
国家危亡，民族灾难，
我们担起救国的重担。
英勇牺牲，不怕艰险，
把日寇赶出中国，
保卫祖国河山！

范司令看了，笑着说：“啊！你们求战精神很好，可是打仗不是开玩笑的，是动真刀真枪拼死活的，没有经验怎能上战场呢？等你们经过训练，有些初步军事知识，再交给你几个小仗打一打锻炼一下，那时再上战场也不晚。”何方在一旁说：“我们已经经过 3 个月的军事训练了。”范司令指着他的传令队员对树民说：“如果做宣传工作，战士不如你们。打仗嘛，你们挺进队不如他们!”

范树民回到队部，很闷气。一分队队长苗玉池问他：“怎么样了?”他说：“没有批准，说咱们连十几个传令队员都不如。”挺进队队员虽然都是些中小学生，但也都是不怕虎的初生牛犊，听说自己还不如几个老兵，个个摩拳擦掌，高声喊叫：“坚决到前线去，与日本鬼子拼一拼!”大家请求大队长再次到司令部向范司令求战。

范筑先被年轻人的抗日热情和无畏斗志感动了，第二天到了挺进队的驻地，集合起队伍讲话。他用手抚摸着胸前那六七寸长的花白胡须，首先对队员要求参战的热情鼓励了一番，接着说：“我们要打退日本强盗的进攻，必须全面抗战，必须全国人民总动员，全国军队总动员。”接着他又给大家讲战术，一边讲，一边用手比画，讲到有趣的地方，把队员们都讲乐了。

8 月 27 日，挺进队出发了，任务是到前方和布永言的十九支队一起活动，做战地宣传工作。临行前，范筑先打电话给十九支队参谋长王唯一说：“挺进队都是些小青年，没有什么战斗力，要保护他们的安全。”十九支队派了一个营到坡赵庄东北方向 6 里远一个村驻扎，作正面掩护。

战斗失利

布永言的第十九支队进驻齐河县城西二十几里的坡赵庄，已有半个月了。布本人在挺进齐河时被长清县旦镇的封建会道门“黄沙会”刺伤后，去聊城养伤去了。部队暂由参谋长王唯一指挥。齐河城里的日本兵只有四五十人，汉奸部队百余人，经过范筑先部队的袭击，已不敢出城窜扰，夜晚在城墙上挂着灯笼火把，生怕游击队攻城。挺进队进驻坡赵庄后，范筑先为了加强齐河前线的兵力，决定将王善堂的第二十九支队调来和布永言的第十九支队换防。但是这个决定被潜伏在游击队内的间谍侦知，加之十九支队在坡赵庄驻扎已有十五六天之久，早被敌人的暗探侦察清楚，给了敌人以可乘之机。

敌人为了打击范筑先，秘密抽调了驻守齐河、禹城、晏城3个据点的日伪军步、骑、炮联合兵种四五百人，8月27日夜间从齐河县城出发，给坡赵庄来了一个闪电式的袭击。十九支队和挺进队的战士还在睡梦中的时候，村庄已被敌人包围。天将晓，村外传来汽车响，村内狗叫得很厉害，哨兵向王唯一报告，王若无其事地说：“不要着慌，这是二十九支队来换防的部队到了。”

挺进队听到哨兵报告，也半信半疑。部队马上集合，我带着几名队员到村北头察看情况，看到一支部队都戴着钢盔从北面向坡赵庄扑来。十九支队哨兵一再喊：“干什么的？哪个部队？”敌人说：“二十九支队换防的。”就在这时，从北面打来的炮弹爆炸了。哨兵急忙报告王唯一，他命令范树民和十九支队的营长李宗钦二人率队抵抗，自己却率领部队逃跑了。在密集的枪声中，敌人步步紧逼，唯村南面枪声稀疏，挺进队跟着十九支队余部向村南撤退，范树民率领三十几个队员突围，遭到埋伏在聊济公路路基的敌人机枪火力封锁，被迫退到豆子地里的一块坟地，以坟头作掩护，范树民用二十响匣枪还击敌人，与队员一起同敌人血战达一小时。杨纯如、何方及一些队员相继负伤。随后，敌人的马队冲了过来，有人听到豆子地内喊起“打倒日本帝国主义”“中华民族解放万岁”！范树民、杨纯如、何方等21位同志英勇牺牲了。

我与中队长张志强带着一部分队员向西突围，遭到北面敌人机枪的侧击。我们且战且退，冲出了敌人的包围。回到焦家庙司令部驻地，我向范司令报告作战失利和范树民等同志壮烈牺牲的经过。范司令沉思了一下说："不叫你们打仗你们非要求到前线去不可，你们还没有作战经验，所以受了这么大损失。"我说："我们一定为范树民等同志报仇！"范司令说："抗日战争是长期的事，有报仇的机会，我们不去牺牲谁肯牺牲！怕牺牲还能把日本鬼子赶出中国吗？只是他们牺牲得太早了些。你们回后方好好总结这次失败的教训，以便将来继续战斗。"我向范司令表示，一定好好总结。然后离开司令部。

王唯一带着十九支队溃退到潘家店。范筑先从焦家庙给十九支队留守处主任方汉林打电话说："你们的队伍撤到潘家店了吗？转告王唯一，他若再往后退，我就杀他的头。"王唯一听到范的命令，慌忙集合部队，派人去坡赵庄收殓战斗牺牲的20余名战士的遗体。

范树民牺牲的消息传到鲁西北后方，各支队纷纷来电话慰问，并向范司令请缨，为范树民等烈士复仇。

范树民牺牲后，范筑先将军表现得不动声色，将自己的感情完全维系在国家和民族的安危上，丝毫没有老年人丧失幼子的那种沮丧情绪。他唯恐夫人武治国悲伤过重，影响身体健康，故暂时未告诉她。后来她看到二女儿范树琨（他们的长子、长女和三女均赴延安抗大受训）两眼哭得通红，一再追问，才知真相。听到噩耗，范老夫人悲恸万分，泪满面颊。范司令安慰她道："你不要哭了，这是一件好事，树民为国牺牲，这是咱们范家的光荣啊！"

范树民、杨纯如、何方等烈士灵柩，由我带领全体挺进队员护送，8月底运到聊城，在东关华佗庙停灵三天，挺进队员轮流守灵。聊城各机关团体、城乡群众前往吊唁者络绎不绝。山东省第六区游击司令部、政治部隆重举行了追悼抗日阵亡将士大会，范司令亲自带领鲁西北各界人士，驻聊机关、团体、部队人员和城内群众几千人向烈士的英灵致祭，为烈士复仇的口号声响彻云霄，震撼着鲁西北大地。追悼会后，范筑先将军对全国各地及鲁西北各界拍来的函电慰唁亲自提笔作复，“中日战争一起，弟早已打破家庭观念，齐河之役民儿授命，不敢谓求仁得仁，羞幸死得其所，伊何可憾?！弟又何悲！惟长江形势日趋紧张，此弟所万分惦念者也。”寥寥数语，壮怀之激烈，爱国品格之高尚，实在可钦可敬。

追悼会后，鲁西北特委、政治部通过《抗战日报》发表了追悼会的消息和坡赵庄战斗中挺进队战斗事迹的报道，号召六区机关、部队和全区人民学习挺进队干部战士英勇的战斗精神和牺牲精神，化悲痛为力量，团结一致，狠狠打击日伪军，夺取对日作战的胜利。

继续斗争

青年抗日挺进大队并未因为遭到这次严重打击而沮丧，他们在党的领导下，在埋好了同志们的遗体，总结了坡赵庄战斗的经验教训之后，又继续战斗了。

1938 年 9 月，中共鲁西北特委决定送一批青年到延安学习，我挑选了席建璞（席一）、周成勋（周衡）、贺立德、白之俊、郑廷德（郑效先）、孙继曾（左江）6 名队员去延安，另调了一部分队员去政治干部学校学习；还有 40 余名队员编为武装宣传队，由郝士杰率领到博平进行武装宣传。他们以挺进队受到汉奸和日本鬼子暗算的遭遇为血的教训，怀着满腔仇恨，编写了《捉拿汉奸》的街头剧，教育群众提高对汉奸的警惕性。一次博平县城正遇集市，满城都传说着群众捉住一个汉奸的消息，谁知这正是武装宣传队所编街头剧《捉拿汉奸》在集市的化装演出呢！

11 月 15 日，聊城失陷，范筑先将军不幸殉国。挺进队正在博平一带作巡回宣传，听到聊城失守的消息，立即由博平转移到冠县刘村驻防。后来中共鲁西区党委一地委书记张炳元同志来队视察慰问，并传达了区党委的指示。我召开了党支部会议，根据鲁西区党委的指示，我们进行了讨论研究，决定继续扩大队伍，增强抗日力量。会后，我们在驻地附近又吸收了一部分新队员。经过党支部研究，推选范筑先将军的二女儿范树琨为挺进队名誉队长。

挺进队经过几次斗争的考验，许多同志阶级觉悟提高很快，对党也有了明确的认识。根据地委指示，支委会作出决定，吸收一批同志入党。计有马怀珍、孙瑞锦、孙韬、王清洲、刘铮、房光隅、宗合成、张振维等同志，由我任支部书记，刘觉民任组织委员，李英昌任宣传委员。这时，八路军一二九师三八六旅在曲周香城固打了一个胜仗，正集中到冠县一带休整。挺进队为了学习八路军的政治工作及实战经验，请求名誉队长范树琨，经由先遣纵队政治部主任王幼平同志介绍，派了一批队员到六八八团学习。他们与八路军战士一起生活，一起战斗，连夜急行军 100 余里，奔袭高唐县城，攀登云梯十分钟就攻入城内，直捣伪县政府。经过这次战斗，队员们十分敬佩老红军战士英勇善战、不怕牺牲的精神，同时也锻炼了自己。1939 年初，除一部分同志做地方工作外，其余都参加了三八六旅。王新亭政委和许世友副旅长接待了我们。以后这些队员就在部队党和老红军直接培育下成长为坚强的革命战士，为抗日战争和解放战争的胜利做出了自己的贡献。

（选自《光岳春秋》续集　作者：阎戎）

两拔伪乡公所

王西原

1942年夏初的一天，冠县十一区区长王西原带领3名同志来到司庞庄。这个村在贾镇以西、冠堂路以北，南面一里多路有伪军的炮楼，东面3里远是日军的西庄据点。由于久旱不雨，常年尘土飞扬。西南风挟裹着沙粒在院子里一会儿旋向这个旮旯，一会儿旋向那个旮旯，窗子上的纸被刮得哗哗作响。虽然刚过夏至，却叫人有一种明显的燥热感。王西原背靠桌子，坐在长板凳上，手里搓弄着驳壳枪柄上的窄皮带，一边敲打着膝盖，一边沉思着：敌人在贾镇西庄和二十里铺已安了据点，正在抢修冠县到堂邑的公路，并且紧靠公路南侧又挖了封锁沟。我们十一区，北部是封建顽固势力，南部已被公路和封锁沟切断，活动十分困难。设在二十里铺的伪区公所，今天把各村的村长叫去开会，除了要粮要款，还有什么新阴谋、要什么新花招呢？我们的同志、司庞庄村长司延玉能否把情况弄清楚呢？

不一会儿，警卫员赵书珍从外面进来说："村南炮楼上的两个伪军从村西头往北去了，还没见回来。北面来的逃荒的人像赶集一样往南去，其他再没有什么动静，村长司延玉从二十里铺回来了。”说话间村长进了屋，他从头上摘下毛巾，边擦脸上的汗水边说：“知道汉奸开会就没好事。”说着，坐在小板凳上，“敌人除了要粮款，又要在榆林头一带成立乡公所、安据点，说是要推行‘治安强化运动’”。

这确实是个新情况。敌人设在西庄的据点，与司庞庄以南、张货营以北的炮楼和二十里铺据点之间，用步枪火力就可以衔接上。如果在公路北侧再安上据点，我们的活动就更加困难了。于是王西原对村长说：“你继续掌握敌人的动向，我们决不能让他们的阴谋得逞。”

黄昏时，王西原等几人离开司庞庄，回到公路南区委和区部驻地朵庄。说起来又是区委、又是区部，好像是个很像样儿的机关。实际人并不多，干部不过十几个人，再加上几个通讯员、炊事员，还有3个十二三岁的小同志，总共不过20人，由于战争年代，个个都是战斗员。区游击队人数始终不少，多时120多人，最艰苦的时候也有80人左右，共分为两个队，一个是游击队，一个是特务队。为了集中力量执行任务，县大队还经常把区游击队带到县城以西、以南去活动。而这时只有区委和区部的人留在十一区坚持斗争。

王西原回到朵庄，其他干部立即围拢过来。有的坐在炕上，有的坐在小木墩上，有的坐在风箱上。大家的习惯是，见面先问有什么情况，于是很自然地谈起敌人要在榆林头一带成立乡公所的事。虽然不是正式开会，但大家都议论得很热烈，个个摩拳擦掌，表示坚决粉碎敌人的“治安强化运动”，不能让他们轻易安上据点。

7月中旬的一天，十一区委在任二庄召开会议，专门研究拔掉张榆林头伪乡公所的事。情况已经搞清，张榆林头乡公所建立已有20天的时间，人员基本配齐，也有了几支枪，开始向群众横征暴敛。张榆林头的寨墙原来就有，又经修补，已非常完整。为防不测，他们还叫群众昼夜站岗放哨。乡公所设在西门里路北的一个院子里，院子本身没有修工事，也没岗哨，拿下它我们很有信心。但是，区队到县城西南执行任务去了，只靠现有的几个干部和几个通讯员、炊事员完成这个任务，就有了难度，所以最好是巧取，不打枪，不惊动其他敌人，就把他们消灭掉。当然，实在巧取不成，硬攻也要拿掉它。

大家又分析了行动的时间，如果白天动手，从南到北横穿公路时可能会遇上敌人，完不成任务。即使在公路上遇不到敌人，进村时如被岗哨发现，也会把寨门关上，就是岗哨不关寨门，跑去报告或大喊大叫，敌人吓跑或藏起来，同样完不成任务。张榆林头离敌人据点很近，如不能干净利索地干掉它，时间一拖延，反而会打草惊蛇，弄不好会让敌人搞我们一下，所以白天行动是下策。如果夜间行动呢，就必须先翻越寨墙，翻越寨墙时如被岗哨发现，敌人或藏或逃，也没有把握取胜。何况伪乡长是个有作战经验的本地人，稍有动静，他就会溜掉，所以夜间进村也不可取。

经过多方面分析，大家认为最好是黄昏时混在该村在地里干活的村民中，和村民一起进入村内。因为敌人在西门里，便决定从东门进村。进村时，前面的几个同志还要化装成伪军。因为都是三里五乡，弄不巧岗哨会认识，就过不去。还有，后面的同志离前面的同志不能太远，也不能太近，要保持三四十米的距离。前面的人进了寨门，后面就加快步伐跟上，直扑乡公所。大家还研究了进院后的分工以及万一巧取不成而采取的办法，当场还做了简单的演练。

第二天下午后半晌，天虽然热，但比中午凉爽多了。王西原带领10名工作人员从范家村出发，到了崔庞庄以南十字路口附近，遇到张货营村民郭宝玉，他停下手中的农活亲热地打招呼："天还早，现在就过路啊。"王西原说："太阳快落山了，有什么情况吗？"他说："今天那边炮楼上和二十里铺据点的敌人都没出来。"在崔庞庄村边的小树林里，4名同志换上了伪军服装，在前边打着五色旗直奔公路去了。

太阳渐渐西下，在地里干活的群众有的已经回村，有的正走在回村的路上。装扮成伪军的4名同志，沉着而迅速地靠近张榆林头东门。东门外左侧一个岗哨，手持红缨枪，身背手榴弹，看到4个“伪军”打着五色旗来到面前，便故意表现出精神振作，腰板也挺直了。前面的4名同志没理会岗哨，径直进了寨门。岗哨看到后边一伙人，认出是十一区的，但恐怕找他的麻烦，立刻拖着红缨枪撒腿就跑，进了东门往北拐，钻进一条胡同不见了。进寨这一步算是成功了。后面的7个人紧接着进入村内，在大街上还看到几个老熟人。如果在平时是要打招呼的，这次重任在身，只管加快步子追上前面的4名同志。老熟人见是十一区的人，自然明白来意，也都知趣地回家了。

天黑下来，11个人进了乡公所的院子。院内别无动静，只是听到东屋里有人咳嗽，看来东屋是重点。王西原等4人对付东屋的敌人，赵书珍在前边先进屋，紧接着王西原跟了进去。屋内点着两盏煤油罩子灯，显得有些昏暗。东屋里的八九个人，一桌麻将正打在兴头上，打牌的和看牌的都伸长脖子，聚精会神地看牌，进来4个人，谁也没注意，也没人抬头。桌子东面坐着的是伪乡长，紧靠着他的一个人正在为他出谋划策，手指着牌，嘴里还嘟囔着什么。这个人曾任过匪营长，干过不少坏事，都在我们账上记着。王西原立刻挪步到伪乡长的左侧靠近了匪营长。其他3个同志各站在桌子的一面，谁都没有惊动敌人。整个房间散发着浓重的煤油和纸烟味，强烈地刺激着人们的鼻腔，如果不是身负重任，这些在青纱帐吸惯了新鲜空气的战士，谁也没耐心在这里多站一会儿。片刻之后，桌子北边的大个子把面前的牌一推，哈哈大笑说：“赢了。”接着便是八只手伸出来洗牌。就在这时，王西原抢先端起了桌子上的一盏灯，厉声说：“你们都输了，不要动，举起手来！”打牌的和看牌的敌人猛然一惊。但当他们抬眼看到乌黑的驳壳枪口和十一区的人时，只好乖乖地当了俘虏。

攻克据点

敌人苦心经营的乡公所被拔掉以后，并不甘心认输。过了 20 多天，王西原在迟庞庄活动时，助理员刘奎信报告情况说："前天汉奸王区长在村长会上讲，'我们一定要把张榆林头的乡公所成立起来，如果成立不起来，我这个区长就不干了。你们可以给十一区捎个信儿。'看来这个家伙够顽固的，连他的小乌纱帽都赌上了。"

区队的侦察员不断在榆林头一带观察敌人动静，那里的地下党员也不断地把情报送过来。不久得知，敌人的这个乡公所又拼凑起来，还有十几支枪的武装，并且设在二十里铺据点内。

对此，区委在辛庄召开了干部会议，分析敌人为什么在二十里铺据点内成立乡公所，下一步应怎样对付它。

有的说："他们料定自己在据点外建不成乡公所，认为藏在二十里铺和伪军在一起就保险了。"

有的说："他们不会如此草包，被拔掉一次就不再干了，不知道他们这里面搞的什么鬼。"

有的分析说："伪军、伪区部都驻在二十里铺据点里，他们又叫乡公所驻在里边干什么？如果长期驻到里边，不是个累赘吗？敌人一定会找机会把他们放到外边来。"接着有的赞同说："这话有道理。敌人可能接受了张货营村北那个炮楼的经验，一切都先在据点内部准备好，然后再在外面开张。"

最后大家一致认为，乡公所不会长久驻在二十里铺，哪里有伪军、伪区部养着伪乡公所的道理？只能是伪乡公所搜刮群众血汗奉养日本人、伪军和伪区部。敌人要推行“治安强化运动”，扩大敌占区，“蚕食”根据地，一定会把乡公所放出来。到底用什么办法往外放，放在什么地方，这是需要我们及时掌握的情况。

冠县、莘县的敌人，在两县交界的地方“扫荡”了两天，二十里铺的敌人估计游击队不在附近了，很快就把张榆林头村中间一户比较好的住宅修成了小据点。他们修改了大门，在房上加设了5尺高的土墙，住宅周围设置了鹿砦，又有十几支枪防守，还强迫村上的群众上围寨打更放哨。敌人认为，这样休整和防范就保险了，再说这里离二十里铺据点只有几里路，游击队不会强攻。

十一区区部及区游击队实际上并没有远离。敌人“扫荡”根据地中心区，十一区离敌人反倒更近了。区游击队活动在沿冠堂路南侧的一带村庄，集中住宿到一两个院内，在群众的掩护下，严密封锁消息，在某种意义上讲比在根据地中心区还安全，这就是常说的利用敌人的“灯下黑”。这样一来，张榆林头乡公所的情况我们随时都可以掌握。鉴于敌人刚从据点里出来，警惕性一定很高，不能操之过急，要等敌人立足稍稳，思想有点麻痹时再收拾它。

敌人在张榆林头平平安安地过了十多天。小据点第一步整修工程已经结束，第二步再加强工事就要拆民房、挖沟壕了。就在他们自感立足已稳时，王西原做出再拔这个乡公所的决定。

十一区队原计划以奇袭制胜，奇袭不成就强攻。后来，得知常玉林在里面当乡丁，他是贾镇东边高庄铺人，曾在十一区游击队干过一年多，大家分析了他的家庭情况和在游击队时的表现，认为有可能争取过来作为我们的内应。于是，王西原决定在立足于强攻的同时，利用常玉林做内应，能智取最好。

首先，游击队组成了突击队，下分投弹组、火力组、竖梯组、突击组，明确行动方案，进行攻坚演习。同时派刘奎信去做常玉林的争取工作。

两天后的中午，刘奎信对王西原说，常玉林被地下党员叫出乡公所，和他谈了话。刚一见面，常玉林有点惊慌，当谈到一个游击队员不应该当汉奸给自己脸上抹黑时，常玉林表示悔过之意。最后提出叫他戴罪立功时，常玉林答应做内应。今夜 12 点过后是常玉林的岗，他从枪眼向外投烟火头为号，我们就可动手。

任二庄东头有处地主住宅，房子上有类似据点的土墙。下午，突击队进行了最后的演习，4 个组配合得很好，战士们动作敏捷，从发出信号到投弹、竖梯、占领房顶，不过两分钟。王西原和区队长葛松密向大家强调这次要做好智取与强攻两手准备。敌人没发觉前我们要像绣花一样稳，悄然行动。当敌人发觉时，我们要像老虎一样猛，让几十颗手榴弹瞬间在敌人院内爆炸，随即云梯竖起，突击组飞速占领房顶。一切准备完毕，大家提前休息，待命出发。

晚上，王西原躺在大杨树下的一张小床上，继续考虑着几小时后将要发生的战斗。进寨不会有大问题，打更的村民们干了一天活儿，都很累，特别到了下半夜谁还那么认真？就是他们听到动静，也不会轻举妄动，因他们绝大多数是被迫的，谁愿意叫汉奸横行呢？谁愿意得罪游击队呢？另外，敌人会不会设圈套陷害我们？估计可能性不大。因为常玉林有家庭，他也了解我们党的政策，更了解十一区游击队。退一步说就是他不发信号，强攻也能拿下来。至于其他意外情况，确实再不好预料了。

月亮渐渐升高，时而有几片浮云掠过，月中的桂树也时隐时现。晚上 10 点半，王西原带队出发了，前面是他和赵书珍、刘奎信，还有几个通讯员，后面 30 多米是突击队，最后面还有预备队。他们在二十里铺以东过了公路和封锁沟，从张榆林头和李榆林头之间插到张榆林头的村东北角，距围寨约200米就地隐蔽。这里是豆地，还有稀疏的枣树，四周除了昆虫的叫声，寂静得很。战士们因急行军出了一身汗，衣服贴在身上，大家停歇在潮湿的土地上，不一会儿又有些凉意。

王西原看了看表，时针刚过12点。他和赵书珍、葛松密、刘奎信来到寨墙近前，借着树影的掩护，观察上面的动静。过了几分钟，就听到寨墙上有说话声，由西向东传来，这是打更的人在巡逻，来到寨墙的东北角没停脚又往南去了。游击队趁机竖起云梯，进了围寨，接着迅疾运动到据点东北角，隐蔽在高墙下。

几十分钟过后，据点的枪眼里有个红火闪动。游击队没有立即行动，稍停，枪眼里又扔出一颗红火的烟头。葛松密立即指挥突击队行动，手榴弹组一分为二雁翅式摆开，做好投弹准备；火力组在后面占领阵地，做好火力封锁敌人的准备；竖梯组跃过鹿砦，将3丈多高的云梯搭在据点的高墙上；云梯尚未摆正，突击组就沉着而熟练地攀登上去，迅速越过土墙，占领了房顶。突击组到房顶一看，20多名敌人正在房顶上呼呼大睡，有的头枕着枪，有的把枪放在身边。突击组闪电般地收敛起敌人的枪支，有的虽然醒了，见无力抵抗，便又合上眼睛假装睡着，再也纹丝不动了。房上的动静惊醒了屋里的敌人，那是伪乡长和几个年纪大点的家伙，他们在屋里训斥说："你们在房上干什么，不好好睡觉？"

战士们喊道："十一区队来了，缴枪不杀，优待俘虏！"顿时，屋里再没有任何声音。战士们一边在房顶上挖窟窿，一边大声喊："不缴枪就让你们吃手榴弹了！"

大个子伪乡长从屋内边往外跑边喊："我缴枪，我缴枪，不要投手榴弹。"于是，其他敌人也全部束手就擒。

（选自《血火春秋》　作者：王西原）

舍身赴死保遗孤

1940年初春，鲁西大地凄风凛冽，残雪未融，丝毫没有回暖的迹象，漫长的寒冬依然折磨着缺衣少食的人们。2月29日（农历正月二十二日）凌晨，雄鸡刚刚叫过三遍，冠县东古城镇后田庄家犬狂吠，栖息在树枝上的寒鸦在梦中惊醒，像黑色的幽灵四处逃遁。村民们陆续点燃了油灯，披衣出户察看动静，只听得村野响声嘈杂，马蹄声、叫喊声、汽车马达声由远到近，响成一片。他们很快明白了，数百名日伪军已把村子团团包围。

就在前不久的2月21日凌晨，八路军一二九师先遣纵队一团三营十连，在卫河西畔的赵官寨村，与装备精良、数倍于我的日伪军展开殊死搏斗。这是党中央部署的八路军围歼叛军石友三的战役。为掩护主力部队向浅口一带转移，我十连62名指战员，在营教导员孙树生、连长王德林的指挥下，击退敌人十几次进攻，击毙日伪军200余人。在巷战中十连战士已有多人牺牲，其他战士退守村中一座土楼内誓死抗击。敌人在土楼周围架起干柴焚烧，战士们在弹尽粮绝又无援兵的情况下，砸坏枪支，跳入火海，壮烈殉国。此役牺牲的62位英烈，大多是冠县东古城、北馆陶一带的热血青年，其中8位是后田庄村人，他们分别是王德林、张士成、张万顺、张思俊、张思岭、张廷珍、王玉兰、郭正禄。噩耗传来，这个卫水东岸的古朴村落，顿时沉浸在极度的悲痛与愤怒之中。这是日伪顽杂狼狈鬼蜮欠下的一笔血债，这是中华民族的不屈风骨与气节！

盘踞在馆陶县城的汉奸头目郭炳祥，是东古城镇郭庄人，恶贯满盈、血债累累，时时刻刻怕我抗日军民对其报仇雪恨，臆想出了一项极其险恶的毒计。

2月26日，郭炳祥以购买给养为名，带领两名随从骑马奔往临清，进入日本宪兵司令部。经过一番匍匐跪舔之后，见到日军头目山本大佐。他撩开额头的长发，露出狰狞的鬼脸，阿谀道："太君，前天我们在赵官寨消灭的八路，大多是我老家一带的人，共产党和八路军肯定不会善罢甘休，他们的老根是后田庄，仅这一个村就被我们消灭了8人。我看，派大军'围剿'他们的老窝，把那里的共党、八路，不，还有八路的家属、子女一网打尽，斩草除根，以绝后患。"山本听后眯着凶狠的两眼，发出一阵奸狞的笑声。几天后对后田庄实行"围剿"，出现了上面的一幕。

1940年，抗日战争处于相持阶段，日军穷凶极恶，对我根据地疯狂烧杀抢掠，袭劫村庄，制造惨案，目标就是搜捕共产党、八路军及其家属。我军取得剿灭石友三叛军胜利后，我党政军民进一步提高了警惕，增强了防范意识。因此敌人围村后，进步女青年曲书九首先想到了王德林家的孤儿寡母，她快步跑过去，只见王德林之妻杨明真正抱着两岁的儿子王富君不知所措，急忙说："敌人来了，你带孩子赶快躲起来，他们要杀人的！"接着就听到街上的马蹄声和叫喊声，"全村男女老少，都到村西集合，谁敢不去，格杀勿论"。不容再犹豫了，曲书九在炕上抓起一条破被子披在她们母子身上，拉着杨明真的胳膊出了东侧门。在东侧门的东北方向约40米处是王德朋家的旧宅，院内有一存放地瓜的地窖，曲书九便将杨明真母子隐蔽其中。

日伪军挨家搜索，有的抓着鸡、牵着羊，有的嘴里正吃着抢来的食物，驱赶着三五一伙、八九一团的村民向西走去。曲书九走到大街上，随即被赶到人群中。村西有一片稀疏的小树林，夏天老人们常在这里乘凉。林中有棵一搂粗的老槐树，显得格外苍劲高大，据说已有百年之久，像一位无语的老人，见证着后田庄的沧桑起伏与不断赓续的代代人丁，“子孙”们正在遭受巨大的屈辱与磨难，它的内心早已血泪斑斑。太阳已经爬到一树高，还是有些暗淡苍白，没了以往的光亮。全村人被赶到大槐树旁，阵阵寒风侵袭着躯体，人人心中却燃烧着熊熊怒火。4 名日军骑着洋马在周围震慑性地跑来跑去，还有几个日军牵着狼狗在人群中穿梭，狼狗不时发出“嗷嗷”的怪叫声。村民的南北两侧十几米处，分别架设着机枪。一个矮个子汉奸大声叫喊：“都听好了，共产党、八路军都是坏人，前几天被我们消灭了，他们的老婆孩子也不是好人，谁要是说出来，皇军就给他粮食、票子。”又见一个鬼子在汉奸面前呜里哇啦地说了些什么，汉奸又继续大声喊叫：“如果八路军的家属和孩子自己走出来，皇军不怪罪，还要重赏。”人群中没有一人答应。汉奸又说了一些貌似好听实则骗人的鬼话，群众听了更加厌恶与愤恨。敌人见利诱没有奏效后，开始恐吓，“再不说就杀了你们。”鬼子放开两条狼狗扑向人群狂撕乱咬，六人衣服被撕破，四人被咬伤。敌人使用马鞭抽打人们的头部、面部，用枪托猛击胸部、腹部，十几人被打得血流如浆。敌人又陆续在人群中拖出五六个人，用脚踢，用枪托捣。一个 50 多岁的张姓老大爷，左肩被刀刺伤，鲜血顿时浸透衣袖。敌人吼叫着：“谁是八路军的家属？孩子藏在哪里？”乡亲们已把生死置之度外，或说不知道，或怒目圆睁一声不吭，表现出坚强无畏的民族气节。

敌人见利诱和凶残没有任何效用，又采取了更加卑劣的手段。一名日军端着上有刺刀的步枪，摆出一副刺杀的样子，威逼一名 40 多岁的妇女。她虽然有些害怕，但还是坚定地摇着头，说：“不知道。”日军又把枪支移到曲书九身前，吼道：“你的，快讲!”曲书九只是用蔑视的目光扫了他一眼。敌人恼羞成怒，一把将曲书九从人群中拖出来，用马鞭连续抽打了一阵，即刻遍体鳞伤。这位勇敢、坚强的少妇，年龄只有23岁，是前田庄村的闺女，不久前嫁给这村张廷举为妻。她深明大义，爱憎分明，对日寇的暴行早就看在眼里，恨在心头，烈士尸骨未寒，又要杀害他们的家人与孩子，要他们断子绝孙，真是禽兽不如。想到这里，她已浑身是胆，面对生死毫无畏惧，就是丢掉自己的性命也要保护抗日的火种、烈士的遗孤。敌人仍然对她威逼着、吼叫着，曲书九说道："你们杀了大人，又要杀孩子，还是人吗？"面对寒光闪闪的屠刀，她表现出淳朴的侠肝义胆及疾恶如仇的民族风骨。恶魔般的日军自知在她身上得不到任何线索，端起屠刀刺入她的胸膛，曲书九"啊"的一声倒在血泊中……

乡亲们围拢到曲书九身旁，家人把她轻轻抱起，她微微睁开眼睛，看到乡邻与亲人，心中泛起一丝欣慰，目光回转，最后停留在丈夫张廷举的脸上，吃力地说："对不起……"慢慢地合上眼睛，再也没有睁开。她留给亲人的最后一句"对不起"，蕴含了多少人生酸楚与亲情的无限遐思！

宁死不屈

曲书九，一位普通的青年女性，出生在列强纷争、军阀混战的年代，自幼生活窘迫，含辛茹苦，在煎熬中度过了朦胧少年，刚刚草草成家，日寇铁蹄又践踏中华大地，她没过上一天好日子。遵照世俗嫁到张家，本应夫妻厮守，孝敬公婆，更遗憾的是还没给张家生下一儿半女，正当青春时节即含恨而去。在六十二勇士共赴国难的第八天，黄河故道又失去了一位优秀儿女！

后田庄的乡亲，用鲜血和生命保护了烈士的遗孤，以不畏强暴、视死如归的精神，谱写了一曲中华儿女抗击日本帝国主义的英雄赞歌。

（张秀峰、张玉峰、王联合口述　崔建台撰写）

虎口拔牙

宋书香，1923年1月出生于山东馆陶县宋庄村（今属冠县东古城镇），16岁加入中国共产党，18岁任馆陶县大队第五分队指导员，在五区开展游击战，发展武装，创建根据地，予敌以沉重打击。现选录其故事一则。

南徐村据点是日伪军的大据点，村南、村北、村西各一个炮楼，组成三角之势，3个炮楼遥相呼应。据点时驻伪军1个中队4个小队，共160余人。西炮楼内驻着伪军中队长张益清，是一个铁杆汉奸，死心塌地当鬼子的走狗，屡屡屠杀我抗日军民，祸害乡里，可谓十恶不赦。为了打击、震慑伪军，提振五区人民的抗战信心，第五分队一直想拔掉南徐村西炮楼，铲除张益清。

宋书香

五分队虽然只有50多人，但是宋书香指挥灵活，队伍经常出没在敌炮楼周边村庄，打得敌人不敢出来抢粮抢物。这天天气寒冷，张益清化装后偷偷骚扰，抓了炮楼附近村庄的百姓，逼迫他们交粮交物。宋书香侦知这个情况，决定立即摸进炮楼，拔除这个据点，首先击毙张益清。

西炮楼敌人的部署摸清了：周围是高高的院墙，外面有一条深沟，沟外是鹿砦；炮楼位于院内西北部，门口对着吊桥，二、三层各住一个班，一层空着；另有北屋 3 间是伙房，东屋 10 间，由北向南依次是张益清的警卫班、办公室、张益清带套间的卧室；岗哨设在炮楼二层门口和楼顶，其余伪军除了吃饭，一般不出炮楼，多数情况或赌博或睡大觉。

五分队经过反复研究，最后制定出具体方案：一班隐蔽在南徐村西街，以阻击村内南北两个炮楼支援；二、三、四班赶到离西炮楼 300 米的小河套，待听到炮楼枪响后，一个班火力掩护，两个班发起进攻；派出侦察组到卫河西岸马头村，监视和阻击馆陶县城可能出来增援之敌；指导员宋书香带领王西山、刘文玉、郭志祥，伪装成送柴的百姓进入炮楼，其余三人出其不意地消灭张益清的警卫班，宋书香负责击杀张益清。队员们都不同意宋书香只身涉险，因为他是五分队的创始人，一手把五分队发展壮大起来，他就是大家的主心骨，万一遭遇不测，对五分队来说是一个致命打击。宋书香客观分析了敌情，以及自己前往的原因：第一，自己亲自带队，可给其他三位同志壮胆，不至于露出马脚，不然混不进去；第二，进入敌炮楼，就必须果断采取行动，如果犹豫不决，就会贻误战机，因此需要一个强有力的指挥员，这一方面他人是不可替代的；第三，张益清是戏子出身，有一定的武功根底，如果负隅顽抗，一般人还真对付不了他，宋书香 11 岁练武，在部队长时间习练格斗，对付张益清没问题；第四，只有指挥员进去，才能综合分析战况，随时决定行动计划，避免队伍遭受损失。区委书记张光远认为宋书香分析得有理有据，所以就按这个计划执行。

1944 年 12 月 14 日夜，五队各班进入各自阵地埋伏。天刚亮，宋书香、王西山、刘文玉、郭志祥化装成农民模样，扛着大捆高粱秸来到西炮楼。王西山喊道："哎！老总，送柴火的来啦！"伪军伙夫正等在那里，问清是前往许庄送柴的，立马放下吊桥。四人进去之后，扔掉高粱秸，拔出手枪，迅速冲向东屋门口。炮楼二层的伪军岗哨发现了他们，结结巴巴地喊"八……八路"，被宋书香和王西山两枪击毙，楼顶上的伪军一边向下投手榴弹，一边狂叫："快上楼呀，八路军冲进来了！"刹那间，南北炮楼和西炮楼的机枪、步枪爆豆般响起来。宋书香一枪击毙伪岗哨，令其余三人迅速进击伪警卫班，自己一脚踢开张益清套间的屋门，冲了进去。一个十四五岁的勤务员吓得惊慌失措，宋书香一脚将他踢到床下。宋书香闯进套间，只见张益清一丝不挂，一条腿跪在床上，一条腿站在地上。张益清一把捞住墙边上着刺刀的步枪，刺向宋书香的胸膛，宋书香一闪身躲过刺刀，左手顺势抓住步枪枪柄，右手短枪向张益清射击，不料却是一颗哑弹。张益清抡起左拳向宋书香右耳根打来，宋书香一摆头避开，旋即以手枪猛地戳向张益清左眼，张益清爆出惊人的力量，猛地向回抽枪，宋书香顺势一送，张益清摔倒在地，宋书香跨前一步，踩住了张益清的脖子。宋书香刚退出枪内哑弹，王西山他们已经消灭了警卫班，前来接应宋书香，王西山瞄准张益清的脑袋，"啪啪"两枪结果了这个恶贯满盈的汉奸。

这次战斗，击毙伪中队长以下 9 人，缴获步枪 9 支、手枪 2 支、子弹 300 余发，附近据点的敌人受到空前震慑，五区的战斗力和影响力大大增强。

（根据宋书香《抗日战争回忆录》　郭林章整理）

党教我走娘家

一

1942 年农历二月初二傍晚，我丈夫米国斌突然回到我们那个临时的家——桑桥。他看见我，劈头就说："今晚你回娘家去。"

一下子把我说愣了。我娘家在郑宋店，离桑桥足有 30 里，还须通过敌人的封锁线、封锁沟、炮楼。郑宋店的温明路是伪军中队长，在日本人那里很吃香。这个人笑里藏刀，常带领一帮伪军到郑宋店作恶。因老米抗战，我的娘家就受了株连。我去了还不是找死吗？想到这儿，我生气地说："俺死，也决不死在娘家，我干脆回咱北关老家吧。"老米笑了笑，带着几分抚慰说："不是要你去送死，是有要紧事让你去做。"

"什么事？"我见素来刚强的老米现在说话却变得那样恳求，便不由自主地探问了一句。

老米告诉我，温明路以前给我们送过一些情报，有真的，也有假的。昨天，他通过地下关系告诉我们，他在二月初七夜里带 40 多人（每人带一支枪）反正，并要我们派人按时到郑宋店去接应。上级党组织一时搞不清虚实，老米就主动承担了弄清真实情况的任务。老米一边沉思，一边对我说："温明路的妻子 14 岁就当了他的童养媳，经常挨打挨骂，受尽了折磨。那时你没少给她说情，至今她还念念不忘。你可以通过她，摸摸这个情况。”

老米的这番话，使我的头涨得像斗一样大。这种人命关天的事情，温明路能不能告诉她？假如告诉了她，她能不能对我说？再说，郑宋店是敌人的窝，只怕有去的路，没来的路。我迟疑地看了看老米，为难地低下了头。

“有啥困难，你就说吧。”老米逼着我表态。“完不成任务怎么办？”我只是简单地提出了一个问号。

“好，好。”没想到老米对我提出的问号倒高兴起来，称赞起来。他说：“只要能围绕提出的这个问号想办法，你就能完成任务。”

“怎么完成？”我有些不解地问。

“这，需要你自己去想。”老米这么说，我又为难起来。但他的话仍然没有停，“我为什么第一句话就让你去郑宋店，一是看你有没有这个勇气，再就是让你想一想，在危险的地方如何立脚存身。”

我很长时间不再吭声。老米的话慢慢地停下来。屋里静得有些可怕。我偷着看了看他，他好像一座就要爆发的火山，那火暴脾气又上来了。

“这是党教你走娘家。”老米极力按捺着自己火一样的性子，一字一顿地说。

“党教我走娘家？”我吃惊地抬起头来。

“嗯。”老米进一步肯定着，声音不大，但坚实有力。

他又说：“党组织还给你派了个人，当助手。”

“派的谁？”

“我。”老米指着自己的鼻子，“让我当你的助手，保卫你的安全。”

我心里顿时热浪翻腾。40多人来投降，还带40多支枪，可是个很可观的数目呀。可是，如果上了他们假投降的当，那就会断送我们很多同志的生命，损失也不会小啊。这么大的事交给我干，能行吗？我想了很多很多，最后下定了决心。尤其是想到党组织对我的信任和委托，勇气和力量都来了。我说："行，我去。"

"有这个胆量吗？"老米两眼直盯着我，"你不是常说，要做党的忠诚战士吗？"老米的脸上，立刻云开雾散。

二

二月二这天夜里，老米给我更装打扮，让我戴上灰色礼帽，头发全收在礼帽里，又穿上灰色大袍子，扎上灰色布腰带，还找来一双男式布鞋，包在包袱里。他说："遇到情况听我的。"

我恐慌得不得了。更装，好像往心里拧螺丝一样，使我越来越紧张。封锁线、封锁沟的险情，日本巡逻队的夜游，岗哨的盘查，汉奸特务的盯梢，似乎一起向我们袭来，不祥的预感特别多，好像今夜就得去见阎罗王……老米沉默着，背着手在屋里走来走去。我心慌意乱地等着他上路。

"我们不去了。我经过再三考虑，还是不去了。"老米的态度突然变了。我惊奇地望着他，头上像泼了一瓢凉水。停了停，他又自语似的说："等会儿，我去请示党组织。"我简直不敢相信这是老米说的，怎么能不去呢？一切都准备停当了。但看他态度的果断，语气的沉稳，恰似一位卓越的指挥员，经过深思熟虑在临战前下了最后的决心一样，一下子使我的心凉了半截。我疑惑不解地问："怎么不去了？"

"因为，还没准备好。"

"什么没准备？"我急着问。

"勇气，就是我们战胜敌人的勇气。"老米神态变得激动起来，又说："如果我们想到敌人，见了敌人，只是害怕、怯懦，哪里还有战胜敌人、完成任务的力量和办法呢?”

老米的话，每一句都打动着我的心。听到这里，我才恍然大悟，原来为镇定我的情绪，你是虚晃一枪啊。好，咱就以枪对枪，以刀对刀吧。我紧皱双眉，十分认真地问:“你为啥被吓得不敢去了呢?”

“你说什么……我害怕?”

“你不害怕谁害怕，刚才还要去找党组织，现在又不敢去郑宋店了。”我说这话时，态度尽管很诚恳，但是并没瞒过老米。他两只大眼一闪，哈哈大笑起来，“你真会急中生智，先发制人哟。好，这样的话，就算是准备好了。”

我们四人出发了。老米和他的警卫员小郑轮班背着我7岁的儿子小敬禹，我挟着那双男式大布鞋。夜很黑，刮着刺骨的北风。我们有时走在田间小道上，有时走在大路沟里，有时穿过坟地，有时穿过树林……这一切，都好像成了我们躲过敌人眼睛的掩体。我走在后边，深一脚浅一脚地拼命紧跟，时间不长，两腿就麻木了。

走着走着，老米忽然站住，凝视着前面就要通过的一片坟地，那里散立着阴森森的柏树。老米要我们蹲在原地，他独自前去。不大会儿，他就在坟地里发出蟋蟀的叫声。于是，我和小郑（背着小敬禹）就放心地走去。突然，迎面窜出一个黝黑的东西。我不由得倒吸了一口凉气，头发似乎也竖起来了。小郑脱口而出说:“狗，狗!”我出了一身冷汗。不大会儿，就听远处传来人的吆喝声和手电筒的光亮。我以为是夜间巡逻的敌人来了。老米摆了摆手，大家一块儿蹲在原地。停了停，再也没有动静。夜，依然沉睡着。老米笑了笑，说:“我们轰起了狗，狗又轰起了夜巡的敌人。不碍事，我们还是赶路要紧。”

绕过夜巡的敌人，穿过封锁线，我的心才稍微平静了一些。但不多时，看看老米那极为警惕的样子，就知道这一带敌情相当复杂。老米唤醒睡在自己怀里的小敬禹，把他放在小郑背上，小声嘱咐了几句，又让我穿上那双男式布鞋（我不脱自己的鞋就把脚踏进那双大鞋里，还有些大，就用绳子捆在脚上）。走了不大会儿，只见前面有个拦路的黑妖魔上拄天、下拄地地立在夜空中。凭经验知道，这是日伪的炮楼。老米又让我们在原地等着，他一个人走近炮楼。

“干什么的？”炮楼里的伪军厉声质问。

“米国斌，借路走走。”老米大声说。

“还有谁？”

“还有我的两个警卫员。”

“还有没有？”

“有，人多着哩，可是他们不过沟。”老米边走边和他们喊话。

即刻，炮楼里走下几个人来。我的心扑腾扑腾乱跳，脑袋轰隆轰隆直响。天呀，日本鬼子张贴告示，悬赏万元买你的头，天天逮你都逮不住，你却在这里通名报姓，这不是找死吗？连趴在小郑背上的小敬禹，头也昂得很高，似乎也在等待着那不祥的变故。可是，老米突然在封锁沟的另一边招呼我们：“过来吧。”

“快走，快。”小郑推了我一把，我才如梦初醒，紧跟小郑走在炮楼下。看看封锁沟，使人头晕，初看不见底，仔细一打量，足有一丈多深，既宽又陡，幸亏有人沿坡挖了台阶。我急忙滑着下去，又急忙爬了上去。也不知腰酸腿痛了，只觉着腿下生风，飞也似的走了四五里路。老米让我脱下那双大鞋。

“敌人为啥不逮我们？”我问。

“这是我们柏江队打出来的‘朋友’，天下哪有逮朋友的道理？”老米风趣地说。

“就连城里的敌人也很害怕我们米队长。”小郑抢过来说：“还有，干过坏事的伪军很怕米队长笑，一笑，就没他的好果子吃。”

“不过，我们不但跟他们斗勇，更重要的还要跟他们斗智。”老米止住小郑，转移了话题，“就说现在的事，如果明天让他们看见我们中有个小脚女人的脚印，分析出是你走娘家，我们的事情就坏了。”

我更加佩服老米，并拼尽全力迈动着双脚。只觉得两腿发麻，脚板热辣辣的。但是，老米和柏江队员们常常念叨的“兵贵神速”，这时却给我增添了很多力气。下半夜，我们就来到郑宋店村头上。

老米让我准备一下，他自己先进了村。他的腿可真快，我刚穿好那双男式大鞋，他就回来了。小郑在村外放哨，他背起小敬禹，领我进了村。他拉着我的手，总是靠着墙根走。也不知拐了多少弯，穿过几个胡同，直到看见娘家侄儿站在门口，我才知道来到了娘家。老米对侄儿说：“我不进去了。”话音刚落，他就消失在黑夜里。

三

第二天早晨，我让侄媳妇通知了“邢大儿”（温明路的妻子。因她为童养媳时我们就这样称呼她，后来一直没改口）。可是，我焦急地等了一个上午，又等到下午三四点，才终于把邢大儿等来。一见面她对我仍和以前一样亲热。但是，谈了一会儿她却尽说些客套话。我刚要转话题，她却说“家里有事，明天再来”，就走了。我心里有些沉不住气。以前，如果隔几个月不来，她总是捎信让我来一趟见见面，见了又总是提起我给她这个童养媳说情劝架的事，还常常流泪，表示至死不忘报恩。可是，自从我娘家受了老米抗日的牵连，我一直没来过，和她也一直没见过面。现在她对我如何，对我娘家如何，对老米抗战看法如何？一个个问号，搅得我心里很乱。

第二天午饭后，邢大儿果然来了。没谈几句话，我就提起温明路。她说：“他们刚才回城里去了。七八个人在家里喝酒，让我做了一上午饭菜。”我专心听着她的话，可她马上又谈起她当童养媳时候的事来，依旧夹杂一些对我感激的话，掉下一些对我感激的泪，也是痛苦的泪。我感到邢大儿对我没有变，心里就有了底，充满了从她嘴里掏“情报”的信心。但是，谈了多半个下午，尽是些与“情报”无关的事，虽然我多次引她讲，却终归无用。提起温明路，她只是摇头，叹气。可她的眼泪却比以前多，情绪也似乎比以前更阴沉、悲切。我只得把要做的事藏在心里，对她深表同情，有时竟也止不住地流下了泪。临走时，她非常诚挚地说：“老姐姐，你若是不来，我这些苦楚跟谁诉说呀。”

怎样才能把温明路投诚的真实情报弄到手呢？邢大儿不敢讲还是不知道？为啥一提温明路她就避开？夜很深了，我翻来覆去地睡不着。忽然，外面有人敲窗户。仔细一听，老米来了。我忙让他进屋，还没等他坐下，就向他说起两次与邢大儿见面的情况来。老米说：“邢大儿是穷家女儿，从小受尽苦难。现在她泪水增多，说明她处境更坏。温明路当了伪军官，胡作非为，对她也不会好。”我立即把侄媳妇告诉我的情况介绍给老米。温明路当上伪军官，吃喝玩乐，乱搞女人，开始邢大儿劝他不听，后来不但不听，反而又打又骂，还常常把伪军和一些不三不四的人领到家里来喝酒，让邢大儿炒菜做饭，稍不如意，就发脾气。而邢大儿对外人不敢讲，只好把痛苦咽在肚里。老米“哑巴”了，什么也不说。经验告诉我，他又进入了紧张的思索、分析中。我也不去打扰，只是静静地等待着。

“邢大儿对温明路伤了感情，而对你有报恩思想，这是我们的有利条件。”片刻的沉默，使老米的话多起来，“不过，她不可能与温明路划清界限。而且温明路长期带给她的摧残和委屈，使她不敢说话，不敢接近我们，这是我们的不利条件。”

“下一步，我该怎么办呢？”我插问了一句。“我看像做饭一样，还缺少一把柴火不开锅。”“柴火？”我惊奇地问。

“谁要杀一个共产党的干部，我们决不会轻饶。这事已告诉了一部分敌伪及其家属，他们无不为之三思。”老米没有回答我的问话，仍按他原来的思路说下去，“你从告诉她这个事开始，让她劝温明路少干坏事，给自己留条出路，也免得家人受牵连。再利用她过来的苦衷，启发她与温明路划清界限。这个火候一到，锅就开了。”

老米的话使我心里亮堂了。他临走时才告诉我，外边还有柏江队员保护着我们。这更使我感到完成任务的重要性和迫切性。

二月初五上午，小敬禹发高烧，找来药吃下去也不管用，下午只得请来医生诊脉，开方下药。傍晚，邢大儿又来见我，她说：“有空就想来坐坐。”我便把老米说的“启发她与温明路划清界限”当成了这次谈话的主题，看来很生效。我说话时，她总是专心致志地听，恐怕我把话说不清说不完似的。可惜因小敬禹有病，后来外人又来串门儿，我躲藏起来，话没说透她就走了。

晚饭后，小敬禹的病轻了些，高烧也渐渐退去。小郑突然闯进来，要接我回去，说：“米队长带柏江队执行任务，今夜不能来保护你。”

天哪，后天就是二月初七，如果到那天还搞不到“情报”不就是误了军机了吗，怎么向党交代？不，不能走。可是，搞“情报”的事又不能告诉小郑，只能借故小敬禹有病，催促小郑一个人走了。

四

初夜，街上静悄悄的。邢大儿在黑暗中慌慌张张地推门进来。看她惊慌的神色，就知道发生了什么重大事情。“不好了，大姐姐。”邢大儿灾祸横生、大难临头似的说：“城里要来一连人逮米队长。”

“你怎么知道的？”“温明路他们在家喝了一下午酒，商量时，我偷听到的。”

“那一连人来了吗？”

“那副官下午半晌时去城里领人，估计快到了。”邢大儿说完又补充了一句，“温明路在家睡着了，我才脱身出来。你快走吧。”

“他们逮米队长，我走不走有啥要紧的。再说，他们也不知道我在这里呀。”我极力镇静自己故意漫不经心地与她搭讪，想着借这个机会了解“情报”。

“他们知道你在这里，还知道小敬禹生了病。”

“这些事除去你，谁也不知道。”我非常肯定地说。

“给小敬禹看病，不会走漏风声？”她听了我的话害怕起来，便惶恐地提醒我。

“不能，绝不能。医生绝不能告我的密。”我打断她的话，斩钉截铁地说。

“大姐姐，你妹妹可没坏这个良心呀！”邢大儿浑身颤抖，发誓似的说。

“游击队的政策是，‘顽固对抗，死路一条’，这个我已告诉你了。”

“告诉了，告诉了。”她战战兢兢地重复着。

我顺势向她展开了攻势，恨不得马上从她嘴里掏出“情报”来。我严厉地问她：“他们都说了些啥？”

“他们说，今晚前半夜米队长一定来。如果他不来，就逮你，把你和小敬禹都弄到城里交给日本人。”

“还说了些啥？”

“对——他们还说金钩钓鱼计。”

“你快说。”我用威严的口气命令她。

“其实呀，几天前他们就说钓鱼钓鱼的。我不知道钓的是老米哥。可是今天下午，那副官临往城里去时，得意地向温明路说，‘姓米的今天不来也不要紧，说不定后天他会带一大帮人来上钩呢。’”

“温明路怎么说？”我急着追问。

“他没说话，只瞪了那副官两眼。看样子是不让他说。”

“这话可是真的？”

“要是有半句假话，就拿我娘家人的性命担保。”她赌咒似的说。停了停，她突然一惊，就匆匆告辞，大概是怕外人发现她来见我。临走，她一再嘱咐，“你快走吧。”

我高兴地想，“情报”到手了。温明路设的金钩钓鱼计，是要钓我们这一大帮人，又是在后天（二月初七），还要他的副官极度保守秘密，连自己的老婆都不让知道。这不是假投降是什么？我的脑海里像打闪一样，迅速地闪现着这些信号。

我喊醒了熟睡的小敬禹，叫侄儿送我星夜出村。我要赶快把“情报”送给党。

刚要动身，就听窗棂连响 3 下，是我们的人来了。我急忙开门，是老米？他一步闯进屋里。还没来得及说话，就听房上房下都有人，脚步声乱响。

“千万保密。”老米只说了这一句话，就急忙闪进堂屋与西屋间的夹道里。我匆匆跟过去。老米往墙上一跳，立即又滑下来。我心里暗自埋怨他，“这里的墙最高，可你偏从这里跑。”我赶紧蹲在墙下，老米蹬住我的双肩，心里一急，我就挺身站了起来，那劲儿也不知从哪儿来的。老米翻身上了墙，我才落下胆来。

我走出夹道时，到处是人影，在黑暗中晃来晃去。敌人从四面进了院子，只有这夹道才是老米唯一的出路。我暗想，老米真有经验呀。可是，这时外边乱嚷：“抓活的！”“抓住他！”接着又开了枪。糟糕，老米跑出院子，跑不出村，准得被逮住。

“站住！”随着这粗暴的呵斥声，一只魔爪掐住了我的脖子。几个伪军拥过来，把我反手捆了，又吊在西屋的梁上。我心里火烧火燎，“情报”怎么送出去呢？

“米国斌在哪里?”一个伪军厉声问我。

“不知道。”

“胡说!”伪军官跨上来打了我两个嘴巴。他鼻子里哼哼了几声，冷笑着说:“米国斌的老婆不知道米国斌在哪儿，笑话。”

“刚才跑的是谁?”另一个伪军官问。

我想，老米一定会被敌人逮住，隐瞒这还有啥用，我便说了实话，“米国斌。”

“你不是不知道吗?”前一个伪军官恼火地反问。

“我知道他现在跑到哪儿去了?”

“米国斌到这儿来干啥?”后一个伪军官得意地问。

“看病人。”

“谁有病?”

“我的儿子。”

“你到这里来干啥?”后一个伪军官问。

“我们的家被抄了，只好住娘家。”

“不说实话就拉她两绳。”前一个伪军官气势汹汹地命令他的士兵。可是，后一个伪军官急忙伸出一只胳膊，上前轻轻地推了推我，亮出一副菩萨似的脸来，皮笑肉不笑地说:“要说实话，不然会吃苦头的。”

“就是为住娘家才来的。”我重复着刚才的话。

“不对，共产党交给你的啥任务，快说。”那军官收起了笑脸，眼里射出阴冷的光。

“任务?”我睁大两眼，故意吃惊地反问。

“就是叫你来干什么事情。”

“没人叫我干什么事情，我就是为住娘家才来。”

“呵呵，真不识抬举。”前一个伪军官把手一扬叫起来，“往梁上拉!”伪军们蜂拥而上，把我吊在半空中。立刻，我浑身抽筋一样疼，心似乱箭齐穿。可是，我咬紧了牙，一声也不吭，耳边只是响着老米的话，“千万保密”。

“说不说？”

“呵呵，还真有骨气哩。”

“米国斌住在哪里？叫你来干啥？快说。”

“说了，就把你放下来。”

“不说，就叫你沿着这根绳子上西天。”

两个伪军官，一个像凶神，一个笑面虎，一起威逼着我。我只管咬紧牙，一声不吭，豆大的汗珠从我脸上和身上滚落下去，眼冒金星，耳朵里响着老米的声音：“不能说，不能说。”不一会儿，我就昏了过去。

当我醒来时，只听吼三喝四，仍逼我不放。我睁眼一看，自己已躺在地上。因为不回答他们的问话，伪军们又要往梁上拉我。

“干什么，闪开闪开。”一个好熟悉的声音，是温明路走来了。他向我打量了一下，就假惺惺地训斥伪军们，“怎么把我大姐打成这样子？是谁干的？回去后非和你们算账不可，都给我滚！”“都回去吧，回去，回去。”温明路的警卫员一边往外推他们，一边说。

伪军们趁势都溜了。

温明路和他的警卫员想扶我起来。我只是木头般地坐在地上，背靠着炕，静观着温明路的花招。温明路见我老不开口，就笑嘻嘻地向我说：“他们这伙查户口的实在不像话，回去非收拾他们不行。”

“查户口？”我知道是温明路事先安排好的把戏，就冷冷地反问。

“是，查户口。皇军说咱村有私通八路的，就叫查。凡查到户口不在本村的，一律带到城里。我听说你碰上了这事，怕他们折腾你，就赶忙来请你去。”

“我不能去。”我仍然呆坐着。可心里总是惦记着一件事，怎么把

“情报”送出去呢？

“不行啊大姐，你不去我可没法儿交代。因为今夜来的不光是我们的人，还有一部分治安军，他们是不依我的。”他装作难为情的样子。

“我被打得走不动了。再说，我的孩子还有病。”我说。“孩子，我给你抱着。你走不动，让警卫员背着你。”温明路收敛了堆在脸上的笑，带几分威逼的口气说。

“你们去备副担架吧。”我想调虎离山，把情报告诉侄媳妇，让她赶快送出去。

“担架好说，到我家让他们备一副就行。”狡猾的温明路说罢，转脸又命令他的警卫员，“快背我大姐走。”

那警卫员走过来就背我。我已完全瘫在地上，心里念叨着：“完了，全完了，好不容易弄到手的‘情报’也送不出去了。”

“别动！”随着这短促有力的声音，只听窗外院子里“咕咕咚咚”乱响，几乎是同时，一支手枪对准了温明路的胸膛，“举起手来！”

是老米站在眼前。我做梦似的，真不敢相信这是事实。他真的没有被逮住，又带了柏江队闯进来，接情报并救我吗？真是天兵天将啊！可是我又害怕起来，天哪，你们这不是自投罗网吗？柏江队总共才十几个人，敌人可来了一连人哪。就在我这一喜一惊的刹那间，温明路和他的警卫员都乖乖地举起了双手，并转脸向老米赔笑说：“老米哥，我有罪。”

“摘下枪来。”老米严厉地命令他们。

我立刻从地下站起来，收缴了他们的盒子枪，又把盒子枪皮还给他们。

“挎上，送我们走。”老米命令他们说。可是，温明路拿着盒子枪皮迟迟不肯往身上挎，两只贼眼滴溜溜乱转，暗露出狡猾的鬼态。老米暗暗地笑了，“嘿嘿……”

温明路立刻慌乱地跪在地上，说："老米哥，我送你，走……"

谁都知道，在短兵相接的时候，敌人最怕老米笑。如果他们不老实，等老米笑过后，就会给他们个厉害的尝尝。温明路站起身来边挎盒子枪皮边命令他的警卫员，"背着孩子，快。"那警卫员浑身哆嗦，怯生生地走过来背起小敬禹。

我们走出屋，毫无动静。夜，格外黑。远处不时传来隐约的人语声。

走出院门不远，胡同口有几个黑影一闪，立即传来问话，"口令？"

"什么口令，还不滚蛋。"温明路训斥伪军。几个黑影溜走了。就这样，温明路在街上训走了好几伙伪军。

刚出村，我扯了一下老米的衣襟，附在他耳旁说："他们是假投降。"老米心领神会地点了点头，没有吭声。温明路不断向老米求饶，并一再表白说："老米哥，我是'身在曹营心在汉'哪，你如果不相信，过不了几天，就知道您兄弟我到底是人还是鬼。"

我暗暗骂道，这个狡猾的家伙，今夜里非得挨"崩"不可。

"是鬼就逃不脱游击队的枪口。"老米对他开了口，"你是中国人，为什么要帮日本人祸害中国？这是卖国！"

"是，是。"温明路连声认可。

"嘿……"老米止不住发笑，牙齿咬得格格响，"你到底当人还是当鬼？"

温明路"扑通"跪在地上，用哭腔求饶地说："老米哥，我当人。后天投降的事，是假投降啊，你千万别带人来接应，这是皇军逼我设下的'金钩钓鱼计'呀。"

老米愣住了，木头一般站在那里。夜，黑得可怕，静得可怕。我还没来得及详细告诉老米，温明路倒先坦白了，这个该死的东西。温明路边哭边说，把日本人逼他假投降的阴谋讲了一遍，最后说："我知道咱那边的政策是‘立功赎罪’。”

“起来。”老米命令他，说：“要当人，就要有当人的实际行动。”老米让他照假投降的原计划行动，不得有半点差误。

最后，老米讲了抗日的大好形势，还给了他俩的盒子枪，让他们走了。我埋怨老米没枪崩温明路。老米说：“对温明路的处理，要听上级党组织的。”老米问我：“温明路说的可是真话？”

“是真话。”我这才有机会把得来的“情报”详细说给老米。

停了停，老米说：“我真后悔。”

“活该，谁叫你把他们放了。”我生气地说。

“不，放跑是应该的。”

“那你后悔啥？”我纳闷起来。

“我不该笑，真不该笑。”他懊丧起来。

“敌人最怕笑，你应该笑。如果不笑，温明路就不会跟你说假投降这个大实话。”

“就是不该让他说出这个大实话。到时候，他在明处我们在暗处，就可以打他的歼灭战。”

“你不是已经跟他说好了，叫他仍按假投降行动，不是一样吗？”我莫名其妙地问。

“不一样，大不一样了。现在，他知道我们已经知道了他们的情况。”

听着老米的话，我心里似乎明白，又似乎不明白。管他呢，我索性换了话题，问他：“跟你去郑宋店救我的人呢？”

“谁也没跟我去，就我一个人。”老米认真地说。

“啊？”我很吃惊，真不敢相信。但他那认真的样子，又不让人怀疑他说的是百分之百的事实。

老米大概看出我的怀疑，笑着问我：“我刚进屋命令温明路‘举起手来’的时候，你听到屋外有响动，是不是？”

“是。那是谁在院子里？”我奇怪地问。

老米笑着说：“那是我用的疑兵计，临进屋时扔在院子里几块半头砖。温明路一时不知虚实，以为我带来了好多人，他才这么老实。”

老米在我眼里真是顶天立地的汉子。这是我亲眼看到，他在敌人窝里只身闯入又闯出啊！

五

回到桑桥，天刚蒙蒙亮。小敬禹睡得很甜。老米又出发了，去找党组织汇报工作。我觉得浑身酸痛，不多时就昏昏沉沉地睡着了。

第二天，老米回来高兴地说党组织表扬了我，说我搞“情报”成绩大，表现勇敢坚强。我激动得不知说什么才好。

从“党教我走娘家”这个事开始，在老米的帮助下，我也学着做了不少抗日的事。

（选自《血火春秋》　郑秀英口述　阎玉臣整理）

我到卫河支队

1939年深秋，一二九师政委邓小平来到冀南，召集冀南和鲁西北的党政军干部，传达中共中央六届六中全会精神。传达结束后，旅政委王新亭同志找我谈话，说："为了加强地方部队建设，军区决定调你到新建的卫河支队当政委。"接着，他简要地向我介绍了情况：卫河支队是鲁西北地方党组织建立起来的一支抗日武装力量，在临西一带活动，司令员郭英是老地下党员，副司令员于笑虹是大学生，那里知识分子干部较多。

李大清

工作调动使我感到突然，谈话结束时，王政委征求我的意见，我没有马上表态。说实在的，我不愿意离开老部队到地方新建部队工作，心里有着种种顾虑。经反复思考，第二天我对王政委说："我文化低，水平有限，到地方新建部队去，还要与知识分子打交道，我干不了，还是不去吧。"王政委没有当即回答，只是说："我们再研究一下。"

不几天，军区骑兵通信员通知我到军区。在军区驻地南彦寺一座民家庭院，我见到军区宋任穷政委与邓小平政委。宋政委先把我向邓政委做了介绍，之后，邓政委亲切地对我说：今天找你来，是谈谈你工作调动的事。你们王政委已向我说了，你对到卫河支队去还有顾虑，是吗？接着邓政委对为什么要派红军干部到地方部队开展工作，给我做了细致的思想工作，使我的心胸豁然开朗，思想疙瘩解开了。我向邓政委和宋政委表示：坚决服从组织调动，一定遵照首长的指示做好工作。回到团部，稍作准备，我就愉快地到卫河支队去了。

全民族抗战爆发后，国民党军队纷纷南撤。国民党山东第六区专员兼保安司令范筑先将军则留在鲁西北坚持抗战。他在我党的帮助下，推行了一系列有利于抗战的措施，招收了大批青年学生参加抗战，组建了几十个游击支队。当日军进攻聊城时，范筑先将军拼死血战，壮烈牺牲。聊城失守后，他的队伍也大多溃散。在这种形势下，鲁西北地方党组织将原范筑先将军所辖第十支队及其他有我党基础的游击武装收拢起来，组织了由我党直接领导的抗日武装，临西的卫河支队是其中之一。这支队伍不少干部都是抗日青年学生出身，工作基础比较好。这支武装一直在地方党组织领导下坚持抗战，有一定影响力。

这时，卫河支队在临西下堡寺一带活动。卫河支队司令员郭英、副司令员于笑虹、政治处主任王剑桥，他们非常欢迎我从十八团调到卫河支队任政委。郭英同志是鲁西北的老党员，年龄比较大。部队主要由我和于笑虹同志带领。

我到卫河支队不久，一二九师将卫河支队改编成先遣纵队一团。先遣纵队司令员兼政委是李聚奎同志，先遣纵队领导机关驻在鲁西冠县、莘县一带。

先纵一团是以卫河支队为基础，加上冠县大队、莘县大队及纵队直属队一部合编而成，团下辖 3 个营：一营为莘县大队，二营为卫河支队，三营为冠县大队，共1500多人。组建后成为八路军一二九师序列中的一个团。

1939年10月，先纵一团成立大会在临西西大屯召开。李聚奎司令员从二百多里远的莘县王奉集专程赶到临西，这是我第一次见到李聚奎同志，他个子不高，身体很结实，说话湖南口音较重，平易近人，没有一点儿架子，给我留下很深的印象。在成立大会上，李司令员讲话，号召大家坚决抗战，反对侵略，把日本帝国主义彻底赶出中国去。大会后，李司令员又召集我们团领导开了一个小会。他说，卫河支队在临西抗战工作搞得不错，先纵一团成立，团领导仍保留原卫河支队的老班底，只是换个名称，希望大家互相尊重，取长补短，做好工作，只有搞好团结才能带好队伍一致抗日。他还指示要认真做好统一战线工作，坚持独立自主的抗日方针，一方面积极对付日寇的“扫荡”，一方面对国民党军石友三部的破坏捣乱进行斗争。当时，因先纵一团就我一人是红军干部，李司令员还单独与我谈了话，告诫我要谦虚谨慎，向知识分子干部学习，把红军的优良传统带到部队。这些教诲我一直都记在心上。

先纵一团成立后，我们对顽军石友三部文大可那个团进行了针锋相对的斗争，揭露他们不去打日本人，专门破坏抗日的罪行。我与文大可进行交涉时，当面拍过好几次桌子。后来为教训这些顽军，把他们打跑了。

由于先纵一团成立半年后又改编成一二九师新八旅部队，番号延续时间短，而且先纵一团的领导机构与卫河支队仅改换一下名称，活动区域没变，所以在临西一带有时仍习惯将部队称为卫河支队。

（选自《李大清回忆录》　作者：李大清）

游击区的渡荒斗争

1942年是抗日战争最艰苦的时期，在鲁西北地区冠县境内的斗争艰苦更甚于周围各地。此前，国民党石友三军团公开反共，齐自修等土匪顽杂又和石军团相互勾结。冠县境内的日寇、伪军愈加猖獗，烧杀抢掠日甚一日，农村经济遭到破坏，人民在水深火热中挣扎度日，冠县境内的革命根据地被压缩得很小了。我们的抗日武装和工作人员转入地下活动，组织群众和敌人明争暗斗。

这一年的上半年，冠县出现了有史以来未曾有过的大旱。农民挑水播下的几颗种子，幼芽还没露出地皮，就被火辣辣的太阳烤焦了。下半年偶尔下了几阵小雨，人们满怀希望地种上晚谷，但是谷子刚刚抽穗，又被蝗虫糟蹋。同时，日寇的残酷“扫荡”，匪杂的野蛮抢掠，更是有增无减。因此，1943年春出现了特大粮荒。据我们这年2月份统计，仅33个自然村，就饿死11000多人，活人吃死人的现象已经屡见不鲜。

田坡

这时，田坡在接敌区（游击区）

的冠县第四区任区委书记，康政任区财经助理。面对眼前的情况我们非常清楚，要发动群众抗日，首先要组织他们渡荒。为了节省粮食，部队缩编，党政机关精减。即使这样，用糠菜也难以填饱肚子。不少狼心狗肺的地主却趁火打劫，廉价收买土地。有的仅用3斤谷子或2斤红薯，甚至一个窝窝头，就把农民世代耕种的一亩薄田夺了过去。如索口庄一户地主，仅在班庄一村，就用粮换地20顷。区委分析，斗争的焦点就集中在地主所掌握的粮食上，所以决定开展一场借粮斗争。区干部分别深入各村组织发动，我们两人深入南寺地村进行试点。

2月的鲁西北，寒意未尽，风卷着黄沙不歇气地刮着，被剥光了皮、折掉了枝的老榆树，在风沙中摇晃着。太阳落山的时候，我们走进了南寺地村。整个村不见一个人影，冷清得怕人。我们沿街转了一圈，只有高墙大院里冒着缕缕炊烟，其他农家小院几乎关门闭户。这种破败景象，使我们无限沉痛，恨不得立刻唤起群众开展轰轰烈烈的借粮运动。走进村公所，村长康明臣和几个农会委员正在唉声叹气。我们传达了区委关于开展借粮斗争的精神，他们高兴异常，劲头十足。我们强调，这是一场和敌人夺粮的严肃斗争，决不会一帆风顺，要有充分的思想准备。大伙对村上的十几户地主分类排队，分头去做动员工作。康明臣带着我们去做地主康建成的工作。

走到康建成家大门口，推了推，铁皮大门插得绷绷紧。康明臣在墙外喊了好大一阵，康建成才慢慢腾腾地开了门，见是我们，他才放了心。坐定后，我们直截了当地把借粮的意义和政策以及来意向他交代了一番，他的脸色立刻沉了下来。我们又进一步指出，把粮食借给农会，既是资助穷苦的乡亲，又是抗日爱国的表现。不然，叫鬼子伪军抢了去，那可就……康建成听到这里，终于表了态：“乡邻有难，理应相济。只是力不从心。既然诸位亲来寒舍，以利害相告，我决不辜负你们一片热心。这样吧，我出谷子500斤，表表我的一点心意。”

第二天，农会召开全村群众大会。在康建成的带动下，四户开明地主争着上了“光荣台”。两户观望的地主被农会会员们推上了台，台下一片掌声，台上的地主不知如何是好，也跟着鼓起掌来。这一次报出粮食4000多斤，农民们喜得合不上嘴。

散了会，干部们碰情况的时候，有的反映说，有两户地主一直“把头扎在裤裆里”。还有的说，最可恶的是头号地主康建熙，会没开到一半，就带着气溜走了。听了这些情况，大家都火了，纷纷说：“我们决不能叫开明借粮的吃了亏，叫跟我们为敌的占了便宜！”

康建熙这家伙财大气粗，一贯横行乡里，作恶多端。其子康玉英是国民党军官，蒋帮南逃。乡亲们早就恨透了他。借粮中，又偏偏有几户地主看着他的脚印走，如果斗不垮这家伙，势必影响大局。为了做到仁至义尽，先派康明臣找他谈谈。

康明臣带着大伙的意见，找到康建熙家里。康建熙根本没把他放在眼里，爱答不理。康明臣见此情景，开门见山，义正词严地对他说：“康建熙，现在灾荒严重，青黄不接，不少乡亲揭不开锅。你身为南寺地大户，理应响应政府号召，开仓借粮！”康建熙黄长脸变成“紫茄子”，狼似的吼叫起来：“粮食，我宁愿埋在地下烂掉，也不外借。有法，你们就使吧！”康明臣被激怒了，一挥拳头猛地击在桌子上，大声喝道：“康建熙，你放明白点！不要给你留脸不要脸，粮食是你从穷苦庄稼人身上剥削来的。告诉你，天黑之前你拿不出借粮数目，我们农会就有办法治你！”

听完康明臣汇报动员的经过，大家气得纷纷要求立即对他采取行动。我们说服了大家，还是等他一晌。结果康建熙确实要顽固到底了。第二天一个大集合，好几百人组成了浩浩荡荡的队伍，去找康建熙进行说理斗争。康建熙见势不妙，紧闭大门。盛怒之下，群众砸开了大门，怒潮般地一拥而进。康建熙凶相毕露，持枪上了房，高叫着：“有种的来吧！”民兵队员、农会会员一个个扒光了脊梁，拍着胸膛，指着康建熙说道：“康建熙，有种就往这里打，熊包的不是人。”康建熙吓呆了。一个叫康建堂的小伙子，噌噌爬着梯子上了房，康建熙举枪砸去。康建堂被砸昏了，院子里顿时炸了锅，民兵们纷纷冲上房，把康建熙捆了个结结实实。

我们便以区政府名义，上前质问康建熙。康建熙吓得连声求饶：“政府章程，一定照办！”就这样，康建熙借出粮食 1500 余斤。斗垮了康建熙，群众出了气，解了恨，心里乐滋滋的。原来要滑的几户地主一看这阵势，吃不住劲了，争着向农会报了借粮数目。开明借粮的地主，觉得办了一件便宜事，心里很高兴，常常跟着农会议论康建熙的不是。仅 3 天工夫，农会就借出粮食 20000 多斤，分给揭不开锅的贫苦农民。与此同时，借粮斗争在全区广泛展开，人民群众顺利度过了春荒。

康政

开春，上级党组织从解放区调拨来大批粮食，帮助灾区农民发展生产，仅北黄城一村就发放种子粮和救济粮 30000 余斤。以优先解决种子的办法，鼓励群众积极生产，掘地带谷就是其中的一种奖励办法。掘一亩地，就可得到上级奖励的 3 至 5 斤谷子。挖一口土井，就奖 80 斤谷子。仅北黄城一村就挖土井 18 眼，为春种奠定了基础。为了发挥集体抗灾力量，还号召群众互助合作。北黄城在村干部申怀起带领下，组织了 8 个组，70%的群众参加了临时互助组。

人们有了饭吃，又看到了光明前途，生产起来特别带劲。家家户户、男女老少，鸡鸣下地，顶着星星收工。就连六七十岁的孤老太婆，也坐着爬着抡镐刨地。生产运动中，全体区干部和群众一样，披星戴月地干，群众很受鼓舞。尽管生活苦，劳动强度大，但是田野里到处都是欢声笑语。濒临死亡的群众获得了新生，荒芜的土地穿上了绿装。看到这一切，群众无不打心眼里感激党，感激自己的政府，我们的干部，我们的游击队，无论走到哪里，都受到群众的欢迎。

阵阵秋风飘散着浸入肺腑的馨香，喷金吐银的中秋八月来到鲁西北平原。饿狼般的日伪顽杂，对这丰收的果实早就虎视眈眈，垂涎欲滴。从玉米抽穗打苞起，周围各个据点的催粮队就频繁出入于我区的各个村庄，穷凶极恶地催交“公粮”。为了保卫人民用血汗换来的胜利果实，区委连夜召开会议，决定领导全区人民开展“抗不交”和“反抢粮”运动，组织群众边收边打边藏，民兵联防武力保卫秋收。

人民群众为了表示对党、对抗日政府的感激，把最好的粮食交给政府。政府认为群众长期受灾，元气刚刚恢复，实行了免交或减交粮税的政策。但是各村群众纷纷表示，我们是向党、向自己的政府交的感激不尽的一颗心，我区 40 多个村都交了公粮。粮食不便集中存放，就让各村就地埋藏，随用随取。

这样一来，敌人所到之处根本见不到粮食。他们气红了眼，饿狼般地到处乱窜。营镇的鬼子几次到我区王史村催粮，但是催又催不到，抢又抢不着，便穷凶极恶地下了毒手。他们勾结了大名、小滩据点的日伪 500 多人，在一个大雾漫天的早晨突然包围了王史村。全村男女老少被赶到村东的大坑里，大坑周围架着机关枪。鬼子、伪军端着明晃晃的刺刀，在人群中窜来窜去。一个小胡子日本军官凶声凶气地对着乡亲们大声地吼道：“村长的，快快地出来！”人群里鸦雀无声。鬼子官在人群中转了一圈，把一个名叫郭连仲的白发苍苍的老大爷叫了出来，他是抗日战士郭新春的父亲。鬼子官威胁郭连仲说：“你的说，村长的郭玉秀哪个是?”老大爷指了指自己的耳朵，摇了摇头。翻译走过去，大声说：“太君问你，哪一个是村长郭玉秀!”老大爷瞪大眼睛对着坑里的人扫了一圈，回头说：“不在这里。”老大爷这一说，人们提着的心才算落了地。大家都知道，不久前在南广才村，鬼子为了逼问粮食，把村长武孟才和 7 名村干部用刺刀活活挑死。在这种情况下，村长只要落到鬼子手里，死不了也得扒层皮。不知道的人以为村长郭玉秀真的不在，其实他就在他们之中，在郭连仲的对面。

鬼子官把老大爷痛打一顿之后，又一连拉出三个人来逼问。但是得到的回答，不是“没看见”就是“不知道”，结果都遭到死去活来的毒打。没有找到郭玉秀，敌人又拉出一个叫王德星的十几岁的孩子来逼问。郭玉秀正要挺身而出，却被孩子的父亲拽住了。王德星对敌人的回答，和别人是一样的：“不知道!”敌人疯了似的，对王德星就要下毒手。一个人站出来大声说道：“村长的下落我知道。”大家一看，回答敌人的竟是老贫农王明星。敌人几十把刺刀唰的一下对准了他。王明星不紧不慢地说：“今天一早，村长到大名赶集去了，我在村西拾粪时碰上他的。”敌人没抢到粮食，又没找到村长，恼羞成怒放火烧毁村庄，抢走 42 头耕牛。

不久，城里敌人又到我区北黄城催收粮食。一进村就拿出烧杀抢掠的架势。村长申怀起（党支部书记）满面赔笑地“招待”敌人，端水递烟，东跑西颠地收粮食，忙得不可开交，敌人以为经过几次烧杀这一带终于被征服。在敌人的催促下，收了整整一天，一支送粮队伍出了村。申怀起亲自带队，乡亲们有的推车，有的肩挑，慢腾腾地出了村。正行进间，突然周围枪声大作，杀声一片，乡亲们扔下粮食就跑。敌人仓皇还击，且战且退。我们的游击队、民兵联防队，把乡亲们扔下的粮食又弄了回去。这是我们预先商定的计策。敌人一进村，申怀起就派人把情报送出村来。根据情报约定的时间、地点，组织区队和民兵联防队设好伏击圈。没费多大气力，就把敌人打得落花流水，既保住了粮食，也保护了乡亲。

（选自《光岳春秋》　作者：田坡　康政）

战斗在马颊河畔

1942年春，为了适应日益恶化的敌后斗争形势，顶住向我朝北根据地步步进逼、进犯的敌人，保卫鲁西北革命根据地，鲁西北地委决定建立一支坚强而又精干的地方游击武装。于是，一支威震敌胆的抗日劲旅——马颊河支队（马支），在灾难沉重的鲁西北平原马颊河岸边应运而生。梁向明任支队长，秦昌银（秦光）任政治委员，朱同松任副支队长，李善亭任参谋长。这支部队肩负着历史重任和人民的希望，在上级党组织和军分区的领导下，同日、伪、顽军进行了不屈不挠的斗争。

保卫根据地

秦光

马颊河支队成立后，面临的第一个急迫的战斗任务，就是抗击由日、伪、顽敌向我冠堂莘朝革命根据地进行的“扫荡”和“蚕食”。

自从1941年以来，日寇加紧了对我解放区“扫荡”“蚕食”，大搞“治安强化运动”，先后在聊堂公路和聊莘公路沿线安了一些大据点，聊堂之间是道口铺，聊莘之间是侯营、田庄和沙镇。国民党杂牌军齐子修与日寇勾结，在蒋汪“反共”“限共”“灭共”“曲线救国”等反动政策指使下，带领 3 个旅万余人的兵力，从其大本营梁水镇出发，穿过聊堂公路，直向我中心区进犯。先后占领了聊堂、莘堂边界的重要村镇李家海、白堂、赵庄、桑阿镇等，伙同驻堂邑吴家海子、辛集、柳林和冠县等地的顽伪军吴连杰、周致中、刘中孚、王魁一等反动势力，共四五万的兵力，矛头直指我鲁西北地委、专署所在地冠堂莘朝革命根据地。

刚刚成立的马颊河支队，是由堂邑县大队、几个区游击队和一部分伪军起义部队整编而成的，不仅人员少，装备差，而且部队成分比较复杂，有的战士刚刚失去家乡，思想不是很稳定。为了对付以上力量强大、来势凶猛的敌人，马颊河支队在军分区的直接领导和指挥下，一边打仗，一边根据毛主席的战略思想和建军原则对部队进行整顿。经过整顿，全体指战员的政治思想觉悟迅速提高，战斗力快速加强，大家一个意志，一个决心，坚决用鲜血和生命来保卫抗日根据地和人民，这支部队很快成为同敌人进行殊死斗争的英雄部队。

一天夜晚，我们驻在胡疃。天将黎明，忽然听到东面枪声噼啪乱响，夹杂着手榴弹轰鸣的声音。我们分析断定，是桑阿镇的敌军来吕庄抢粮，首先与吕庄民兵接上了火。我们立即决定集合队伍前去增援，坚决打击来犯之敌。吕庄是一个有几百户人家的大村庄，南北宽有 1 里多地，东西长有 2 里。民兵在村里打麻雀战，同敌人周旋。敌人饿急了，一面同民兵打仗，一面抢老百姓的粮食财物，破门撬窗，翻箱倒柜，家家户户被抢得一干二净，全村百姓痛心疾首。

马颊河支队迅速出发，我们命令二中队为前卫，因为二中队长高玉山是吕庄附近的人，地理地形很熟，他遂率队跑步前往。我和参谋长李善亭，率领其余部队紧紧跟随。一口气跑了好几里路，来到吕庄西头阵地。我们冒着枪林弹雨猛打猛冲，敌人胆怯拔腿就跑，我们拼命追击，咬住不放。追了四五里地，敌人逃回桑阿镇据点，我们撤至吕庄宿营。这次战斗，因为马颊河支队缺少弹药，我们只打死打伤敌人 13 名，缴枪 7 支、子弹百余发，但对我们的战士和民兵以及当地人民群众却是很大鼓舞。

9 月中旬的一天，我们获悉敌人要出来抢劫，就连夜带队进驻段菜庄一带准备迎击。第二天拂晓，齐子修带领两个旅的大部分人马向我们袭来，战士们听到枪声立即进入阵地，同敌人展开激战。敌人攻势越来越猛，马颊河支队有些力不从心。正在这时，分区司令员赵健民率领基干团增援。战士们看到援兵，信心倍增，越打越勇。两支兄弟部队在赵司令员的统一指挥下，顽强作战，密切配合，竞相杀敌，在冲锋号的鼓舞和机关枪的掩护下，战士们一跃而起越墙跨壕，奋勇出击。在密集的子弹和喊杀声中，敌人狼狈溃逃。这次战斗，敌人死伤旅副参谋长以下官兵 170 余名。我军缴获马步枪 17 支、子弹 450 发。

此后，敌人最怕马颊河支队与他们拼命，再不敢轻举妄动。而我们则经常活动在桑桥、吕庄、朵庄、张货营、贾镇、西庄一带，主动出击。为了不让敌人摸清活动规律，我们白天进村，晚上转移，前半夜进村，后半夜转移，多次出击，或夜袭，或打埋伏，给冠县、堂邑的日伪军以有力打击。

开辟根据地

1942 年，鲁西北地区干旱，颗粒不收，造成历史上罕见的大灾荒。老百姓把树叶子、树皮都吃光了，有的地方甚至有人吃人的事，人死了没人埋，饿殍遍野，白骨满院，一片凄惨景象。

老百姓生活这样苦，部队的困难同样可想而知。起初，我们的队伍到一个村庄，村干部挨家挨户给我们敛些糟糠吃，这些用玉米芯、花生壳、红薯秧、杏树叶、柳树叶、棉花籽等碾成糟糠做成的团子，用手一抓就散，吃起来满口渣滓，嚼不烂，咽不下，吃下去胀肚子，解不下大便，很多人得了肠梗阻。后来连糠也敛不到了，所以战士们经常饿着肚子打仗。我们意识到，没有粮食部队就要挨饿，就不能坚持抗战到最后胜利。为了解决部队吃饭问题，我们曾连续几次将莘县县城及城外炮楼的日伪军包围起来，封锁住城门，从城郊共运回36000多斤粮食，缓解了马颊河支队的吃饭问题。

1943年春，敌人对我华北根据地继续摧残，抗日根据地继续缩小，敌后斗争形势更加恶化。许多部队和地方工作人员，都聚集在冀鲁豫中心区，不但回旋余地小，吃饭也更加困难。为了扩大根据地，解决部队生存和给养问题，领导决定集中马颊河支队的力量，配合兄弟部队开辟冠北地区，主要是冠县八区，其次是馆陶南区及堂邑西北地区。这些地区村庄稠密，土地肥沃，粮食丰富，又是地主、会道门等封建顽固势力统治严密地区。这一带村村设寨，乡乡联防，有的勾结日伪以求苟安，有的公开对抗抗日政府和抗日武装，拒不执行抗日政令，拒不缴纳抗日捐税和公粮，反而殷勤资敌，助纣为虐。有的勾结蒋帮特务，阻碍抗日交通，捕杀抗日工作人员和抗日救国人士，被日伪称为“模范绥靖区”，对我冀南和鲁西北抗日力量产生严重阻碍与破坏作用。

1943年1月13日夜，我们几支兄弟部队，有冀南的二十二团两个连、七七一团两个连、分区基干团、马颊河支队、堂邑县政府警卫连等武装，在赵健民司令员的统率下横跨冠堂公路，冲破敌人封锁线，一举攻入冠北。几支兄弟部队密切配合，协同作战，在夜幕掩护下，接连攻克冠县伪八区的清水、蔡庄、刘屯，打死恶霸地主、伪副区长刘祖荣和反动头目韩翼臣，解放了朱庄、兰沃、孔村、曲村、小焦庄等村寨。马颊河支队进攻沙窝林中的田寨，打前锋的一中队，迅速爬上围墙，攻克了寨门。二十二团在马颊河支队东北面的蔡庄，打得最凶，机关枪、手榴弹响了半夜，双方都有伤亡，几个村寨的反动武装有的缴械投降，有的连夜逃跑，附近村寨纷纷打开寨门欢迎我军进驻。

我们立即开展抗日救国的宣传工作，动员人民群众有力出力，有粮出粮，有钱出钱，有枪出枪，支援八路军抗日救国。同时，建立了乡村抗日政权，开展了统一战线工作。仅仅一个多月，各项工作如火如荼，成绩斐然，不但解决了部队吃饭问题，支援了根据地军民生产和渡荒，还动员了不少青年参军参战。

冲破“铁壁合围”

1943 年 2 月 26 日，马颊河支队驻在冠县东北的张柳邵。清晨，突然从西北方向传来隆隆的炮声和嗒嗒的机枪声。那是分区赵健民司令员率领的基干团，驻在孔村一带，拂晓突然遭到来自馆陶方向鬼子的包围和进攻，他们正在同敌人展开激烈战斗。

开始，我们以为那是局部战斗。忽然哨兵报告，东边也发现了敌人。我们立即上围墙组织抵抗，从枪眼里向敌人射击，给进攻的敌人以杀伤。敌人抬来大炮，将我们的围墙打了个洞，准备从洞里冲进来。我们发现是齐子修的伪军，便命令部队准备反击。这时，东南面出现更多的敌人，打着太阳旗，十来步远一个人，排着队形像拉网捞鱼一样向我们合围而来。

这不是一般的行动，而是“铁壁合围”。我和参谋长李善亭分析决定，冠县敌人兵力比较薄弱，离根据地较近，应向西南方突围。同时命令部队，迅速做好突围准备。于是三中队做掩护，边打边撤，我率二中队走在前面，支队部及其他中队跟在后面，跑步前进。

战士们穿着新发的草绿色军装，打扮成正规军模样，我们通过一段开阔地，进至义村南一条南北方向的交通沟内顺沟南行。来到东南

东范庄村东南拼刺刀处

庄以西、东范庄以东的交叉路口，突然遭到日伪军的堵截和东南庄村内敌人各种火力的侧击，封锁了我们的去路，部队遭到伤亡。我见敌人火力太猛，担心部队过于集中会遭到更大的伤亡，便与李参谋长商量，是否可以分散突围。他说："分头突围比较好，你带二中队继续向南突，我带其他部队绕道向西南方向突。"

我指挥二中队继续向南突围，想努力打开缺口，消灭这股敌人，同时吸引住敌人的火力，掩护整个部队突围。冲到距十字路口五六十米的地方时，遭到几十个鬼子、伪军步枪、机枪和掷弹筒的猛力阻击，东边的敌人也不断用枪炮向这边扫射和轰击，部队伤亡剧增。

我命令二中队副队长王左英冲锋，他立即带几名战士蹦出道沟，从左边向敌人冲去。冲了十几步远，身中数弹，光荣牺牲，几名战士和警卫员冯立功也英勇牺牲。

但这时正面敌人遭到我火力杀伤，两个掷弹筒和一挺轻机枪被打哑，只剩一挺机枪和一些步枪还在咔咔地响着，大部分日伪军趴在沟里不敢抬头，受伤的敌人发出狼嚎一般的怪叫。我见时机到了，从一个战士手中抓过一颗手榴弹，喊了一声，"同志们，跟我冲啊！"一个箭步飞快地蹦出道沟，带领一群战士，猛虎一般向左边敌人扑去。离敌人还有 30 来米时，我将那颗手榴弹向鬼子群中扔去，轰隆一声，鬼子汉奸一片吱哇惨叫。二中队长高玉山趁着烟雾的掩护，带领战士一冲而过突破了敌人的合围圈。

与此同时，李参谋长率领的机关和部队也打开缺口，从东范庄以北冲出敌人的合围圈，并缴获了敌人一部无线电台的小型发电机。这次突围，我们虽然牺牲了一些同志，但马颊河支队大部分都保存下来。突围中，我腰部负了重伤，战斗结束之后，在老乡的帮助下安全返回部队。

进军敌后

1943 年秋，马颊河支队的领导干部进行了调整，李善亭任支队长，县委书记刘洪源兼任政委，屈乾坤任副政委，牛运武任参谋长。随着全国抗日形势的发展和我冠堂莘朝根据地的巩固，为了进一步扩大根据地，更加有效地打击敌人，马颊河支队奉分区命令向日伪盘踞的老窝堂邑县城挺进。

马颊河西郭关庙驻有一个伪中队，队长石维成系土匪出身，带领一帮亡命之徒与我对抗，要东进必须首先清除这帮匪徒。支队长李善亭亲自到郭关庙附近实地侦察，得知我方中途离队的白凤太在石维成部当了司务长。他亲自找到白凤太家属，讲明政策，指出前途，让其家属做白的工作，白表示愿意为我作内应，并向我们提供了情报。马颊河支队立刻向郭关庙发起进攻，一举攻克这一据点，歼灭敌军近百名。

马颊河支队向东过河后，阻挡我军前进的第二个顽固堡垒，就是驻谢家村的死心塌地投靠日军的汉奸刘中孚，他手下部队 800 余人，盘踞在堂邑城南一带的蒋庄、苏庄、花园、范庄、谢家、后田、白周家等据点，形成由东至西 30 余里的据点群，经常抢劫人民群众的粮食财物，长期与我抗日军民为敌。马颊河支队来到河东后，人民群众纷纷要求我们尽快消灭这支罪大恶极的顽匪势力。

从总体情况看，不论队伍的数量还是武器装备，敌人处于优势，我们处于劣势。要打垮敌人，变敌人老窝为我们的根据地，困难很大，任务非常艰巨，光凭死拼硬打不行，必须把工作做到敌人内部去。通过多方了解，得知刘中孚部上层骨干分子多系国民党员，思想反动，顽固不化，不好争取。但下层多数被迫当兵，对刘中孚一伙早就不满。李善亭就对一些被抓丁抓夫当兵的士兵家属做教育工作，他们早恨透了敌人，都积极表示愿为消灭敌人做出贡献。又通过他们的工作，很快争取到伪兵李令文、张学仁、郭立功等作内应。一天夜间，他们在寨墙上接应马颊河支队和二十二团一个连攻进据点，顺利攻占了刘中孚伪团部所在地——谢家围寨，消灭了刘中孚部 300 余人，其余残部纷纷遁逃，聊堂边地区遂告解放。

接下来，就是解决堂邑城内外的敌伪军。对堂邑的伪军，我们在 1940 年开辟堂邑城南根据地时，已和驻堂邑城南李双阵的伪县大队副大队长张双铃及驻城内外的几个中队长建立了关系。张双铃是个出身贫苦、有正义感的旧军人，县大队的 8 个中队，5 个直接归他掌握，是伪杂军中的实力派。我们通过李善亭的表兄——在伪区公所当秘书的李乃武去做张双铃的工作。李乃武跟张双铃是朋友，经过几次谈话，交代党的政策，张双铃认识到跟日本人干下去没有好下场，只有跟共产党、八路军合作抗日才有出路。从此我们打开敌伪工作的缺口，进一步通过张双铃与其手下的 4 个中队长建立了直接联系。通过这些人，我们不仅能及时掌握堂邑县日本鬼子和皇协军的活动情况，而且经常能从敌人内部购买一些枪支和弹药。

1945 年夏，分区司令员赵健民率领二十二团、马颊河支队、各县大队攻打堂邑。攻城前，分区高参谋由李乃武陪同，在张双铃属下中队长高自安的掩护下，进入城内观察地形和城防情况，绘成地图，做好战斗部署。攻城时，张双铃接应，我军从东城墙魁星阁攻入城内，消灭、俘虏伪军 700 多名，解放了堂邑县城。

1945 年秋，形势迅速发展，马颊河支队改编为主力部队二十四团，立即配合兄弟部队参加聊博战役，取得歼灭郭金成、罗兆荣、庞丙申三股伪匪数千人的重大胜利。尔后围困聊城近一年，终于把敌人赶出城去，解放了鲁西北全境。

（选自《光岳春秋》续集　作者：秦光）

回民信教更爱国

山东聊城地区的冠县、莘县、朝城一带，居住着大约两万人的回族群众。冠县的西街、南街、沙庄、靖庄、张尹庄、高庄、闫村、后十里铺、里固、蒋寨，莘县、朝城的张鲁集、滩里、韩庄、刘营、蔡营、路满以及朝城城关，附近地区大名县的善乐营、金滩镇、龙王庙等，都是回民聚居的地方。此外，还有些村庄，个别回民同汉族和睦相安地住在一起。回族群众多是肩挑手提的小商贩，或者是耕种贫瘠土地不得温饱的农民。他们处于社会的最底层，受剥削、受压迫、受歧视程度较深，因而接受革命思想较快。全民族抗日战争爆发后，这一带的回族群众同汉族人民一道，在中国共产党的领导下，积极参加了抗日救国的各项工作，在抗日战争中贡献了自己的力量，创造了许多可歌可泣的事迹。

组织回民抗日救国会

1938 年，在党的领导下，经过政训处的宣传和组织，冠县各界群众先后成立了抗日救国的团体。会员较多的有农民互助会、青年救国会、妇女救国会以及儿童团等，这些抗日救国团体在全县城乡非常活跃，发动群众的工作形成了高潮。冠县的回族人民，也在酝酿成立回民抗日救国会。

在群众抗战热情高涨的情况下，国民党冠县县党部的一些人，不做抗战救亡的事，而是想尽办法拖抗日工作的后腿，玩弄假抗战真反共的勾当。他们利用少数人，成立所谓农民、青年、妇女的“抗敌后援会”，同真正由人民群众组织的抗日救国会唱对台戏，妄图阻挡抗日救国的洪流。他们听到要组织回民救国会的消息，便立即插手，派出李子西（本文列举的人名，除注明者外，皆为回族）同清真寺的大乡老（管事人）张英华等串通一气，妄图组织由他们一手包办、不许广大回族群众参加的回民组织。当时我（在冠县政训处工作）和白凤芷等同志正在清真寺负责筹组回民救国会的工作，为争夺回民抗日救国组织这一抗日阵地，我们同国民党冠县县党部展开了一场斗争。

通过分析当时的情况，我们认为，冠县清真寺的一些阿訇在回民

城内清真寺

群众中有较大影响，争取他们的支持，是这场斗争取得胜利的关键。于是，有针对性地对他们做了大量团结争取工作，如居住清真寺中的老阿訇何克金是在回民群众中有影响的宗教职业者，又是有名的武术教练，我在1933年曾参加过由他领导的伊斯兰教经学研究社。清真寺在职阿訇何鸣玉也比较开明。利用这些关系和条件，我们反复宣传我党的抗战方针和政策，组织回民救国会的重大意义，使他们知道我们这些人关心清真寺，是为回民谋福利的，也是真正抗日的。同时我们抓住李子西等在国民党当政时期是红极一时的"李太子"，从来不关心回民群众的疾苦、从没进过清真寺大门的事实进行揭发，使一些宗教界人士和广大回民群众，认清了他们的真实面目，抵制了他们的拉拢和欺骗活动，终于迫使他们狼狈地退出了清真寺。斗争的结果，冠县回族群众在中国共产党的领导下，组织成立了"冠县回民抗日救国会"，并选举我为负责人。在这场斗争中，回民群众认清了国民党的真面目，大家愿意在中国共产党领导下，进行抗日救国斗争。

1942年下半年马本斋率领回民支队，在鲁西北地区坚持抗日斗争，经常在张鲁集一带活动。回民支队民运股的马士芬等同志，同冠、莘、朝一带的回民干部共同发起组织了"鲁西北回民抗日救国会"，负责人黑伯理、尚中夏、沙朴、沙俊跃、沙春平等。鲁西北回民抗日救国会广泛地发动回民群众参加抗日活动，利用各种关系，收集情报，瓦解敌伪军，集中力量积极开展敌占区工作，搞得十分活跃。

拿起武器，参加和组织抗日武装

在日寇疯狂进攻、残酷屠杀面前，党领导下的冠、莘、朝一带的回民群众，纷纷拿起武器，积极参加抗日队伍，或者单独组织回民抗日武装，同日寇汉奸展开英勇不屈的武装斗争。

抗日战争爆发后，冠县的“义勇军”，拉起一杆又一杆，有的是打着抗日旗号的土匪，有的是真正的抗日武装。这些义勇军，1938 年初被范筑先收编为五支队和六支队。冠县入党较早的回族青年学生沙延孝，就在五支队里工作，后来随着部队的整编，调到筑先纵队三营做教导员，同赵健民（汉族）并肩作战。1939 年，在曲周县边境同日寇的一次战斗中，延孝指挥作战非常英勇，战斗即将取得胜利之际，带领战士奋不顾身地去夺取敌人的大炮，不幸中弹牺牲。

丹彤（后排左三）与战友

1939 年夏，敌人占领冠县县城前后，白凤芷等组织起冠县城区区队，由他担任队长和区长，在县城附近同敌人不断进行战斗。沙俊跃等遵照冠县县委的指示，组织起短小精悍的武工队，代号是“柏江队”，队员 10 余人，全是短枪装备，神出鬼没，活动于敌人占领的县城周围，扰乱敌人，严惩汉奸，使坏人闻风丧胆。日寇占领县城后，曾在一段时间内没人敢当汉奸替敌人做事，有的人出面维持，也要先同我们联系。这支武工队，受到人民群众热情称赞、多方帮助和支援。

在回族聚居的莘县张鲁集，杨建远、马兴甲等组织了第一支回民武装，共有队员二三十人。他们同冠县农民互助会的农民武装相配合，夺取了朝北王奉的区政权，改编为区队，为开辟和创建朝北抗日根据地做出贡献。

为了保卫家乡，配合八路军正规军和抗日游击队进行抗日斗争，在回民聚居的村庄，组织起抗日自卫队。比较有名的是张鲁集的抗日自卫队。这是一支不脱产的武装队伍，他们作战英勇顽强，在几次日寇的进攻下，掩护群众撤退，坚壁清野，并主动出击、打伏击，给莘县的敌人和窦村据点的伪军以有力打击。在张鲁集的赶集日，自卫队还在面对敌据点的路口、要道放哨，设埋伏，保护人民群众的安全，保障集市的物资交流，对发展和繁荣根据地的经济起了重要作用。

1940 年冬，在张鲁集抗日自卫队的基础上，经鲁西北军分区决定，建立了鲁西北回民抗日游击队，队员 100 人左右，队长李树臣（张鲁集的自卫队长），政治指导员白凤芷。这支队伍活跃在莘朝边境，在反“扫荡”中，不断取得胜利。后曾配合马本斋司令员的回民支队，在蔡营一带狠狠地打击了进犯根据地的日伪军，在俎店战斗中，曾活捉日本鬼子。经过鲁西北抗日军民的艰苦斗争，回民抗日游击队和张鲁集自卫队英勇抗敌，虽然日伪连续进攻，在附近的窦村、宛疃、吕村、妹冢等村安了据点，从三面包围张鲁集，多次企图在张鲁集安设据点，但由于我武装部队和秘密的情报工作相结合，事先把同敌人有联系的内线汉奸、危险分子坚决铲除掉，粉碎了敌人的阴谋，使张鲁集屹然不动，成为巩固的抗日根据地。鲁西北贸易公司等单位以张鲁集为中心，开展经济工作，组织和扶助群众生产，既有利于群众的生活，又保证了军队被服军粮的供给。同时，利用各种关系，同敌占区进行物资交流，换回一些军需用品及其他必需品。张鲁集曾被称为鲁西北根据地的“小上海”。八年艰苦的抗日战争，张鲁集始终在我抗日军民手中，成为远近闻名的英雄集镇。

1942 年，回民游击队正式编入回民支队，转战莘朝和冠堂地区。1944 年 2 月，这支队伍在马本斋病故以后调到陕北，积极参加了保卫党中央、保卫延安的战役。

在莘、朝边境的刘营一带，有一股土匪，杆子头王兰金是回民，一般成员也大多是回民，他们同日寇作过战。这股土匪在回民抗日游击队的影响下，主动同我军联系。鲁西北军分区派我去刘营，找王兰金洽谈收编事宜。1941 年夏，这支队伍正式编入军分区武装部队，在莘、朝边境一带协助抗日政府坚持抗战。但在 1943 年环境险恶、生活艰苦的形势下，王兰金带领少数人哗变，投降了日寇，而沙俊德等大多数人仍留在抗日部队。

伪装隐蔽，战斗在敌人心脏

在日伪军据点里，回族干部和群众利用回民亲戚关系和清真寺的掩护，进行瓦解敌伪军的工作，收集军事、政治情报，有着较为方便的条件。

1939 年 6 月，日寇占领了冠县县城，县委决定在县城设立敌工站，派杨仓（杨增胤）、张守增（汉族）同城里饮食行业的回民厨师马德波、李恩庆，利用开饭馆作掩护，开展敌工工作。后因工作需要，把杨仓同志调出，由沙德馨（沙二白）接替。沙德馨在城里南街狮子口，以摆烟糖摊作掩护。城外的敌工站设在五里铺，在冠县南关有张成俊为交通员，互相配合，进行活动。沙德馨同伪区长王国钧（他有两个女儿在抗日部队中工作）、冠县南街伪镇长沙恒坦取得了联系。这些人都有职业掩护，活动范围较广，开展工作较为方便。他们的工作，一是收集敌伪军活动的情报，每天向城外送一次，紧急情况随时送。由于他们接触较多的是伪军负责人，伪军 6 个中队中 3 个中队有我们的工作关系。因此，他们传出的情报，一般都是比较准确的。二是瓦解伪军，争取一些伪军士兵“身在曹营心在汉”。他们以各种方式联系的伪军官兵约有 200 人，这些人多数能做到同八路军作战时打高枪，偷盗扣留弹药，卖给八路军。三是营救被敌人捕获的革命干部和抗日战士。

在冠县寺地村战斗中，我八路军5人被伪军捉住，他们通过伪军关系，把这5人放出。四是掩护一些我党的干部到城内活动。如沙俊跃、郭策（汉）、董华（汉）等人为了取得第一手信息，都在敌工站的掩护下，到城里进行过活动。鲁西北军分区敌工科长杨大伦（汉）曾在沙德馨等人掩护下，在城里直接观察收集情报，察看地形，为攻打县城进行准备，后因我军领导机关变更计划没有行动。由于坏人告密，沙德蓉、张成俊、沙德馨被敌人捕去，张成俊被日寇杀害，沙德馨受尽酷刑，拒不承认。过了一段时间，我们利用伪军中的关系，将他保释出狱。出狱后，他仍然坚持革命工作，直到县城解放。

张鲁集是我们在敌占区进行活动的一个联络点，敌工站利用回民关系，把情报工作伸向朝城、大名、莘县城及冠县的里固等地。敌人几次要在张鲁集安设据点，由于我们的敌工工作开展得好，每次都能事先得到情报，采取措施，先发制人，粉碎了敌伪的计划，使他们安设据点的阴谋始终未能得逞。

广泛团结爱国宗教人士

1942年，鲁西北抗日根据地在日寇疯狂“扫荡”“蚕食”进攻下，被压缩到冠、莘、朝三县边上的狭小地区，形势十分险恶，并且，又有旱灾、蝗灾造成农田严重歉收，群众生活极为困难。越是艰苦，越需要动员团结更多的回族群众同汉族人民一起，在共产党的领导下，坚持抗日斗争。

中共鲁西北地委为了进一步做好伊斯兰宗教界人士的统一战线工作，决定派我和王子栋等，在张鲁集筹备召开一次有各坊清真寺阿訇参加的座谈会。张鲁集有3座清真寺，其中南街大寺在这一带回族中有较大影响。经同张鲁集南街大寺的阿訇共同商定，就由这个清真寺的宗教人士，采用回族走亲戚、宗教人员“串寺”等方式，设法向地处敌占区、游击区的大名县、朝城县、冠县等十几坊清真寺阿訇，送达了召开阿訇座谈会的通知。严寒的 12 月中旬，阿訇座谈会在张鲁集南街大寺讲堂召开。到会的有十五六坊清真寺的阿訇，有张鲁集南寺的沙梦、何其宽，北寺的张顺堂；冠县城内寺的何鸣玉、里固寺的杨子芳、马丙臣，尹庄寺的张锡英、王化铭；莘县路满寺的李鸿亭，刘营寺的张全恩；大名县南关寺的巴洪宾；善乐营寺的郭盘祥。还有一些不在职的阿訇和哈里发蔡永清、马心德、李志成等，加上附近回民聚居村庄的回族干部共有四五十人，济济一堂。会上，我们向大家讲了当时的国际形势、苏德战场的情况、抗日战争相持阶段的特点、抗日工作的方针和做法等，并对各清真寺的阿訇如何在抗日战争中发挥自己的作用提出希望。

座谈会讨论的主要问题是根据各地不同的特点，做好回民群众的宣传教育工作，组织回民群众同汉民群众一起参加抗日活动。大家认识到清真寺的阿訇进行这方面活动，有很方便的条件，可以利用礼拜宣讲的机会、利用为回民群众料理婚丧事的机会，采取灵活方式开展工作。敌占区清真寺阿訇，可以对伪军、伪职员中的回民进行观察和分析，根据不同情况分别进行工作，激发他们的爱国心，争取他们“身在曹营心在汉”，少做或不做坏事，尽可能做一些有利抗战的好事。游击区清真寺的阿訇，可以通过宣传教育，使回民群众坚决站在抗日方面，掩护来游击区工作的抗日干部和八路军战士。如冠县沙庄距离敌人占领的县城只有 3 里路，这个村的清真寺在掩护八路军的侦察员时，做得很巧妙，使敌人搜捕落了空。根据地清真寺的阿訇，协助基层干部，发动和组织回民群众参军参战，优待军烈属，组织抗日自卫队，征集公粮，积极参加和支援抗日战争。在这些方面，大家出主意，想办法，讨论得很热烈。

座谈中，不少人提到在回民群众中流传很广的一句话，叫作“回回争教不争国”，它对回民的爱国热情，起着无形的压抑作用。大家针对这个问题，讨论如何向回民群众做教育解释工作。何其宽阿訇根据伊斯兰创教的历史，在会上说：“穆罕默德圣人曾经这样讲过，当自己的国家遭受敌人侵略的时候，就应该拿起武器，抗击敌人，保卫自己的国家。”敌占区清真寺的几位阿訇，列举了日寇烧杀奸淫的罪恶，不论汉民、回民都深受其害，以及有的日伪军还故意糟蹋污辱清真寺等大量事实，说明爱国与爱教是一致的，要想保教必须保国。经过讨论，大家心里亮了，一致要求编写对这个问题的宣讲材料，在回民群众中散发。阿訇们表示，在礼拜讲“卧尔兹”时，可以通过适当方式，讲解这些道理，激发回民群众的爱国热情。

在这次座谈会中出现了一个插曲。会议休息时，沙梦弼阿訇找我，反映出席这次会的大名南关清真寺阿訇巴洪宾接受日伪的任务，利用参加会议的机会，为敌人探听根据地的情况。当时考虑到会议中不便抓人，经过同保卫部门商量，决定在会议中不触动他，严密注意他的行动。会议结束后，我们就以个别谈话为名，留下姓巴的阿訇进行查询。查询时，巴阿訇大惊失色，向我们哭诉了他接受敌人任务的情况，伪军知道了他要到张鲁集开会的消息，就威胁他并送给他一口袋小米（约 100 斤），要他探听解放区的消息，特别是八路军的人数及装备情况。我们根据当时的情况判断，巴阿訇不是死心塌地的敌探。我们对他进行了教育，讲明一个正直爱国的阿訇应该怎么做。他承认了自己的错误，发誓再不为敌人做事。我们帮他编造了所谓的“情报”，要他回去向敌人报告，并希望他把大名城里的敌伪活动情况，通过回民的往来，向张鲁集传送，他表示十分感激并决心照办。这样处理，收到了很好的效果。后来巴阿訇利用关系，营救了一个被大名敌人逮捕的抗日干部。

座谈会结束，各坊阿訇回去后，不少人对抗战工作做出了贡献。张鲁集清真寺的蔡继增阿訇还参加了回民支队，转战鲁西北各地。1944 年，馆陶的敌人配合冠县的日伪军到朝北“扫荡”，把驻在西石固村的军分区武装部手榴弹工厂的 3 个工人抓到馆陶。我们就是通过冠县城内清真寺和里固清真寺的阿訇，找伪军中的回民关系进行疏通，最后出了点粮食，把这三位同志赎了回来。

冠、莘、朝一带回族人民和宗教人士积极参加抗日救国活动及其所创造的事业，充分说明了党的统一战线政策和民族政策的无比正确及其强大的生命力。我们深深地感受到，过去我们按照党的政策办事，取得了抗战的胜利。在新的历史条件下，我们仍然要自觉地执行党的统战政策和民族政策，广泛团结各族人民，同心同德搞建设，为实现祖国统一和繁荣富强的伟大事业做出新的贡献。

（选自《光岳春秋》续集　作者：丹彤）

我的战友朱冠友

我与冠友是于1937年12月认识的，当时他在山东第六区政训处的政训队当队员，我去该队后一块儿活动，后来我俩一同转入抗日游击第一支队。在游击队同时由战士升为副班长、班长、连队司务长，又同时入党，一块儿革命生活了很长时间。

朱冠友系山东省冠县城内北街人，老家原籍在山东省济宁州，是他父亲在灾荒年带领全家逃来冠县的。他生于1918年，1933年在冠县县立第一高等小学毕业，1935年在冠县县立师范讲习所毕业，曾在冠县城东五岔路小学教书。冠友家中贫苦，一家人靠其父开小饭馆维持生活，他勉强读完高小后，无力升入中学，就考入供给伙食费的师范讲习所，毕业后当了小学教员。

冠友上学时为人忠厚诚实，与同学团结友好，学习认真刻苦，品学兼优，常读进步书刊，思想进步。1935年师讲所毕业前夕，经同学好友许梦侠介绍加入中国共产党。国难当头，日军侵华形势紧急，冠友爱国思想浓厚，积极进行抗日救国宣传。

七七事变后，日军先占平津，继而占河北、山东，国民党大军南逃，县、区政权溃散，小学停办，一些知识分子随后南逃过河，于是人心惶惶，痛感亡国之苦。当年11月山东省第六区政训处派郭澄之、徐茂里等政训员来冠县开展抗日救亡工作。冠友进一步受到鼓舞，渴求投身抗战工作。因义勇军叛乱，石洪典打进县城，政训处撤走。经政训员指引，冠友去聊城参加了山东省第六区政训处的政训队。他曾荷枪实弹随队护卫，侍从保安司令兼专员范筑先将军去茌平、博平、清平、堂邑县城及柳林镇大杨庄，参加了阻击日寇的战斗。

1937 年 12 月初，我由冠县去阳谷县找到撤去的政训处，该处负责人徐茂里介绍我去聊城政训处，由张维翰主任派入政训处的政训队。政训队驻专员行署内，政训处也驻在那里。我一到就遇见早先是高小同学的丹彤，他便介绍我与冠友相识，丹彤随后调阳谷政训处工作。临走时他叮嘱我与冠友相互照顾，我比冠友大 5 岁，从此我俩朝夕相处。在那艰苦的环境中相濡以沫，一块儿生活，一块儿参加军政训练。过了七八天，晚上吹熄灯号睡下之后，队长刘子荣叫醒大家集合讲话，他说当前鲁西北形势吃紧，日本侵略军已到临清、德州。为迎接战斗形势，政训队精简，办法是：第一，队员可去东关的抗日游击队；第二，既不去游击队，又不回家者，要留队则要进行考试，不合格者仍需离队。当时政训队茌平、博平的人多，队长是博平人，我们看透队长的意图是留下茌、博人，把别县的人撵走。在这种情况下我俩商量，咱别回家，也别考试了。咱们为抗日救国而来，既然在这里不行，去参加抗日游击队吧。次日，就报名参加抗日游击队。我们由驻在政训处的一个叫廖云山的老红军带领，去东关博聊关小学参加了抗日游击队。

这个抗日游击队叫山东省第六区抗日游击第一支队。队长是廖云山，所以号称廖队。廖来之前，队长是老红军洪涛，当时叫洪队。队伍是共产党领导的，队内以党员与民先队员为骨干，战士多为堂邑与聊城的青年农民，也有一部分小知识分子，还有地方旧军人。是 1937 年 10 月由堂邑县的政训处组织成立的。该队在堂邑县活动了一段时间之后，由聊城政训处调来集训。

队伍日常进行政治教育与军事操练，唱抗日救亡歌曲，教学拉丁化新文字，生活很紧凑。队长、排长多为党员担任，纪律严明，官兵平等，同甘共苦，经济公开，伙食尚好。战士情绪饱满，精神振奋，很有点八路的样子。共有四五十人枪。随着人枪的不断扩大，1938 年元旦前移驻城内山东省第三师范附属小学，发展到人枪 100 上下。元旦后，为了队伍的自身发展，也为了协助抗日政权工作的开展，先后调防阳谷县城西参加过打土匪队伍一气水（姓温的头目），应县长徐茂里之请，曾兵临城东北李庄，促使朱庄的土顽认可缴纳抗日粮赋。在寿张县掏过一个土匪窝子，还夜间急行军去阳谷县坡里参加搜查有汉奸嫌疑的天主教堂，在堂邑、阳谷两个县得到政府与政训处的大力支援，人枪发展到 150 上下。同时，也协助两县抗日政权开展工作。

在阳谷，工作在那里政训处的李荫隆与丹彤两位老乡同学来看望，看到我俩多日没换洗的衣裤生满虱子，分别借给我俩棉裤换下，得以对这种“抗日虫子”来了一次大灭除。他俩分别给我俩一元钱以示慰问，对此，我俩均有他乡遇故知的感动。

1938 年春节后，队伍奉调去冠县，以此为骨干，成立了以政训处主任张维翰为司令、老红军王幼平为政治部主任的抗日游击第十支队，队伍驻城西唐寺村，人枪扩大到 200 多，成立了第二中队，驻城内文庙时人枪扩大到 300 多，又成立了第三中队。队伍改为营，中队改为连，廖云山调走，老红军刘致远来当营长。5 月，参加了打北馆陶之役，撵走伪化了的土匪王来贤与王金甲部。政训处发来掷弹筒与十几挺机关枪，队伍改为机枪营。队伍扩大到五六百人枪，并成立了第四连。

初到抗日游击队，我与冠友在一个班。后因队伍扩大，我俩同时升为副班长、班长，就不在一个班排了。驻冠县文庙时，同时升为连队司务长，他在一连，我在三连；在馆陶时他在二连，我在一连，后来被我调到营部工作。

他没讲过原先是党员的情况，1938 年春节之后，队伍驻寿张县城内北街旧粮仓时，我俩同时由宣传队政治指导员陈耀贤介绍加入共产党。队伍驻冠县文庙时，由政治教导员吴新之主持，在文庙大院内两个巨大的石碑间，举行了我俩与冯兆年、刘洋林四人的入党仪式（冯、刘二人入队不久，不知他俩由何人在何时何地介绍入党的）。

同冠友相处中，深感他是一个积极上进的热血青年，表现精明、机智、勇敢、爽直，为人忠诚厚道，工作勤奋扎实，与战士关系密切，干部间团结友好，是一个好党员、好干部。我俩相处一直很好。

1938 年 6 月我奉调去南宫县冀鲁豫边区省委党校学习，从此与冠友告别。1939 年 6 月我被调到冠县工作，很想会见离别一年的老战友，可是一打听，说冠友作战时牺牲了，我是多么难过啊！我久久为之痛悼，至今怀念，难以忘怀。

冠友牺牲于 1939 年 6 月 2 日，时任筑先抗日游击纵队机枪营连政治指导员，在冠县城南谷子头北洼里率队对日作战牺牲。他在队伍撤出战斗时，掩护连长带队撤退，勇敢地射击敌人，身体多处中弹牺牲。其嫂赵广森去收殓，见他一只眼睁，一只眼闭，仍为向敌人射击状。

冠友离开我们多年，他为党为人民英勇牺牲了，可以告慰冠友同志他所在部队发展壮大成为八路军，以后成为解放军的一支主力部队，驰骋在全国的解放事业与社会主义建设事业中，他所追求的抗日战争胜利了，全国也解放了，他理想的共产主义事业正在大踏步地向前迈进。

（选自《冠县党史资料》第十八期　作者：司洛路）

饥荒岁月的博弈

张鉴古

1941 年后，日寇连续发动了五次“强化治安运动”，鲁西北地区的广大人民群众被推向苦海。1942 年、1943 年的特大干旱和史无前例的铺天盖地的蝗虫，又给人们增加了无穷无尽的灾难。人祸天灾接踵而至，冠县东部和堂邑西部数百个村庄的广大地区，成了骇人听闻的无人区。抗战八年，我同这里的乡亲父老，同甘共苦、相濡以沫，历经了无数次政治、军事、经济、文化等各个方面你死我活的大搏斗。尤其在反侵略、反饥饿的战线上，开展了以经济工作为中心的殊死斗争，为我抗日军民度过最艰难的战争岁月，赢得鲁西北抗日战争的全面胜利，创造了重要条件。

专署贸易局

1941 年，许梦侠、周持衡主持鲁西北地区的党政领导工作。为了充分发挥经济领域对敌斗争这一方面军的重大作用，专署成立了贸易局。民主人士许西范任局长，我由原来的县农会主任调来任监委兼副局长。贸易局下设农业科、财务科、贸易科、税务科、秘书科、人事科，科长分别由陈冠三（负责两个科）、赵书章、安××、孙瑞符等人担任，每科配有两三名干事，共近 20 人。地区所属的冠县、堂邑、莘县、朝城、聊堂、朝北等县也设有贸易局。党的经济斗争的总方针是，“发展生产，支持生产，有利于军民生活，有利于坚持抗战”。实行的政策和策略是，“对外经济封锁，对内经济搞活”。具体任务是，搞好市场管理、贸易、金融和税收。通过收取行商税、座商所得税、牌照税、营业所得税、烟酒出厂税、牲口交易税、农业税（公粮），来保障军政经费的供给，并由各县粮站做好粮食储存工作。在对敌经济斗争中，我们大力提倡和支持根据地内的工农业生产和副业生产，实行集体、合作、个体三种经营方式，建起了小型鞋厂、造纸厂、肥皂厂、手工业榨油厂等五坊，还有家庭织布和草编。有计划地拿出根据地军民生产的多余物资，如羊毛、猪毛、花生、油菜籽和少量的棉花，通过关系和内线到敌占区换回电料、药品、蜡纸、油墨等大量军需物资。

1942 年后，粮食成了抗日军民生存和巩固根据地的头等重要物资。于是，我们及时成立了 20 多人的缉私队，建立了自己的银行。缉私队先后由孙康、杨思振领导。缉私队在各县公安人员和民兵的配合下，轻装简从，出没无常，活动在敌我交界的边沿区，进行盘查和封锁。凡属从根据地向外倒卖的粮食等物资，一律查处，轻者拍卖，重者没收。有的私商主动把从敌占区搞来的粮食等物资交给缉私队，政府按价付钱。仅 1943 年的年里年外，冠县和聊、堂三县就以此方式，搞到几万斤粮食和几十斤烟土。同时，缉私队和公安人员还加强了对根据地内重要集市如王奉集、张鲁集、斜店、白塔集等地的市场经营和管理，分行业将经纪人（交易员）组织起来，通过他们去贯彻我们党的政策，做到公平交易，不准抬高物价，不准弄虚作假，不准缺斤少两、掺糠使水。有些投机倒把分子和地主分子，利用季节和行情的快慢差，寻机贩进或贩出，对粮食和某些物资越贵不卖，越贱不买。手中有囤粮的投机商和地主分子，常不断套上大车，把粮食拉到重灾区去卖。于是，我们的各个粮店如张鲁集文生粮店、白塔集义聚恒粮店和斜店粮店等工作人员，把我们自己储存的粮食，拉到价格最高的重灾区低价出售，广大群众纷纷买走政府的粮食。可那些投机商和地主分子经过长途贩运，也已经把粮食运去，最后不得不降价出售。通过这种以囤积打击囤积、以运输打击运输和买迟卖快的策略，平抑了地区差价和季节差价，缓解了灾区人民的生活困难。

我们自立银行，就是为了抓住根据地内货币的控制权。因为货币在战略上起着进攻在前、退却在后的重要作用。开始的军政收支活动，许多都是利用地方券和以开条子要粮的方式，进行抵押、交换和使用。为了长期抗战，积蓄人民力量，共产党八路军在根据地内统一发行和使用抗日货币，即冀南票。同时，在根据地内还流通着国民党中央票，即所谓法币。还有乱出的流动券，也叫金券。1942 年，中央票和冀南票的贵贱值为一比一点三。他们拿中央票来根据地贱买物资，常常抢购一空。国民党退走了，他们的票子仍在这里流通。我们建立自己的银行后，在适当印刷冀南票的同时，决定迅速驱除法币。最后限制在一个月内将法币兑换成冀南票，过期不换的将被作废和没收。法币在根据地内失去了效力，敌占区的人买不走任何物品，市场物资交流稳定下来。我们还能用兑换来的中央票，拿到敌占区购买回所需的物资。不仅减少了根据地内缺乏粮食的困难，支援了地方部队一些武器，还堵住了投机倒把分子和汉奸分子将粮食从根据地向外倒流的渠道。

敌占区征粮

1943年秋，我在地委受训结束后，领导决定由我和张荣廷搞粮食征收。周持衡专员和我们谈话，满怀希望地说："现在，旱情日益加重，我们政府、部队和老百姓的生活每况愈下。粮食就是生命，就是胜利，你们要想方设法搞到一些粮食，聊补无米之炊。"

严重的天灾人祸，时间之长，面积之广，历史罕见。冠堂路两侧的原野上，没人高的枯草在寒风中瑟瑟抖动，野兔、狐狸、獾子在这无人行走的荒原上踏出一条条羊肠路带，到处是残垣断壁，到处横卧着被野兽撕净了肉的人体骨架。在这般凄惨的社会情景下，我们需要到敌占区地主分子手中征收粮食，以减轻根据地和灾区人民的苦难。

当晚，我和张荣廷带领挑选的20名游击队员和工作人员，个个腰插短枪，身着米黄色的夜行衣，向堂邑城南敌占区奔去。堂邑县城四周特别是城南一带，一直是他们的"准治安区"。所以，到这里征粮，一定会有许多意想不到的困难。临行前，领导和我们一起研究了这次的行动方案，合计的上策是，以我的一个老师关系作为突破口，打开在敌占区征粮的局面。我的师范学校的老师李尧卿，是堂邑城南4里的周水坑人。念书时我是班长，与他接触较多。据掌握，他是一个大绅士，和县城日本人很熟，在城南一带的士绅名流中更是久负盛名。为了保证安全，我们研究了行进路线，采取了分散前进而后集中的办法。集中的地点为两个，一个是温集南的范家庄，一个是周水坑西边第一个不知名的村子。路上尽量缩小行动目标，避免同敌人发生战斗，以减少麻烦，确保完成任务。

途中，枪声时而响起，"鬼火"忽暗忽明。我们滚沟爬坡，穿越草丛，巧妙地通过了贾镇一带和温集等据点，冲破敌人30多华里的层层封锁。借着夜色的掩护，我和十几名同志夜晚 11 点来到周水坑李尧卿家。李家高墙深院，朱门紧闭。我们搭上人梯攀墙入院，迅疾打开院落大门。50 多岁的李尧卿被我悄声喊醒，待确实判定是我之后，便吃惊地开了屋门。他一见满院子是人，虽饱经事故，也不免惊恐不安。他急忙拽我进屋，哆哆嗦嗦地问："学生来有何事？"我答非所问："按照老师的教诲，学生履行爱国，如今当了八路军。"李尧卿神色愈加紧张，说："很好，很好。你有何事？"我对他说："最近，我们的大部队亟需一部分粮食。上级对你深为了解，打算把你请到抗日政府磋商，因为知道你是我的老师，且又通晓抗日救国大义，所以安排我来求教于你。"他沉了一下，说："粮食，虽然我家不多，但也不会让你们白来。"看来，刚才这阵子他是在为自己出不出粮食、出多少粮食打算盘。我对他说："现在国难当头，学生干的抗日工作，没给老师丢脸。因此政府考虑你我师生的面子，这次来不是要你出粮食，是请你出头帮助政府召集城南一带的保长们开个会，催一下这一带的抗日公粮。"李尧卿见此情形，脸上露出了笑模样，十分油滑地应承说："那好，那好。老朽虽已落伍，但还深明抗日救国之理。而今有了报效抗日之机，乃是求之不得。放心吧，这件事就由我和我的儿子（在县城里当汉奸）两个人来办。"我特意弦外有音地说："事成之后，学生一定代表政府再来面谢。"当即，我们商定了开会的时间、地点、人员、通知的方式方法和各保长的催交任务（当然，我们自己还有一套临时变动的活动方案）。

果然，堂邑城南的保长和地主们，都视李尧卿见多识广，事事照他的脚步走。当我们牵住了这只"头羊"后，其他则不宜轻举妄动了。一个星期后，在李尧卿的召集下，30 多个保长和一部分重点人物由李尧卿的儿子分三路通知，届时全部来到地处接敌区的毛庄。会上，我向到会的人讲了一些国家受难匹夫有责、抗日救国人人有份的道理，指出了中华民族定会战胜东洋三岛的小日本鬼子这个革命方向。还向他们讲了党的统一战线政策，要求他们“人在曹营心在汉”，多为抗日出力。李尧卿还逐个按地亩同到会人员落实了征集数目。我们还和他们商量了如何应付敌人的有关事宜，让他们保证把粮食运出敌占区。过了十多天，在李尧卿和一些保长的努力下，我们这次在堂邑城南敌占区共征集公粮 30 多万斤。

我们在敌占区征粮的做法，很快得到推广。专署和各县的公安人员，也纷纷深入敌占区，利用各种渠道，通过多种方式和方法共征集了上百万斤公粮。这次成果显著的征粮活动，为我抗日军民坚持持久抗战，度过最艰难的岁月，起了重要作用。

白塔集借粮

1944 年春，抗战局面有了好转，自然灾害也已经缓和，抗日斗争由艰难的相持阶段转入反攻阶段。在这种情况下，我们一面继续进行着刀对刀、枪对枪的武装抗日活动，一面开展了轰轰烈烈的以恢复发展生产、改善人民生活为中心的民主民生斗争。

抗战以来，由于敌我双方力量的悬殊和民族矛盾的上升，我们对地主豪绅采取了团结和争取的策略，共同抗日，对付外来侵略，这是我们抗日民族统一战线政策的具体体现。因此，封建势力的基础从根本上还没有受到打击，广大人民群众的政治、经济地位还没有得到根本改变。于是我党决定，在打击日寇、消灭日寇的同时，在根据地内有计划、有步骤地开展一场较大规模的民主民生斗争。这不仅是抗日斗争的一项重要内容，也是夺取抗战彻底胜利的战略措施。

这时，我在冠县四区任区长，田坡任区委书记，宋健、张老捷先后任抗联主任，共同领导着白塔集、梁堂、赵庄、里村、胡疃、黄城等40多个村庄。这个区是个革命老区，环境恶化时，鲁西北抗日根据地曾缩小到一枪打透的地步，这里的党组织和人民仍像堡垒一样坚持着，地、县、区的党、政、军、群各组织，有相当一部分人员生活在这里，战斗在这里，四区的人民为抗战付出了巨大牺牲，做出了巨大贡献。但是，他们的生活始终穷困不堪。因此，让他们政治上真正获得解放，迅速改变他们的生活现状，有着不同一般地区的特殊性和迫切性。

民主民生斗争包括减租减息、增资增佃、赎人赎地赎青苗、查黑田、反恶霸等多方面内容。对此人民群众拍手叫好，一哄而起，而那些地主恶霸则咬牙切齿、虎视眈眈。东大里村和钱辛庄是开展民主民生斗争的硬钉子，大地主田增印、钱西安、钱西顺都是有点名气的国民党顽固分子，对这场斗争更是百般阻挠和破坏。田增印家中囤粮数万，在之前轰轰烈烈的借粮运动中都出借甚微。现在搞民主民生斗争，他更是站在反面，首当其冲。他利用宗族、亲缘等关系，采取收买、威胁、欺诈等手段，煽动、串联了一部分“腿子”和“同情分子”，同抗日政府分庭抗礼。区抗联的几位同志在这里发动群众，他们公然叫骂，要与抗联的同志见个高低。我和田坡商定，由我先去稳定一下。我带两个通讯员到了东大里村，找到顽固势力一方，先做“同情分子”的工作，“亲哥弟兄不一家，张王李赵是自家。没有过不去的事”。他们答应得都很好，表示愿意听政府的。我又对抗日群众这一方做了安排，叫他们有计划、有步骤地搞，要集中火力，矛头对准死硬地主分子。双方暂时平息下来。可是，到了晚上村里又闹哄起来，双方磨铡的磨铡，叫号的叫号，铁锨、三齿、土枪都拉了出来，真可谓剑拔弩张，一触即发。这时，梁堂、王庄、田里村等几个村的抗日庄长高士贵、王克俊、田学民也都找到区里，汇报了这场斗争的尖锐和复杂。看来，地主们在村与村之间都搞了串联，已经构成了一张不小的网。

对此，区委、区政府更加重视，我们做了认真分析研究，决定针锋相对，毫不动摇，先从东大里村打开突破口，然后把全区的斗争引向深入。

决定以后，我立即带着五六十人的区队，肩扛上了刺刀的长枪，黎明进了东大里村，村头路口都上了岗，禁止出入。首先我对200多户人家挨门走访，征求对本村这场斗争的看法和意见，以防部分群众再受蒙蔽，并着重对十几个“腿子”集中进行了训话。训话的主要内容是：一、中国人要团结起来，共同对付日本侵略者；二、抗战胜利已是大势所趋，人人都要在认清这一形势之后，再确定自己的行动和态度；三、地主财产都是劳动人民的血汗，剥削是有罪的；四、如果成心与我们作对，我们将不客气，先带到区里，后做处理。在这种情势下，有的人开始向我们这一方转化，表示了“服从政府，不再闹事”的态度。有的虽然不服气，但见我们真的拉开了阵势，使的又都是真家伙，气焰自然大减，个个垂下了脑袋。人民群众士气大振，斗争热情日益高涨，村上的工农青妇抗日团体进一步巩固和壮大。由于恶霸地主田增印始终与我们为敌，开始明火执仗，充“硬头灰”，后来闭门不出，要“肉头阵”，总之他的万贯家财一根毫毛也动不得，所以被发动起来的群众在各抗日团体的率领下，冲进田家大院，砸开他的屋门，打开粮仓，除给他留下一些口粮外，其余全部分光，连数字也没来得及记下。接着，在区抗联的领导下，敲锣打鼓，集合全村群众，召开斗争恶霸地主大会，外村群众也来了不少。会场上，群情激昂，口号山响，田增印威风一扫而光。会后，村农会丈量了他的土地，一部分赎回原主，一部分分给了穷苦百姓。原来持观望态度的地主，积极向政府靠拢，主动汇报敌情，表示“后悔自新”。很快，大里村的局面打开了。

照此方法，钱辛庄斗了地主钱西安、钱西顺，梁堂斗了拥有数千亩土地的大地主王新江，贾六庄斗了大地主兼资本家侯新魁，分了他们的土地和财产，百姓们出了气，解了恨，整个四区的群众全部发动起来。几千年的封建势力，受到民主民生斗争革命洪流的强有力的冲击。

打击了封建势力，削弱了地主经济，穷苦百姓的政治、经济地位有了改变。在这个基础上，我们又发动群众组织了生产互助组、纺织互助组、四坊互助组，广开生产门路，增加收入，扩大成果。在生产过程中，实行贷种、贷耕、贷款、贷农具，评选劳动模范，支持和鼓励人民群众广泛开展农业生产。为了进一步改善人民生活，成立了生产生活资料合作社，以保障人民群众的生产所需和生活供应。经过长期天灾人祸磨难而幸存下来的百姓们，手中有了土地，有了种子和一些口粮，张张憔悴的脸上露出了笑模样。他们碾了米，磨了面，家家灶房升起了炊烟。他们拉犁拉耙，翻起了荒田，点的点，种的种，对新的生活，对抗日战争的最后胜利充满了无限希望。

（选自《血火春秋》　作者：张鉴古）

身居虎穴斗顽敌

杜学诚

冠县清水一带几十个村庄民国以来属于第八区。抗战时期，封建顽固势力长期控制，拒绝抗日军政人员进驻，拒不缴纳抗日公粮，后来勾结日伪，疯狂镇压百姓，杀害我党政干部和抗日群众，是冠县抗日军民最后开辟的地区，人们习惯称它顽八区。

1938年夏秋之交，我去聊城参加政训处举办的政治干部学校学习，其间白玉坤（白康）介绍我入党。10月回县后，县委组织部长郭林业分配我到青救会担任副会长兼组织委员，主任芦成松，宣传委员宋洪勋，高元贵是县里的行政负责人，其他则是一些群众团体。这时全县正在发动群众拆楼扒城墙，成立区、乡、村抗日群团。

1938年11月底，领导抽调我去八区搞动委会工作，这是全县成立动委会最晚的一个区。动委会的任务是动员群众有钱出钱，有力出力，一切为了抗日救国。八区区部就是民团团部，设在民团团长韩镜麒的院子里，虽然他暗中极力反对成立动委会，但迫于抗日，大势所趋，表面上不得不表示支持。我去后就找他腾了几间房，建立了八区动委会，并动员思想比较进步、积极主张抗日的吴允梦（字省三）、王劲（王淑真，字勤农，郭庄人）、耿西章（西焦庄人）参加动委会。因八区特别顽固，我便要求县里派了一个七八人的宣传小组，到乡村宣传党的抗日政策，教唱抗日歌曲。

1938 年底，日寇入侵县城第二天就到八区，我们包好文件分散躲藏到西沙窝。鬼子走后我们去清水集合，民团开始公开反动，韩子龙掂着手枪在清水街转来转去，当王劲去动委会时，韩用手枪逼着他立即离开，不然就要枪毙。王劲去小郭寨找我，说韩已反动，我和耿西章、吴允梦等人商量，决定离开清水听从县里的指示。县长马景汉去了，在清水南边的沙窝里召集我们开会，他说县城已失守，我们要化整为零，分散游击。后来我们又找到县委组织部长王志浩，志浩说八区没有我们的人，你们就转入地下隐蔽起来，叫我暂时负责，任八区区委副书记，任务一是开展对日斗争，二是开展对伪斗争，三是发展地下党员，壮大党的队伍。他还专门交代了一些开展地下隐蔽斗争的办法，不要叫别人看出是搞抗日活动，必要时以灰色面貌出现，反复交代首先要隐蔽好自己才能开展对敌斗争。这时，八区党员有白玉坤、耿锡华、高怀敬、郭金盘、孙树萱、王劲、杜振金、耿西章，白玉坤在县里，杜振金和我们没有横的关系，耿西章不久又被调走，所以八区活动只有我们六七个人。1939 年初，为了秘密开展党的工作，我们几个党员开会都是在沙窝和集市上碰碰头，传达县委指示，交流工作情况，有时候志浩也到八区布置工作，听取我们汇报情况。由于八区封建顽固势力猖獗，发展党员很难，很穷的不干，流痞的不能要，上级特别指示我们一定要慎重。

1939 年 6 月，日寇占领县城，八区民团更加反动。国民党县党部的主要头目尹雪亭、马斌如等都跑入八区，勾结民团，以第五高小为阵地，发展国民党、三青团等反动组织。我们的活动越来越和他们对立，工作很难开展。为了团结一切可能团结的力量，结成广泛的抗日民族统一战线，打击和孤立反动势力，县委指示在八区一些中上层人物中开展工作，争取团结一些开明士绅。1940 年上半年，我们开始接触西焦庄的张树基（富农、小知识分子）、范庄的吴允梦、清水街开药铺姓吴的，发展了邢树滋、邢树桐（都是小地主，在济南上学的学生），以他们为基点再与其他人联络。这年底已知八区民团与蒋介石国民党、日本鬼子都勾结一起，韩镜麒的女婿汤付阶、刘屯的刘祖龙都是国民党员、极为反动的民团分团长。小郭寨的吴阳春也是分团长，但他不是国民党员。他们出告示，宣传共产党怎么坏，声称要拔掉八区的几根红毛。对此，八区地下党组织就通过关系把警告信放到韩镜麒的枕头底下，警告他们如果继续投靠日寇与人民为敌，就按汉奸处置。这些人都贪生怕死，警告信起了作用，他们偷偷把布告撕了下来，撕不干净的还用水冲。

1941 年后，八区日、伪、顽三种势力勾结一起，血淋淋地向革命群众大开杀戒。为了便于和县委联系，八区地下党组织决定叫王劲父子搞个小红炉，修理一些枪支，旗号为民团修枪，实际上秘密为游击队、区队修枪。王劲则以收购废铜烂铁做掩护，从事党的秘密联络工作。5 月，郭庄地主李广修隐约知道小红炉为我游击队修理枪支，并诬告王劲的儿子王灿虎打死了他的儿子，向八区伪政权告了恶状。国民党员、汉奸、民团长韩镜麒知道王劲是民先队员，正想找他的毛病，便借故把王灿虎抓到区里，使用烙铁烙、子弹头划肋条等各种法西斯暴行，王灿虎被折磨得死去活来，始终不招，又被送进县大狱，后我们通过多种关系将其救出。

1941 年 1 月 8 日凌晨，汤付阶带区兵几十人把八区共产党员、青救会主任杜振金枪杀于清水西门里。1942 年 1 月 28 日，八区伪副区长刘祖荣以通共为名抓走清水街吴春岭，使用各种刑罚后拉到清水东地，捆绑在柳树上，刘祖龙亲自砍了 10 刀、开了 9 枪，吴春岭惨死，面目全非。

1942 年 1 月 24 日，以韩镜麒为首策划了活埋 81 人的罪恶计划，1943 年 5 月 16 日以通共之名，从杜、韩、梁、吴四大姓中挑出杜子勋、韩春池、梁春祥、吴桂合 4 名进步群众活埋。之后，汤付阶、刘祖荣杀害小郭寨、汤村、刘屯无辜群众刘廷祥、冯起林、吴××等人。

针对八区反动势力的猖狂进攻，战斗在顽八区的地下党员和革命群众秘密召开会议，研究怎样对付这种局面，要求大家记下这一笔笔血债，进一步隐蔽好自己，讲究斗争的方法和策略，继续开展工作，绝不能被他们的反动气焰吓倒！他们深入贫雇农家中，发展佃户、长工户人员入党，小郭寨建立了党支部，西焦庄建立了党小组，还有几个村也建立了党的组织，在如此黑云压城、白色恐怖中，八区党员达到 40 多人。王劲小红炉被破坏后，我们又在柳行头村通过村长王金台（王志浩的父亲）以给民团造手榴弹为名，成立了手榴弹厂，生产的手榴弹晚上用毛驴送到冠南根据地，县里还给了一些粮食，奖励制造、运送人员，邢行村邢培兴就是其中一位，他机智勇敢，多次出色地完成任务。

其间，鬼子向各区索要誊写员给新民誊写户口册子，县委书记王志浩通过其父王金台村长推选我去誊写，让我打入县城敌人内部，一是借机通过关系救出王灿虎，二是借机搞到日军出城情报送给王志浩。

1943 年后，日伪统治力量逐渐削弱，炮楼据点被我们陆续拔掉，敌占区逐渐缩小。但齐子修又开进八区，包围了清水、小郭寨。我地下党组织团结各村村长，做通小郭寨吴阳春的姑父（老民团长）的工作，绝不让齐子修进村。民团持枪登上围墙，齐子修要打就坚决反击。

1943 年夏秋，赶走了齐子修，整个八区开辟出来，建立了抗日区政权。地委派来冠北工作队，地委副书记杨易辰带队，进行民主民生斗争，在此基础上开展赎地工作。为了打击罪大恶极的大地主，争取团结中、小地主，广泛发动群众，在清水北边的大场里召开斗争恶霸地主韩镜麒的四万人大会，揭发批判他的罪行，大煞了恶霸地主的反动气焰，鼓舞了人民斗志，推动了冠北地区民主民生斗争的开展。长期身处虎穴之地的我们这班共产党人，工作环境迎来了巨大改变。1945 年 7 月冠县解放，抗战胜利，我们带领新兵随军南下，离开了战斗多年的冠县八区。

（选自《血火春秋》　作者：杜学诚）

太行归途遇难记

胡若蒸，名胡萍，字腾霄，冠县胡马元村人，1918 年出生在一个农民家庭，12 岁入小学，14 岁入高小，16 岁通过县里考试，担任本村小学教员，他一边教，一边自学，学校办得有声有色。对那些年龄小的学生，经常接来送往，遇到雪雨天，或有的学生生病，他总是背着接送他们。为此，这位本村的“小先生”，深受全村百姓的欢迎。

1936 年 6 月，胡腾霄考入免费食宿的馆陶县师范讲习所。他求知欲强，爱文艺，善写作，学习成绩优良。七七事变后，学校停课，他未能毕业。这时，有的学生随国民党地方政府南逃。但胡腾霄以抗日救国为己任，毅然挺身于抵御外侮的前列。1938 年 6 月，他参加本县干部训练班受训，8 月在训练班内加入中国共产党。

胡腾霄

受训结束后，胡腾霄任馆陶县第一任青年抗日救国会主任。他深入全县农村，到处演讲，动员广大青年投身抗日斗争。一次他在河西馆陶镇大集演讲，讲日本侵略者吞并中国的野心和烧杀奸淫的罪行，讲每一个不愿当亡国奴的炎黄子孙，都要请缨抗击入侵之敌，还讲民族英雄岳飞等，赶集的人纷纷围拢来听。开始，他站在一个土墩上讲，听的人多了，他站在桌子上讲。后来，桌子上又摞桌子，他站在上面慷慨陈词，动员大家有人出人，有枪出枪，有钱出钱，激发人们国难当头，匹夫有责的民族责任感。由于以他为领导的青救会的积极宣传和发动，广大青年踊跃参加青救会，两个多月会员就发展到3000多人。

1938年底，胡腾霄奉党组织派遣，加入郝国藩民团第四大队，任政治指导员。这支队伍是馆陶县一支具有民团性质的地方武装，党组织布置的任务就是为范筑先收编开展工作。为了适应部队环境，广泛联系下层士兵，他很快学会了骑马，掌握了各种枪械、爆破技术，和战士们一起摸爬滚打，适应了部队军事方面的基本要求，为他和干部战士结交朋友，开展思想政治工作创造了必要条件。四大队那么多人，他都能叫出他们的名字，并了解每个战士的家庭情况。他的干部津贴从未给过家里，全部帮助了家庭困难的战士。在他的帮助下，四大队被收编为范筑先所属独立团，下辖两个营，胡腾霄任一营教导员。他善于做政治工作，热情地向干部战士灌输抗日救国思想。他十分关心战士，常把自己的衣服鞋袜让给大家穿，深受战士们的拥戴。

1939年3月，胡腾霄所在的独立团编入八路军一二九师新八旅二十三团，任该团二营教导员。他纪律严明，以身作则，曾两次行军路过村口，只是向家门望了一眼，但没有停留一步。战士们问他为何不到家看一看，他说等抗战胜利了咱们都回去看个够，过团圆生活。他带领部队英勇作战，不怕牺牲，在敌人的数次“扫荡”和两次合围中，不避艰险，顽强地坚持敌后游击战争。

1941年2月，接到军分区党委的命令，胡腾霄去太行山抗大学习。作为独子，父母特别疼爱他，平时难得一见，见了面总是有说不完的家常话。可是这次回家，谁也没有多说几句。母亲搂过不满3岁的小孙子，扯着儿子的衣襟欲言又止。妻子一边默默地流泪，一边给他缝补鞋袜。父亲不停地抽着旱烟袋，最后说："上级叫去就去吧，你可要处处多加小心，我们盼着你平安归来。"胡腾霄在院子里走来走去，一会儿又抱起咿呀学语的幼儿，对着他的面颊亲了又亲。最后，他给父母二老磕了 3 个响头，大步流星地离开了家。谁知，这次离家竟是他与一家亲人的永别。

来到太行抗大，胡腾霄立即投入了为期半年的紧张学习。学习内容一是马列主义、毛泽东思想，课程有"马克思主义哲学纲要""联共（布）党史摘要"，毛泽东《中国革命和中国共产党》《新民主主义论》《论持久战》《抗日民族统一战线指南》等。毛泽东把马列主义与中国革命具体实际相结合，认识并解决中国革命遇到的实际问题。经过抗大教师的讲授与辅导，特别是彭德怀副总司令以及李达、王新亭等前线首长亲临学校作报告，他们联系实际，深入浅出，讲活了马列主义以及毛泽东的军事思想，这些理论对于全体学员至关重要。

二是军事知识，包括战术、技术、兵器。战术主要是步兵战术、游击战术和日伪战术研究，营团战术强调主动战法、进攻、遭遇和退却，游击战术强调埋伏、袭击、破击等。技术课程包括射击、刺杀、投弹和土工作业等。为了加深对军事课程的理解，抗大还编印了《军事问答一百例》作为辅导材料，结合实践分析，哪一仗打胜了，有什么经验，哪一仗没打好，吃了亏，有什么教训，边学习、边总结、边提高。

罗瑞卿来作报告时明确指出，抗大学员首先要政治坚定、党性强，因为军队握着枪杆，脱离党就会进行反革命，造成严重后果。其次要下决心努力学习，使自己成为一个学者与专家，在军事学术上有所建树。最后要求抗大加强政策方面的教育，懂得党的各项方针和政策，并把政策正确贯彻运用到实际工作中。他讲道，抗大挺进华北敌后办学，培养了成千上万的优秀军政干部，成为抗日军队的骨干力量，在敌后各个战场带领部队、民兵和广大人民群众开展游击战争，打伏击、炸碉堡、扒铁路、破公路、炸桥梁、拔据点，打得日伪军魂飞胆丧。侵华日军头目冈村宁次声言要在封锁线上消灭抗大，“消灭抗大就是消灭边区的一半”，并像输红了眼的赌棍押上一个大赌注，“宁可牺牲20个日本兵换一个抗大学员，牺牲50个日本兵换一个抗大干部”。

三是党的建设内容，主要教材是学习刘少奇的《论共产党员的修养》。通过学习，进一步树立革命人生观。这是1939年7月刘少奇在延安马列学院所作的公开演讲，从党性的高度教育共产党员必须牢固树立共产主义世界观，用以指导自己的行动，并从理论和实践的结合上，阐明了共产党员加强党性锻炼和修养的目的、方法及基本要求。通过这一内容的学习，树立为共产主义事业勇于献身的坚定不移的信念，保持坚强的革命气节，经得起各种考验，永不退步，永不叛党。共产党员和抗大学员在学习结业前都向党作了宣誓，他们共同的誓言就是“忠于党，忠于人民，顽强奋斗，不怕牺牲”。

紧张的学习培训，胡腾霄初步懂得了马列主义基本原理、社会发展的基本规律，以及中国革命的性质、任务和前途，由过去打日本救中国的民族主义者变为共产主义者。学习结束后，学员以分区为单位集体归队，他被任命为本队指导员。

1941年7月，日伪军集中6万余人的兵力，采取“铁壁合围”“梳篦清剿”“鱼鳞式包围”等战术，对晋察冀抗日根据地进行大规模“扫荡”。平汉铁路是日军控制的重点交通线。为了保护学员安全回返，冀南军区派出武装分队迎接他们。来到必经之地平汉铁路，尚未与接应队伍取得联系，学员队即被日军重重包围。胡腾霄奋不顾身率队突围，但由于寡不敌众，学员队被冲散，几次突围都没有成功，胡腾霄被俘。当场遭到敌人毒打，后转押到邯郸日本宪兵队。

敌人又对他进行数次严刑拷打，企图从他口中得到我党我军的有关情况。敌人见他年少气壮，坚不可摧，又妄图以高官厚禄进行诱降。但是胡腾霄立场坚定，宁死不屈，始终丝毫未吐露我党我军的任何秘密，并怒斥敌人，揭露日本帝国主义的滔天罪行。

几天后，胡腾霄在敌人的残酷折磨中，流尽最后一滴血，年仅23岁。

（选自《血火春秋》　作者：中共冠县县委党史办公室）

“铁帽子二连”许建瑞

许建瑞，冠县清泉街道西街人，出生于一个手工家庭。他自幼爱好京剧，曾在业余文艺团体“进德会”当过业余演员，饰演包公一类角色，群众送他外号“黑头”，其性格既泼辣又温厚。七七事变后，加入民间武装。1938年初，参加山东第六区抗日游击司令部游击支队，不久入部队文工团工作。

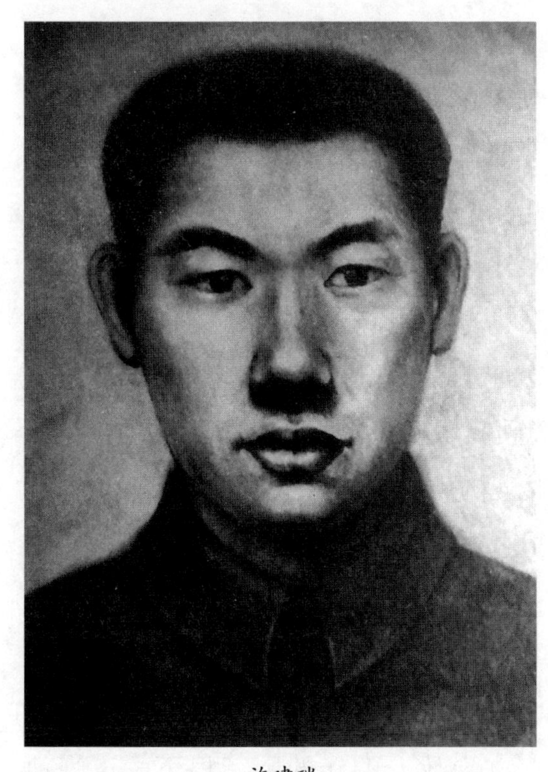
许建瑞

1938年11月聊城失守后，鲁西特委直接领导的第十支队和所掌握的第五、六、七、二十支队，共3700余人，集中到冠县、馆陶、邱县一带，编入先遣纵队和筑先纵队，后编为八路军新编第八旅。许建瑞任新八旅二十二团二连指导员。他作战勇敢，拔除日伪军据点时，冲锋号一响，总是光着脊梁，口衔着大钢刀，率先登上云梯。当时部队建制为小团大连制，一个团辖5个连。他所率领的二连有200人左右，装备精良，全部是缴获的日本三八大盖枪，战士们都头戴缴获的日本铁帽子，战斗力很强，是八旅中攻坚克难的主力连队。1939 年至 1943 年，他们在鲁西北大平原上，打得敌人闻风丧胆，被称为“铁帽子二连”。

许建瑞工作认真，大胆泼辣，对上级的指示和命令，从不打半点折扣。他和蔼可亲，平易近人，和战士们关系密切，对连里的情况了如指掌，发现谁有了问题，总是及时谈心，耐心启发引导。大家都把他当成贴心人，有心里话总爱找他谈。他特别注意部队的群众纪律，每次行军离开村子前，他总是组织干部到驻宿的群众家中检查访问。

1941 年 3 月至 1942 年冬，日寇推行五次“治安强化运动”。日军华北方面军将华北划分为“治安区”（敌占区）、“准治安区”（抗日游击区）、“非治安区”（抗日根据地），分别采取不同的政策和措施。对“治安区”，以“清乡”为主；对“准治安区”，以“蚕食”为主；对“非治安区”，则以“扫荡”为主，实行杀光、烧光、抢光的“三光”政策。在敌人的疯狂进攻下，一些根据地变成游击区，一些游击区变成敌占区，形势十分严峻。这时部队的活动化整为零，他们以连队为单位，在鲁西北平原之上坚持长期艰苦的斗争。

1943 年春，鲁西北地区划归冀南区领导后，新八旅派于笑虹率领二十二团的一部分战士在卫河以东活动，由军分区司令员赵健民统一指挥。许建瑞奉命率领二连前往冠北开辟六、八区，攻克封建顽固势力长期盘踞的汤村、刘屯、清水等顽固堡垒，扩大了抗日根据地。

1944 年 4 月初，为打通冠南根据地与冠北地区的联系，扩大抗日根据地，地委和军分区决定拔除冠县城东二十里铺伪治安军据点。在这之前，上级为储备和培养干部，本来要调许建瑞到太行山学习，可他坚决要打完这一仗再走。接到军分区司令部的命令后，他率队投入了攻打二十里铺据点的战斗。深夜，战斗打响后，许建瑞冲锋在前，越过敌人的鹿砦、铁丝网和壕沟，攻到敌人碉堡的围墙根下。正当他指挥战士登梯爬墙时，突然围墙根处暗堡里的敌人机枪射出一串子弹，即刻夺去他年轻的生命。这位身经百战、勇猛如虎的基层指挥员，年仅 27 岁。

（选自《血火春秋》　作者：许世平）

第一个抗日女村长

每当人们追忆起战乱岁月的往事，便会提到冠县第一个抗日女村长——杨秀华。

一

1939 年秋，日军在冠县境内烧杀抢掠，残酷至极。严峻的形势，摆在人们面前，也使杜赵庄的老村长对前途做出抉择：给日军做事，不能干；但给共产党做事，说不定啥时候掉脑袋。于是，他撂挑子不干了。

本村大地主杜庭高，自鸣得意起来：真是天赐良机！只有百十户人家的杜赵庄，光地主就有 5 户，富裕户十二三户，中等户也有一半人家。我要是当上一村之长，该多威风。于是，他走东串西，笼络一些富户，为争坐杜赵庄的头把交椅，费尽了心机。

对此，村党支部几次研究，合计对策，并分头去做工作，决心要把村政权掌握在自己人手里。经过多方面努力，几名村长候选人被推举出来。

党员老冯是候选人。可他 70 岁的老父亲听说儿子要当村长，气得昏死过去。再加母亲责骂，亲戚劝阻，老冯只好退出竞选行列。

20 岁出头的杜娃子是候选人。可他娘听说儿子当村长，又哭又骂，并要以当场碰死在众人面前为撒手锏，阻止了儿子。

支部会上，支部书记杜保全和大家都皱起了眉头。

“我当村长。”一个女人洪亮的声音使举座皆惊。杜保全欣然中夹杂着疑虑：“你，二奶奶？”

二奶奶就是杨秀华，杜保全了解她。叫她二奶奶并非因为她年纪多大，而是因为她穷大辈。她 13 岁来到冯锡广家做童养媳，就当上了二奶奶。冯家穷得要啥没啥，她借钱摆了个小烟酒摊。可是，今天这个拿瓶酒，明天那个拿盒烟，光拿货不掏钱。杨秀华不顾丈夫的劝阻，一双大脚踩在他们堂屋门前，向他们讨要烟酒钱。但是，得到的都是一顿辱骂。

冠县大地燃起了抗日烽火，杨秀华也同干柴一般一触即燃。1939 年初春的一个夜晚，她加入了党组织，杜保全就是她的入党介绍人。但是，杜赵庄封建势力很强，妇女当村长就更难开展工作。因此，杜保全不免有些顾虑。

“怕啥？日军像狼一样狠，咱不出头跟他干，他能让你活痛快？那样就不如抗战死了，还落个光荣哩。”

杨秀华的话，使杜保全和全体支委深受感动。他们仿佛重新认识了杨秀华。大家都表示赞同。

结果，群众选举也很成功。杨秀华为村长，开明地主冯已立为副村长。跃跃欲试的杜庭高阴沉着脸，愤然离开了竞选会场。

当选为副村长的冯已立回家后，他的几个知己找来劝阻说：“这可是掉脑袋的差事啊，西村的村长给八路军收粮食，没叫日本人砍头？再说，日本人来了你也得应付，那共产党能饶你？给一个穷娘们儿当配手，要是村上拉了窟窿，还不是拿你做垫背？”听到这里，冯已立出了一身冷汗，顿然有求福得祸之感。第二天，冯已立上吊的新闻在村里传开。事情真假，难以考证，总之他这个副村长是“吹”了。

杨秀华回到家，7 岁的儿子福山抱住她的腿又哭又叫："娘啊，人家都说你当村长是找死。我可要娘啊。"杨秀华哄劝说："憨孩子，娘哪能死呢？娘当村长，是为了长咱穷人的志气啊。"见娘如此坚决，小福山猛地挣开了娘的怀抱，一头向土炕碰去。杨秀华抱起小福山，捂着他前额碰起的青包，泪水成串地滚落下来。

不，那也不能退步。我是党的人，就应该为穷人出这个头，掌这个权。她苦口婆心教育并说服了小福山，也取得了丈夫的同情和支持。就这样，28 岁的杨秀华走马上任，成为冠县第一个抗日女村长。

二

杨秀华当村长不久，便名传冠县东南一带：大个头，大脚板，走路一兜风，常扛着一杆大秤，走村串户，为抗日政府征收粮秣柴草。虽然目不识丁，但对征收的每家每户的粮草数字，她清清楚楚地记在心里。有时过秤前，人们故意让她估计多少，她搭眼就能悬殊不大地估出斤两。因此，人送外号"一杆秤"。几万斤公粮，经过她的手，一份份聚集到村公所。为了防止日军"扫荡"，她又带领群众将公粮分散为几个点，埋藏在最安全的地下。上级啥时用，他们啥时取。不仅杜赵庄的征粮搞得好，而且其他工作也很扎实。为此，县政工室（县委）设在了杜赵庄。这样一来，一批抗日干部家属也随之搬到这里。杨秀华肩上的担子更重了。领导的安全要保证，他们家属的生活也要竭尽全力安排。为了培养革命后代，在上级政府的支持下，杜赵庄还办起了抗日小学，为这些干部子女创造了学习环境。

杨秀华是村上的头号大忙人，忙得家都顾不得管，儿子福山和女儿秀芝只好靠父亲照应。一天，小福山领着妹妹正在大街上玩耍，远远看见娘来了，小兄妹俩燕子似的飞跑到娘的怀抱，紧紧搂着娘的脖子就是不松手。“傻孩子，松开手。看看，娘给你们领了个哥哥来。”杨秀华亲了亲福山和秀芝的小脸蛋，又把身边的另一个孩子介绍给他们。

那孩子叫宫柳起，父亲在敌人的一次“扫荡”中牺牲了，母亲也饿死了，区委将他接出来抚养。敌情变化无常，区委经常转移，带着个孩子很不方便，就决定寄养在一个可靠的家庭中。为了分担区委的困难，抚养革命后代，杨秀华主动要求收养这一孤儿。从此，柳起就成了杨秀华家中的一名小成员。

三

1943 年 6 月 10 日，日军合围冠县东南一带。住在杜赵庄的区财政助理，携带着两布袋钱钞没有转移出去。敌人的枪声越来越近，杨秀华对财政助理说：“钱钞交给我，你快走。”说着，她扛起两布袋钱钞向村外走去。在敌人合围的间隙中，她来到李赵庄，将钱钞隐藏在一座荒庙内，躲过了敌人的搜查。

钱钞转移出去之后，杨秀华惦记着家中的 3 个孩子，又返回村里。正在找孩子时，汉奸“菜老拐”紧紧地盯上了她，一直跟踪到村民杜保玉家院里。他不敢明抓杨秀华，是想等日军进村后缉捕她。

敌人进村了，翻箱倒柜，抓人抢东西，村内一片混乱。紧急中，杨秀华镇静地思索着，自己无论如何也不能落入日本人手中。她急中生智，向房子西头的厕所走去。

紧盯在大门口的“菜老拐”不便跟踪到厕所，再说厕所的西墙有一人多高，谅她杨秀华也跑不出去。“菜老拐”急忙向胡同口的日军跑去报告。一听女村长在这里，十几个日伪军疯狗一般扑进院子。他们端着枪，嘿嘿狞笑着，一步步逼近厕所。但出乎意料，却不见杨秀华的踪影。一个日军回身朝着“菜老拐”的脸上就是一顿耳光。原来，杨秀华走进厕所，正巧靠西墙长着一棵树。她凭着从小爬树攀枝练就的技巧，迅速翻过高墙。她穿过几处院子，又闯过一个胡同口，随着一伙躲逃日军的村民，跑出村外。

四

1944 年春，为了抗灾渡荒，上级拨来一批粮食。杨秀华接到区里通知，要她两天以内带领车辆从寿张一带把粮食运来。

杨秀华立即组织起 20 多名青壮年参加的运粮队。他们化装成粮贩，分成几伙，手推独轮车，日夜兼程，摸沟爬崖，躲过敌人多次盘查，按时到达指定的储粮地点。

去时难，来时更难。队员们每人推着几百斤粮食，艰难地行进在松软的黄土路上。夜深时，他们来到封锁沟旁。这是一条东西沟，两丈多宽，四五米深，沟北不远有一座碉堡，碉堡上灯光明亮，人影晃动，吊桥高悬在空中。杨秀华向沟内扔了个土块，四周没有什么动静，便将一把长绳坠了下去。她第一个顺绳滑到沟底，接着又滑下一部分队员。沟底的队员搭成三层人梯，陆续爬上沟沿。这样，沟底以及沟两沿都布置好人后，就开始向沟北转送粮食和车辆。突然，一只野猫跑来，队员们猛地一惊，粮食哗啦倒地。

“干什么的?”几个敌巡逻兵闻声赶来，手电光上下乱照。

沟上沟下一阵哑然，趴在地上的队员们心“怦怦”直跳。身在沟底的杨秀华也预感情势的危急。她压低着声音对大家说：“准备夺枪。”

敌人离他们只有几步了。“嗖”，那只野猫从敌军身边窜过，几只手电筒同时照去，原来是它的动静。“妈的，这几个家伙常不断地窜来窜去，害得我们黑天白日不得安宁，老子早晚劁了你不可。”

敌人回碉堡去了。装满粮食的布袋及车辆被队员们迅速吊下去、提上来，全部由沟南转到了沟北。

东天边晨曦微露，运粮队踏上了根据地的征途。队员们你追我赶，车轮滚滚，扬起一路风尘。

早饭时，他们来到区政府所在地——胡疃。区委书记和区长，还有区里的其他干部，纷纷到村头迎接凯旋的运粮队员。晨光里，杨秀华那张更显消瘦的面颊，疲惫中露出欣慰的笑容。

（选自《血火春秋》　作者：王玲）

细微之处见精神

马本斋

马本斋，回族，1901 年出生于河北省献县一个贫苦农民家庭。幼年在本村读了三年私塾，因无力交纳学费而辍学。1921 年加入东北军，先后任连长、营长、副团长。1937 年全民族抗战爆发后，他随即在家乡组织回民抗日义勇队，后编为冀中回民教导队，1939 年改编为八路军第三纵队回民支队（回支），任司令员。1942 年 9 月，奉命开赴鲁西北，任冀鲁豫军区第三军分区司令员兼回民支队司令员。在冠县，他指挥回民支队和军分区基干团，先后攻打田寨、赵固、二十里铺等据点，取得了卓著战绩。他对党和人民无限忠诚，对工作一丝不苟、认真负责的精神使我深受教育和感动。

1943 年，我在军分区供给处工作，10 月下旬的一天，在搞好冬装预算后，供给处派我去分区司令部找马本斋司令员签字盖章。到了司令部驻处——冠县邵庄马本斋办公室门口，我看到他手里拿着一根地图指示杆，正在房内走来走去。我喊了一声“报告”，马本斋向我点了点头，我把介绍信递给他，他用指示杆指了一下桌旁的椅子，示意让我坐下。在这位威震敌胆的司令员面前，站在桌旁的我，感到有些拘束。他又一次用指示杆指了一下椅子让我坐下。他头戴白衬帽，上身穿白衬衣，外套蓝线背心。他对我微笑后，转身回到挂满地图的北墙下面，用指示杆在地图上圈了一下，又回到桌旁，用红蓝铅笔在桌面的小地图上画了个圆圈。他倒了一碗水放到我面前，微笑着说："喝吧，别客气。"

他问我："你们军实股几个人？"我说："15 个。"他又问："哪个地方的人多？"我说："山西。"他高兴地说："八路军是由西向东发展过来的，慢慢地山东人也会多起来。军实股山西人多是好事，他们一是参军早，有战斗经验，二是能吃苦、爱节约，三是会算账。做供给工作正需要这三点。"

他又问我："军实股老同志多吗？"我说："多。15 个同志都是从前方来的，其中 8 人是残疾。"他表扬并鼓励地说："你们都是为革命流过血的，要互相关心和爱护啊。"

正说着，午饭号响了。通讯员端着两碗饭来到门口。一个碗里是两个玉米窝窝头，一个碗里是半碗萝卜条。马司令员说："通讯员，再给苏股长打一个人的饭来。"我连忙说："不，首长，我去伙房吃饭。"

吃午饭时，我和炊事班的战士们谈起了司令员吃饭的事情，问："首长怎么也吃窝窝头，不吃点好饭？"班长说："你不知道，这窝窝头就是好饭。"我说："首长工作那么忙，没日没夜的，平常也该多吃点好饭才是。"一个战士眼一瞪，冲我说："你说得怪好，给首长做的饭好，他不但不吃，还得给我们上政治课哩。他说，人民群众吃不饱穿不暖还得支援我们，我们军队吃的穿的打仗用的，哪一样不是指望他们。就这种条件，我们有好吃的也咽不下去呀！"正说着，通讯员向我报告说："司令员请你。"

我回到司令部办公室，马本斋正在审阅预算表。看完后，他向我提出一些问题：分区部队和县、区武装共有多少人，供给处几台缝纫机，多少名缝衣工人，每台缝纫机每日能做几套衣服，土布和棉花的购买情况怎样，新成品怎样保管，妇救会怎样发动妇女帮助我们等，问得详详细细，我一一做了回答。

他又问供给处和政府以及群众团体的关系怎样，我说供给处的工作一时一刻也离不开群众。他满意地笑了，随即伸出缺少中指的左手，用右手点着左手指说："咱们一要相信群众，二要依靠群众。"说到三要，马上又伸出右手，用左手点着说："三要帮助和爱护群众。一定要记住这三条。咱们军队吃饭、穿衣、病残的医治、兵员的补充，哪一样不从人民群众说起？打起仗来更是如此。你们在后方，一定要把群众关系搞好。"

他还问我工作有什么困难，我说："有的领导批示手续不够严格，经常批些零星东西，上至一顶帽子，下至一副绑带、一双鞋子。还有的写信叫警卫员去要，实在影响工作。能用的缝纫机只有 7 台，得拿出一台来专门应付这些事情。"

回民支队

马本斋听完后，站起身来，郑重地说："从明日起，军械、被服由我批示。"我说："这样会给您增加很多麻烦。"

他却严肃而又非常和蔼地说："同志，你说会给我增加麻烦，是的。可是不这样就会给你们增加麻烦。不制止，就会影响咱们的整个供给工作。不论是一顶帽子还是一副绑带，都是劳动人民的血汗。从种棉花到织成布，再到工人手里，要经过多少道工序才能完成，随便批随便要能行吗？更重要的是，一个干部头上戴一顶新帽子，战士见了会有意见，这样会影响部队的战斗力。所以作为干部，不论在任何地方都不能搞特殊，不能忘记人民对我们的支援。像现在这样干部随便要东西，战士要怎么办？都来要怎么办？什么叫官兵一致，人人平等？随便批随便要，还要制度干啥？军队要执行纪律，首先干部要带头。不然，能打胜仗吗？"

我满载分区首长的嘱托和希望，回到供给处。我把见到马本斋司令员的详细情况，尤其把今后由马本斋负责批示军械、被服的决定告诉了大家，同志们无不对自己的司令员充满无比崇敬之情。

在执行马本斋批示的最初几天，基干团军械员拿着有关领导以前批示的500枚手榴弹的领条来找我们，我告诉他，这个领条当时没领，现在不起作用了，批示手续现在由马司令员负责。那位军械员当日找到司令部，马本斋用毛笔在领条上批了"无效"俩字，并盖了章。这个军械员满以为马本斋会准批，看也没看，就高高兴兴地跑来又将条子交给了我。看了领条，我问他："司令员问了你些什么？"他说："司令员接过条子，看了又看，一句话没问就批了。"我把条子还给他说："看看上面批的什么字？"他一看，这才愣了，只是呆呆地说："马司令员这么严格啊！"

回民支队某大队管理员郭颐臣，是因年龄较大调到供给处工作的。他对我们说："马司令员铁面无私，处理事情敢于负责任。在回支，由于他这样坚持原则，下边谁也不敢马虎从事。咱们查查，回支到这个分区半年多了，哪个同志敢随便写信来要东西？工作要做好，根子在领导嘛。"

1943 年，回民支队奉命调到冀鲁豫军区，接受新的战斗任务。这也是我最后一次见到马本斋。他把分区所属大小单位的军械、被服等物资，逐一列表登记，在注册移交表最后一页，他用毛笔工工整整地写了几行字，即：此表数字均为现有，此表出现差错，由制表单位领导同志负责，移交人马本斋，1943 年××月××日并加盖了手章。

我手捧移交表，凝视着上面那几行工整的字迹，心里感慨万千，我的眼睛湿润了。在某些人看来，移交工作不过是一道手续而已，可是马本斋身为司令员，却这样重视移交工作，并做得这样一丝不苟。他经常教育大家遵守制度，而他自己正是遵守各项制度的模范。

于是，我拿起毛笔，在马本斋司令员签字盖章的下面，一笔一画地写上：接管人苏文坡。

（选自《血火春秋》　作者：苏文坡）

血溅孔村

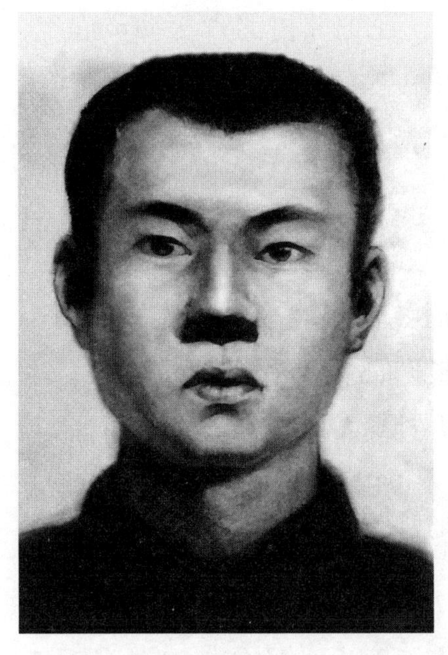
周如交

周如交，生于1921年，冠县前小化村人。一家5口人没有分厘土地，仅有一间十几平方米的破烂不堪的草房，自幼过着衣不蔽体、食不果腹的生活，经常因饿肚子而哭号。在他7岁那年，父亲带着全家背井离乡，到天津窑地做工。他的父亲与他尚未成年的哥哥卖苦力，母亲给人打零工，他和姐姐拾煤渣，就这样全家人辛辛苦苦度过了4个年头。由于贫困，姐姐嫁给了一个同病相怜的窑工。尽管家中减少了一张嘴，但仍过着饥寒交迫的生活。无奈，父亲又带着全家返回家乡，四处奔波，求亲告友，借贷了一点微薄的本钱，在自己的破房内开了一个染坊。父兄起早贪黑挣点钱，供一家糊口，还供如交上学。他上了几年小学，又辍学帮哥哥拉车，下乡兑换染布。经过一年多的拉车串乡，时值七七事变发生，他家的染布生意只好关门停业。

在七七事变后，日本侵略者在中国的国土上肆意烧杀抢掠，激起了周如交强烈的民族仇恨。国民党军队节节败退，本县政府官员也随之南逃，杆子四起，土匪横行，人民群众惶恐万状。目睹这种国破家贫的黑暗世道，周如交心急如焚，他为国家的命运忧伤，为个人的前途思索。正当他渴求出路之际，我党派往鲁西北一批军政干部，和地方党组织一起帮助抗日专员范筑先收编土匪队伍，树起抗日大旗，周如交和当地群众一样，对国家的前途以及自己的命运产生了新的希望。

1938 年，在党的领导下，全县普遍建立了工、农、青、妇、文等抗日救亡组织，周如交任本村青救会主任。他不但组织本村的青年站岗放哨、盘查行人、参军参战、拥军优属，还把邻村的青年动员起来，参加抗日斗争。由于他旗帜鲜明、工作积极，同年 2 月加入中国共产党。为了扩大党的宣传，他带领青年夜间散发传单、张贴标语，天明后大街小巷到处都是党的宣传品。人民群众奔走相告，议论说：“昨天夜里又过八路军了。没有听到一点动静，八路军真神。”

1940 年春，周如交在一区区委任民运委员。他平易近人，每到一村总是东家走、西家串，嘘寒问暖，乡亲们都很喜欢和他拉家常，争着让他到自己家住。当时的一区，村庄大都紧靠县城，因此人们称一区是“围城转”。不仅如此，周围还安了不少碉堡，所以一区又是敌占区。尽管这样，群众还是热情地欢迎这位“老周”。喊老周不如喊小周，他才 19 岁，只因长得老相，人们才称他“老周”。1941 年春，周如交任一区区委书记。他和区长梁文焕密切配合，致使一区的各项工作都搞得有声有色。1942 年冬，为了加强武装建设，组织决定周如交兼任一区游击队指导员。他处处以身作则，用实际行动影响和教育自己的战士。冬天，他不穿袜子，所以战士们穿的衣服单薄一些也不嫌冷。作战时，他冲杀在前，从不考虑个人安危，表现了共产党员勇于牺牲的精神。

1943 年 4 月 17 日，十余县的日伪军对冠北进行“铁壁合围”，最后将包围圈紧缩到孔村一带。周如交及其一区队正驻孔村。敌人以密集的火力封锁了该村出路，妄图将被包围在村内的抗日军民全部消灭。在这万分危急的形势下，周如交挺身而出，率队突围。当他冲到孔村南门时，日军数十挺机枪交叉扫射，周如交因身中数弹而牺牲。

周如交牺牲的消息，当天传到他家。夜里，村长徐万禄和周如交的哥哥周如钦等人，后面还跟着他的老母亲，去孔村战斗场地寻找周如交的尸体。在横尸遍地的村野，他们爬着摸了许多尸体，找不到周如交。后来，徐万禄发现一具尸体像周如交，但由于血肉模糊，不敢断定。他从尸体的脚边摸到一只鞋子，送给周如交的母亲，老人一看，说："是如交。"于是，人们抬起周如交的尸体迅速回赶。老人默默地跟在后面，虽然看不清她的表情，也听不到她的哭声，但她内心的极度悲伤人们是能感受到的。由于小化村处在敌占区，天不明，乡亲们就无声无息地将他掩埋于地下。

22 岁的周如交，一生如此短暂，但其英名长留人间。

（选自《血火春秋》　作者：徐万夫）

党的战斗堡垒

七七事变前，冠县北关有50来户人家，但却有25个姓氏。这里人均3亩多地。最大富户百十亩耕地，是个富农。9户中农，其余都是贫农、工匠、小商、小贩，北关是比较贫穷的。

七七事变前，北关没有党的组织。但是，北关人有在外地参加共产党的。如姚如安，就是九一八后在吉林省同滨县抗日自卫军第二十六旅任旅长时，经同乡郭金粟（郭英）介绍加入共产党，后牺牲。也有外地共产党员住在北关进行党的秘密工作的。如河南人刘耀先（刘晏春）是早期共产党员，从1936年春到1937年秋一年多时间，他常住北关秦家店，以贩牛为掩护进行党的工作。在这期间，北街朱冠富（朱广林）、东街钱洪勋（钱泊生）和以草辫商人的名义住在朱家“同春楼”饭馆的刘致远（1936年秋来冠县，早期共产党员），经常到刘晏春住处秦家店，以摸骨牌名义聚会。刘晏春也经常以催讨卖牛欠款名义到乡村活动。人们不知道他是

姚如林

共产党员，也不知道他在秘密地做党的工作。

后据朱广林说：“同春楼”饭馆，是直南特委和鲁西北特委的秘密联络点。刘致远扮作草辫商住在“同春楼”。北关有牛市，刘晏春扮作牛贩，住在北关秦家店，这样便于掩护，碰头议事也以摸骨牌为幌子。这是北关党组织产生前的情况。

1937 年 9 月，刘玉珍经郭九峰介绍入党，杜庆雨、姚如兴（姚洪）经郭英介绍入党。这时北关共 3 名党员，都是单线领导，没有横的关系。刘、杜是泥瓦匠，就联络泥瓦匠人要求增加工价，改货币工价为实物工价——红高粱。刘请米松岭起草告帖，交姚如林抄写，刘、杜把告帖贴在三关四街。泥瓦匠人看到告帖后，纷纷罢工，用工户不得不增加工价。姚洪联络青年，组成武术班练习拳棒，观察县保安队动向，向郭英汇报；还在城内四街张贴党的宣传品，宣传品由何元鑫（何金三）在城北三里庄郭林圃家编写刻印。

由于中日战争形势急剧变化，国民党军队向南退却，县长侯光陆逃跑，狱中犯人全部释放。乡间土匪蜂起，打着各种抗日旗号到处抢劫，鱼肉乡里。势力较大的一是石洪典、荆维德部，自称“华北抗日自卫军”，老百姓称其为“北杆”；一是韩春河、蔚兰桥部，自称“抗日义勇军”，老百姓称其为“南杆”。地主封建势力为保护自己的生命财产，成立民团武装，修筑围寨加以防守。县城大地主、大商人联合成立商团武装，保护县城。赵健民、郭芳臣、许梦侠、朱月桐、郭英等共产党员，都积极抓枪组织抗日武装。在这种形势下，北关刘玉珍奉命参加商团，杜庆雨奉命参加“北杆”八队，姚洪参加郭英领导的青年抗日游击队活动。

1937 年 11 月 25 日“北杆”占领冠县城，委任康焕章代理县长（实际上是虚设），局势一时混乱，形成无政府状态。1937 年底，范筑先将“北杆”收编为第五支队，将陆子恒部收编为卫队营，1938 年初将“南杆”收编为第六支队，并调离冠县整训。随后，我党领导的抗日武装第十支队驻防冠县，并组建起抗日政府。从此，冠县局势开始好转。1938 年 2 月，刘玉珍在河北省南宫县党校学习结业回到北关，姚如林被调回北关，米国斌经梁文焕介绍入党。3 月，曹国封、付开昌、秦芳臣、姚如林、刘玉芳、周来喜六人，经郭英介绍入党，许发起、付新奎经姚洪介绍入党，代朝栋经曹国封介绍入党。5 月，杜庆雨在濮县与日军作战负伤，回北关治疗。这时，北关党员共有 14 人，都是单线领导，没有横的关系，各自开展工作。

1938 年 5 月，县委书记许梦侠到北关同米国斌结合并了解情况，得知北关已有十多名党员，便提出组建党支部，对开展工作更为有利。随后派钱泊生到北关，负责建立党支部。5 月 19 日，钱泊生到北关，同姚如林、刘玉芳结合，商定 5 月 21 日晚在北关西北王家松林召开党支部成立会议。为什么选定此时此地呢？因为这一天正是东关庙会的第一天，人们的注意力都集中到庙会夜戏上去了，松树林里既隐蔽，又开阔。为确保安全，事先派了两名党员站岗放哨，其他 12 名党员全部聚集到松树林中。会议由县委代表钱泊生主持，经大家讨论推选，钱泊生宣布，曹国封为支部书记，付开昌为组织委员，姚如林为宣传委员，米国斌为除奸委员，刘玉珍为交通委员。支委会制定了工作计划，把党员分成两个小组。最后，钱泊生讲话，内容有七条：第一，党员要完成党交给的各项任务，执行中随时向支部汇报。第二，党内实行民主集中制，少数服从多数，下级服从上级，全党服从中央。第三，保守党的秘密，党内的事情不能对家人及亲友讲。第四，过党的生活，定期开会，开展批评与自我批评。第五，按期缴纳党费，数目不限，家中贫穷的也不免交。第六，永不叛党。叛徒是可耻的，对叛徒要永远开除出党。第七，党的纪律是铁的纪律，党员要严格遵守。至此，会议顺利结束，北关支部诞生。

党员们根据会议上制定的工作，抓住东关三天庙会的有利时机，主动找人，个别串联说服动员，宣传抗日救国、不当亡国奴、组织起来力量大的道理。庙会一结束，北关成立了农民互助会，会长曹国封，副会长付开昌；成立了青年抗日救国会，主任姚如林，副主任秦芳臣；成立了妇女抗日救国会，会长米莲贞，副会长贾凤英；成立了儿童团，团长何凤赏，副团长付长生，归属青年抗日救国会领导。很快，北关的群众发动起来了。大家立即动手，修好土枪、土炮，擦亮大刀、长矛，青壮年每人一件，北关的群众武装起来了。儿童团员排着长长的队伍，迈着整齐的步伐，高唱着抗日歌曲，“工农兵学商，一起来救亡……”“起来，不愿做奴隶的人们！把我们的血肉，筑成我们新的长城……”“向前走，别后退，生死已到最后关头……”“大刀向鬼子们的头上砍去”，歌声阵阵，鼓荡着人们的心弦。

为了教育培养下一代，支部决定举办抗日初级小学。北关原没有小学，便利用庙宇倒塌积存的木料，发动儿童团员在破庙中捡拾砖瓦、石块，农会会员和青救会员义务劳动，户户自报捐献款物。根据需要，只收了曹国封、秦芳臣、米道源、姚绍堂、张长荣、张起 6 户的捐款，其余没有再收。唯独富农米凤源没有自报捐款，众人议论纷纷，对他评讥一时。只用了三五天时间，就把旧乡农学校的四合院修复好了。这里既是抗日小学，又是支部以及农、青、妇、童抗日团体集合议事的地方。

北关抗日团体联席会议推举秦芳臣代表北关父老，去聘请代家屯代思霖任教师。代老师为学生编写了抗日新课本，由书法比较好的米松岭、曹国封、米国栋、闫老迷等抄写而成。又置备了教具，1938 年麦收前正式开学。这是北关第一所正式学校，北关男女老少欢欣鼓舞，奔走相告。麦收时，代老师还和儿童团长带领学生帮助老弱孤寡收割麦子，受到群众称赞。

县委代表钱泊生指示北关支部，利用北关集市的有利条件，向四乡串联，发动和组织抗日团体。支部布置下去，党员立即行动，利用探亲、访友、找同学的方式，宣传抗日救国和组织起来力量大的道理。县城周围有 30 多个村庄相继成立了农民互助会、青年抗日救国会、妇女抗日救国会、儿童团等组织。这些工作，为后来组建一区农民互助会、青年抗日救国会等组织，奠定了良好基础。

1938 年 6 月，范筑先赴南宫参加八路军军事联防会议，经过冠县时，县委郭英、高元贵等组织了几千人的欢迎大会，大会司仪由丹彤担任。北关群众队伍整齐而威武，领队人刘玉珍当过兵，熟悉阅兵式，他的口令、动作更给这支队伍增添了光彩。人们都称赞北关的互助会很像样子，有力量。

这时，代思霖、米世英、张长荣、李季田、米随安分别由曹国封、付开昌、秦芳臣、杜庆雨介绍入党，北关党员发展到 19 人，占北关总人口的百分之九。

7 月初的一天晚上，北关抗日小学的教室里，燃起煤油汽灯，室内如同白昼。小学四周布置了党员、会员、团员做岗哨。北关支部党员和北三里庄支部党员共 30 多人聚集在这里。鲁西特委领导同志徐运北在县委代表钱泊生陪同下，来这里召开会议。徐运北讲话，称赞北三里庄和北关两个支部是“党的战斗堡垒”，会议给了两个支部的党员很大鼓舞，对提高党员觉悟增强党员斗志起了重要作用。

7 月间，县政府教育科训导员（国民党员）下令调代思霖老师到别处任教，另派人到北关抗日小学任教，目的是派他们的人来监视北关共产党的活动。对此，北关支部讨论决定，农、青、妇、童一起出动（不带武器），向县长冉光耀请愿，挽留代老师。代老师表示，宁愿在北关义务教学，也绝不到别处去。行动之前，支部书记曹国封向县委组织部长郭林业作了汇报，得到县委的支持。北关的请愿队伍，齐刷刷地站在城里东街县政府门前。县政府秘书王化云出来接见并讲话，准许大家的要求，将原调令收回。请愿队伍唱着抗日歌曲游行了东大街、北大街，街道两旁挤满了看热闹的群众。虽然是一件小事，却给了搞阴谋的国民党分子有力回击，给人民群众以振奋，扩大了党的政治影响，促进了城乡抗日团体的迅速发展。

8月，国民党山东省主席沈鸿烈（小军阀，投靠蒋介石，顽固反共）和范筑先专员到冠县视察。县委决定在他们来视察时，显示一下人民群众的力量，让沈鸿烈见识见识。在这次统一行动中，北关支部组织家家户户煮绿豆汤，供应前来集会的群众饮用，受到四乡群众的好评和县委的表扬。

9月，十支队学兵大队驻在北关关帝庙。大队长赵小舟和中队指导员刘茂堂都是共产党员，同北关群众关系很好。可是中队长是韩复榘的旧军官，军阀作风严重，不仅打了刘茂堂，还打了我们的儿童团。北关支部商定，农、青、妇、童各派一名代表，由付开昌带领，到十支队政治部告状，要求处分打人的中队长，政治部立即决定将其撤职查办。赵小舟同北关支部书记曹国封，在北关抗日小学共同主持召开军民联欢会。之后，刘茂堂常到北关小学教唱抗日歌曲，形成军爱民、民拥军的良好局面。

11月中旬，抗日专员范筑先壮烈殉国。噩耗传来时，群众莫不悲痛万状。北关支部带领群众在抗日小学设立灵堂，举行追悼会，号召群众化悲痛为力量，誓为范专员报仇。灵堂设了7天，党员和进步群众一起轮流守护灵堂，供四乡进城的人们前来致哀。

范筑先殉国后，国民党顽固派王金祥杀害我党优秀党员、莘县抗日县长吕世隆，又向我十支队发动进攻，形势顿时恶化。北关支部紧密团结群众，每夜派群众团体4名青壮年会员手持刀枪轮班打更放哨，维持社会治安，保护群众安全。

1939年6月3日下午，日军占据了冠县城。北关党员和各会会员，大多到代屯、三里庄、唐固、旺庄、八里庄等村庄的亲友家暂住，有的在田野里临时搭窝棚来住，只有老、弱、病、残留守在家打麦轧场。人们都猜想，日军是否同前两次一样，只是路过冠县南去，驻几天就撤离。

6月下旬的一天傍晚，在西范庄南窑上，曹国封召开北关部分党员会议，有付开昌、姚如林、秦芳臣、米国斌、代朝栋、刘玉芳、杜庆雨等人。曹国封说，他刚从吕屯来，见到县委书记郭林业，分析日军这次是长期占据而不是路过，指示北关支部转为地下活动，对敌斗争采取隐蔽方式，党员之间不再发生横的关系，即改为单线领导。还对组织做了调整，曹国封、刘玉珍、代思霖、姚如林、米世英、米随安六人，早已脱产参加革命工作，有了岗位。其他党员分别为：调米国斌脱产到县委将要组建的武工队工作；刘玉芳脱产到县政府将要组建的粮站工作；姚洪、杜庆雨脱产到一区由区委统一分配工作；付开昌回北关，设情报传送点，同城内情报站长杨增胤（杨仓）和高三里庄刘镇利发生联络关系；代朝栋回北关担任两面村长，应付敌人，掩护党的工作，保护革命家属；秦芳臣回北关，开店营业，了解各方情况向组织汇报，并任支部书记；李季田回北关，寻机插入伪军当伙夫，了解敌情变化，及时向组织汇报；王怀生、张长荣、许发起、付新奎回北关，观察敌情及民情动向，随时到白塔集、梁堂、斜店、芦村、化村等指定地点向指定人汇报。

自此，北关支部党员与敌人展开了新的更为艰巨复杂的斗争。这一阶段，仅就几个事例简述如下：

杨增胤的情报站，有一名姓梁的情报员，在侦察日军车辆、马匹数目时被日警抓住，并供出实情，北关党员付开昌和非党员米凤源及高三里的刘镇利为此被捕，杨增胤机智地逃出虎口。后来，米被释放，刘被杀害，付被押解济南再无音信。

韩春河的一个副官是死心塌地的汉奸，被我柏江队处决于周家宅院。周来喜夫妇为此受连累而被敌人逮捕，受尽酷刑，代朝栋、秦芳臣千方百计地将周家夫妇保释出来。

敌人侦知米国斌是柏江队长，要把他的房屋全部烧掉。代朝栋多方奔走，直至敌人将烧掉米宅改为查封。查封后，前门贴封条，后门敞开，照样可以居住。

日军虽然占据县城，但是代朝栋却以伪村长的合法身份，多次为抗日政府征收粮款。

一区队队员张代起为报私仇，夜间潜入北关，杀害党员李季田全家三口。北关支部党员据实向上级党组织报告，军分区军法处判处张代起死刑，立即处决。

遇有敌人增兵、换防，有人当汉奸，我方人员被俘或投敌叛变等情况，王怀生、张长荣等人便以赶集为名，到预定地点向党组织汇报，若不方便，就派可靠非党会员去汇报，其间申报善母亲就曾受张长荣委托，到白塔集向姚如林汇报过重要情况。

分区武工队奉地委指示，要除掉叛徒马廷右。适逢北关集，武工队员化装进入。引线人被敌人抓住，吐出真情。敌人立即将北关集包围，不准一人外出。武工队员们见情况突变，迅速把枪支藏于秦芳臣家。敌人戒严刚过，秦芳臣把枪支分批送交武工队，既保护了武工队员的安全，又保全了武器。

宋东赢、米国祯、程学法三人，灾荒年因生活所迫，当了“吃二馍”的伪军，即人在其中但不发给枪，薪水也被其头目领去，只是跟着挣碗饭吃。北关支部对他们及时进行教育和劝告，他们都没做坏事，不长时间都退出伪军队伍。

抗战时期的北关支部，虽然处在日伪统治的眼皮子底下，但他们一直机智灵活地与敌周旋，不顾一切地工作和斗争，表现出坚强不屈的革命精神，带领北关群众为党和人民的抗战事业做出贡献，无愧于“党的战斗堡垒”这一光荣称号。

（选自《血火春秋》　作者：姚如林）

鏖战“冯二皮”

冯二皮，名叫冯寿彭，山东临清人，17 岁当土匪，秘密劫路，后公开抢掠绑架，曾被清平县政府逮捕押禁。1936 年逃往天津从军，曾任国民党二十九军宋哲元部上校团长、少将旅长。七七事变后逃至山东鲁西活动，1938 年被委任为保安十八旅中将旅长兼行政督察专员，逮捕残杀抗日军民，后被人民政府抓获，1951 年病死狱中。“冯”字，形为二匹，土匪黑话称姓冯的为“二皮脸”。冯寿彭平日残害良民，欺压百姓，是个刮地皮不眨眼的兵匪痞子，人民群众对他恨之入骨，称为“冯二皮”，的确名副其实。

索易然

1939 年下半年，他即于聊城西部、堂邑、冠县东部招兵买马，扩充反动势力，侵犯抗日根据地。所到之处，烧杀抢掠，民不聊生。他与日军勾结，以六、八区封建势力为屏障，以辛集为立足点，不断向冠县城东一带进犯，企图打通并控制冠堂公路这条战略要道。其中，七辛村、八柳邵是他们进攻的主要目标。

时驻城西班庄的冠县抗日游击第一营，根据县委指示，向城东葛辛村和许辛村进发。营长戴自新，行伍出身，在二十九军当过连长，有一定的作战经验。我所在的一连，连长杨汝径，学生出身，虽不怎么懂军事，但他的几个排长都很能干，一排长韩希周曾在范筑先部队政治干校学习，二排长陈龙云是老行伍，三排副米士英也很精干。到达目的地后，我们一连驻到葛辛村。

冯匪兵力有千人之多。我们驻下后，他们立即连夜进攻李辛村和张柳邵，火力非常集中，枪声一直不停。而我们和李辛村、张柳邵的村民英勇抗击，打得冯匪精疲力竭。拂晓，我一营兵分三路迎头出击，打退敌人的进犯，消灭其中一部，缴获长枪 30 多支，与冯匪斗争首战告捷。

1940 年秋，冯匪又猖狂进犯冠县城东、堂邑以西地区。虽然我分区武装不断出击，但主要是冠县地方武装与之对峙。此时，冠县的 3 个抗日主力营已经升级，地方的武装斗争任务主要由冠县抗日游击大队担任。该队是同年由登明游击队、城西农民游击队和冠北游击队三支队伍在桑阿镇、莱庄集合并而成，它是以后的冠县独立营——县大队的前身。冠县抗日游击大队共百余人，大部分是二、三、五区具有抗日思想的青年。队长李春河，字茂轩，城西辛庄秀才李武臣的第四个儿子，身材魁梧，行伍出身，一手好枪法，且注重义气，打仗勇敢，具有抗日热情。副队长周正图，农民出身，为人厚道，团结士兵，后来入了党。我负责该队的政治工作，任政治指导员。该队受县委直接领导，我经常接到清泉一号（县委书记郭林业代号），清泉四号、五号（县委组织部、宣传部代号）的指示。游击队员多是地方党组织动员参军而来，如西五岔路的赵德泉、赵泽林、安振东等，打仗一直都很勇敢。这支队伍成立后，稍加整训便开赴城东，救援面临冯匪夜袭威胁的饮马庄。

进入饮马庄阵地，东门枪声已响，敌人正集中兵力进攻西门。我们突然在敌人背后开了枪，敌人猝不及防。实际上我们都没有多少作战经验，只是凭热情、凭士气、凭勇敢，不善于运用战术，一人喊冲，大家都跟上来。李茂轩打头阵，一面指挥，一面咋呼：“黄连冲!”“赵连上!”连部通讯员叫黄连，所以喊“黄连冲”；一班长叫赵培连，李茂轩喊话一急把“培”字丢掉了，喊成“赵连上”。这一错不要紧，把敌人吓坏了，他们误认为是两个连。司号员叫司以龄，也起了很大作用，李茂轩一喊“吹冲锋号”，他的号声立即吹响，并且嘹亮雄壮，给战士们以振奋，给敌人以威慑。在号声的鼓舞下，大家跟着李茂轩大喊：“冲啊!”“杀啊!”一阵排枪猛射过去，击退敌人一个营的兵力，敌人伤亡 30 余人。

饮马庄战斗后，县政府警卫连和三区队的 30 多人，加上我们这支队伍共 200 来人，驻守吕田村。该村围墙坚固，易守难攻。一天下午 4 时，冠县城内的日伪军进犯至庞庄东北的坟地时，与我们接了火。县政府秘书柏洁民和李茂轩率队出击，占据了有利地形，利用排枪把敌人阻击在庞庄松林地带，给敌人以有力杀伤。日军不停地向后搬运伤兵和死尸。打到黄昏，敌人未敢再战，撤回县城。

击退日伪军不久，冯匪又占领了王田村。吕田村与王田村只有一路之隔。与之相邻的庞田村处于中立状态，只是给我们给养，但不希望我军和抗日政府进驻。抗日县政府驻地吕田村，一时显得势单力薄。如果撤走，政治影响不好，如果不撤，形势相当危急。县长马景汉学习去了，主持政府工作的柏洁民主张坚守阵地。敌人连续 3 个昼夜的进攻，都被我们打退。敌人气得直叫：“柏秘书，有种的你出来!”还小八路长小八路短地骂个不停。但是我们的战士并不和敌人对骂，而是趁机向敌人展开政治攻势，进行战场喊话：“喂，冯部兄弟们！中国人不打中国人，日本帝国主义是我们共同的敌人。八路军是抗日的队伍。国难当头，我们要一致对外，打倒日本帝国主义。为‘冯二皮’卖命，攻击八路军，是没有好下场的。你们不要打枪，如果长官要你们打枪，你们的枪口就朝天上放，八路军优待俘虏!”我们的政治攻势，果然对敌人产生了瓦解作用，只见他们的士兵真的将枪弹斜着朝天空射击。我们的战士始终斗志昂扬，坚守阵地，给敌人以大量杀伤。最后，我们胜利完成了战斗任务，才执行上级命令离开了吕田村。

1941 年下半年八路军大部队南下，冠县城内的日伪军不敢轻举妄动。我分区主力和地方武装乘机出击冯匪，其部有的被我军消灭，有的被齐子修、吴连杰吞并。至此，我们结束了与“冯二皮”的斗争。

（选自《血火春秋》　作者：索易然）

金滩镇战斗

1944年，在粉碎日伪军的大规模“扫荡”、战胜连年灾荒之后，我党我军在鲁西北的任务是，继续发动群众，巩固政权，扩大根据地，迎接大反攻的到来。

李贵章

7月的一天下午，冠县县大队接到军分区命令：围攻金滩镇，配合大部队攻打大名，以防敌人增援。在副政委王得胜、分支书记李贵章的带领下，县大队连夜向金滩镇进发，星夜兼程30多里，天明之前到达了金滩镇。

金滩镇位于河北省境内，约200户人家。伪军据点设在卫河西岸的大堤上，300余名伪军盘踞在这里，不但断绝了卫河航道，而且封锁了由山东经河北至山西太行抗日根据地的通路，成为大名顽匪外围的屏障。到达驻地后，我们马上抢修工事，断绝交通，将敌人团团围住。部队刚驻下，区、村干部就纷纷前来慰问战士，介绍敌伪情况，方圆一二十里内的乡亲们提着鸡鸭来了，他们把战士们围住，好像见到自己多年未见的亲人。大伯大娘拉着战士的手，一把鼻涕一把眼泪地控诉着汉奸的罪恶。他们说，金滩镇的敌人把周围一二十里的老百姓都害苦了，他们抢吃抢喝抢女人，近半个月就抓去了十几个村干部和群众，听说已经三天不让喝水，四五天不给饭吃。乡亲们的控诉，激起干部战士的无限仇恨，一张张请战书送到大队领导手里。二连党支部代表全连干部战士，向大队党委要求担任主攻任务，大队党委经过再三考虑，最后决定把主攻任务交给二连。

战斗前，部队首先展开了对敌政治攻势。战士们采取阵前喊话和向敌据点内打宣传弹的方式，宣传我军政策，瓦解敌军士气。还把伪军家属叫到阵前，让他们指名道姓地喊话：某某某你听着，咱家乡解放了，日子过得很好，你的父母很想你，你媳妇盼你回家，快逃出虎口，回家抱儿子吧！八路军优待俘虏，立功受奖！宣传工作对瓦解敌军起到了很大作用。

同时，由大队及一、二连干部组成侦察组，到前沿阵地侦察。他们化装成下地干活的老百姓，冒着酷暑从镇北 2 里以外的地方沿卫河南下，徐徐地接近据点。侦察组在一块高粱地的边缘停了下来，前方 300 米就是敌人据点。据点呈正方形，四周是 6 米多高的围墙，墙上相隔 10 米有一射孔，相隔百米有一碉堡，墙根下还有地堡，形成上下两层火力网。墙外设有 2 米多高的鹿砦、铁丝网和一条 3 米多宽、4 米多深的护城河，河水与卫河相通。据点的东面，是由南而北的卫河，沿岸是陡峭的大堤。这里地势险要，敌人防守严密，正面强攻将会造成很大牺牲。

经过对敌阵地详细侦察，一个完整的作战方案形成了。大队决定，一连从北面佯攻，吸引敌人的火力，掩护主攻部队行动；二连从东北角担任主攻，以大堤做掩护，沿卫河南下悄悄地接近敌人，发起突然袭击；然后，一、二连两路夹击合歼敌人。

第二天0点30分，担任主攻的二连全体干部战士悄悄地集合在镇北的一个空场上。连长做了简短的战前动员："同志们，打顽敌、救亲人的时刻到了。我们要有不怕牺牲的精神，打得狠、打得准，只准前进，不能后退！"铿锵有力的动员给了战士们很大的鼓舞。

漆黑的午夜，一片寂静，只听河水哗哗作响。战士们悄悄地沿河南下，很快到达预定地点。按照战斗分工，火力掩护组迅速占领有利地形；投弹组除每人一筐手榴弹外，腰间又插了8枚，潜伏在水壕外；梯子组分三个小组徐徐靠近。只听一声巨响，鹿砦被炸得腾空而起，落到河里，激起的水柱暴雨般扑打在战士们的身上。三发红色信号弹在夜空中高高升起，总攻开始了。一连的机枪、排子枪一齐开火，二连各战斗组的手榴弹在敌人围墙上、碉堡上开花，顿时浓烟四起，火光冲天。

敌人被打得晕头转向，进行垂死挣扎，成捆的炸药包和成束的手榴弹在战斗组身边爆炸。连长站在大堤上指挥战斗，他大声喊着："同志们冲啊！时间就是胜利，前进就是方向！"话音刚落就再也听不到他的声音了。一排长宋秋贵带领梯子组和突击组一拥而上，竖梯登墙。冲在最前面的是二班的小李同志，他刚爬上墙头，敌人就用刺刀刺伤了他的头部。他不顾头流鲜血，一个劈刺结束了对面伪军的性命，随后将手榴弹扔进了炮楼。随着一声巨响，炮楼内的敌人停止了抵抗，没有死掉的缴械投降。

全连攻击成功，副连长王玉亭命令信号员发出三发绿色信号弹。敌人约有两个连兵力的敢死队，在几挺机枪的掩护和督战队的迫使下蜂拥而来。为了压倒敌人，王副连长站在围墙上高喊："二连向右，三连向左，一连跟我冲啊！"战士们奋不顾身，同敌人展开血战。机枪的射击声，手榴弹的爆炸声，刺刀的磕碰声和战士们的冲杀声汇成一片。在敌我力量悬殊的情况下，战士们如猛虎一样与敌人殊死搏斗。此时，佯攻的二梯队一连包抄过来，与二连形成东西夹击。敌人腹背受敌，仓皇逃进内城固守，200余名伪军龟缩其内，惊恐万状。

旭日东升，晴空万里，部队将内城四面包围，准备做最后的攻击。这时，军分区传来喜讯，大名城解放，伪军王天祥率全部守城人员起义。战士们脱去上衣，光着膀子，端着刺刀，抬着云梯，站在围墙根下，摆出攻击的架势。敌人吓得不知所措，一枪也不敢再放。

宣传组阵前喊话："王天祥军长起义了，你们在这个死胡同里没吃没喝，能坚持几时呀？只有投降才有出路。"被俘虏的伪大队长、伪中队长的家属也在阵前喊话："八路军对我们很好，宽大我们，你们要为自己留条后路，快投降吧！"

里面的敌人动摇了，只有少数顽固分子还在犹豫。战士们高呼着为连长报仇、为父老乡亲报仇的口号，纷纷跃出战壕，竖梯而上。敌人眼见大势已去，打出白旗举手投降。

经过14小时的战斗，歼灭和俘虏敌人300余人，缴获掷弹筒2枚、轻机枪4挺，步枪、手枪300余支，另有大量子弹和军用物品、粮食。金滩镇解放的消息传出后，周围的群众牵着羊赶着猪，前来慰劳八路军参战部队，男女老少敲锣打鼓，高呼："共产党万岁，八路军万岁！"

（选自《冠县党史资料》第九期　作者：李贵章）

西焦庄保卫战

耿锡华生长在冠县清水镇西焦庄一个农民家庭里，自幼务农，因捐重税多，再加上地主的剥削，全家节衣缩食，生活每况愈下。为了养家糊口，他小小年纪就以卖馍馍为生。

耿锡华

1938 年春，中共冠县党组织到西焦庄进行抗日宣传活动，他加入了中国共产党。在党的培养教育下，他积极为党工作，先后发展了本村的耿西孝等人入党。1939 年夏，日军占据了冠县城，八区的封建顽固势力也猖獗起来。他们以清水镇为中心，到处修炮楼，安据点，残酷镇压抗日群众，血腥屠杀共产党人，八区人民处于水深火热之中。

为打击封建顽固势力、保护群众利益，耿锡华根据县委指示，在本村红枪会的基础上，建立了民兵队，耿西孝任队长，耿锡华任指导员。为了打开局面，耿锡华经常到敌占区活动。晚上，他带领民兵割电线。白天，他以卖馍馍为掩护，到敌人聚集的清水镇贴标语，多次把党的宣传品塞到敌人的自行车褡子里，宣传抗日救国的思想，瓦解敌人。

在残酷的斗争环境中，耿锡华认识到，只有把广大农民发动组织起来，才能壮大抗日力量，所以他积极组建农会。不久，他带领村民推翻了本村的旧政权，建立了农会，并被推选为农会会长。他组织全村群众，带领民兵，抗粮抗税，与敌人展开了坚决的斗争。他们白天在地里劳动，随身带着枪支。晚上民兵集体住宿，只要听说有敌情，立即集合出发，遇见小股敌人就打，遇上敌人多了，就阻击一下，敌人不敢轻易进村。

1942 年 4 月，土匪齐子修侵占了冠县桑阿镇一带。齐子修明里是国民党保安十一旅的旅长，暗里是和平治安军二十二师师长，是一个专门和抗日军民作对、杀人不眨眼的刽子手。所到之处，灾祸横生，烧杀奸淫无恶不作。只在张柳邵一夜大屠杀，就有 106 人丧生。齐匪司令部安到西焦庄南部十几华里的朱庄。他们强迫村民修寨墙，筑工事，妄图长期驻扎。这一带的群众都捏着一把汗，生怕灾祸降临到自己头上。耿锡华带领西焦庄民兵和群众碰了他一下，把齐部的一个催粮队赶出了村。事后，耿锡华他们考虑到齐匪不会善罢甘休，便一面召开全村村民大会，让大家做好思想准备，一面加固村寨，整修地道，还挖了两条交通沟，给民兵队配备了 40 多支钢枪以及手榴弹、大刀片、三节棍等武器。没有应手武器的群众，也预备下了铁锨和板镢等物。在准备同齐匪拼一死战的关键时刻，八路军一二九师新八旅旅长张维翰和军分区司令员赵健民，闻信带领 300 多人悄悄进了西焦庄，对部队和民兵的防御，进行了统一部署。子弟兵的到来，更增添了他们抗击齐匪的信心。

4 月 13 日黎明，齐子修勾结了 7 个据点的日伪军，连同本部人马共计四五百人，杀气腾腾而来，企图一口吞掉西焦庄。在子弟兵的支援和配合下，耿锡华率领民兵和群众英勇抗击来犯之敌。齐匪攻打了一整天，也没能越雷池一步。晚上，新八旅和军分区组织了一部分兵力，袭扰了齐匪在朱庄的司令部，齐匪不知虚实，唯恐司令部有失，只好丢下几十具尸体狼狈逃回朱庄。

1943 年，抗日根据地既遭受到敌人的破坏，又遭受到自然灾害的侵袭。虽然庄稼收成甚微，但日伪军却经常下乡抢粮。党领导人民群众一面同敌人斗争，一面同自然灾害斗争。随着斗争的深入，西焦庄和周围村庄建立了民兵联防大队，耿锡华被推选为大队长。他们经常联合行动，不断打击前来“扫荡”的敌人。

1944 年 8 月的一个深夜，汤村一个民兵跑到联防大队送信，说日伪军摸进他们村抢粮去了。耿锡华当即带领联防队员赶到汤村东头。他们在寨墙下观察到敌人的动静之后，耿锡华便向寨内喊话：“里面是哪一部分？”

“你们是哪一部分？”敌人反问。

“三八六旅六八八团。”队员们高声回答。

“你们别吹，他们现在不在这里。”

“你小子看家伙。”耿锡华“啪”的一枪打过去，对方传来一声惨叫。顿时，敌人的枪弹不分点地压了过来。为了避开敌人的火力，耿锡华率队向南迂回。这时，正碰到县大队联络员小张来找他们，说二十二团的首长在村西等着见他。他们跟着小张急奔村西树林深处，见到了二十二团郭政委。郭政委听取了大家的汇报，确定了作战方案：二十二团拿出 2 个班、2 挺机枪和 4 个掷弹筒，配合民兵从村东正面进攻。村南村北安排民兵佯攻，迷惑敌人。村西是敌人逃跑的必经之地，二十二团其余参战部队和县大队埋伏在这里，待村东发起猛烈攻击，敌人撤退到村西时，一起合力歼敌。耿锡华回到村东，向四个村的民兵队长传达了二十二团首长的部署，随即集中火力发起猛攻。战斗相持了近 1 小时，由于敌人火力较强，我方一直不能攻进寨内，而受到敌人机枪的严重威胁。耿锡华急速匍匐到寨墙下，接连向寨内扔出几颗手榴弹，然后一跃而起，趁着烟雾纵身翻进墙里，一梭子弹击毙了敌机枪手。接着，他抱住机枪，掉转枪口，向敌群猛烈扫射，敌人抱头鼠窜。我方参战人员冲进寨内，轻重武器一齐向敌群开火，敌人死伤惨重，向西逃窜。日伪军逃到村西，正陷入二十二团和县大队的伏击圈。耿锡华带领民兵追到村西，隐蔽到一个土疙瘩后面。敌人退到这里，他们又一阵猛烈射击，几个日伪军应声倒下。天已大亮，战斗仍未停息。突然，耿锡华的枪音反常。同他一起作战的耿西学扭头一看，耿锡华脸色苍白，右臂负伤，鲜血顺着胳膊往下流。他催耿锡华快撤下去，耿锡华推开他，说："敌人被我们包围，正好消灭他们，我怎能下……"说着昏了过去。几个民兵跑过来，要把他抬走。他睁开眼睛，用力抓住手中的枪，喊道："打，给我狠狠地……"话没说完，又昏过去了。

战斗结束了。这一仗共打死打伤日伪军 80 多名，内有伪县长李明辉和日军指挥官、顾问各 1 名，缴获 2 挺机枪和一批枪支弹药。战斗的胜利，对扭转八区敌我斗争的形势，起了重要作用。耿锡华因作战英勇，出席了冀鲁豫边区英模大会，被授予"冀鲁豫边区杀敌英雄"称号，军区首长亲手给他戴上大红花。

汤村战斗后，革命形势发展很快。一直被称为冠县顽八区的清水镇一带，敌人惶惶不可终日。耿锡华虽然调到区里任武委会主任，但因县政府的几万斤公粮埋藏在西焦庄，所以他总断不了回来看看。1945 年 7 月 9 日晚上，民兵们习惯地集合到村公所过夜，三间屋子里挤得满满的。鸡叫两遍了，耿锡华和民兵们还在兴致勃勃地谈论着抗战胜利的信息。突然"啪、啪、啪"，村外传来三声枪响，这是报告紧急情况的信号。他们立即冲出屋子，只见村西上空升起三颗信号弹，村子四周都已响起了枪声。耿锡华一边指挥民兵准备战斗，一边安排群众快进地道。他对大家说："今儿个敌人来头不小，咱们先冲出村去与他们周旋，争取时间，保护公粮，保全乡亲。”

他率民兵冲出胡同，借着四周一道道手电筒的光亮，看见一群敌人顺街摸了进来。回头向西走，那边敌人也进了村。耿锡华沉着镇定，命令民兵左右开弓，先打后撤。他们对着两个方向的敌人一阵猛打，然后撤回胡同。两个方向的敌人便互相攻打起来。这时，村外的枪声也响成一片。

退到乡公所附近，耿锡华说：“乡亲们已经进了地道。为了保存力量，我掩护，你们都快进地道。”大家纷纷表示，要留下来一块儿与敌人拼个死活。

“不，硬拼咱们都吃亏。”耿锡华劝阻大家。

“要不就一块儿撤。”同志们要求。

耿锡华急了：“这是命令，快！”在他的再三催促下，民兵进了地道。敌人的喊叫声越来越近。洞口只剩下耿锡华、耿西孝、耿西堂三人了。耿锡华说：“你们俩也进地道。”他俩执意不肯。他们三人迅速离开了地道口和存放公粮的地方。敌人一窝蜂似的涌了过来。他们避开敌人的火力，翻墙跨院，在暗处不断向敌人密集处射击，利用熟悉的地形地物与敌人周旋。他们且战且退，敌人紧追不放。好大一阵子，他们才摆脱了众多的敌人。

但是，刚刚辗转到村东门外，又被一群敌人发觉。一阵枪弹扫来，他们急忙滚到一条沟内。敌人一拥而上，号叫着：“抓活的！”耿锡华对他俩说：“咱们分头冲出去。你俩顺沟朝东，不要开枪，快走。”说完，他一纵身跃上沟沿，鸣枪诱敌，直插正南。敌人狂叫着，向南追去。耿锡华边走边打，终被敌人包围。他开枪打死了跑在前头的几个敌人。后来，子弹打光了，他身上也连中数弹。为了把敌人引得离藏粮处和地道远一点，再远一点，他忍痛坚持，退到一个松树林边，敌人再次号叫着扑上来。他扯掉血衣，砸断匣枪摔向敌人。他抓住敌人的刺刀，与敌人夺枪，英勇搏斗，流尽了最后一滴血。

敌人这次偷袭，动用了清水、潘庄以及冠县城里的日伪军共500多人，却没有得到任何需要的东西。耿锡华带领民兵与敌人周旋了近2小时，为增援部队的到来争取了时间。各村联防队陆续赶到，西焦庄民兵又冲出地道。我方里应外合，一阵反击，敌人狼狈而逃，退回据点。

战斗结束后，乡亲们在松树林边找到了耿锡华血肉模糊的尸体。只见他身中数弹、七八处刀伤，光着上身，躺在血泊里。他的手掌和指间在夺枪时被刺刀勒去了片片肌肉，露出了道道白骨。距他十几米的地方，还躺着敌人的几具尸体。

耿锡华壮烈牺牲的消息迅速传开。县委、县人民政府在烈士牺牲的地方，召开了追悼大会，并把西焦庄改名为“锡华村”，以此作为对这位杀敌英雄的永久纪念。

（选自《血火春秋》　作者：耿锡效　张延贵）

金 字 匾

每当看到金字匾，就想到我们后张平村解放战争时期的“人民功臣”赵海英。她拥军支前的动人事迹，至今仍然传颂在人民群众中间。

一

抗日战争胜利后，蒋介石撕毁停战协定，驱赶着美式装备的新五军，向我冀鲁豫解放区大举进攻。1946 年秋，其先头部队攻占了离我们村只有几十里远的大名一带。

“人民得到的权利，绝不能轻易丧失，必须用战斗来保卫。”在党中央的号召和鼓舞下，冀鲁豫边区军民奋起反击敌人的进攻。

火线上，激烈的枪炮声如同滚雷暴雨，昼夜不停地传来，硝烟弥漫了日光，火海映红了暗夜。随着战斗的激化，伤员也多起来。为了更好地救护伤员，9 月初，第二野战军在冠县北部村庄设立了后方医院。

说来，设在我们村的后方医院，很简单，全部家当也不够两匹马驮的。我们村没有现成的房子安放病床，伤号只好这家三个、那家五个地挤住在群众家里。我们村只有百十户人家，最多时曾住过 200 多名伤员。因此，每次接收新伤员，安排房子就成了我们村干部的一项急难任务。

那是初冬的一天，区委又给我们村安排来几十名“重彩号”，一下子把我难住了。当时村里已经住上了100多名伤员，各家各户的房子该挤的挤了，该让的让了，新来的伤员咋安排？我一时想不出办法来，急得简直火烧心。海英是村长，她因日夜劳累，长期得不到休息，已经病倒好几天了。我实在不忍心再找她，别看她病成那个样子，要不是大伙硬逼着，叫她休息一会儿比登天都难啊！可是，面对眼前的任务，我又没有妥善的办法，也只好找她商量。

我走进海英家的院子里，不禁吃了一惊。只见院子里横七竖八摆满了棍子、席片、烂麻什么的。海英正穿着单褂，握着长铁锨“吭哧，吭哧”地刨冻土，她那乱蓬蓬的头发间冒着腾腾的热气。我走过去，她急忙停了活，以为出了什么事，两眼不眨地看着我。我端详着她那一向红扑扑的圆脸盘，如今好像涂了蜡，黄得怕人，褂子也湿透了，脸上的汗珠子打着滚。我着急地说：“海英，你的病可不轻啊，还在院子里折腾个啥？”

海英抬手整理了一下散在额前的头发，毫不在乎地说：“人吃五谷杂粮，谁还没有个三灾八难的？只要顶住就没事。”她按了按手面上冻裂的血口子，认真地说：“现在前方又紧起来了，说不定咱村伤员还要增加，不早准备，到时候就会抓瞎。”

当我了解到她在院子里搭窝棚自己住，腾出唯一的房子住伤员的时候，就担心地说：“眼下天气这么冷，你病得又这么厉害，再在院子里住窝棚……”

海英打断我的话，说：“比起前方战士来，咱住在窝棚里，还不是住在天堂！”

海英的脾气我知道，她决心办的事，无论如何也更改不了。我只好把接收伤员的事向她说了。她心急火燎地说：“你快去组织人接伤员，我这就把房子拾掇出来。”说着，她站在院子里一喊，左邻右舍的妇女来了一大帮，七手八脚地忙起来。当我们抬着伤员进来，她们早把屋子拾掇得一干二净，床位也铺排停当，屋子里还生上了劈柴火，烤得暖烘烘的。

海英的行动影响了群众，带动了群众。大伙说："解放军为咱们穷人拼命流血打天下，挂了彩谁不心疼，来到咱村还能让他们住在晾天地里！"

从此，我们村干部再也没有因为伤员住房的事作难。每当伤员一来到，就这家争、那家抢的，都及时得到了妥善安排。

二

提起献血队，大家都说海英功劳大。有的伤员因为流血过多，后方医院又没现成的血浆来补充，所以，抬进医院不久，因得不到及时医治，而失去了生命。大夫急得直搓手，乡亲们难过得直跺脚。

伤病员到达后方医院

赵海英看到这种情况，泪水在眼眶里转，嘴唇咬出了血。她说："战士们牺牲在战场上，是战士们的光荣，他们牺牲在咱后方，可是咱们最大的耻辱啊！想到这里，谁的心不像掉进滚油锅里？大夫同志，您说到底有什么办法，能够保住战士们的生命啊？"大夫讲了输血的道理之后，海英马上高兴起来，立刻召开了积极分子会。她说："战士们前方打仗流了血，咱们后方就得给他们补。献上一滴血，就等于消灭一个蒋匪兵！”大伙一听，一滴血都和打老蒋联系着，谁不争着往前站？一呼啦，几十个男女青年组成了献血队。我们村带头，周围各村也纷纷成立起献血队。从此，伤员因失血造成死亡的现象不见了。

有一次，重伤员王继明躺在病床上，伤势非常危急，需要马上输血。病情刚刚好转的赵海英，脱掉棉袄，把胳膊伸到大夫面前，恳求地说：“我的血型对，先抽我的吧。”大夫说：“海英同志，你抽血才刚半个月，再接着抽，你撑不住哇！”

后边的一群妇女也都提开了意见：“海英，你口口声声说挨号来，可你回回打头一号，俺什么时候才能挨上？”

“大夫，别抽她的血，她还病着哩。”

大夫听着大家的意见，看着赵海英坚决的态度，不知如何是好。这时候，海英望着小王那苍白的面孔，焦急得说话都变了腔：“大夫同志，我要是再抽一次能死不？”大夫不作声，她又继续说：“战士们打仗，把生死早就扔到九重天外啦，我们抽点血还算啥！”

我挤过人群，走到海英面前，一撸胳膊，坚决地对她说：“论带头，这可不能再让了，先抽了我的，再抽你的。”海英焦急地说：“这是啥时候，还你争我抢的？你们男子汉支援前线担子重，我们妇女就要在后方多出力才是。”说着，她往后一拽我，还是站在我前面。

大夫无可奈何了，拿起抽血器，十分小心地把针头刺入赵海英的血管里。那鲜红鲜红的血液，带着人民的爱、阶级的情，缓缓地流入抽血器……这哪里是血！分明是赵海英献给中国人民解放事业的一颗滚烫滚烫的心啊！

我一见海英头重脚轻，站立不稳，急忙扶她。她咬着牙，把袄大襟一挽，头一倾，说：“甭管我，没事。”当她看到小王的两颊泛出红润时，她那苍白的脸上流露出欣慰的笑容。

三

为了尽快使伤员们恢复健康，赵海英经常到医院给伤员烧水煮饭，跑前跑后，组织妇女洗血衣、拆血被，整天价忙得脚不沾地。她还和妇女会的姊妹们制定了七天一次的慰问日。妇女们常带着鸡、鸭、蛋等物，先凑到一起，做成各种熟食，然后再走家串户去慰问伤员。

有一次，连阴雨一连下了七天七夜，各家各户的干柴都烧光了，有的户每天只做一顿饭，有的光吃凉干粮。海英的锅灶也已经连续三天没有冒烟火了。到了伤员慰问日，雨仍然不紧不慢地下着，妇女们凑到海英的窝棚里，发起愁来。有的建议慰问日推到晴天补，有的问送生食行不行。海英听了不同意，说："咱一定要生法子把东西做熟，无论如何也不能给伤员们送生食吃。只要大家想办法，没有过不去的火焰山。"她东瞅瞅，西望望，直在窝棚里打转转。忽然，只见她眼睛一亮，脸上露出了笑模样。她急忙走过去，手朝床底下伸去，拽出一捆榆树皮来。

大伙一看都愣了。

当时群众生活苦，各家各户都存点榆树皮，是为了把它轧成面子，掺谷糠捏窝窝头好吃些。

海英拿起榆树皮一折嘎巴响，高兴地说："这下问题解决了。来，快点火。"

我说："海英，咱们再想想别的法，你攒这点榆树皮不容易啊。"

海英抱起那捆榆树皮，一下子扔进灶火坑里，坚决地说："时候不早了，别的法来不及啦，烧了它无非咱吃点苦。但只要伤员不吃苦，咱吃黄连心里也甜呐。"

海英的话是开心斧，妇女们纷纷跑回家，这个献一抱，那个献一捆，不多时，榆树皮凑了一大堆。

伤员慰问日过得更热闹了……

四

赵海英和妇女会的姊妹们订了一项制度，凡是伤员伤好出院，妇女会都要送一双实纳帮的新布鞋做纪念。伤员们不断溜地来了走，走了又来，做军鞋就成了妇女们一项光荣而艰巨的任务。

做军鞋

一天，我忽然听到一种传言，说赵海英为做拥军鞋，和丈夫李布谷生了一场气。我想，李布谷是个厚道人，成年累月地在外头干活，只有晚上才进家门。他家三代赤贫，李布谷 30 岁那年才娶上比他小 8 岁的赵海英。两个人相亲相爱，从来没见他们红过脸，怎么现在突然生起气来了呢？为了弄清缘由，我起了个大早去堵李布谷。

我走进赵海英家的小院，只见她住的窝棚里还亮着灯。我停在窝棚外仔细地听，里边传出了他们两口子低低的说话声。布谷说："既然你拿定了主意，那就由着你，反正我觉得……"海英说："你的心我知道。眼下，为了革命什么也讲不起啦。"两个人没头没脑的对话，把我闹得糊里糊涂。我咳嗽一声，掀开帘子走进窝棚。我一看，不禁大吃一惊，两个人正扯着拽着撕被子哩。我急忙上前阻拦，问："这是怎么回事，不过了？"

海英说："军鞋做了一年多，如今家家户户手头紧。眼下伤员归队的越来越多，要是鞋料不跟趟，拥军鞋就得受影响。我想了一周遭，只有把被子撕了用上。"

我恍然大悟，抓挠着热乎乎的新被子舍不得松手。关于这床新被子，海英在党员"倒苦水"会上讲述过。这是她结婚时娘家的唯一陪送。不光里表新，新棉花就续了六七斤。为了这床新被子，年迈的母亲累死累活，付出了多少血汗？可是结婚不久，日军占了冠县城，兵荒马乱的年月开始了。为了保存下母亲这份珍贵的心血，海英把被子这里收，那里藏，最后索性埋了起来。前年日军投降了，她才欢天喜地地把被子扒出来。如今，她竟然把它毁了，谁心里不热乎乎的？

我一边帮他们撕被子，一边问起生气的事。这一问，海英扑哧一声笑了。原来是这么回事：

海英和布谷商量毁被子做军鞋的事，布谷认为新被子是海英的爱物，主张先毁掉那床旧的，以后实在需要，再毁这床新的。海英批评布谷算错了账。她说，新被子做军鞋，不光鞋里鞋表都结实，棉花还能纺线做绳子，整个被子没瞎耗。为此，两人争了个红脸，传嚷出去就成了一场"大气"。

赵海英毁被子做军鞋的事，村里人听了无不深受感动。做军鞋一个大突击，战果比原来增加了好几倍。伤员穿不了，又都送去了前线。

赵海英忘我的革命精神，不仅鼓舞了广大群众，同时也感动了广大医务工作者和住在村里的伤员。1947 年冬，赵海英被评为冀南区特等拥军支前模范。冀南人民政府和后方医院联合颁发她一块金字匾，匾上写着“人民功臣”四个金光闪闪的大字。这四个字的每一笔画，都是赵海英的汗水和心血凝成的。金字匾在我们村人的心上永放光辉！

（选自《血火春秋》　作者：李书明　张延贵）

码上观看舞台话剧《金字匾》

冠县有个“李向阳”

抗日战争时期，在冠县这片血火浇铸的土地上，涌现出无数英雄人物，创造了许多可歌可泣的光辉业绩。其中，抗日一区区长梁文焕，就被赞誉为冠县的“李向阳”。

不能离开一区

1942 年 2 月，冠县城里的鬼子加紧推行“强化治安”，扩充势力。不久，治安军和其他汉奸部队就猛增到 1600 多人，出现了敌我力量悬殊的困难局面。

梁文焕

这时，梁文焕担任一区区长。这个区的地盘紧靠县城四周，斗争就更为严酷。敌人采取“分割”“囚笼”政策，到处修炮楼、安据点，再加上一条条的封锁沟、封锁线，切西瓜似的把一区割了个七零八碎，整个一区几乎都成了敌占区。

2 月 16 日夜，伸手不见

五指。梁文焕带着警卫员小刘，摸沟爬崖30多里，来到王奉村西头一家院里找分区司令员赵健民。一进院子，他像是听出了梁文焕的脚步声，急忙从北屋迎出来，把他们拽进屋内，喜出望外地说："二哥，你来得正好，刚才还说打发人找你去哩！"赵健民比梁文焕小2岁，他跟大伙一样也习惯叫梁文焕二哥。七七事变前，他和许梦侠、郭英等同志就常到梁文焕家的瓜棚里接头、开会。在他们的引导下，梁文焕加入了党的行列。平时一区有了问题，梁文焕总是断不了找他出主意想办法。这次一见到他，梁文焕就赶忙汇报最近的情况。

赵健民微锁着双眉仔细听完了梁文焕的汇报，严肃地说："现在不光你一区，就全县全国来讲，抗战也是最艰难的阶段。根据目前形势，上级决定你们一区队大部分要升级到正规部队去。我看，其余的是不是暂时转入地下？你是不是也暂时离开一区？"

听说叫离开一区，梁文焕心里一下就像塞了块儿半头砖。群众都说："一区队，围城转，白天不见夜里欢。"可如今困难了却要走，这不是临难而逃吗？记得1939年，这里的几位区长相继被敌人杀害，白色恐怖一时笼罩全区。就在这严峻的情况下，党又派梁文焕来到一区。三个年头过去了，他们在敌人眼皮底下扎下了根，同那里的群众结下鱼水深情。一次，梁文焕在张平村遇到敌人，跑进一个老乡家里，对主人说："大哥，我藏在这里，你不怕被我连累吧？"主人却亲切地说："这是哪里话，我能眼看着你叫龟孙们抓住吗？"一区队夜里活动，不管走到哪村，只要拍几下巴掌，老乡们听到暗号就赶快开门，又倒水又拿干粮。一区的人民养育着他们，一区的斗争锻炼着他们。现在要离开这里，他怎能想得通呢？沉思了好大时辰，梁文焕才说出一句话："好吧，反正一区还是我们的，剩一个人我也留下来干！活着我是共产党的人，死了也是共产党的鬼！"说着，他便气呼呼地朝外走去。

梁文焕的心沉甸甸的，刚走出不远，忽听后边追来两匹马。原来健民同志故意骗他，看他在困难面前退却了没有。他见梁文焕带着一股子冲劲真的走了，便赶忙打发通讯员把他叫了回去。健民同志含笑望着梁文焕，说：“二哥，你真是好样的，还是那股子牛脾气！其实，我完全同意你留在一区。不过咱还得好好合计合计呀。”

听着健民同志这么说，梁文焕重新坐在板凳上。只见赵健民轻轻拍着膝盖一板一眼地说：“你们一区紧靠县城，地理位置相当重要。你们要设法牵制敌人，使城里的敌人不敢轻易外出活动。这既可减轻其他区的压力，又能使驻在冠县的地委、行署机关及八路军后方医院安全些。”略微停了一下，他接着说：“你带着区队升级后剩下的几十个人与数十倍于你的强敌周旋，最好的打法还是‘麻雀战’。今天这里吃一口，明天那里啄两下，使敌人打不着，抓不住。”说着，他拨了拨糊住的灯头，灯头上爆起几星火花，屋内顿时亮了起来。

接着，赵健民又对区队的发展及民众条件的配合等，作了周密的分析和布置。到这时，梁文焕茅塞顿开，撸起袖子，拳头在板凳上猛地一击，站了起来。见他这股劲头，健民风趣地说：“怎么，又要走？二哥你看，这里还有给你的宝贝哩。”说着揭开炕席，从炕洞里搬出一只木箱来。“匣枪！”梁文焕掀开箱盖一看，惊喜地喊出了声。他抚摸着数了数，整整20把，全是崭新的三号驳壳枪。眼下，枪就是战士的生命啊！健民同志不但开导了梁文焕的思想，又给了这些得心应手的武器，怎能不使他心情激动呢？最后梁文焕坚决地说：“请司令员放心，我们一定按以上的部署坚持一区斗争，打开县城周围的局面！”

处决罗士奎

农历的三月初三，是宋店村一年一度的骡马大会。虽是战乱年月，这里还安着炮楼，但赶会的照例不少。这天上午，梁文焕和十几个队员化装成做买卖的农民，混在赶会的人群中朝宋店村走去，决定借赶会之机，处决罪大恶极的铁杆汉奸罗士奎。

会市上，一街两行摆上了买卖摊子，大街小巷都挤满了人。梁文焕坐在十字街以南路东一家小茶棚下，队员们分散在十字街旁。一直等到中午，仍不见那家伙的面。正等得焦急，忽听有人惊喊了一声"罗士奎进街啦！"街上顿时一片骚乱。许多人赶紧收起摊子，包子棚、馃子铺的人也压低了叫卖声，一些大姑娘小媳妇更是慌里慌张拐弯抹角地藏了起来。

梁文焕朝骚乱的人群望去，只见四个全副武装的伪军，护卫着一个袒胸露背、满脸横肉的家伙朝南走来。炮楼上的汉奸巴结地搭讪着："逛逛会呀，罗队长？"罗士奎翻白了一下鼓眼泡子，傲慢地哼都没哼，径直朝前走来。这时，周围的队员们一齐向梁文焕投来求战的目光。梁文焕端起粗瓷茶碗，示意大家不要性急。

罗士奎东倒西歪地来到离梁文焕十几步的地方一停，然后拐进对面小茶铺里。两个护兵跟了进去，另两个护兵堵住了门口。梁文焕朝小刘努了努嘴，机灵鬼小刘急忙前去观察动静。但离茶铺几步远就被护兵呵斥回来。梁文焕暗自思量：硬闯进去肯定会惊动炮楼里的敌人，可是等久了会一散又难以动手，怎么办？他和队员邢大个子嘀咕了一下，决定"引蛇出洞"。

邢大个子和另一个队员向茶铺走去。没等敌护兵呵斥，他俩便大声议论起来："伙计，梁文焕来了，你知道不？"

"我看见了，后面那些人也许是县大队哩。"

话音刚落，敌护兵就急忙走进茶铺。果然，罗士奎被引出来了。仇人相见，分外眼红。梁文焕不由得按住腰间的"盒子"。同志们都做好了准备。梁文焕夹起破麻袋，先靠了过去。到路当口人多处，有意撞了罗士奎一下。那小子瞪起布满血丝的鼓眼泡，吼道："你他妈的没长眼？”梁文焕逼进一步厉声说：“瞎了你的狗眼，不认识你梁二爷啦！”罗士奎周身一哆嗦，随即又故作镇静地说：“姓梁的，你要知道，几十步开外就是我们的炮楼。”他的护兵也都倏地抽出了手枪。说时迟，那时快，梁文焕伸手顶住了罗士奎的下巴。十几个队员一拥而上，下了护兵的枪，拧起罗士奎，连推带搡地把他们押出西门。

走至一里多路外的乱坟岗子时，罗士奎知道没好，挣脱了几下就要跑。通讯班长马秀坤紧追几步，一个扫堂腿绊了他个“狗啃屎”，两个队员抢上去把绳子套在他脖子上，用力一拉，这个作恶多端的坏蛋翻了两下白眼珠子就见了阎王。

这时，留在街里的邢大个子早已把事先写好的布告贴在街心，上面写着：大汉奸罗士奎，死心塌地投靠日寇，残害抗日干部，一贯欺压百姓，实属罪大恶极，现已处决。落款冠县抗日民主政府。

当他们随着赶会的人群凯旋的时候，听人们高兴地议论说：“真是善有善报，恶有恶报。”“八路军就是行，又给咱除了一大害！”

处决罗士奎以后，敌人一般不敢轻易下炮楼了，不少炮楼上的汉奸也和先前大不一样了。有的为了留条后路偷偷给梁文焕送情报；有的主动请求立功赎罪，表示“身在曹营心在汉”。汉奸们之间平时还常发誓赌咒：“谁要不做好事，出门碰见梁文焕。”

智夺敌战马

春去夏来，转眼到了6月。农历十三这天上午10点多钟，从城里出来一股敌人，路过孝子哭村前，向西贾村方向开去。西贾村是敌保安大队长兼伪县长郭思美的老家。村上正在修炮楼，还驻有十几个汉奸兵。可是这村的群众抗战热情很高，鬼子几次到这里催给养，都一无所获。郭思美这个“坐地虎”觉得在鬼子面前很丢脸面，为此，这天他带着一个中队伪军回家，又请了30多个鬼子跟着抖威风，决心给西贾村抗日群众一点颜色看看。

这时，梁文焕和12个区队队员正围坐在孝子哭村东头的过车棚里，议论着敌人的去向和行动。忽然，一个人急匆匆地跑到他们面前，是西贾村村长郭金榜派来送信的。来人说，郭思美已把全村群众集合到村东大场里，正骂骂咧咧地训话，村子东西大门都上了岗，几匹战马在街上遛着……

没等来人把话说完，队员们就像炸了锅似的议论开了："这个郭思美连兔子都不如，兔子还不吃窝边草哩！""咱得去给群众撑腰壮胆！""去夺他的马！""对，夺狗日的马！"

大家霍地站了起来。梁文焕强捺住自己的性子，叫大家都坐下，分析了下情况：区队已化整为零各自执行任务去了，马上集合来不及。眼下这12个人的通信班要对付十几倍于我的敌人，又是在白天，硬拼哪能行？打进村与敌周旋吧，一来群众受连累，二来敌人也会依托屋墙院落打我们。如果埋伏起来等敌回城时再打呢，又怕敌人不走原道，到嘴的"包子"吃不到肚里。大家嗜咕了一顿，最后终于定出了个智夺战马的方案。

梁文焕带着3个队员朝村里走去，他们都化了装，有的穿着土布裤褂，有的光着脚赤着背，有的拿着镰刀背着草筐，还有扛板镢的。两个队员背着草筐前边走，草筐里还显露着个圆鼓溜的大西瓜，梁文焕和小刘在不远处跟着。走到村西门，两个哨兵见过来几个庄稼人，就咋呼："站住，干什么的？"队员回答："本村割草的。辛苦啦老总，请吃瓜。"正晌午头，哨兵被晒得昏头昏脑，一听有西瓜，嘴都笑歪了，二话没说，急忙撅着腚去搬西瓜。两个队员趁机枪口顶住了他们的脑壳。梁文焕和小刘紧跨几步凑上去掏出绳子就捆。

收拾了敌哨兵，他们装着没事一样继续朝村里走去。来到十字街口，果然前边有四匹战马分别由四个勤务兵牵着来回遛着。看得清楚，两匹是东北马，两匹是阿拉伯种战马。但他们事先没料到的是，这两匹和那两匹中间，还相隔着五六十米的距离。为了不惊动场里的敌人，梁文焕和小刘绕过胡同去夺东面那两匹阿拉伯种战马。

背西瓜的两个队员缓步走到两匹东北马前。牵马的勤务兵抬起头，正待喝问，一个队员先开了口：“老总，大热的天，吃个西瓜吧。来，我替你遛马。”那勤务兵寻思了片刻，再三嘱咐说：“当紧别走远啊！”两个队员应声接过了马缰。他们牵着马由东向西，由慢到快，走出30多步远。吃西瓜的勤务兵一看事不好，连喊：“回来！回来！”队员们头也不回，上马飞奔而去。只见身后的沙土道上扬起长长一溜尘烟。“停下！再不停下老子开枪了！”两个勤务兵同时朝马后开了枪。

枪声惊动了东边梁文焕和小刘将要靠近的那两个牵马的勤务兵，这俩家伙立即上马追赶。“快！”梁文焕一拽小刘，从胡同口闪身躲到右侧齐腰高的墙后。等这两个敌人刚一靠近，梁文焕便大喝一声：“站住！”他们被这突如其来的喊声吓了一跳，不知所措地问：“哪一部分？”“天下第一营！给你个乌龟蛋尝尝吧！”“轰”一枚手榴弹炸在马前。“咴……”战马嘶鸣，前蹄腾空，脖子一扬，使两个家伙滚下马来。梁文焕和小刘借着烟雾，翻身上马，随那两匹马出了西门，向轱辘沟奔去。

郭思美一听四匹战马被劫，赶忙丢下场上的群众和抢来的东西，率领队伍追出西门。100多个汉奸和30多个鬼子气势汹汹地进了轱辘沟。早就埋伏在高粱棵里的六个队员，等敌人靠近了的时候，为了迷惑敌人，其中一个高喊：“一、二连打两翼，三连主攻，‘包饺子’啦！”六名队员集中火力发起猛攻，子弹射向敌群，手榴弹投向沟内，腾起柱柱火光，扬起股股尘烟。同时，村东窑坑里也响起了进军号，鞭炮在洋铁桶里炸成一团。这是预先留在那里的两个队员在助战。轱辘沟里的敌人被这惊天动地的场面搞乱了阵脚，冲在前面的扭头就往回跑。后面的跑不迭，拥挤在一起混乱不堪。有的敌人吓得连枪机都扳不开了，只是像没头苍蝇似的抱着枪乱转。不大会儿，沟里就躺满了横三竖四的死尸。

六名队员猛攻了一阵，趁着敌人慌乱之际，渐渐向四处散去。敌人这才突出“重围”，冲上轱辘沟，支好机枪大炮对着两旁的高粱棵狂轰滥炸起来。他们当然既没见到游击队员的影子，也听不到队员们的枪声了。郭思美这才知道又上了游击队的当。只好集合起他的残兵败将，把十几个伪军的尸体胡乱埋了，抬着三个死鬼子，回县城报丧去了。

鲁西北《晨光日报》表彰了这次战斗，鲁西行署为此颁发了嘉奖令。后来群众还编了个顺口溜：“一区队，出奇兵，打得日伪可不轻。马换西瓜赔了本，搭了鬼子又折兵。”

夜闯“灯下黑”

1942年闹灾荒，粮食奇缺。日寇为了筹集给养，拼命抢掠群众的粮食。为了保护群众粮食不被抢走，麦收后，区队三三两两地分成若干小组到各村帮助群众埋藏粮食，同时也为部队征收一些军粮。

七月初八这天黄昏，梁文焕带着警卫员小刘来到朱霍三里庄。都说朱霍三里庄离城3里，实际距县城北关只有1里多地，平时城里鬼子的训话声和汉奸们的喝叫声，村里都听得一清二楚。村里的情况，城墙上的哨兵也看得清清楚楚，所以敌人估计我们不敢轻易到这里活动。其实，越是敌人眼皮底下，越是他们麻痹的地方。这也就是我们常说的“灯下黑”。因此，来这里开展各项工作，我们并不是稀客了。

进村后，村长老马和地下党员霍梦月老师把梁文焕他们领进一个药铺里。大伙刚把事情商量完，一个十五六岁的男孩急匆匆跑进屋。胸脯一鼓一鼓地说：“区长，俺爹叫俺快来告诉您，敌人围上来了！”

“有多少人？”

“200多哩！还有30多匹马。他们的四挺机关枪都在村北支好了。”他一边指着一边回答。

梁文焕他们前脚来，敌人后脚就到。当时虽然还不知道有城里的告了密，但从阵势上分析，敌人是专对梁文焕他们来的。梁文焕摸了摸腰里的枪，对小刘说：“云宽，沉住气，准备突围！”小刘掂枪跨到院里，正要往药铺大门外冲，迎面又跑来一位大嫂拦住小刘急促地说：“不，不能出去。他们来到跟前了，全是治安军。”老马用胳膊拐了梁文焕一下，说：“二哥，不要往外走，俺来应付敌人。”他和霍老师随手带上院子门朝外边胡同里走去。

梁文焕和小刘一看，紧靠药铺南面是个户家的大场院，从药铺进场院有一小门可通，场院四周的墙足有两人高，场内东南角有一片小椿树棵子。看来梁文焕他们只好暂时隐蔽在这里了。他俩刚刚蹲下身来，就听街上传来人喊马嘶声。凭经验，估计敌人已占领了整个村子，而且也包围了这个场院的多半边。突然，药铺门外一个流利的京腔吼道：“把姓梁的交出来！”

“长官，他已经走了！”这是老马的回答。

“胡说！他上哪儿去了？”

“不知道。反正是走了。”

“我叫你走啦！我叫你走啦！……”一阵耳光打在老马脸上。接着又听到“咔嚓”一声，药铺的大门被踢开了。随后，“咔咔咔”一阵急促的铁钉皮鞋声，夹杂着拉枪栓顶子弹和“嗷嗷”的怪叫声，一起逼了过来。

“敌人！”小刘不禁惊叫了一声。与此同时，“啪啪”两声枪响，子弹在他们身边“扑扑”擦过。“姓梁的，你跑不了啦！再不出来就打死你！”十几个敌人端着刺刀闪亮的“三八枪”喊叫着一窝蜂拥住了小门口。“怎么办？打吧！”小刘红了眼。梁文焕没有回答他，“哧”一下撕掉了身上的白粗布褂，把匣枪枪缰绑在手脖子上，掏出五条子弹，压在枪里一条，把其余四条攥在左手里，对小刘说：“云宽，咱俩一起出生入死好几年了。你我都是共产党员，从革命那天起就都豁出了这百十来斤。今天只要还有一口气，也要跟敌人拼到底！”说话间，十几个敌人冲进小门来了。梁文焕一甩手，打出去一梭子子弹，小刘也开了枪。冲进来的敌人丢下四五具尸体慌忙退回去了。就这样，小门口的敌人冲进来，他们又把敌人打回去，相持了好长一段时间。

夜幕降临了。敌人怕梁文焕他们趁机走脱，枪弹一个点地朝椿树棵子这边打来。同时村内敌人也都向这个场院包剿过来，东西两面墙外也出现了攀墙的声音。梁文焕他们已陷入重围，再坚持下去，子弹也不多了，弄不好就会落入敌手。梁文焕抓起一把土撒向南墙外。一听，没动静。可能是敌人估计他们不敢在南边突围吧，因为南面就是县城。梁文焕正要告诉小刘趁机快走，他却急切地说：“区长，你先跳出去，我掩护！”

“咱们生死在一起，要走一块儿走！”梁文焕坚持说。

小刘见梁文焕不肯先走，急得含着泪呜咽着说：“保护你是我的任务，你快走！”说着，不等梁文焕回话，把他拽了个趔趄，推到南墙根下，不容分说，蹲下身猛地把梁文焕扛上了墙头。梁文焕一回手忙翻身去拉他，但一阵子弹扫来，他倒下去了。

“有人跑啦！快！快追！”敌人一边喊一边放枪。夜幕中梁文焕蹲下身子一看，四下都布满了敌人，他还是被包围着。当时他分析，敌人料定他不敢向城里方向跑，所以那里兵力一定薄弱。于是梁文焕就又选定了这个“灯下黑”，直朝城里方向闯去。月亮落下去了，天愈加黑了起来。跑着跑着，梁文焕模模糊糊地看到前边不远的沟边上站着七八个敌人，他伸出匣枪“叭！……叭!”打了个“凤凰三点头”后，几个敌人吓得退到了沟里，他便趁机扑了过去。可是后边的敌人还在猛劲地追，并且边追边喊：“跑不了啦，抓活的呀!”“抓住姓梁的领赏去呀!”跑到离城不远了，前边又出现了几个晃动的人影，他正想再打一梭子，可是只剩两粒子弹了。这两粒无论如何也不能再轻易打出去了，得留给自己用，万一走不了，也不能让敌人抓活的。危急之中，梁文焕猛地心生一计，便随着后面的追敌喊起来：“抓活的呀，姓梁的往城里那边跑啦，快追呀!”前边的几个敌人果然掉头向南追去。梁文焕便趁这个空隙，往西一拐，一口气跑到了城西小吕庄北面的松树林中。

摆脱了敌人，梁文焕全身的力气也消耗尽了。坐下来，无意中一摸裤脚，有两个弹洞。鞋帮也被子弹穿透。他躺在一个坟坡上，觉得天旋地转，周身酸疼，嗓子又苦又干，肺像炸了似的难受。梁文焕真想就地睡上一觉，可是不行啊！小刘究竟怎样了？他恐怕是牺牲了吧？梁文焕心里一阵难受，一使劲站了起来，不管小刘是死是活，都要设法把他弄回来，绝不能叫他落入敌手。

黑暗中，梁文焕又重返朱霍三里庄。摸进村找到村长老马，老马一见梁文焕又惊又喜，说：“听说你被抓进了城，小刘也牺牲啦。想不到你又脱险啦，真是万福哇!”“怎么，小刘牺牲了？”我一惊。“嗯。敌人已经把他的尸体装在大车上，正准备往城里拉哩，现在还没走。”听到这里，梁文焕忍着揪心的剧痛和老马合计了一下，让他出面花钱买通那几个赶车的治安兵，把小刘的尸首从车上架了下来。他们踏着夜路把尸首抬到张平小刘的家里。大家心中都非常沉痛，小刘的母亲也正在为儿子料理后事。但意外的是，小刘突然睁开了眼睛。他看了看梁文焕，嘴角微微动了一下，满是污血的脸上闪过一丝笑意，就又昏了过去。

后来梁文焕才知道，当他翻上墙头急忙伸手拉小刘时，小刘中弹倒在了地上。小刘用尽全身力气端枪继续还击，但又一阵子弹飞来，正中右臂，他身子一仰，又一次倒了下去。敌人的枪声和叫骂声把小刘从昏迷中惊醒。为了迷惑敌人，趁夜色他伸手从脖下抓了把血泥抹在脸上和头上。敌人扑上来一看，见小刘浑身上下成了个血人，约莫他已是死了，便胡乱踢了一顿，向他脚上、胳膊上刺了几刀，暂时丢开小刘追出墙外。

梁文焕他们目不转睛地守在小刘床前。半个时辰过去了，他重新睁开了眼睛，胸脯一高一低困难地呼吸着，紧咬着嘴唇。看得出，他在坚强地忍受着巨大的伤痛。梁文焕和小刘的母亲把弄来的朱砂给他灌了点下去，才使他稍微好受了一些。望着这个跟随他多年，同他一起出生入死的战友，再看看小刘的白发老母，梁文焕这个很少掉泪的硬汉子，这时也忍不住眼泪夺眶而出了。梁文焕抚摸着老人颤抖的手，呜咽着说："大娘，云宽要是有个好歹，我就是您的亲儿子。"大娘撩起衣襟擦了下脸上的泪痕，说："孩子，为了打日本，让乡亲们都过上太平日子，他就是死了我也舍得，云宽交给我照管，你就甭管啦!"

3个月后，经过家庭和分区医院的精心护理和治疗，小刘身上的三处重伤基本痊愈了。他没等领导和医护人员批准，就出院参加了新的战斗。

大闹八月节

八月十五上午，分区司令员赵健民带着几个战士来到西五岔路村，又捎信把梁文焕叫了去。一见面，他就笑眯眯地说："二哥，今天八月节，晚上咱'赶个酒场'去呀?"

赵健民平常不大爱喝酒，今儿个却要去“赶酒场”，梁文焕知道他这话里定有文章，就问：“有任务？”

“对。到王庄据点走一趟。”赵健民说得那样轻松，神态又是那般自信。

王庄，在冠县城东 5 里地。东到堂邑，西到卫运河的封锁沟，和那条从南到北的过路沟在这里纵横相交，是城东方圆几十里来往的咽喉要道。因此，日寇占领冠县后，首先在这里设立了中心据点。我们曾两次搞掉过王庄据点，但敌人又两次重建起来，而且兵力逐次加强。当时里面驻着 200 多伪军，配备了 2 挺机枪。为首的一个是伪三区区长杨世珍，一个是叛变投敌的原抗日县政府警卫连长赵云山。在这里过往的车辆常被扣留，行人的包裹被抢去，不少妇女也常被拉进去活活折磨死。这一带群众吃尽了苦头，说王庄据点是“雁过拔毛”的鬼地方。搞掉县城敌人的这颗“门牙”，对便利游击队的活动，鼓舞人民群众的抗战信心有着重要的军事和政治意义，因此分区做出了三拔王庄据点的决定。

一听说趁中秋夜去拔王庄据点，梁文焕心里的高兴劲儿就甭提了。前些时候为这事他还找过赵健民，按他的布置，梁文焕早就做通了据点里一个机枪射手的内线工作。这次赵健民先问了他据点的情况，又把上级指示告诉了他。接着他们就具体研究出了八月节夜拔王庄据点的战斗方案。

这天夜晚，不见月亮，也不见星星，天黑得墨抹一般。时紧时慢的秋风，裹着缠缠绵绵的毛毛雨，吹打着人们的衣襟和面颊。赵健民和梁文焕他们 16 个队员牵着毛驴，驮着“棉花包”从西五岔路出发，向王庄走去。来到王庄东北玉米地里，大伙停下来喘口气。梁文焕和一个队员悄悄摸到村北围墙下。按照预定地点剪断铁丝网，拨开葛针墙，爬到两丈多深的沟旁。仔细望去，一根火绳正搭在墙外。暗号告诉他们情况没有变化。他们回去报告赵健民，他果断地说：“按原计划行动。”

队员们赶起毛驴，直奔岗楼而去。鞭子“叭叭”甩响。其中有一头毛驴扬起脖颈，放开嗓门吼叫起来，队员们也故意大声嚷嚷道：“这回驮棉花，准能捞他一把子。”另一个队员装作恐慌地说：“小点声，叫岗上听见就麻烦透了，少说也得搭几盒烟卷儿。”敌岗哨已好长时间没有得到过路的“油水”了，这时，一听说是过路的棉花，便提着灯笼悄悄下了岗楼。一个家伙从围子门缝里挤出头来，用低粗的声音问：“干什么的？”“驮棉花过路的，老总，还用检查吗？”

拔除王庄据点

“小声点儿，上面的弟兄正睡觉哩。”说着，两个哨兵侧着身子挤出门外。看来这两个家伙真想吃“独食”了。梁文焕他们随即隔沟扔过去两盒烟卷儿。哨兵摸起烟卷儿，很不高兴地说：“老子黑天半夜给你们站岗，连个八月节都过不安生。这就是你们的过路礼呀！”

“老总，我们做生意的也不易呀。等俺卖了棉花，回来再慰劳您不中啊？”

哨兵怒了：“没那么便宜！走吧，到里边去！”说着，放下吊桥，凑到我们跟前。

“嫌少吗？我这里还有！”梁文焕一把抓住了走在前边哨兵的衣领，一手伸枪点住了他的脑袋，“再动要你的命！”后边那个哨兵见势不妙，扭头就跑。一个队员上去用绳子套住他的脖颈，一声不响地把他收拾了。前面的这个哨兵哆嗦成了个蛋儿，连连磕头：“长官饶命，有什么事尽管吩咐。”兵贵神速，特别是在敌人鼻子底下活动，更需要速战速决。健民同志命令通讯班长马秀坤，迅速上岗楼收拾那20多个还在睡梦中的伪军，缴械后先把他们反锁在岗楼上。同时，健民同志和其余队员，叫敌哨兵带路，朝里面另一戒备森严的高墙深院摸去。走了六七十米，来到一个宽绰的三合院围子墙下。梁文焕他们借着院内时隐时现的光亮，只见围墙两丈多高，墙上还新加了铁丝网，大门紧紧关闭着。他们知道门里两旁的暗堡里，各设有一挺机枪，恰似二虎把门，严密控制着门口的通路。杨世珍和赵云山及手下的200多伪军都住在这处大院里。

梁文焕他们屏住呼吸，隐蔽在墙下。院内粗野的叫骂声和猜行令的吆喝声随风传来：“四季发财！”“六六大顺！”“喝，喝。谁要不喝，出门碰见一区队。”赵健民用胳膊肘捣了梁文焕一下，说：“二哥，这帮没干好事的家伙，今天又碰见你们了！”梁文焕心里笑了笑，问他：“进吧？”健民小声对他说：“再来个将计就计，叫‘舌头’喊话。”梁文焕对敌哨兵交代了几句，敌哨兵喊道：“开门啦！里边有人吗？”

“你是谁？干啥的？”

“我是许四儿。刚才查到一伙子驮棉花的。你快开门，我要马上报告杨区长。”

“区长正喝酒哩，我告诉他吧。”

“来不及了。这事耽搁了，你可担不起！”

“娘的！啥事这么急呀！”里面那人嘟囔着，慢腾腾地刚拉开门，梁文焕他们就贴着门一拥而进。开门的伪军被拖出门外，嘴里堵上毛巾，捆在了一棵靠墙的白杨树上。他们按分工迅速进入敌人住所。两名队员靠近了左侧的暗堡下。梁文焕带三名队员冲进了堂屋。

堂屋正当门摆着个八仙桌，七八个敌人围桌而坐，正吃喝在兴头上。一声“不要动”，把众伪军吓了个愣怔。坐在上首左侧的赵云山，见势不好，抓起放在桌角的手枪便打，梁文焕急一闪身，子弹“当”的一声击在门板上。一个队员眼疾手快，一甩手“乒乓”两枪结果了这个叛徒的狗命。坐在上首右侧的杨世珍，这时强作笑脸道：“呵呵，梁区长，有事好商量好……”他的话还没说完，院内的一挺机枪“突突突”叫起来。杨世珍一听枪响，腾地站了起来，得意忘形地说：“怎么样，姓梁的？只要进来，就别想再出去！”可是他话音刚落，机枪又哑巴了。原来是我们两个队员同争取的那个机枪射手，击毙了左侧暗堡里正要射击的敌机枪手。杨世珍像堆臭狗屎似的瘫坐在桌下，语不成声地连说：“我、我有罪，有罪。”

这时，传来了赵健民在西屋里对敌人的训话声。原来在梁文焕他们冲进堂屋的同时，赵健民带领七八个队员冲进西屋，迅速摘下了挂在墙上的枪支。敌人在梦中被院里的枪声惊醒，一个个骨骨碌碌爬起来时，却见黑洞洞的枪口正对着自己，只好乖乖地做了俘虏。

短短几十分钟的战斗，200 多敌人全被解决。缴获机枪、步枪、短枪 187 支，救出被敌人囚禁多日的几十名乡亲。杨世珍见只十几个游击队员就解决了他这个中心据点，吃惊得直摇头，说：“我算服了，你们游击队真是夜战的老祖宗。”

王庄的群众听说游击队拔了据点，活捉了杨世珍，击毙了赵云山，兴高采烈地纷纷走出家门。他们扛着铁锨，举着火把，扒了围子，又烧炮楼。顿时火光四起，烈焰升腾，照红了大地，映红了夜天。

（梁文焕口述　杜泽华撰写）

后　记

编纂《红色冠县》，旨在赓续红色血脉，继承革命传统，弘扬冠县革命老区精神，为广大党员干部及青少年提供一部通俗生动的红色文化读本。

本书选取了近百年来发生在冠县境内以及与冠县有关的重大革命历史事件、重要战役战斗、英模人物、英雄集体等具有较强教育性的故事。全书篇目大致按照故事发生的时间排序，有的根据整体布局谋篇、内容张弛舒缓、事件同异程度作了一些调整。

所载故事的选取和编写，对于事件发生时间、地点、人物、因果的记述，均不同于文学作品的艺术创作，而是首先注重内容的真实性、影响力。但考虑其趣味、可读、通俗、教育之效果，又从篇章结构、情节提炼、气氛渲染、人物语言、自然环境以及语体色彩等方面作了相关努力。

书稿编辑参阅了国家及市、县党史、史志、文史、书札等资料、有关书籍刊物以及当事人回忆书作、原始文本。为了尊重原作者的著作权，特在文后注明了原著者的姓名。

在县委组织部的领导下，冠县关心下一代工作委员会、冠县革命老区建设促进会多次召开会议，对编辑出版的方针原则、方法步骤及其有关事宜进行反复研究。编纂过程中，编纂人员本着高度负责的精神，广泛查阅资料，认真核实内容，精心筛选篇目，严格要求章法，潜心提炼，字斟句酌，为本书编纂付出艰辛努力。山东冠洲股份有限公司、冠县冠星纺织集团总公司、冠县仁泽复合材料有限公司、山东新元纺织有限公司、山东恒升纸制品有限公司、冠县众达交通设施有限公司、山东恒丰复合材料有限公司给予大力支持，在此谨致诚挚谢意！

本书收录的故事时间跨度大，涉及面广，加之编纂水平有限，定有不妥及错讹之处，敬期广大读者批评指正。

编　者

2024 年 9 月

图书在版编目(CIP)数据

红色冠县 / 冠县关心下一代工作委员会，冠县革命老区建设促进会编. -- 北京 ：中国文史出版社，2024.10. -- ISBN 978-7-5205-4933-2

Ⅰ. I247.81

中国国家版本馆 CIP 数据核字第 202480U9R3 号

责任编辑：薛未未

出版发行：中国文史出版社
社　　址：北京市海淀区西八里庄路 69 号院　邮编：100142
电　　话：010-81136606　81136602　81136603（发行部）
传　　真：010-81136655
印　　装：廊坊市海涛印刷有限公司
经　　销：全国新华书店
开　　本：720×1020　1/16
印　　张：26.25　　彩插：2
字　　数：328 千字
版　　次：2024 年 10 月第 1 版
印　　次：2024 年 10 月第 1 次印刷
定　　价：78.00 元